历朝通俗演义(插图版)——南北朝演义 Ⅲ

南北统一

蔡东藩 著

北方联合出版传媒(集团)股份有限公司

万卷出版公司

图书在版编目（CIP）数据

南北朝演义 . 3, 南北统一 / 蔡东藩著 . — 沈阳：
万卷出版公司, 2015.1（2021.7 重印）
（历朝通俗演义）
ISBN 978-7-5470-3101-8

Ⅰ . ①南… Ⅱ . ①蔡… Ⅲ . ①章回小说—中国—现代
Ⅳ . ① I246.4

中国版本图书馆 CIP 数据核字（2014）第 154384 号

出 品 人：王维良
出版发行：北方联合出版传媒（集团）股份有限公司
　　　　　万卷出版公司
　　　　　（地址：沈阳市和平区十一纬路 25 号　邮编：110003）
印 刷 者：河北盛世彩捷印刷有限公司
经 销 者：全国新华书店
幅面尺寸：168mm×233mm
字　　数：286 千字
印　　张：17.25
出版时间：2015 年 1 月第 1 版
印刷时间：2021 年 7 月第 4 次印刷
责任编辑：胡　利
责任校对：张兰华
封面设计：向阳文化　吕智超
版式设计：范思越
ISBN 978-7-5470-3101-8
定　　价：40.00 元
联系电话：024-23284090
传　　真：024-23284448

常年法律顾问：李　福　版权所有　侵权必究　举报电话：024-23284090
如有印装质量问题，请与印刷厂联系　联系电话：0318-6658666

目 录

第一回

陷江陵并戕梁元帝
诛僧辩再立晋安王

却说宇文泰既鸩死帝后，改立新主，朝野上下，统料他有心篡逆，不肯再守臣节。偏泰迟延未发，仍然照常办事。*是曹阿瞒第二。*一面窥伺东南，特遣侍中宇文仁恕，借聘问为名，觇梁虚实。仁恕至江陵，凑巧齐使亦至，梁主绎礼待仁恕，不及齐使。仁恕归国语泰，泰笑道："吴儿必有所求，所以待卿有礼呢。"既而梁果遣使报聘，请据旧日版图，重定疆界。泰问梁使道："汝主尚思拓土么？但教保得住江陵，已算万幸了。"梁使亦抗词对答，语多不逊，被泰叱使南归，且顾语左右道："古人有言：天之所废，谁能兴之？难道萧绎违天不成！"嗣是图梁益急。再加降王萧詧，按时贡献，屡请师期，*好一个虎伥。*乃特召荆州刺史长孙俭入朝，商议攻取方法。俭振振有词，与泰意隐相符合，乃复令还镇，使他预备刍粮，为进兵计。魏将马伯符，旧为梁臣，陷入关中，至此颇眷怀故国，密遣人赍书至梁，报知泰谋。梁主绎尚多疑少信，置诸不提。

会广州刺史萧勃，启求入朝，梁主绎特徙勃为晋州刺史，另调湘州刺史王琳代任。琳部曲强盛，又得众心，所以梁主绎阴怀猜忌，特将琳远徙岭南，琳亦知上微意，私语江陵主书李膺道："琳一小人，蒙官家拔擢至此，岂不知感？今天下未定，迁琳岭南，倘有不测，琳怎得远道奔援？窃想官家微旨，无非疑琳生变，琳毫无奢

1

望，何至与官家争帝？为官家计，不若令琳为雍州刺史，镇守武宁，琳自放兵屯田，为国御侮，君臣一德，内外无忧，岂不是今日良策么？"詧深服琳言，但一时不敢启闻。琳乃陛辞而去。叙入此事，为后文许多伏案。散骑郎庾季才颇识天文，特上书预谏道："今年八月丙申，月犯心中星，今月丙申，赤气犯北斗，心为天主，丙主楚分，臣恐一建子月，江陵必有寇患，陛下宜留重臣镇江陵，整旆还都，远避祸患；就使魏虏侵蹙，止失荆湘，尚不至倾危社稷，愿陛下勿疑！"梁主绎亦略知天象，喟然叹道："祸福在天，何从趋避？"遂不从庾言。

到了暮秋，西魏果遣柱国常山公于谨，中山公宇文护，大将军杨忠等，出发长安，南下图梁，将士共五万人。长孙俭迎入戍所，向谨启问道："大军前往江陵，未知萧绎将出何计？"谨答道："耀兵汉沔，席卷渡江，直据丹阳，乃为上策；移郭内居民，退保子城，深沟高垒，静待援军，尚是中策；若不先移动，但守外郭，便成为下策了。"俭又道："如公高见，究竟绎用何策？"谨微哂道："我料萧绎必出下策！"老成料事，如在目中。俭问何因？谨说道："绎庸懦无谋，多疑少断，愚民又难与虑始，皆恋邑居，上下偷安，我所以料定萧绎，必出下策哩。"俭闻言拜服，且预贺成功。谨等遂统兵南下。

梁武宁太守宗均，忙向梁廷告警。梁主绎与群臣会议，领军胡僧祐，太府卿黄罗汉道："两国通好，未生嫌隙，当不至兴兵入寇。"侍中王琛亦插入道："日前臣奉使西魏，宇文尝温颜相待，何致忽然生变！"彼且不知有君，遑问汝国！绎乃复令琛北行，探问确音，琛奉命而去。是时梁主绎迷信道教，方在龙光殿中，召集群臣，演讲老子《道德经》。忽有边骑入报，谓西魏兵已至襄邓，叛王詧，亦率兵往会，指日前来，不可不防。梁主绎乃辍讲戒严。已而复由黄罗汉呈上一书，乃是王琛寄至，内云"我至石梵，境上帖然，边报多是戏言，未足为凭"。绎将信将疑，再至龙光殿讲论老子，百官戎服以听。父好佛，子信老，非此父不生此子。越宿又得边警，尚疑为未确。及警耗迭至，乃使主书李膺赴建康，征王僧辩为大都督，兼荆州刺史，命陈霸先徙镇扬州。僧辩、霸先两人，正与齐冀州刺史段韶，交兵境上，失利还师。一闻江陵被寇，僧辩亟遣豫州刺史侯瑱，兖州刺史杜僧明，分领程灵洗、吴明彻诸将，先后进兵。郢州刺史陆法和，亦自郢州入汉口，将诣江陵，梁主绎独遣使谕止法和，略云都兵已足御贼，卿但镇郢州，不烦前来。法和不得已退还，涂垩城门，自着衰绖，兀坐苇席，终日乃脱去。无非幻术欺人。

那西魏军已渡汉水，由于谨派令宇文护、杨忠两将，率精骑先据江津，堵截东路，建康各军，不得入援。护复攻克武宁，把太守宗均掳去。梁主闻报，夜率妃嫔等登凤凰阁，仰观天文，皱眉太息道："客星入翼轸，恐难免败亡了！"妃嫔等并皆泣下，绎相对唏嘘，夜半乃还宫就寝。翌晨，出津阳门阅兵，适值朔风暴雨，当面吹扑，冷不可当，没奈何轻辇折回。又过数日，已是十一月了，绎复乘马出城，督军筑栅，周围六十余里，命领军将军胡僧祐，都督城东诸军事，尚书右仆射张绾为副，左仆射王褒，都督城西诸军事，四厢领直元景亮为副，他如王公以下，各派职守，部署已毕，始还入城中。未几已闻敌兵至黄华，距江陵仅四十里，绎亟命太子元良巡阅城楼，令居民助运木石。是夕即有敌骑进逼栅下。武昌太守朱买臣，衡阳太守谢答仁等，诘旦出战，互有杀伤，未得胜仗，仍然退回。西魏统帅于谨，令部众纵火焚栅，烈焰燎原，不可向迩。栅内居民数千家，及城楼二十五座，俱成灰烬，遂四筑长围，断绝江陵出入。绎屡次巡城，俯瞩敌军强盛，唯四顾叹息，莫展一筹。或且口占诗词，命群臣属和，算是消愁的方法。愚不可及。嗣复裂帛为书，遣人催促王僧辩，书云：我忍死待公，何不速至！这书传将出去，终被西魏军截住，无从得达。王褒、胡僧祐、朱买臣、谢答仁等，再开门出战，又皆败还。绎复令王琳为湘州刺史，征使还援。琳忙督军北上，先遣长史裴政，从间道入报江陵，行至百里州，为萧詧部下所获，詧与语道："我乃武皇帝孙，难道不可为尔主么？若从我计，贵及子孙，否则立杀勿贷！"政诡言唯命。詧锁政至城下，嘱令传语，谓王僧辩已自称帝，琳军孤弱，不能入援。政一面允诺，一面呼语守兵道："援军大至，各思自勉，我奉王将军命，前来通报，不幸被擒，当碎身报国！"詧闻言大怒，即命斩首。西中郎参军蔡大业谏阻道："这是民望，若一杀死，江陵便不能下了。"乃释缚纵还。裴政孤忠，足以风世。

西魏军百道攻城，城中守兵，负户蒙楯，由胡僧祐日夕指挥，亲当矢石，明赏罚，严军律，众皆致死，故尚得相持数日。不料僧祐中箭身亡，内外大骇，朱买臣按剑进言道："今日唯斩宗懔、黄罗汉，尚可谢天下！"梁主绎叹道："前日不愿移都，实出我意，宗、黄何罪？"这语一传，众情益贰，及西魏军并力攻城，竟有人偷开西门，纳入敌兵。绎忙与太子元良，及王褒、朱买臣等，退保子城。诸将苦战终日，渐不能支，相继散去。绎入东阁竹殿，命舍人高善宝，焚去古今图书十四万卷，并欲自投火中，为左右所阻，乃用宝剑击柱，且击且叹道："文武大道，今夜毁尽了！"死且不悟，可叹可恨！

当下使御史中丞王孝祀，草就降文，谢答仁、朱买臣进谏道："城中兵士尚多，乘夜突围，寇必惊退。如得脱身，便可渡江求救。"绎素不便走马，摇首语道："难成！难成！"答仁道："陛下如不便驰骋，臣愿从旁扶掖陛下。"王褒闻言厉声道："答仁系侯景余党，怎得相信！与其倚贼，不若出降。"答仁气愤填膺，复申请道："臣蒙陛下厚恩，所以自愿效死，陛下如不愿夜出，内城将士，尚不下五千人，臣请背城一战，死亦甘心！"绎颇为感动，面授答仁为大都督，许配公主，即令出外部署。偏王褒固言答仁难信，且五千人怎能退敌？绎乃收回成命。及答仁再请入见，被门吏所阻，气得肝火暴升，狂喷鲜血，倒地而亡。贼中非无义士！

绎遣人出递降书，于谨征太子为质，由王褒奉绎命令，送太子元良入西魏营，谨闻褒善书，经与纸笔，褒执笔为书道："柱国常山公家奴王褒。"偷生怕死，一至于此。谨令褒召绎出迎，绎服素衣，乘白马驰出东门，抽剑击扉，自呼表字道："萧世诚，奈何至此！"西魏兵见绎出城，即逾堑牵住绎马，胁入营中。既见于谨，强令下拜，萧詧复在旁斥辱，绎亦无可奈何，但忍气吞声，由他发落。何不早死？詧将绎囚住乌幔下，于谨复逼使为书，传召王僧辩。绎不肯照写，魏使道："王今岂尚得自由？"绎答道："我既不自由，僧辩亦不由我！"或问绎何故焚书？绎凄然道："读书万卷，犹有今日，我所以尽焚了。"读与不读无异，想是一目已眇，只能看得偏旁。于谨拟处置萧绎，尚未定议，萧詧独坚请杀绎，并遣尚书傅准监刑，遂用土囊将绎压死。詧弑叔父，罪不容诛，但绎亦好戕骨肉，故亦遭死报。詧令用布缠尸，外用蒲席为殓，藁葬津阳门外。并杀太子元良，及始安王方略、桂阳王大成等人。大成系简文帝子。总计梁主绎在位三年，享年四十七岁，生平好学能文，著述词章，多半传世，唯秉性残忍，不知仁恕，兄弟子侄，视同陌路，稍挟私忿，必尽杀乃快。至魏兵围城，狱中死囚，多至数千人，有司请一律释放，充作战士，绎尚不允，概令处死，未及施刑，城已被陷，后来弄到这般结果。江陵人士，未尝叹惜，这可见众叛亲离，终归绝灭呢！唤醒尘梦。

詧将尹德毅，向詧进言道："魏虏贪残，任情杀掠，江东人民，涂炭至此，统说由殿下主使，怨气交乘，殿下既杀人父兄，孤人子弟，人尽仇敌，谁与相助？今为殿下计，莫若佯为设宴，会请于谨等入席，暗中设伏武士，起杀虏帅，再分派诸将，掩袭虏营，大歼群丑，使无遗类，然后收抚江陵百姓，礼召王僧辩、陈霸先诸将，朝服渡江，入践皇位，不出旬日，功成业就。古人有言：天与不取，反受其咎。愿殿下恢廓远略，勿徇小谅！"此计太毒，即使有成，恐天道亦不相容。詧半晌才道："卿策未尝不善，但魏人待我甚厚，不宜背德；若骤从卿计，恐人将不食吾余了！"德毅叹息而退。魏立詧为梁主，但将荆州给詧，延袤止三百里。雍州被圈领了去，又置防兵居西城，托名助詧，实加监制。命前仪同三司王悦，留镇江陵。于谨收取府库珍宝，及宋浑天仪，梁铜晷表，及南朝遗传法物，尽俘王公以下，及百姓男女数万口，编充奴婢，分赏三军，驱归长安。老弱残疾，一并杀死，仅留存三百余家。詧送归魏军，还城四顾，已是寂寞荒凉，目不忍睹，不由得长叹道："悔不用尹德毅言！"不悔为虏作伥，反悔不听德毅，始终谬误。

越年正月，詧始称帝，改元大定。追尊昭明太子为昭明皇帝，庙号高宗，太子妃蔡氏为昭德皇后，生母龚氏为皇太后，立妻王氏为皇后，子岿为太子，刑赏制度，多从旧制。唯上表西魏，仍然称臣。用参军蔡大宝为侍中，王操为五兵尚书。大宝足智多谋，晓明政事，詧目为诸葛孔明，推心委任。操亦大宝流亚，竭诚辅詧，詧始得稍具规模，成一个荆州小朝廷，史家称为后梁，这且慢表。

且说齐主高洋，闻魏兵进围江陵，曾遣清河王岳，攻魏安陆，遥救萧梁。岳至义阳，探悉江陵被陷，乃进军临江。郢州刺史陆法和，举州降齐。有幻术者，亦不过尔尔。齐因立贞阳侯萧渊明为梁王，令上党王高涣率兵护送，使向建康进发。时萧绎第九子晋安王方智，已由江州刺史任内，东归建康，王僧辩与陈霸先定议，奉方智为梁主，即皇帝位，年才一十三岁。命僧辩守官太尉，录尚书事，领中书监，兼骠骑大将军，都督中外诸军事。陈霸先守官司空，加征西大将军职衔，追尊皇考绎为孝元皇帝，庙号世祖。

正在兴绝继废的时候，忽由北齐尚书邢子才，驰驿到来，赍书与王僧辩。当由僧辩接阅来书，但见书中写着：

贵国丧君有君，见卿忠义；但闻嗣主冲藐，未堪负荷。贞阳侯系梁武犹子，长沙之胤，以年以望，堪保金陵，故置为梁主，送纳贵国，卿宜部分舟舰，迎接今主，并心一力，善建良图。

僧辩瞧着，不胜惊疑，那邢子才又取出一书，交与僧辩，书由萧渊明署名，求僧辩派兵出迎。僧辩踌躇多时，乃向邢子才道："主位已定，不应再易，烦君复报，以口代书。"子才复加劝导，僧辩不从，但另写一书，答复渊明，托子才带回。书云：

嗣主体自宸极，受于文祖，明公倘能入朝，同奖王室，伊吕之任，金日仰归；若意在主盟，不敢闻命！

子才持书自去，还报齐主。齐主高洋怎肯罢休？仍饬高涣等进行。涣与渊明行至东关，更遣人致书僧辩。僧辩亟遣散骑裴之横等，率兵往阻。之横到了东关，与齐兵交锋，不幸败殁，只剩得溃卒数百人，走报僧辩。僧辩大惧，出屯姑熟，乃拟迎纳渊明。陈霸先方留镇京口，忙遣使劝阻僧辩，毋纳渊明。僧辩不敢拒齐，只好与霸先异议，奉启渊明，定君臣礼，且请许晋安王为太子，渊明准如所请，遂出采石渡江，直指建康。僧辩备齐龙舟法驾，往迎江滨，齐高涣驻兵江北，但遣侍中裴英起，护卫渊明，趋至建康郊外，与僧辩相会。僧辩见过英起，即礼谒渊明。渊明涕泣慰谕，由朱雀门入都，越宿即位，改元天成，降晋安王方智为皇太子，命僧辩为大司马，霸先为侍中。齐师闻渊明得立，当然北归。渊明再表请齐廷，乞还郢州。郢州自陆法和降齐，齐遣仪同三司慕容俨镇守，僧辩亦尝令江州刺史侯瑱往攻。俨坚守数月，城中食尽，至煮草木根叶及靴皮带角为食，守卒尚无异心。及齐得渊明乞请，乃召俨归国，举州还梁，且因梁已称藩，所有前时虏归的梁民，一律放还。渊明复申表陈谢，哪知历时未几，京口发难，侥幸窃位的萧渊明，坐不住这凤阁鸾台，于是新旧交替，又要那冲年天子，入纂皇基。这事起自陈霸先，待小子说明情由。

霸先与僧辩共灭侯景，情好甚笃，僧辩又为子顾聘霸先女，正要成婚，适值僧辩丧母，乃将婚礼展期。顾兄颐屡在父前，极言霸先难信，僧辩不以为然。及僧辩迎纳渊明，霸先力争不得，因与僧辩生嫌。霸先尝叹道："武帝子孙甚多，唯孝元能复仇雪耻，嗣子何罪，乃遭废黜？况我与王公同处托孤地位，王公独一旦改图，外依戎狄，援立失次，究不知是何意？我为大义计，也顾不得私情了。"语虽近是，意未尽然。乃谋进击建康。可巧僧辩记室江旰，前来京口，说是齐将入寇，应该预防。霸先趁势定谋，留旰不遣，竟发兵往袭僧辩，留从子著作佐郎陈昙朗，居守京口，自督马步军启行。使部将徐度、侯安都，率水军趋石头城。

石头城北接冈阜，不甚危峻，安都舍舟登岸，潜至城下，被厚甲，带长刀，令军士以肩承足，迭接而上，自己作为首导，逾城直入，众亦随进，击死南门守卒，开城纳霸先军。僧辩方升厅视事，有人报称兵至，忙自厅内驰出，与子颁同至门外，随从约数十人。侯安都已到门前，持刀四劈，僧辩亦上前迎战，不到数合，安都部众，一拥而进，霸先亦率众接应，眼见是孤寡难支，当下夺路奔窜，走登南门楼。霸先麾众围攻，急得僧辩仓皇失措，只好拜请求哀。霸先毫不怜惜，反令部众搬集薪刍，势将纵火，僧辩无法，挈子下楼，为众所执。霸先问僧辩道："我有何罪，公乃欲引齐兵讨我？且何为无备至此？"僧辩道："委公北门，何谓无备？"霸先不答，竟命将僧辩父子牵系，绞死狱中。怕死者，反至速死。

前青州刺史程灵洗，率部曲救僧辩，与霸先军鏖战多时，灵洗败退。霸先遣使招谕，许为兰陵太守，灵洗乃降。霸先遂传檄中外，具列僧辩罪状，且云罪止僧辩父子兄弟，余皆不问。萧渊明闻僧辩被杀，自知帝位难居，便逊国就邸。还算见机。霸先仍奉晋安王方智正位，颁诏大赦，改元绍泰。内外文武百官，各赐位一等，授渊明为司徒，封建安郡公，霸先为尚书令，都督中外诸军事，兼扬、徐二州刺史，仍官司空。小子有诗叹道：

> 到底枭雄不让人，乘机掩入杀王臣。
> 大权攫得心才快，宁顾当时儿女亲！

霸先复立晋安王，都城粗安，忽由吴兴传到警信，乃是三叛连盟，反抗霸先。欲知三叛为谁，待至下回声明。

萧绎偷安江陵，不愿迁都，已自速败亡之兆。及魏兵南下，尚无志渡江，甘出下策，其致亡也必矣。夫绎性成残忍，无父无兄无子侄，伐柯寻斧，自戕枝叶，颠蹶致毙，非不幸也，宜也！独萧詧甘心召寇，主议杀叔，罪且浮于萧绎，即其后江陵存祚，传位二君，而昭明有知，亦岂肯遽往歆祀耶！萧渊明身为敌虏，宁足承祧？王僧辩以齐师之逼，迎立为主，宜为陈霸先所讧。但霸先之袭杀僧辩，亦非真心为梁。利害切身，亲友可以不顾，朝婚媾而暮寇仇，军阀固如是乎！读此回，窃不禁有居今思古之感云。

第二回

擒敌将梁军大捷
逞淫威齐主横行

却说吴兴太守杜龛，系是王僧辩女夫，僧辩尝改称吴兴为震州，即进杜龛为刺史。龛闻妇翁被害，当即据城拒命。还有僧辩弟僧智，为吴郡太守，亦起应杜龛。义兴太守韦载，本是僧辩心腹，也与连盟，反抗霸先。霸先兄子陈蒨，助守吴兴，已得霸先密书，令还长城故里，立栅备龛。蒨至长城，收兵才数百人，龛遣部将杜泰，率精兵五千人，掩至栅下。蒨众相顾失色，独蒨谈笑自若，毫不张皇，众心乃定。泰攻扑数旬，不克乃还。霸先使周文育，往攻义兴，韦载募集弓弩手，射退文育，便在城外据水立栅，用兵扼守。霸先自督兵接应文育，留高州刺史侯安都，石州刺史杜棱，宿卫台省。

谯、秦二州徐嗣徽，有从弟名叫嗣先，系僧辩外甥，僧辩被杀，嗣先怂恿嗣徽，举州降齐。及闻霸先东攻义兴，遂密结南豫州刺史任约，乘虚袭建康，掩入石头。游骑至台城下，侯安都闭门静守，且下令军中道："登陴窥贼者斩！"嗣徽莫名其妙，不敢进逼，暂收兵还石头。诘旦，又进攻台城，忽见城门大启，冲出壮士数百名，踊跃直前，锐不可当。嗣徽抵敌不住，仍奔还石头城。太不济事。

霸先到了义兴，攻入水栅，使韦载族人韦翙，赍书招载，载因情穷势绌，不能坚持，没奈何偕翙出城，投降霸先。霸先好言慰抚，引置左右，特命翙监义兴郡事，乃卷甲还建康。移周文育兵救长城，更遣宁远将军裴忌，轻骑倍道，直趋吴郡。夜至城下，鼓噪登城，王僧智从睡中惊起，疑是大军到来，忙从后门逃出，轻舟奔吴兴。忌遂入据吴郡，奉霸先命留为太守。

霸先拟急攻石头，蓦闻齐兵来援徐嗣徽，并运粮三十万石，马千匹，已至湖墅。霸先未免耽忧，亟向韦载问计，载答道："齐兵若分据三吴，略地东境，岂不可虑？今急宜至淮南筑城，保护东方粮道，再分兵绝彼输运，使他进无所资，不出旬日，齐将头颅，定可悬阙下了！"霸先依议，即使侯安都夜袭湖墅，放起一把无名火来，把齐船千余艘粮米，一炬成空。仁威将军周铁虎，得擒住齐北徐州刺史侯领州，械送建康。韦载复至淮南筑垒，使杜棱驻守，借通饷道，建康各军，才得无虞。霸先能善用叛人，因有此效。齐兵就仓门水南，设立二栅，与梁军相拒。侯安都出袭秦郡，攻破城栅，俘数百人，得徐嗣徽家琵琶及鹰，因遣人送还嗣徽，且传语道："昨至老弟处得此，军前不需此物，因特送还。"调侃得妙。嗣徽大惊，急向齐营乞援。齐淮州刺史柳达摩，渡淮列阵，霸先督众猛斗，纵火烧栅，齐兵大败，溺死甚众。嗣徽与任约再引齐兵，屯驻江宁浦口，侯安都又带领水军，袭破齐兵，嗣徽等单舸脱走，柳达摩尚不肯去，留守石头城，霸先召集水陆各军，围攻石头，城中无水，达摩无法可施，乃遣使求和，唯要求质子。霸先与百官会议，大众以建康虚弱，粮运不继，不若易战为和。霸先乃令从子昙朗，及永嘉王萧庄，出质齐营，与达摩会盟城外。霸先此着，未免太弱。达摩始引兵自去。徐嗣徽、任约偕出奔齐。齐主高洋，闻达摩擅与梁和，且丧亡粮械马匹，不可胜计，遂归罪达摩，将他诛死，再令仪同三司萧轨，调集大军，克期南下。时已残冬，雨雪盈途，急切里不便行军，暂命展缓。

那震州刺史杜龛，尚据住吴兴，未曾除去。梁将周文育与霸先兄子蒨，屡攻杜龛，龛固守不下，相持逾年。文育暗结龛将杜泰，作为内应，一面诱龛出战。龛与杜泰出城，两下交锋。泰按兵不动，害得龛独力难支，奔回城中。泰亦随入，劝龛出降。龛迟疑未决，商诸妻室王氏，王氏道："我与霸先，仇隙甚深，何可求和？"倒还是个烈女。因取龛中金银首饰，及所藏布帛等类，悉数犒军，与决一战。军士得了重赏，统是感激得很，情愿效死，开城出斗，一当十，十当百，果将梁军杀败，退至十里外下寨。

龛素嗜酒，每饮辄醉，此时幸得胜仗，便放心畅饮，整日里醉意醺醺，几忘朝晚。哪知杜泰已勾引梁军，开门纳入。龛尚高卧床中，沉醉未醒，妻王氏屡唤不应，也顾不得结发深情，当下将万缕青丝，付诸并剪，变了一个秃头妇人，混出府舍，往做尼姑去了。王僧智尚在吴兴，忙与弟僧愔，从后门出走，奔投北齐。陈蒨等杀入府中，搜捕杜龛，龛鼾声直达，还在黑甜乡中，做那痴梦，当由梁军把他舁出，扛至项王寺前，一刀了事。不在刘伶祠，而在项王寺，未免杀错地方。

东扬州刺史张彪，向为王僧辩党羽，不附霸先，霸先更遣陈蒨、周文育往袭会稽。即东扬州。彪迎战大败，走入若耶山中，被蒨将章昭达追及，枭首报功。南方已平，只北方警信日亟。徐嗣徽、任约进袭采石，执去明州张怀钧，霸先闻报，急遣帐内荡主勇士以荡突敌人，故称荡主。黄丛率兵往堵。适齐大都督萧轨，引兵南下，与徐嗣徽、任约合军，众至十万，趋向梁山。黄丛仗着锐气，迎头痛击，杀死齐兵前队数百人，齐兵不觉惊骇，退至芜湖。十万大军，不敌黄丛，其后日之覆亡已可想见。当下致书霸先，但言奉齐主命，来召建安公萧渊明，并非与南朝争胜。霸先乃具舟送渊明，偏渊明背上生疽，病不能兴，未几竟死。齐兵待渊明不出，即从芜湖出发，入丹阳，至秣陵。霸先亟遣周文育出屯方山，徐度出屯马牧，杜棱出屯大航，抵御齐军。齐人跨淮筑桥，立栅渡兵，自方山直进倪塘，游骑竟至都下，建康大震。

霸先忙召周文育等还援，自督军出屯白城。周文育亦率兵来会，与齐军对垒列阵。两下相交，正值西风大起，扑入梁营。霸先拟收军以待，独文育请战，霸先道："用兵最忌逆风，奈何出战？"文育道："事已急了，何用古法？"遂抽矟上马，鼓勇先进。众军一齐随上，风亦转势，得俘斩齐兵数百人。徐嗣徽分扰耕坛，由梁将侯安都截住。安都麾下只十二骑，左冲右突，无人敢当。齐将乞伏无劳，独拨马来截安都，战不三合，即被安都运动猿臂，活擒了去。无劳要想有劳，当然败事。嗣徽骇退，齐兵亦敛迹回营。

已而复潜至幕府山，霸先早已防着，密遣别将钱明，带领水师，绕出齐军后面，截击齐人粮船，劫得数十艘，齐军乏食，至宰食驴马充饥。未几又入逾钟山，霸先与众军分屯乐游苑东，及覆舟山北，断敌冲要。齐兵复转趋玄武湖，将据北郊坛，梁军也从覆舟山移驻坛北，与齐兵相持。可巧连日大雨，平地水深丈余，齐人昼夜立泥淖中，足指腐烂，悬釜以炊。唯梁军居处高原，尚得无虞。不过因阴雨连绵，粮运不继，未便枵腹从戎。会由陈蒨馈运米三千斛，鸭千只，到了梁营，霸先亟命炊米煮鸭，各令用荷叶裹饭，夹入鸭肉数胾，分给将士。大众饱餐一日，遂于翌日黎明，麾众出幕府山。侯安都为先锋，语部将萧摩诃道："卿骁勇有名，千闻不如一见。"摩诃答道："今日当令公亲见便了！"说着，即偕安都杀入敌阵。齐兵见他来势凶猛，急命军士迭射，安都不肯少却，冒矢向前，身上受了数箭，尚非致命要穴，却还熬受得住，偏马眼中着了一矢，马竟狂跃，将安都掀落地上。齐人见安都坠马，争来擒捉，猛听得一声大呼，突入一位少年将军，用槊四拨，把齐人纷纷杀退，救起安都。这少年不必细问，便可知是萧摩诃。安都易马再战，齐军披靡，霸先令部将吴明彻、沈泰等，首尾齐举，纵兵大战。安都引兵横出，冲散齐军，齐人大溃。徐嗣徽及弟嗣宗，先被梁军擒住，斩首示众，复鼓众力追，直至临沂，沿途屡有擒获，连齐大都督萧轨，也逃走不及，由梁将活捉了来。只任约、王僧愔跑得较快，幸免性命，余众无舟渡江，各缚荻筏北渡，中流沉溺，不计其数，流尸塞岸，弃械盈途。

梁军凯旋还都，由霸先下令，把齐帅萧轨以下，凡将吏四十六人，悉数处斩，然后请旨大赦，内外解严。霸先得进位司徒，加中书监，封长城公，余官如故，他将各封赏有差。霸先以侯安都为首功，愿将徐州刺史兼职，让授安都。梁主方智当然依议，寻且加授霸先为丞相，录尚书事，兼镇卫大将军扬州牧，封义兴公。霸先乃踌躇满志，要想帝制自为了。

独广州刺史王琳，前曾北援江陵，行次长沙，闻元帝殉难，自己家属，亦被西魏军掳去，不禁涕泪交并；遂为元帝发丧，三军缟素，且遣别将侯平，率舟师攻后梁。侯平连破后梁军，兵威颇振，遂不受王琳命令。琳遣将讨平，平走依江州刺史侯瑱。琳所有精锐，本已尽给侯平，平已叛去，军势遂衰，不得已奉表降齐。又因妻子皆为魏虏，复献款长安，乞请取赎。魏太师宇文泰，许还妻子，琳又请归元帝及太子元良棺木，亦邀宇文泰允许。琳迎葬元帝父子，报闻梁廷，仍然称臣。自是王琳一人，变做了三国臣仆，这好算是狡兔三窟呢。**太觉聪明。**

且说齐主高洋，闻齐师覆败，萧轨等被梁擒斩，当然大怒，亦命将质子陈昙朗，置诸极刑。唯永嘉王萧庄，非陈氏子，准令免死。本拟兴兵报怨，适值大修宫殿，无暇再举，乃将兵事搁起，专务侠游。原来高洋自荡平山胡，致生骄侈，渐渐地荒耽酒色，肆行淫暴。或躬自歌舞，尽日通宵；或散发胡服，杂衣锦彩；或袒露形体，涂傅粉黛；或乘牛、驴、橐驼、白象，不施鞍勒；或盛暑炎热，赤膊游行；或隆冬严寒，去衣驰走。从吏俱不堪苦虐，洋独习以为常。有时觉得疲倦，令崔季舒、刘桃枝扶掖而行，勋戚私第，朝夕临幸，闹街曲市，常见足迹。既而淫恣益甚，遍召娼妓，褫去衣裳，令从官相媟为乐，自己淫兴勃发，即使娼妓杂卧榻上，任意奸淫。甚至行及宫中，凡元氏、高氏两族妇女，悉数征集，亦视如娼妓一般，先择几人上前，逼令卸装露体，供他淫污，稍或违拗，即拔刀杀死。除与己交欢外，把妇女分给左右，概使当面肆淫。左右乐得从命，可怜这班妇女，为了一条性命，只好不顾羞耻，任他所为！

父兄好淫，子弟必从而加甚。

高澄妻元氏，由洋尊为文襄皇后，居静德宫。洋忽猛忆道："我兄昔戏我妇，我今须报。"遂将元氏移居高阳宅中，自入元氏卧室，用刀相迫。元氏不敢逆意，没奈何宽衣解带，唯命是从。娄太后闻洋昏狂，召洋诃责，且举杖击洋道："当效汝父，当效汝兄！"洋不肯认错，受杖数下，即起身奔出，回指太后道："当嫁此老母与胡人！"娄太后大怒，遂不复言笑。洋颇知自悔，屡向太后前谢罪，娄太后怒气未平，终不正视。洋自觉乏趣，唯饮酒解闷，醉后益触起旧感，复趋至太后宫中，匍匐地上，自陈悔意。娄太后仍然不睬，洋不由得懊恼起来，把太后的坐榻，用手掀起。太后未尝预防，突然倒地，经侍女从旁扶起，面上已有伤痕，当时怒上加怒，立将洋撵出宫外。未几洋已酒醒，大为悔恨，又至太后宫请安。娄太后拒不肯见，洋使左右积柴炽火，欲投身自焚。当有人报知太后，太后究系女流，免不得转恨为怜，乃召洋入见，强为笑语道："汝前酒醉，因致无礼，后当切戒为是！"洋乃命设地席，且召平秦王高归彦入宫，*归彦系高欢从祖弟。*令执杖施罚。自跪地上，袒背受杖，并语归彦道："杖不出血，当即斩汝！"娄太后亲起扶持，免令加杖。洋流涕苦请，乃使归彦笞脚五十，然后衣冠拜谢，呜咽而出。因是戒酒数日，过了旬余，又复如初，甚且加剧。

归彦幼孤，寄养清河王高岳家，岳为高欢从父弟，*见前文*。岳待遇甚薄，及归彦长成，辄怀隐恨。岳尝将兵立功，颇有威望，起第城南，很是华腴。归彦向洋进谗，说岳僭拟宫禁，洋由是忌岳。岳性爱酒色，曾召入邺下歌妓薛氏姊妹，侑酒为欢。后来薛氏妹得入后宫，邀洋宠爱，洋遂往来薛氏家。薛氏姊为父乞司徒，洋勃然怒道："司徒大官，岂可求得？"薛氏姊亦出言不逊，竟被洋饬人锯死。且因薛氏妹尝侑岳酒，疑岳通奸，便召岳入问。岳答道："臣本欲纳此女，因嫌她轻薄，所以不取，并未与她有奸。"洋终未释嫌。及岳辞归，即令归彦赍鸩赐岳。岳自言无罪，归彦道："饮此尚得全家。"岳乃服鸩而亡。洋仍葬赠如礼，唯令改岳宅为庄严寺。薛氏妹尚是得宠，册为嫔御。嗣忽忆她与岳通奸，亲斫薛首，藏诸怀中，自赴东山游宴，看核方陈，群臣列席，洋探怀出薛氏头，投诸盘上，一座大惊。又命左右取薛氏尸，把她肢解，以髀骨为琵琶，且击且饮，且饮且泣，喃喃自语道："佳人难再得。"乃载尸以归，被发步行，哭泣相随，待亲视殡葬，然后还宫。实是丧心病狂。

已而嫌宫室卑陋，乃发工匠三十余万，修广三台宫殿。殿高二十七丈，两栋相距二百余尺，工匠危怯，皆系绳防踬，洋登脊疾走，毫不畏怖。旁人代为寒心，他却身作舞势，折旋中节，好多时方才下来。平时出游，好作武夫装，兵器不离手中，尝在途中见一妇人，面目伶俐，便召问道："你道今日的天子行为如何？"妇人未曾相识，猝然答道："癫癫痴痴，成何天子！"语未毕，已被洋一刀两段。

洋乘便入李后母家，后母崔氏出迎，不防洋突射一矢，正中面颊。崔氏惊问何因？洋怒叱道："我醉时尚不识太后，老婢问我何为？"遂复用马鞭乱击，至百余下，打得崔氏面目青肿，方才驰去。转入第五弟彭城王浟家，浟母即大尔朱氏，当然出见。洋瞧将过去，觉得尔朱氏虽值中年，尚饶丰韵，不觉欲火上炎，竟牵住尔朱氏，欲与交欢。尔朱氏难以为情，未肯照允，惹得洋易喜为怒，立即拔刀砍去，尔朱氏无从闪避，头破身亡。前时已经失节，此时偏要顾名，死不值得！

洋既杀死尔朱氏，复别往魏安乐王元昂家，昂妻李氏，即李后之姊，颇有姿色，巧值元昂外出，由李氏出迓车驾，洋入室后，便将李氏拥住，李氏惮他淫威，无法摆脱，勉承主欢。嗣是洋屡次往幸，并欲纳为昭仪，恐昂不肯舍，先召昂入便殿，使他匍伏，自引弓射昂百余箭，凝血满地，乃使舁归家中，即夕毕命。洋反自往吊丧，就丧次逼拥昂妻，与他续欢。一面命从官脱衣助襚，号为信物。李后终日哭泣，不愿进食，但乞让位与姊。娄太后俟洋入宫，面加训导，方不纳昂妻为昭仪。

洋又作大镬、长锯、锉碓等类，陈列殿庭，每醉辄杀人为戏，刽解屠炙，成为常事。左丞卢斐、李庶，及都督韩哲，俱无罪遭戮，唯宰相杨愔，始终倚任，但亦视若奴隶，使进厕筹，或用鞭答愔背，流血盈袍。有时令愔露腹，欲执小刀劙皮，还是崔季舒托为诽言，从旁笑语道："老小公子恶戏。"因把刀掣去，才免劙腹。愔因洋

高洋纵酒妄杀

嗜杀人，尝简邺下死囚，置诸仗内，号为供御囚，三月不杀，方才赦宥。开府参军裴谒之，上书极谏，洋语愔道："谒之愚人，怎敢如此！"愔答道："彼欲陛下加刑，使得传名后世。"谲谏语。洋笑道："我不杀他，怎得成名！"正要你说此言。一日，泣语群臣道："黑獭不受我命，奈何！"都督刘桃枝道："臣愿得三千壮士，西入关中，牵絷以来。"洋闻言大喜，赐帛千匹。侍臣赵道德进言道："东西两国，势均力敌，我可擒彼，彼亦可擒我；桃枝妄言应诛，陛下奈何滥赏！"洋幡然道："道德言是！"乃收回桃枝赐绢，转赏道德。会洋使道德从游，至漳水旁，欲跃马驰下峻岸，道德揽辔劝阻，洋恨他逆旨，拟拔刀刺道德，道德从容道："臣死不恨，当至地下启奏先帝，谓此儿淫凶颠狂，不可教训！"滑稽得妙。洋亦为默然，回马径归。

典御丞李集面谏，比洋为桀、纣，洋当即怒起，令缚置水中，好多时才命引出。复问道："我究竟与桀、纣相同否？"集正色道："恐尚不及桀、纣！"却是真话。洋又令入水，三沉三问，集对答如初。洋大笑道："天下有如此痴人，方知龙逢、比干，未是俊物！"乃挥集使去。嗣复被引入见，又欲进言，洋窥知集意，竟令左右驱出腰斩，一道忠魂，趋入地府，往寻那龙逢、比干，证引同调去了。小子有诗叹道：

> 为臣原贵格君非，君太狂昏要见几。
> 强谏徒然罹一死，何如先事学鸿飞！

洋淫恶未悛，还亏杨愔主持政务，百度修饬，才得粗安。那西魏及南朝，篡弑相寻，真是泯泯棼棼，不可纪极了。看官欲知详情，待小子逐节叙明。

陈霸先战败齐兵，为后来篡梁预兆。齐、魏为南朝劲敌，齐或胜梁，霸先犹有惧心，乃全军覆没，令霸先得以逞志，其不肯受制于萧家小儿，已可知矣。然齐主高洋，方淫昏失德，所任将帅，如萧轨等类皆庸暗，亦安能制胜疆场耶！齐兵败覆，高洋乃不遑报怨，但沉湎酒色，兴役土木，任意淫烝，逞情杀戮，拟以桀、纣，诚有过之无不及者。李集虽忠，徒死无益，本回结束一诗，最得李集定评。"事君数，斯疏矣"，况其为暴君乎！古训之不可不遵也如此。

第三回

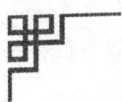

宇文护挟权肆逆
陈霸先盗国称尊

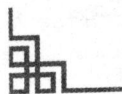

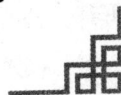

　　却说宇文泰废立嗣君，专权如故，尝欲仿行古制，依周礼改定六官，至是决意施行。泰自为太师大冢宰，李弼为太傅大司徒，赵贵为太保大宗伯，独孤信为大司马，于谨为大司寇，侯莫陈崇为大司空，余官皆仿周礼，不消细述。泰前尚魏孝武妹冯翊公主，生子名觉，泰封安定公，觉亦得封略阳公。妾姚氏，生子名毓，又受封宁都公。毓年较觉为长，曾娶大司马独孤信女，泰欲立嗣，苦未能决，因语诸公卿道："我欲立子以嫡，但恐大司马见疑，如何是好？"尚书左仆射李远道："立子以嫡不以长，这是古来的常道，若虑信有异言，远愿为公斩信！"说着，拔剑遽起。也是一个莽夫。泰忙起身拦住道："何至如此！"信闻远言，亦入内自陈，主张立嫡，于是大众并从远议。远出外谢信道："临大事不得不尔，请公莫怪！"信亦谢远道："今日赖公决此大议。"乃一笑而散。泰遂立觉为世子。

　　西魏主廓三年八月，泰北巡渡河，还至牵屯山，忽然遇病，病且沉重，急发使驰驿，往召中山公护。护至泾州，入省泰疾，泰语护道："我诸子皆幼，外寇方强，天下事仗汝主持，汝宜努力，勉成我志！"护当然受命。史称泰知人善任，奈何反不知犹子？奉泰舆至云阳，泰气促身亡，年五十二，途中不便传讣，及舁还长安，方才发丧，由魏主赐谥曰文。

世子觉嗣位太师大冢宰，袭封安定公。觉时年十五，尚乏谋断，国家大事，应由护一人办理，护名位素卑，虽经泰托命，未惬舆情，名公巨卿，多半不服。护未免加忧，商诸大司寇于谨，谨答道："谨蒙令先公知遇，情同骨肉，今日事当效死力争；若对众定策，公亦不宜推辞。"谨亦不能知护。护易忧为喜，欣然受教。次日与公卿会议，谨首先开口道："从前帝室倾危，非安定公不得今日，今安定公一旦去世，嗣子虽幼，中山公亲为兄子，兼受顾托，军国重事，理应归中山公主决，何必多疑！"说至此，余音震响，面带威棱。公卿等不寒而栗，莫敢发言。护徐说道："此乃家事，护虽庸昧，亦何敢遽辞！"谨即起立道："中山公统理军国，使谨等有所依归，应当拜命！"遂向护再拜，公卿等亦不敢不拜。护一一答礼，众议乃定。护欲笼络众心，抚循文武，整肃纪纲，俱属有条不紊，朝右益无异言。

魏主廓复将岐阳土田，赐宇文觉，进封周公。护因觉幼弱，意欲导觉篡魏，自居首功，遂遣人入讽魏主，逼他禅位。魏主廓本无权力，好似傀儡一般，此时为护所迫，眼见得不能反抗，只好推位让国，拱手求生。乃使大宗伯赵贵，奉册周公，自愿逊位。宇文觉尚上表鸣谦，辞不敢受，再由济北公拓跋迪，赍交玺绶，公卿等相率劝进，觉乃受命。遂于次年正月朔，即位称天王，燔柴告天，朝见百官，国号周。史家称为北周。追尊皇考文公泰为文王，庙号太祖，皇妣元氏为文后，降魏主廓为宋公，进大司徒李弼为太师，大宗伯赵贵为太傅，大司马独孤信为太保，从兄中山公护为大司马，庶兄宁都公毓为大将军。余皆封拜有差。已而复封弼为赵国公，贵为楚国公，独孤信为卫国公，于谨为燕国公，侯莫陈崇为梁国公，大司马护为晋国公，各食邑万户，使作屏藩。魏主廓早已出宫，寄居大司马府，护拟斩草除根，索性把他鸩死，托言遇疾暴亡，加谥为魏恭帝。魏自道武帝拓跋珪建元，传至孝武帝修入关，共历九世，得十一主，计一百四十九年，东魏一主，凡十七年，西魏三主，凡二十三年。总束北魏，万不可少。

宇文护自恃功高，不免专恣。赵贵、独孤信等，本皆与宇文泰比肩，不愿事护，只因为于谨所胁，勉强推让，至此见护揽权不法，遂密谋诛护。贵欲速发，信尚迟疑，开府仪同三司宇文盛，调悉阴谋，即向护报闻。护乘贵入朝，潜伏甲士，将贵拿下，立即处斩；并免独孤信官，胁令自尽。护得进任大冢宰，势力益横，仪同三司齐轨，语御正大夫薛善道："军国大权，应归天子，奈何尚在权门！"善将轨语告护，护便命处死，授善为中外府司马。周主觉见护专横，一切刑赏，统是独断独行，未尝豫白，心中也隐觉不平。

司会李植，军司马孙恒，本系先朝佐命，久参国政，因恐护不相容，乃与宫伯乙弗凤、贺拔提等，秘密往来，欲清君侧。植与恒先入白道："护擅戮朝贵，威权日甚，谋臣宿将，争往依附，事无大小，绝不启闻，臣料护包藏祸心，未肯终守臣节，还望陛下早日图谋，无待噬脐！"周主觉唏嘘不答。凤与提从旁插嘴道："如先王明圣，犹委植、恒等参议朝政；今若将国事委托二人，何患不成！臣闻护常自比周公，周公摄政七年，然后还政，试问护能如周公的贤圣么？就使七年以内，护无异图，恐陛下事事受制，亦怎能忍待七年？"周主觉颇以为然，因屡引武士至后园，演习技艺，为除奸计。宫伯张光洛，系护心腹，他却佯言嫉护，交欢植等。植等未识真假，引与同谋，光洛即背地告护。护遂出植为梁州刺史，恒为潼州刺史。还算不用辣手。

周主觉怀念植等，每欲召还，护入内泣谏道："天下至亲，莫如兄弟，兄弟尚或相疑，此外何人可信？太祖以陛下春秋未盛，嘱臣后事，臣情兼家国，愿竭股肱，若陛下亲览万几，威加四海，臣虽死犹生；但恐臣一除去，奸邪得志，非但不利陛下，亦将倾覆社稷，臣至地下，何面目再见先王！且臣为天子兄，位至宰相，尚复何求？愿陛下勿信谗言，疏弃骨肉！"巧言如簧。试问后日弑主将作何说？觉乃罢议，但心终疑护。凤等益惧，密谋益亟，拟召公卿入宴，即席执护。张光洛又向护报闻，护召柱国贺兰祥，领军尉迟纲等，共谋废立。纲即入殿中，佯召凤等议事，待凤等趋入，麾兵拿下，送交护第。周主觉方册后元氏，在宫叙情。后系魏文帝宝炬第五女，姿容秀雅，觉为略阳公时，已纳为夫人，情好颇笃。此时大礼告成，格外欢昵，蓦闻外廷有变，料知情事不佳，急令宫人执兵自守。偏贺兰祥带兵入宫，逼主逊位，区区宫人，哪里敌得过赳赳武夫？不由得四散奔窜。周主觉束手无策，只得挈了元后，出居旧第。数月天王，不如不为！

护更召公卿会议，仍废觉为略阳公，迎立岐州刺史宁都公毓。大众齐声道："这是大冢宰家事，敢不唯命是听！"乃驱出凤等，一一枭斩。复召还潼州刺史孙恒，梁州刺史李植。植父柱国大将军李远，正出镇弘农，亦被召还朝。远防有变祸，沉吟多时，乃慨然道："大丈夫宁为忠义鬼，怎可作叛逆臣！"遂就征诣长安。孙恒先至，当即被杀。植与远依次入都。护因远名望素隆，尚欲保全，特引与握手道："公儿忽有异谋，不但屠戮护身，且欲倾危宗社，叛臣贼子，理应同嫉，请公自行处置！"说着，即令执植付远，远素爱植，植又巧言抵赖，远不忍加诛。诘旦复率植谒护，护总道远必杀植，及闻父子俱来，因盛气传入，呼远同坐。且召略阳公觉与植对质，植无可讳言，乃抗声语觉道："本为此谋，欲利至尊，今日至此，有死罢了，何劳多言！"远听了此语，不禁起身投地，且愤愤道："果有此事，合该万死！"护即命左右牵植出外，斩首返报，并逼远自杀。植弟叔谊、叔谦、叔让皆处死，余子以幼冲得免。

过了月余，宁都公毓自岐州至长安，护即害死略阳公觉，早知不免一死，亦不必诬罪李植。并黜元后为尼，然后迎毓入宫，嗣天王位，大赦天下，就延寿殿朝见群臣。太师赵国公李弼，朝罢归第，便即婴疾，未几谢世。宇文护晋位太师，授皇弟邕为柱国，进封鲁国公。邕系宇文泰第四子，幼有器量，泰尝语人道："欲成吾志，必待此儿。"年十二，已得封公爵，至是官拜柱国，出镇蒲州，容后再表。毓妻独孤氏，得册为后。独孤氏悼父非命，屡思为父复仇，怎奈仇人在前，不得加刃，渐渐地抑郁成病，竟致不起，距立后期才及三月，已是玉殒香消，往地下去省乃父了。周主毓虽然悼亡，但亦没法图护，只好蹉跎过去。毓不能为妇翁复仇，又不能为妇泄愤，如此懦弱，怎得不同归于尽！

古人说得好，铜山西崩，洛钟东应，北周屡遭篡弑，南朝亦猝生变祸，画一个依样葫芦。自陈霸先进为丞相，手握重权，已把梁主方智，视若赘瘤。本拟即日篡梁，可巧南方起了兵祸，不得不遣将往讨，暂将受禅事搁过一边。晋州刺史萧勃，因王琳还援江陵，复徙居始兴，始兴郡已改称东衡州，即令欧阳頠为刺史。已而复调頠刺郢州，勃留頠不遣，且遣兵袭頠，攻入城中，尽取资财马仗，把頠拘回。勃又命释頠囚，甘言抚慰，頠也只好得过且过，俯首听命。勃乃使归原任，联为指臂。及梁主方智嗣位，进勃为太尉，勃虽遣使入贺，仍然阳奉阴违。越年，梁又改绍泰二年为太平元年，国家多事，也无暇顾及南方。又越年为太平二年，陈霸先逆迹渐萌，勃却假名讨逆，发难广州。前阻霸先北援，此时反欲为梁讨逆，谁其信之！遣欧阳頠为前锋，从子萧孜部将傅泰为副，复檄南江州刺史余孝顷，引兵相会。頠出南康，屯苦竹滩，泰据蹪口城，孝顷出豫章，踞石头津。渚名，非建康之石头城。梁廷闻警，急遣平西将军周文育，调集各军，往讨萧勃。巴山太守熊昙朗，伪称应頠，约与共袭高州，暗中却已通知高州刺史黄法氍。颋不防有诈，出会昙朗，共赴高州城下。法氍出兵逆战，昙朗与战数合，便麾兵倒退，冲颋后军。法氍乘势杀来，颋始知中计，慌忙弃去军械，引兵遁去。昙朗却得收拾马仗，饱载而归。周文育统军前进，正苦乏船，探得余孝顷有船在上牢，潜遣军将焦僧度袭取，得船数百艘，乃溯江至豫章，立栅屯兵。适军中食尽，粮运不至，诸将俱欲还师，独文育不许，使人从间道至衡州，向刺史周迪乞粮，约为兄弟。迪得书甚喜，遂输粮济军。文育既得粮饷，并不进军，反遣老弱各兵，乘船东下，自毁营栅，做遁去状。孝顷闻梁军东返，总道他粮尽回师，毫不设备，哪知文育却绕出上流，潜据芊韶，筑城飨士，营垒一新。

芊韶左近，为欧阳颋、萧孜营，右近为傅泰、余孝顷营，文育据住中间，惹得颋、孜等仓皇大骇，急欲移营。颋先退还泥溪，不料梁将周铁虎，引兵追及，槊及颋马。颋不得已回马与战，不到十合，但听铁虎猛喝一声，颋已落马，被梁军活擒了去，送入文育大寨。颋见文育，自言为勃所迫，并非真心事勃，文育乃亲释颋缚，与他乘舟同饮，张兵至蹠口城下。傅泰出战败走，由梁将丁法洪，驱马追上，手到擒来。统是没用的家伙。萧孜、余孝顷见两将被擒，吓得魂飞天外，统一溜烟似地逃走了去。德州刺史陈法武，前衡州刺史谭世远，正接萧勃檄文，率兵往助，猝闻勃军败衄，乐得倒戈从事，一哄而入，杀死萧勃。勃将兰敳不服，又袭杀世远，偏别将夏侯明彻，又将敳杀毙，持勃首出降梁军。

文育传首建康，并槛送欧阳颋、傅泰等人。霸先本与颋有旧，当然宥罪，且因他声著岭南，仍令为衡州刺史，使他招抚。一面遣平南将军侯安都，往助文育，剿平余孽。萧孜、余孝顷尚分据石头津，夹水列营，多设舟舰。安都趋至，潜师夜袭，借着祝融氏的威焰，顺风纵火，把石头津左右的军船，烧得精光。再由文育督众夹攻，萧孜惶急乞降，孝顷窜去。文育等乃奏凯班师。欧阳颋到了岭南，诸郡皆望风归顺，广州亦平。

霸先闻孝顷往依王琳，特征琳为司空。琳不肯就征，乃命周文育、侯安都等，率舟师至武昌，进击王琳，一面安排篡梁，自为相国，总百揆，胁梁主进封陈公，加九锡礼。未几即进爵陈王，建天子旌旗；又未几即迫梁主禅位，颁发策命。词云：

咨尔陈王：唯昔上古，厥初生民，骊连、栗陆之前，容成、大庭之世，杳冥荒忽，故靡得而议焉。自羲农、轩昊之君，陶唐、有虞之主，或垂衣而御四海，或无为而子万民，居之如驭朽索，去之如脱敝屣，裁遇许也，便能舍帝，暂逢善卷，即以让王。故知玄扈璇玑，非关尊贵，金根玉辂，示表君临，及南观河渚，东沉刻璧，菁华既竭，茕勤已倦，则抗首而笑，唯贤是与，浩然作歌，简能斯授，遗风余烈，昭晰图书。汉魏因循，是为故实，宋齐授受，又弘斯义。我高祖应期抚运，握枢御宇，三后重光，祖宗齐圣。及时属阳九，封豕荐食，西都失驭，夷狄交侵，慄慄黔首，若崩厥角，徽徽皇极，将甚缀旒。唯王乃神乃圣，钦明文思，二仪并运，四时合序，天锡智勇，人挺雄健，珠庭日角，龙行虎步，爰初投袂，仗义勤王，电扫番禺，云撤彭蠡，翦其元恶，定我京畿。及王贺帝弘，贸兹冠履，既行伊霍，用保冲人，震泽稽涂，并怀畔逆，獝羯丑虏，三乱皇都，才命偏师，二邦自殄，薄伐狰狁，六戎尽殪，岭南叛涣，湘郢连结，贼帅既擒，凶渠传首；用能百揆时叙，四门允穆。无思不服，无远弗届，上达穹昊，下漏渊泉，蛟鱼并见，讴歌攸属。况乎长彗横天，已征布新之兆，璧日斯既，实标更姓之符。七百无常期，皇王非一族，昔木德既穷，而传祚于我有梁，天之历数，允集明哲。式遵前典，广询群议，敬从人祇之愿，授帝位于尔躬。四海困穷，天禄永终，王其允执厥中，轨仪前式，以副普天之望，禋郊祀帝，时膺大礼，永固洪业，岂不盛欤！

策命既颁，再由尚书左仆射兼太保王通，司徒左长史兼太尉王玚，赍奉玺绶，交给霸先。霸先不得不三揖三让，装出许多伪态，经百官一体劝进，乃允议受禅，遂使中书舍人刘师知，往引将军沈恪，勒兵入殿，逼梁主方智出宫，恪不愿偕行，独排闼入见霸先，叩头泣谢道："恪曾服事萧氏，今日不忍见此，情愿受死，不敢奉命！"还算是庸中佼佼。霸先倒也默然，改派荡主王僧志，胁梁主迁居别宫。梁自武帝萧衍篡齐，共传四主，计五十六年而亡。

霸先即位南郊，国号陈，改元永定。废梁主方智为江阴王。追尊皇考文赞为景皇帝，皇妣董氏为安皇后，前夫人钱氏为昭皇后，世子克为孝怀太子。立夫人章氏为皇后。霸先少娶同郡钱仲方女，早年去世，因纳章氏为继室。章氏吴兴人，原姓钮氏，过养章家，乃改姓为章，善书计，能诵诗及楚辞。相传章母苏氏，尝遇道士，赠一小龟，光采五色，且语以三年有征。后来及期生女，紫光照室，独龟却不知去向。这恐是史家附会，未足为凭。小子亦不过有闻必录罢了。

霸先长子名克，也已夭折。次子名昌，与从子顼前居江陵，并为西魏所虏，霸先遥封昌为衡阳王，顼为始兴王。他如在都从子蒨封临川王，昙朗封南康王，蒨与顼为霸先兄道谭子，道谭曾仕梁为散骑常侍，昙朗为霸先弟休先子，休先亦仕梁为骠骑将军。兄弟俱已逝世，由霸先追赠为王，即令从子袭爵。一人为帝，举族荣封，这也是应有的常例。唯梁主方智，废徙逾年，终为陈主霸先所害。可怜他在位三年，年才十六，终落得非命而亡，总算得了一个嘉谥，号为梁敬帝，小子有诗叹道：

伤心世变等沧桑，半壁江山又速亡。
宗社沉沦君被弑，祖宗造孽子孙当。

陈主即位未几，忽闻武昌舟师，败绩郢州，各将均被掳去，不禁惊骇异常。究竟如何覆师，且看下回再叙。

宇文氏之篡魏，非觉为之，护实使之然也，故觉可恕，护不可恕。护既导觉为恶，复弑魏主，彼犹得曰吾为宗族计，吾为昆弟计，不得不尔。即如杀赵贵，逼死独孤信等，俱尚有词可辩，觉负何罪，乃遽废之，且并弑之？然则护之凶逆，一试再试，固不问为何氏子也。宇文泰为乱世英雄，奈何误信逆侄，得毋由天夺其魄，特假手于乃侄，以戕害其子嗣乎？陈霸先袭杀王僧辩，攫得重权，废萧渊明而仍立萧方智，彼固玩孤儿于股掌之上，可以随我舍取也。萧勃讨逆，不得谓其有名，但霸先犹有所忌，至勃死而余不足惮矣。一介幼主，掉而去之，易如反手，未几即为所害，阅史者为方智惜，实则不足惜也。萧衍尝手刃同宗，能保子孙之不为人戮乎！

第四回

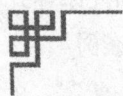

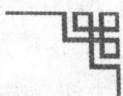

讨王琳屡次交兵
谏高洋连番受责

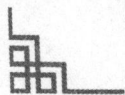

却说周文育、侯安都等带领舟师一万人，往击王琳，师至武昌，武昌守将樊猛，已归附王琳，至此弃城遁去。安都正欲进兵，接得陈主受禅的诏敕，不禁叹息道："我今必败，师出无名了。"时安都为西道都督，文育为南道都督，两将不相统摄，号令不一，部众彼此歧视，每有争端。军至郢州，琳将潘纯陀先已据守，用着强弓硬箭，遥射梁军。安都前队的步兵，多为所伤。安都怒起，督兵围攻，数日未下，那王琳已出屯弇口，来截梁军。安都不得已撤郢州围，移兵往趋沌口，留沈泰一军守汉曲。途次适遇逆风，不得前进，文育亦引兵来会，与王琳隔江相持，琳据东岸，梁军据西岸。两下里按兵数日，乃整舰交锋，偏偏东风大起，骇浪西奔，梁军各舰，帆樯俱折，舵且把持不定，怎能与琳军对敌？琳军却顺风猛击，跳跃如飞，文育、安都不及奔避，俱被琳军擒去。还有偏将周铁虎、徐敬成、程灵洗等，亦皆成擒。唯沈泰留军汉曲，闻败急退，尚得旋师。霸先即位，便致偏师败覆，这也是天道恶逆，故有此警。

琳见文育诸将，责他不当助逆，文育等统垂首无言。独周铁虎词色不挠，反唇相讥，顿时触动琳怒，把铁虎推出斩首。徒勇者多不得其死。所有文育、安都等，用一长链拘系，锁置后舱，令宦寺王子晋看管，进军溢城。行至白水浦，文育、安都，用甘言唉子晋，许给重赂。子晋竟为所动，伪用小船垂钓，夜载文育、安都等，渡至岸上，纵使脱逃。琳已睡着，毫不觉察。文育、安都等，从深草中潜行而出，东走还都。

陈主霸先闻得全军覆没，正在惊惶，未几得文育、安都等奏启，自言从贼中逃还，入都待罪，又不禁易惊为喜，下诏赦宥，并召入陛见，令他立功自赎，各复原官。王子晋随入建康，特酬重赏。王琳失去梁将，又不见子晋，料知为子晋所纵，懊悔不已，乃移湘州军府至郢城。更因江州刺史侯瑱还都，特遣樊猛袭据江州。陈主霸先再拟讨琳，但恐西南一带，各郡豪帅，反复无常，不得不先行招抚，免生他变，因遣侍郎萧乾，持节慰谕。乾系齐豫章王萧巘孙，遣令宣慰，亦无非借用故臣，俾便笼络的意思。当时巴山太守熊昙朗在南昌，衡州刺史周迪在临川，尚有东阳太守留异，晋安太守陈宝应，均起自草泽，雄踞一方。南中土豪多立寨自保，不服朝命。萧乾到处慰抚，晓示祸福，总算是各无异言，奉表投诚。陈主即令乾为建安太守，镇抚远近。

会王琳东至溢城，招兵买马，为东侵计，特与北江州刺史鲁悉达交欢，使为镇北将军。陈主亦颁诏至北江州，授悉达为征西将军，两造各送鼓吹女乐。悉达狡猾得很，做一个骑墙将军，所得赠品，老实收受，西不拒琳，东不却陈，其实是安坐观望，两无所就。*倒是一个好法门。*陈主使安西将军沈泰袭击，他却严兵防守，无隙可乘。王琳欲引军东下，也被他截住中流，不能前进。琳乃使记室宗虩向齐乞援，且请纳永嘉王庄，续承梁祀。庄系梁元帝萧绎孙，方等所出，江陵陷没，庄才七岁，避匿女尼法慕家，得辗转至建康，嗣因入质北齐，尚留邺下。齐从琳请，发兵护送萧庄至郢州，并册封琳为梁丞相，都督中外诸军，录尚书事。琳乃奉庄即皇帝位，改元天启，追谥建安公渊明为闵皇帝。*不尊方等而尊渊明，却也可怪。*琳自为侍中大将军，中书监，余依北齐册命，当下传檄伐陈。

陈主霸先命司空侯瑱，领军将军徐度，率舟师为前军，溯江讨琳。因恐复蹈覆辙，先遣吏部尚书谢哲，谕琳利害。琳愿归湘州，乃召还诸军，使屯大雷。衡州刺史周迪，闻王琳引兵东下，欲自据南川，召集所部八郡守吏，结一盟约，托言将入卫建康。事为陈主所闻，也防他借名图变，特遣人谕止，并加厚抚，迪乃按兵不动。独余孝顷进语王琳道："周迪等皆依附金陵，阴窥间隙，大军若下，必为后患，不如先定南川，然后东行。孝顷愿招集旧部，随效驱驰。"琳乃复遣部将樊猛、李孝钦、刘广德等出兵临川，使孝顷总督三将，威吓周迪。孝顷先向迪征粮，迪惶急请和，愿送粮饷。孝顷得步进步，还未肯退军，樊猛不愿进战，与孝顷龃龉，遂致军心涣散。

那周迪因孝顷未退，乞援邻郡，高州刺史黄法氍，吴兴太守沈恪，宁州刺史周敷，合兵救迪。敷分兵扼截江口，刘广德顺流先下，被敷擒住。孝顷、李孝钦，与迪等交战，也遭败衄，弃舟步走。迪麾众追击，悉数擒归，独樊猛坐视不救，奔回湘州。余孝顷等解至建康，席藁待罪，得蒙赦宥。唯孝顷弟孝励，及子公飐，尚据临川营栅，相拒未下。周迪表请济师，陈主命周文育统率将士，前往会迪。巴山太守熊昙朗，亦引兵来会，众五万人。文育出次金口，余公飐诣营请降，文育见他词色支离，料他有诈，喝令左右把他缚住，囚送建康。孝励忙向王琳告急，琳使部将曹庆率兵赴援。庆令偏将常众爱，往拒文育，自督众袭击周迪。迪仓猝逆战，遂致败绩。文育方进屯三陂，与常众爱列营相拒，未分胜负，适值迪败报传来，乃退屯金口。

熊昙朗忽生异心，竟想联络众爱，戕害文育。文育监军孙白象，探悉昙朗阴谋，即向文育报知，并谓宜先除昙朗，免滋后患。文育尚半信半疑，且更欲推诚相待，俾安反侧，坐是因循姑息，不先下手。**是谓当断不断，反受其乱。**可巧有迪书到来，乞分兵援助，文育拟拨昙朗往救，乃亲至昙朗营中，面与商议。昙朗谋杀文育，正苦无隙可乘，偏文育自来送死，不禁喜出望外，遂命壮士伏住帐后，自己出营相迎。待文育入营坐定，但叙数语，即传了一个暗号，使壮士一齐杀出，攒刃文育座前。文育无从奔避，眼见是身首两分了。昙朗既杀死文育，复威胁文育部曲，令他从顺，进据新淦城，转袭周敷。敷已侦悉情事，严阵以待，一俟昙朗趋至，便纵兵痛击，昙朗抵敌不住，更兼文育部众，统是乘势倒戈，弄得昙朗走投无路，好容易杀出圈外，只剩得一人一骑，奔还巴山，旋为村民所杀。

陈主霸先尚未知文育死耗，特遣侯安都率兵接应。安都将至豫章，始知文育被戕，因引师退还。途遇王琳将周炅、周协南归，顺便邀击，得将二周擒住。凑巧孝励弟孝猷，率部下四千家，往投王琳，也被安都截断，不得已投降安都。安都得此胜仗，便放胆进攻常众爱，众爱败奔庐山，曹庆亦遁。庐山民杀死众爱，送首至营，安都即传首建康，引还南皖。临川王陈蒨，方奉命在南皖筑城，安都当然进谒。正在会叙的时候，忽有急足从建康驰至，报称主上宴驾，请临川王速即还都。蒨惊愕异常，便引安都偕行入都。都中骤遇大丧，内无嫡嗣，外有强敌，老成宿将，又多在外边镇戍，只有中领军杜棱，典宿卫兵，与中书侍郎蔡景历，入宫定议，拟立临川王蒨，遣使征还。

蒨入居中书省，由杜棱等启请嗣位，蒨辞不敢当。安都入白道："今日继承大统，舍王为谁？王当顾全大局，不宜拘守小节！"蒨含糊答应。安都趋出，立即登殿，召集百官，请章皇后下令，立临川王蒨为嗣君，百官面面相觑，不敢发言。看官道是何因？原来陈主霸先，在位三年，因嗣子昌被虏西去，屡请北周放归，虽尚未得请，总望他后日生还，所以东宫虚位，未曾立储。到了临崩时候，口不能言，竟未定何人入嗣。一代枭雄，连嗣主未曾嘱定，何贪传子孙乃尔！中领军杜棱等，当时面谒章皇后，请立临川王，章皇后也只得允从。无如妇人见识，少断多疑，后来又记念嗣子，更因蒨自甘推让，乃复踌躇起来。公卿大臣，已探悉皇后意旨，也不敢决议。当下恼动了侯安都，正色厉声道："今四方未定，何暇远迎？临川王有功天下，应该嗣立，如有异议，请污吾刀！"说至此，拔剑出鞘，迫众承认。百官统有惧色，始齐声赞成。安都即入见章皇后，请后出玺，后只好将玺绶持授，再令中书舍人代草后令，立即颁发。令曰：

昊天不吊，上玄降祸，大行皇帝奄捐万国，率土哀号，普天如丧，穷酷烦冤，无所逮及。诸孤藐尔，返国无期，须立长君，以宁寓县。侍中安东将军临川王蒨，体自景皇，属唯犹子，建珠功于牧野，敷盛业于截黎，纳麓时叙之辰，负扆乘机之日，并佐时庸，是同草创；桃祐所系，退迹宅心，宜奉大宗，嗣膺宝策，使七庙有奉，兆民宁晏。未亡人假延余息，婴此百罹，寻绎缠绵，兴言感绝。特此令闻！

临川王蒨既接章皇后令，尚再三推辞。百官等又复固请，乃入御太极前殿，即皇帝位，颁诏大赦。追尊大行皇帝为武皇帝，庙号高祖，奉章氏为皇太后，立妃沈氏为皇后。进司空侯瑱为太尉，侯安都为司空，杜棱为领军将军，内外文武百官，俱进秩有差。越二月，葬高祖武皇帝于万安陵。陈主霸先颇有智谋，临敌制胜，多由独断。及即位后，政尚宽大，性独俭约，常膳不过数品，私飨曲宴，常用瓦器蚌盘，后宫衣不重采，饰无金翠，歌钟女乐，禁令入宫，当时号为明主。但躬蹈篡弑，不脱前代恶习，故历世传祚，亦不得灵长，本身亦不过做了三年皇帝，土宇比宋、齐、梁为尤狭。殁时年已五十七，竟不得一子送终。可见有智不如有德，有勇不如有仁，有仁有德，乃足永世，单靠着一时智勇，取人家国，终究是不能享呢。至理名言。这且

27

不必絮述。

且说齐主高洋淫暴日甚，既广筑宫殿，复增造三台，并发工役，修造长城，东西凡三千余里。适大河南北，飞蝗蔽天，伤及禾稼，洋问魏郡丞崔叔瓒道："何故致蝗？"叔瓒答道："五行志有云：土功不时，蝗虫为灾。今外筑长城，内兴三台，适如五行志所言。"洋不待说毕，勃然怒起，即使左右殴击，且把他倒浸厕中，使尝粪味，然后曳足以出，释使归家。叔瓒无可奈何，只好自认晦气罢了。粪味如何？

先是齐有术士，谓亡高者黑衣，洋因问左右，何物最黑？左右答言是漆。洋想入非非，默思兄弟辈中，唯上党王涣，排行第七，莫非应在此人？遂使库直都督破六韩伯升，驰驿召涣。涣偕伯升至紫陌桥，料知此行不佳，竟杀死伯升，渡河南逸。行至济州，为人所执，送至邺下，系入狱中。

永安王浚，系洋第三弟，洋少不好饰，尝与浚同见兄澄，涕垂鼻下，浚责洋左右道："何不替二兄拭鼻！"洋因此挟嫌。及洋即位，浚为青州刺史，颇有政声，闻洋酗酒失性，尝语亲近道："二兄嗜酒败德，朝臣无敢直言，我当入朝面谏，未知肯用我言否？"话虽如此，尚未启行，已有人密为传闻，洋更加忿恨。及浚入都，从洋游东山，洋袒裼裸裎，纵酒为乐。浚进谏道："这非人主所宜。"洋益不悦。浚又密召杨愔，责他将顺主恶，愔当面虽曾道歉，心中却不以为然。更因洋尝有命令，不准大臣交通诸王，为此两种嫌忌，即将浚言转奏。洋大怒道："小人情性，令人难忍！"遂罢酒还宫。浚辞别还州，复上书切谏。多话无益，徒取杀身。洋严旨召浚，浚也防不测，托疾不赴。

未几即有缇骑驰至，促浚就道，吏民多感浚恩惠，老幼泣送，至数千人。及至邺中，洋令与上党王涣，并纳入铁笼，置诸北城地牢中。饮食溲秽，共在一处。后来洋巡北城，往视地牢，临穴讴歌，令浚、涣属和。浚、涣且悲且怖，音颤声嘶，洋亦不禁泣下，意欲释放。长广王湛，系洋第九弟，与浚有隙，独上前进谗道："猛虎岂可出穴？"悍过高洋。洋乃默然。浚闻湛言，呼湛小字道："步落稽，天不容汝！"此时已无天道。湛又在旁笑骂，挑动洋怒。洋即取槊刺浚，被浚拉断，引得洋忿火益炽，命壮士刘桃枝，就笼乱刺。浚与涣随接随拉，呼号声震彻远近。洋并命投入薪火，烧杀二人，加填土石。后来掘土起尸，皮发皆尽，遗骸如炭，旁观多为痛愤，洋却不以为意。

　　既而三台告成，亲往游宴，酒酣兴至，戏用槊刺都督尉子辉，应手毙命。常山王演，为洋第六弟，时适侍侧，见洋无故杀人，不由得惨然变色。洋已窥觉，顾演与语道："但令汝在，我为何不纵乐！"演未便直谏，但拜伏涕泣。洋不觉发现天良，取杯掷地道："汝大约嫌我多饮，今后敢进酒者斩！"演且拜且贺。洋面命演录尚书事，不到三日，洋酗狂如故。演自草谏牍，将要进陈，演友王晞，力为劝阻，演不肯从，竟递将进去。果然触动洋忿，召演至前，令御史纠弹演过。御史一无所言，演才得免。

　　演妃元氏系魏朝宗室，洋欲令演离婚，许为演广求淑媛。演虽承旨纳妾，与元氏情好依然。洋复赐给宫人，由演领去。嗣因酒后失记，谓演擅取宫人，召演入责，自取刀环，乱殴演胁，几至晕绝，乃令左右舁演还第。演气愤填胸，情愿绝粒待毙。演与洋、湛等，俱为娄太后所出，太后恐演不测，亦日夕涕泣，洋酒醒亦颇知悔，并闻太后悲泣情状，急得不知所为，每日往视演疾，且劝慰道："努力强食，当将王晞还汝。"原来晞为演友，洋疑演谏奏，出自晞笔，已将晞髡配出去，至是面约还晞，因即将晞释归，使往劝演。演见晞至，强起抱晞道："我气息奄奄，恐不得再见！"晞流涕道："天道神明，岂令殿下遂毙此舍！至尊亲为人兄，尊为人主，怎好与他计较？唯殿下不食，太后亦不食。殿下纵不自惜，难道不念太后么？"演乃强坐进饭，渐得告痊。

　　过了数月，演又欲进谏，令晞草奏。晞条陈十余事，因复语演道："今朝廷所恃，唯一殿下，乃欲学匹夫耿介，轻视生命，一旦祸至，误国政，负慈恩，岂不是两失么？"演唏嘘道："祸乃至此么？"因将谏草对晞毁去。嗣复忍耐不住，再行进谏，洋使力士将演反绑，自拔刀架演颈，且叱责道："小人何知！究竟是何人教汝？"演答道："天下噤口，除臣外何人敢言？"洋又令左右杖演数十下，自己醉倦入寝，演乃得出。

　　太子殷礼士好学，颇得令名，洋常嫌殷得汉家性质，不类自己，意欲废立。会登览金凤台，三台之一。召殷随侍，喝令手刃囚犯。殷恻然有难色，再三不肯下刃。洋用马鞭捶殷，吓得殷神经错乱，竟至气悸语吃，状似痴迷。洋屡言太子性懦，终当传位常山王，太子少傅魏收语杨愔道："太子关系国本，不应动摇，至尊每言传位常山，如果属实，即当决行，天子怎可戏言？"彼常视国事如儿戏，难道汝尚未知吗？愔乃将收言白洋，洋始罢议。

已而酗暴更甚，杀死胶州刺史杜弼，及尚书仆射高德政，无非为了强谏致忿，置诸死刑。尚书右仆射崔暹，屡有谏诤，洋念他故旧大臣，格外容忍。未几暹殁，洋亲往吊丧，问暹妻李氏道："汝可思故夫么？"李氏随口答道："怎得不思！"洋笑道："汝果思暹，何不自往省视？"说至此，拔刀一挥，李氏头落，即取掷墙外。

时已为天保十年，即陈主霸先临殁之年。彗星出现，太史奏请除旧布新。洋特问彭城公元韶道："汉光武何故中兴？"韶猝然答道："为诛诸刘不尽。"不诛王莽，反启杀心，真是该死的狗奴。洋因下令，捕戮始平公元世哲等二十五家，拘禁元韶等十九家。韶幽住地牢，数日不得一餐，甚至衣袖吃尽，活活饿死。应该如此，但未知伊妻高氏果从死否？洋索性尽诛诸元，男子无论少长，一律斩首，共杀三千人，弃尸漳水。水中鱼吃食尸骸，百姓取鱼剖腹，得人爪甲，遂相戒不食，好几月不往网鱼。鱼却得多活数月。唯常山王妃父元蛮，本支近族，得保存数家。自经这次惨戮，洋乃恶贯满盈，即成暴疾，喉间似有物哽住，不能下食。好容易拖延两三日，自知不能久存，乃召李后及常山王演至榻前，谆嘱后事。小子有诗叹道：

> 夏桀商辛并暴君，如斯淫虐尚无闻。
> 榻前一诀安然逝，乱世似无善恶分。

欲知洋所说何事，俟至下回续表。

王琳事梁，似不可谓为非忠，梁元帝陷死江陵，琳赴援不及，缟素举哀，复因陈主篡梁，传檄东讨。侯安都谓师出无名，果遭败殁，师直为壮曲为老，诚哉是言也。然忽降齐，忽降魏，主持不定，未免多私。既已奉庄为主，又听从陈使谢哲，愿还湘州，大忠者固如是乎！江右之乱，出援无功，天已未免厌琳矣。陈霸先病殁之年，齐高洋亦即病死。齐、陈相较，高洋之恶，远过霸先。但霸先以篡弑得国，敢犯大不韪之名，虽有小善，殊不足道。高洋之恶，古今罕有，浚与涣皆遭惨毙，独演再三进谏，濒死者数矣，而卒得不死，岂其后应登帝策，乃幸邀天助耶！然洋恶如此，而尚得令终，翘首天闻，几令人无从索解云。

第五回

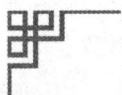

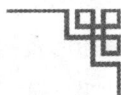

戮勋戚皇叔篡位
溺嬖亲悍将逞谋

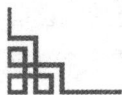

却说高洋病剧，召李后至榻前，握手与语道："人生必有死，死何足惜！但恐嗣子尚幼，未能保全君位呢！"继复召演入语道："汝欲夺位，亦只好听汝；但慎勿杀我嗣子！""汝杀人子多矣，还想保全己子耶？演惊谢而出。嗣复召入尚书令杨愔，大将军平秦王高归彦，侍中燕子献，黄门侍郎郑颐等，均令夹辅太子，言讫即逝，年三十一岁。当下棺殓发丧，群臣虽然号哭，统是有声无泪，唯杨愔涕泗滂沱。*想是蒙赐太原公主的恩情。*常山王演居禁中护丧，娄太后欲立演为主，偏杨愔等不肯依议，乃奉太子殷即位，尊皇太后娄氏为太皇太后，皇后李氏为皇太后，进常山王演为太傅，长广王湛为司徒，平阳王淹*高欢第四子。*为司空，高阳王湜为尚书左仆射，河间王孝琬*高澄第三子。*为司州牧，异姓官员，自咸阳王斛律金以下，俱进秩有差。所有从前营造诸工，一切停罢。追谥父洋为文宣皇帝，庙号显祖，奉葬武宁陵。越年改元乾明。高阳王湜素以便佞得宠，执杖挞诸王，太皇太后娄氏，引为深恨。*大约演受杖时，曾由湜下手。*湜导引文宣梓宫，尝自吹笛，又击胡鼓为乐，娄氏责他居丧不哀，杖至百余，打得皮开肉烂，舁回私第，未几竟死。演奉丧毕事，就居东馆，取决朝政。杨愔等以演、湛二王，位居亲近，恐不利嗣君，遂密白李太后，使演归第，自是诏敕，多不关白。中山太守杨休之，诣演白事，演拒绝不见。休之语演友王晞道："昔周公旦朝读百篇书，夕见七十士，尚恐不足，王有何嫌疑，乃竟拒绝宾客？"晞知他来意，便笑答道："我已知君隐衷，自当代达，请君返驾便了！"及休之去后，晞遂入语演道："今上春秋未盛，骤览万几，殿下宜朝夕侍从，亲承意旨，奈何骤出归第，使他人出纳王命！就使殿下欲退处藩服，试思功高遭忌，能保无意外情事么？"演半晌方答道："君将如何教我？"晞说道："周公摄政七年，然后复子明辟，请殿下自思！"演又道："我怎敢上比周公！"晞正色道："殿下今日地望，欲不为周公，岂可得么！"演默然不答，晞乃趋退。未几有诏敕传出，令晞为并州长史。晞与演诀别，握手嘱咐道："努力自慎！"晞会意乃去。

先是领军将军可朱浑天和，曾尚高欢少女东平公主，尝谓朝廷若不去二王，少主终未必保全。侍中燕子献，已进任右仆射，拟将太皇太后娄氏，徙居北宫，使归政李太后。杨愔又因爵赏多滥，尽加澄汰，自是失职诸徒，都趋附二王。平秦王归彦，初与杨、燕同心，后因杨愔擅调禁军，未曾关白归彦，归彦总掌禁卫，免不得怨他越俎，亦转与演、湛二王联络。侍中宋钦道，向侍东宫，屡次进奏，谓二叔威权太重，非亟除不可。齐主殷不答。杨愔等乃议出二王为刺史，特通启李太后，具述安危。宫人李昌仪系齐宗室高仲密妻，李太后引为同宗，素相昵爱，遂出启示昌仪，昌仪竟密白太皇太后。愔等稍有所闻，复变通前议，但奏请出湛镇晋阳，用演录尚书事。当由齐主殷准议。

诏书既下，二王应当拜职，演先受职，至尚书省，大会百僚。杨愔便拟赴会，侍郎郑颐劝止道："事未可料，不宜轻往！"愔慨然道："我等至诚体国，难道常山受职，可不赴会么？"*要去送死了，但不往亦未必终生。*遂径至尚书省中。演、湛二王，已命设宴相待，勋贵贺拔仁、斛律金，亦俱在座，愔与子献、天和、钦道等，依次入席，湛起座行酒，至愔面前，斟着双杯，且笑语道："公系两朝勋戚，为国立功，礼应多敬一觞。"愔避座起辞，湛连语道："何不执酒？"道言未绝，厅后趋出悍役数十人，似虎似狼先将杨愔拿住，次及天和、钦道。子献多力，排众出走，才经出门，被斛律金子光，追出门外，用力牵还，亦即受缚。杨愔抗声道："诸王叛逆，欲杀忠臣么？我等尊主削藩，赤心奉国，有什么大罪呢！"*逐主妻后，怎说无罪！*演自觉情虚，意欲缓刑，湛独不可，即与贺拔仁、斛律金等，拥愔等入云龙门，由平秦王归彦为导。禁军本由归彦统率，不敢出阻，一任大众拥进。

演至昭阳殿，击鼓启事。太皇太后娄氏出殿升座，李太后为齐主殷，随侍左右。演跪下叩首道："臣与陛下骨肉至亲，杨愔等欲独擅朝权，陷害懿戚；若不早除，必危宗社。臣与湛等共执罪人，未敢刑戮，自知专擅，合当万死！"时庭中及两庑卫士二千余人，皆被甲待诏。武卫将军娥永乐，武力绝伦，素蒙高洋厚待，特叩刀示主，欲杀演、湛二王。偏是齐主口吃，仓猝不能发言。太皇太后娄氏，叱令却仗，永乐尚未肯退。娄氏复厉声道："奴辈不听我令，即使头落！"永乐乃涕泣退去。娄氏又怆然道："杨郎欲何所为，令我不解？"转顾嗣主殷道："此等逆臣，欲杀我二子，次将及我，汝何为纵使至此？"殷尚说不出一词，娄氏且悲且愤道："岂可使我母子，受汉老妪斟酌！"总是溺爱亲子。李太后慌忙拜谢，演尚叩头不止。娄氏复语嗣主殷道："何不安慰尔叔！"殷以口作态，好一歇才说出数语道："天子亦不敢为叔惜，况属此等汉人，但得保全儿命，儿自下殿去，此辈任叔父处分罢！"乃父凶恶非常，奈何生此庸儿！演闻言即起，便传言诛死愔等。湛在朱华门外候命，一得演言，立将愔等枭首。侍郎郑颐，亦被拿至，湛与颐有隙，先拔颐舌，截颐手，然后取他首级。演复令归彦引兵至华林园，擒斩娥永乐。

太皇太后娄氏亲临愔丧，见愔一目被剜，不禁号哭道："杨郎，杨郎，忠乃获罪，岂不可悲！"乃用御金制眼，亲纳愔眶，抚尸语道："聊表我意！"既纵子杀愔，何必如此假惺惺，想是见了寡女，又惹起哭婿的心肠，这真是妇人见识。演亦觉自悔，乃请旨赦愔等家属，湛独说是太宽，定要连坐五家。再经王晞上书力谏，乃各没一房。孩幼尽死，兄弟皆除名。命中书令赵彦深，代杨愔总掌机务。演自为大丞相，都督中外诸军录尚书事，出镇晋阳。湛为太傅，兼京畿大都督。

演至晋阳，奏调赵郡王高叡高欢从子。为左长史，王晞为司马。晞尝由演召入密室，屏人与语道："近来王侯诸贵，每见敦迫，说我违天不祥，恐将来或致变起，我当先用法相绳，君意以为何如？"晞答道："殿下近日所为，有背臣道，芒刺在背，上下相疑，如何能久持过去？殿下虽欲谦退，敝屣神器，窃恐上违天意，下拂人心，就是先帝的基业，也要从此废坠了。"演作色道："卿何敢出此言？难道不怕王法么！"其词若有憾焉，其实乃深喜之。晞又道；"天时人事，皆无异谋，用敢冒犯斧钺，直言无隐！"演叹息道："拯难匡时，应俟圣哲，我怎敢私议？幸勿多言！"晞乃趋出，遇着从事中郎陆杳，握手与语，令晞劝进。晞笑说道："待我缓日再陈。"

越数日，又将杳言告演，演良久方道："若内外都有此意，赵彦深时常相见，何故并无一言？"晞答道："待晞往问便了。"遂出赴彦深私第，密询彦深。彦深道："我近亦得此传闻，每欲转陈，不免口噤心悸，弟既发端，兄亦当昧死相告。"乃偕晞谒演，无非是劝演正位，应天顺人的套话，演遂入启太皇太后。太皇太后娄氏，问诸侍中赵道德，道德道："相王不效周公辅政，乃欲骨肉相夺，难道不畏后世清议么！"道德一言，却是有些道德。太皇太后乃不从演请。

　　既而演又密启，说是人心未定，恐防变起，非早定名位，不足安天下。太皇太后娄氏，本已有心立演，即下令废齐主殷为济南王，出居别宫，命演入纂大统。不过另有戒语，嘱演勿害济南王。演接奉母后敕令，喜如所愿，便即位晋阳，改元皇建。乃称太皇太后娄氏为皇太后，改号李太后为文宣皇后，迁居昭信宫。封功臣，礼耆老，延访直言，褒赏死事，追赠名德，大革天保时旧弊。唯事无大小，必加考察，未免苛细贻讥。中书舍人裴泽，尝劝演恢宏度量，毋过苛求。演笑语道："此时嫌朕苛刻，他日恐又议朕疏漏呢。"未几欲进王晞为侍郎，晞苦辞不受。或疑晞不近人情，晞慨然道："我阅人不为不多，每见少年得志，无不颠覆，可见得人主私恩，未必终保。万一失宠，求退无地。我岂不欲做好官？但已想得烂熟，不如守我本分罢！"语似可听，唯问他何故教猱升木？

　　演进弟湛为右丞相，淹为太傅，浟为大司马。浟即尔朱氏所生，为高欢第五子。立妃元氏为皇后，世子百年为太子。百年时才五岁。看官听着！这长广王湛，助演诛仇篡位，无非望为皇太弟，演亦口头许可，此时忽背了前言，把五岁的小儿立做储君，你想长广王湛，怎肯心平气降，毫无变动呢？这且慢表。

　　且说梁丞相王琳，闻陈廷新遭大丧，嗣主初立，国事未定，料知他不遑外顾，遂令少府卿孙场为郢州刺史，留总庶务，自奉梁主庄出屯濡须口，并致书齐扬州行台慕容俨，请他救应。俨因率众出驻临江，遥为声援，琳遂进逼大雷。陈将侯瑱、侯安都、徐度等，调集戍兵，严加防御。安州刺史吴明彻，素称骁勇，贪夜袭溢城，哪知王琳早已料着，预遣巴陵太守任忠，伏兵要路，击破明彻。明彻单骑奔回，琳即引兵东下，进至栅口。陈将侯瑱等出屯芜湖，相持历百余日，水势渐涨。琳引合肥、巢湖各守卒，依次前进，瑱亦进军虎槛州。正拟决一大战，琳忽接到孙场急报，乃是周荆州刺史史宁，乘虚袭攻郢州，城中虽然严守，终恐未能久持等语。此时琳进退两难，又恐众心摇动，或至溃散，不得已将场书匿住，但领舟师东下，直薄陈军。齐仪同三司刘伯球，亦率水兵万余人，助琳水战，再加齐将慕容子会，带领铁骑二千，进驻芜湖西岸，助张声势。可巧西南风急，琳自夸天助，引兵直指建康。那陈将侯瑱，佯避琳锋，听他急进。待琳船已过，徐出芜湖，截住琳后，西南风反为瑱用。琳见瑱船在后尾击，使水军乱掷火炬，欲毁瑱船，偏偏火为风遏，竟被吹转，反致自毁船只。瑱麾众猛击琳舰，并用牛皮蒙冒小艇，顺流撞击，又熔铁乱浇琳船，琳军大败。各舰多遭毁没，军士溺死甚众，余或弃舟登岸，亦被陈军截杀垂尽。齐将刘伯球被擒。慕容子会屯兵西岸，望见琳军战败，麾兵返奔，自相践踏，并陷入芦荻泥淖中，骑士皆弃马脱走。不意陈军追至，奋勇杀来，齐兵越加惶急，四散窜去，剩下子会一人一骑，也被陈军捉归。独王琳乘着舴艋，突围出走，得至溢城。众旨散尽，只挈妻妾及左右十余人，北向奔齐。梁侍中袁泌，御史中丞刘仲威，曾留卫永嘉王庄，闻琳已败北，用轻舟送庄入齐，仲威随去，泌南来降陈。琳将樊猛与兄毅亦趋降陈营。陈军复进指郢州，郢州城下的周兵，探得陈军将至，撤围自去。守吏孙场，举州出降陈军。好几年经营的王琳，弄得寸土俱无，枉费气刀。*三窟几已失尽。*

　　齐主演方在篡位，倒也没工夫计较，唯周大司马宇文护，听得陈军如此威武，颇为寒心，独想出一法，遣归陈衡阳王昌，使他自相攻害。昌致书陈主，语多不逊，*也是自寻死路。*陈主蒨召入侯安都，凄然与语道："太子将至，我当别求一藩，为归老地。"安都道："主位已定，怎得再移！从古岂有被代天子？臣愚不敢奉诏！"陈主蒨道："将来如何处置衡阳？"安都道："令他仍就藩封便了。彼若不服，臣愿往迎，自然有法处置。"*杀昌意已在言下。*陈主蒨即命安都赍敕迎昌，授昌为骠骑大将军，扬州牧，仍封衡阳王。昌奉命渡江，与安都同坐一舟，安都诱昌至船头，托言观览景色。昌出与安都并立，不防安都用手一推，站足不住，便堕入江中，随波漂没。安都假意着忙，急令水手捞取，捞了半日有余，才得了一个尸骸，乃返报陈主。陈主命依王礼埋葬，封安都为清远公。*安都得封，可知陈主本心。*

　　侍郎毛喜曾陷没长安，与昌俱还。他尚似睡在梦里，上言宜通好北周，与他和亲，陈主乃使侍中周弘正西行，与周修好。那陈将侯瑱等，已乘胜进攻湘州，周遣军司马贺若敦，率步兵赴援，再遣将军独孤盛，领水军俱进。会秋水泛滥，粮输不继，敦恐瑱探知虚实，乃在营内多设土囤，上覆以米。瑱使人侦探，果然被赚，不敢进逼。敦又增修营垒，与瑱相持，瑱亦无可如何。正拟退归，忽闻周主毓中毒暴亡，另立新主，料他内外必有变动，乐得留兵湘州，伺隙进取。

究竟周主如何遇毒？原来就是宇文护唆使出来。周主毓明敏有识，为护所惮。护佯请归政，竟邀允许，但令护为太师雍州牧。当下改元武成，由周主亲览万机。护弄假成真，欲巧反拙，遂密谋不轨，又起了一片杀心。好容易过了一年，护使膳部中大夫，置毒糖饼中，进充御食，周主毓食了数枚，不禁腹痛，自知不幸中毒，口授遗诏五百余言，并召语群臣道："朕子年幼，未能当国，鲁公邕系朕介弟，宽仁大度，海内共闻，将来弘我周家，必需此人，卿等宜同心夹辅，勿负朕言！"言讫遂殂，年仅二十七岁。鲁公邕已入为大司空，不烦远迎，便奉遗诏即皇帝位，追尊兄毓为明皇帝，庙号世宗。越年改元保定，进宇文护为大冢宰，都督中外诸军事。那时郢州援将独孤盛，已被陈军袭破杨叶洲，率众遁还。巴陵降陈，贺若敦亦支持不住，拔军北归，湘州亦下。巴、湘入周数年，至此乃复为南朝所有了。

周主邕甫经践阼，不欲再行兴兵，更兼陈使周弘正前来修好，待命已久，乃拟与南朝讲和，索还俘虏，且许归始兴王顼。使司会上士杜杲，偕弘正南下报聘。时陈主蒨已立长子伯宗为太子，次子伯茂为始兴王，奉皇伯考昭烈王道谭宗祀，改封顼为安成王。昭烈二字系始兴王道谭谥法，顼尚在周，无故徙封，乃以次子过继，陈主之心术益见。既由周使来聘，不得不召入与议，互订和约。杜杲素长词辩，除索还俘虏外，更请相当酬报。陈主蒨许让黔中地及鲁山郡，杲乃称谢而去。

陈主蒨本纪元天嘉，与周议和，系天嘉二年间事。至天嘉三年，安成王顼，始由周使杜杲，护送南归。陈主授顼侍中中书监，亲中卫将军，得置佐史。并引见杜杲，温颜与语道："家弟今蒙礼遣，受惠良多，但鲁山不返，亦恐未能及此。"杲从容答道："安成王在长安，不过一个布衣，若送归南都，乃是陛下介弟，价值甚重，非一城可比。唯我朝敦睦九族，推己及人，上遵太祖遗训，下思睦邻通义，所以遣使南还。若云以寻常土地，易骨肉至亲，这却非使臣所敢闻呢！"陈主闻言，不禁怀惭，赧然语杲道："前言聊以为戏，幸勿介意。"一言已出，驷马难追，即欲掩饰，恐已被外臣窃笑。因厚礼待杲，复遣侍郎毛喜，与杲同诣长安，乞归安成王顼妻子。所有芜湖擒归诸周将，一体放还，周亦送归顼妃柳氏，及顼子叔宝，于是陈、周言归于好。小子有诗讥陈主蒨道：

伯氏吹埙仲氏篪，鸰原急难要扶持。

如何只为儿孙计？福不重邀祸已随。

陈主蒨既与周和，复欲与齐通好，毕竟有无头绪，且至下回再详。

杨愔负魏不负齐，而独为高演所杀，论者咸为愔呼冤，谙何冤哉？如谙不诛，是真无天道矣。彼本东魏故臣，助洋篡国，胁逐故主，又敢妻母后，蔑绝人伦，一死尚有余辜，安得为冤？即以事齐论之，高洋狂暴，未闻出言谏诤，且简囚供御，身进厕筹，无耻若此，忠果安在？其所以谋除二王者，亦无非为固位计耳。演杀谙，并杀谙党，谙党或为愔所累，或至含冤，愔固不足惜也。若夫演之篡国，何莫非高洋之自取？洋得令终亦幸矣，其能保全子嗣乎！陈主蒨乘机嗣立，授意安都，挤死衡阳王昌，甚至本生兄弟，亦且加忌，始兴一脉，遽令次子继承，视生弟如死弟，何其无骨肉情！及顼得生还，幸而免死，冥冥中似若有相之者。高洋杀浚、涣而不能杀演、湛，陈主蒨害昌而不能害顼，卒至后患相寻，南北一辙，此王道之所以贵亲亲也。

第六回

遇强暴故后被污
违忠谏逆臣致败

却说齐主高演，入嗣帝位，尚有意治安，唯对待南朝，未肯息怨罢兵，当遣降将王琳为扬州刺史，出镇寿阳，伺隙图南。陈主蒨颇思修和，因仇人在前，无从游说，不得已姑从缓议。会齐主演听高归彦言，召入济南王殷，把他害死，冤气盈廷，不免为厉，累得演精神恍惚，说鬼连篇。皇建二年孟冬，出外游猎，突有狡兔向马前驰过，演弯弓欲射，忽见兔跳跃起来，留神一瞧，好似一个被发戟手的夜叉鬼，不由得身体颤动，坠落马下。左右慌忙扶起，肋骨已经跌断，痛得不可名状。仿佛齐襄之见公子彭生。好容易掖回宫中，镇日里卧床呼号，医治罔效。娄太后亲往视疾，问及济南王殷，演无言可答，接连三问，仍是默然。娄太后愤愤道："济南已被汝杀死么？不用我言，应该速死！"遂掉头径去。嗣是演病益剧，痛到无可奈何的时候，往往神志昏迷，满口谵语。有时说着，文宣父子来了，又有时说着，杨令公、憕。燕仆射子献。等俱来了。当下模糊答辩，继又扶服推枕，叩首乞哀，结果是大数难逃，终难延命。高洋凶恶，远过高演，洋死时，史中第称暴殂，演死时却详叙冤厉，是由高演所为，自觉过甚，未免愧悔，故做此状，洋则异是。可见鬼由心造，非真凭身为祟也。临终时，曾留下遗书，贻弟高湛，召他入篡大统，书末有嘱语云："宜将吾妻子置一好处，勿学前人。"问汝何故杀殷？当下痛极毕命，年仅二十七岁。

先是高湛守邺，奉演密命，令派兵送济南王殷至晋阳。湛也不自安，向散骑高元海问计，元海道："愚见却有三策，一请殿下驰入晋阳，谒见太后主上，愿释兵权，不干朝政，自居闲散，安如泰山，是为上策。上策不行，或表称威权太盛，恐滋众谤，请徙为青、齐二州刺史，退居僻远，免招物议，尚为中策。"说至此，偏将第三策咽住不谈。湛问道："下策如何？"元海道："发言即恐族诛，不如不言。"湛说道："但说不妨，我为卿严守秘密，怕他什么？"元海道："济南世嫡，为主上所夺，众情未必悦服，今若召集文武，拥立济南，枭斩来使高归彦等，号令天下，以顺讨逆，这乃万世一时的机会；虽是下策，却比上策更佳。"湛不觉跃起，欣然说道："上策，上策，诚如卿言！"元海乃退。湛又召术士郑道谦等，卜定吉凶，道谦等占验封爻，劝湛宜静不宜动，自得大庆，湛乃令数百骑送入济南王。闻济南被害，益加危惧，哪知福为祸倚，祸为福伏，那晋阳竟传到遗诏，促令即刻就道，入承帝箓。这是湛梦想不到的喜事。他尚恐有诈，遣人探视，果系实情，乃立跨骏马，驰向晋阳。甫入城闉，已由文武百官，伏道迎谒，欢呼万岁。当下入临梓宫，不过哭了两三声，便被服衮冕，升殿即位，循例大赦，即改皇建二年为大宁元年。高湛登基，已在十一月中，两月光阴，竟不能待，便改元大宁，可见心目中早已无兄。进平秦王归彦为太傅，赵郡王叡为太保，平阳王淹为太宰，彭城王浟为太师，太尉尉粲为太保，尚书令段韶为大司马，丰州刺史娄叡为司空。冢弟任城王湝，高欢第十子。为尚书左仆射，并州刺史斛律先，为尚书右仆射，其余内外百官，并皆晋级，不消细说。既而追尊兄演为孝昭皇帝，称元后为孝昭皇后，降封前太子百年为乐陵王。

过了一月，令送孝昭枢至邺都，葬文静陵。元皇后送葬至邺，湛闻她带有奇药，使人索取，不得应命。湛竟怒起，再令阉人就车叱辱，元皇后不便反唇，只忍气含羞，包着两眶珠泪，待至文静陵旁，恸哭多时，方才入宫。湛尚余恨未消，令她在顺成宫内，孤身独处，寂寞无聊，此情此景，怎不伤心？唯自悲命薄罢了。比诸文宣皇后尚胜一筹。

越年正月，湛自晋阳启行，到了邺都，南郊祭天，续享太庙，立妃胡氏为皇后。后为安定人胡延之女，初生时有鸮鸟鸣产帐上，时人目为不祥，及笄后，选为长广王妃，姿貌不过中人，性情却极淫荡。湛本是个酒色中人，得此媚猪，当然是谑浪笑敖，倍极欢昵，所以祀天祭祖，大礼告成，即令胡氏正位中宫。册后这一日，所有故主后妃，及内外命妇，俱来庆贺，珠围翠绕，乐叶音谐，不但胡氏非常欣慰，就是齐主湛亦格外欢愉。晚间在后宫庆宴，众皆列席，高湛方在外殿中，畅饮数十觥，已有七八分酒意，便闯入后宫，自来劝酒，惊动了一班妇女，统避席迎谒。湛狞笑道："此处合叙家人礼，尽可脱略形迹，休得迂拘。"众闻湛言，始称谢归座。湛展开一双醉眼，东张西望，蓦见上座有一位半老佳人，尚是丰姿绰约，秀色可餐，不由得魄荡魂驰。仔细审视，却是一位皇嫂李皇后，恨不得上前亲近，但因大众在座，未便失体，只得权时忍耐。说了几句劝饮的套话，转身自去。

是夕酒阑席散，各皆归寝，湛虽怀念嫂氏，也只好与新皇后敷衍一宵。到了次日的黄昏，竟不带左右，独自一人，步入昭信宫。见前回。当有宫女报知李后，李后不禁起疑，没奈何起身相迎。湛入宫坐定，并无一言，但将双目注视娇颜。李后且惊且羞，乃开口启问道："陛下到此，有何见谕？"湛笑语道："朕因夜间无事，特来陪伴皇嫂。"李后道："陛下新册正宫，并多嫔御，何不前去叙情，乃独顾及贱妾？"湛又道："未及皇嫂娇姿，所以乘暇来此。"李后见湛有意调戏，很是惊惶，便抽身欲退。湛即起座揽住后裾，李后大骇道："陛下身为天子，难道好不顾名义么？"说着，顺手一推，湛不防此着，竟至倒退数步，方得站住。顿时恼羞成怒，瞋目与语道："若不从我，当杀汝儿！"李后听了，急得玉容惨淡，粉面浸淫。宫女们见此情形，统已避了出去，那高湛见左右无人，竟仗着壮年膂力，把李氏轻轻举起，直入内寝，阖住双扉，好一歇不见动静。宫女等至寝门外，侧耳细听，但只闻有窸窣声，颤动声，想已是阴阳会合，兴雨布云了。**高洋盗嫂，报及己妻。**

俗语说得好，寂寞更长，欢娱夜短，高湛把李氏淫烝一宵，转瞬间即已天明，不得不起床出宫，升殿视朝，嗣是常出入昭信宫，来续旧欢。李氏已经失节，也乐得随缘度日。春风几度，暗结珠胎。独胡后不耐岑寂，每当湛往昭信宫，却另寻一个主顾，入替高湛。看官道是何人？乃是给事和士开。士开善握槊，工弹琵琶，面庞儿亦生得俊雅。当湛为长广王时，已入侍左右，辟为开府参军。及湛即位，升任给事，胡后尝与相见，暗地生心。此时乘湛盗嫂，便贿通宫女，引入士开，赏给禁脔。士开得此奇遇，哪有不极力奉承，多方欢狎？引得胡后心花怒放，竟与他誓山盟海，愿做一对长久夫妻。**这是高湛眼前尊报。**

高湛毫无所闻，反恐胡后责他盗嫂，曲意弥缝。胡后乘间，屡说士开好处，湛竟擢士开为黄门侍郎。胡后生子名纬，便立为皇太子。平秦王归彦位兼将相，恃势骄盈。侍中高元海，及中丞毕义云，黄门郎高乾和，尝入白御前，谓归彦专权骄恣，必生祸乱，乃出归彦为冀州刺史。元海等并欲弹劾和士开。看官试想，这和士开外邀主宠，内结后援，官爵未尊，地位甚固，岂是高元海辈所得摇动么？果然元海等未上弹章，士开却先已下石，但言元海诸人，交结朋党，欲擅威福，轻轻地说了数语，已足挑动主心。元海、乾和，渐渐被疏；义云连忙纳赂，得为兖州刺史。独归彦心怀怨望，意欲俟湛往晋阳，乘虚入邺，偏值娄太后逝世，宫中治丧，好几月不闻驾出，也只有蹉跎度日，暂作缓图。

娄太后自春间寝疾，衣忽自举，用巫媪言，改姓石氏，延至初夏，竟尔病终，年六十二。太后生六男二女，皆感梦孕，孕高澄时，梦见断龙；孕高洋时，梦见龙首；孕高演时，梦见龙伏地上；孕高湛时，梦见龙浴海中；孕二女俱梦月入怀；唯孕襄城王清、博陵王济，但梦鼠入下衣。清早去世，济见下文，亦不得令终，唯澄、洋、演、湛，皆得称尊。一母生四帝，也是奇事。

太后未殁时，邺下有童谣云："九龙母死不守孝。"至是湛居母丧，竟不改服，仍着绯袍。未几且登临三台，置酒作乐。宫人进白袍，由湛怒掷台下，和士开在侧，请暂辍乐，亦为湛所殴击。**士开也算错一着。**湛排行第九，适应童谣，不过追谥太后为武明皇后，合葬义平陵，总算依例办事罢了。

高归彦所谋未遂，屡使人探刺都中情事，偏被郎中令吕思礼告发，湛乃令大司马段韶，与司空娄叡，发兵往讨。归彦登城拒守，及兵逼城下，便大呼道："孝昭皇帝初崩，六军百万，悉归臣手，臣至邺迎立陛下。当时不及，今日岂尚有异图？但恨高元海、毕义云、高乾和三人，诳惑主上，嫉忌忠良，如得杀此三人，臣愿临城自刭，死也甘心！"段韶等当然不睬，唯督令兵众攻城。内长史宇文仲鸾，司马李祖挹，别驾陈季琚等，与归彦不协，俱为所杀。兵民因此不服，各有贰心。归彦见不可守，弃城北走，到了交津，只剩得一人一骑，那段韶遣将追来，立刻擒住归彦，械送邺都。当下议定死罪，命都督刘桃枝牵入市曹，击鼓徇众，然后行刑。归彦子孙十五人，一并诛死。

湛既诛归彦，益加淫暴。所烝皇嫂李氏，怀孕将产，适太原王绍德入见，为李氏所拒。绍德系高洋次子，生母就是李氏，闻李氏匿不见面，顿时懊闷道："儿也晓得了姊姊腹大，故不见儿。"**家丑且不宜外扬，奈何取笑生母？**原来齐俗呼母为姑姑，亦称姊姊。这李氏听得此语，禁不住惭愤交并，过了数日，生下一女，竟令抛弃。湛闻产女不举，怒不可遏，手持佩刀，驰入昭信宫。怒叱李氏道："尔敢杀我女么？我便当杀尔儿！"说着，即麾左右往召绍德，绍德不得已应召，湛俟绍德至前，便用刀环击去。绍德忍不住痛，只好长跪乞哀。湛大怒道："尔父打我时，尔何不出言相救，今日乃想求活么？"语未说完，再用力猛击数下，打得绍德血流满面，晕倒地上，须臾气尽。

李氏见此惨状，未免有情，便极口哀号。湛越加咆哮，迫令宫女褫李氏衣，使她袒胸露背，然后取鞭自挞，大约有数十下，雪肤上面，都变红云，李氏号天不止。**与其受辱至此，何若从前死节？**湛亦觉自己手力有些酸麻，再命将李氏盛入绢囊，投诸宫沟，好多时才令捞起，启囊出视，但见流血淋漓，狼藉得不成样子。湛怒已少平，乃呼宫女道："她若已死，不必说了；如若不死，可撵她往妙胜寺中做尼姑去。"言讫自行。宫女并皆不忍，侍湛已去远，便即施救。李氏偃卧地上，气息奄奄，只有胸前尚热，经宫女各用手术，并灌姜汤，方得起死回生，眉目渐动。宫女将她舁上床榻，小心侍奉，挨过了两昼夜，才能起立，乃用牛车载送入妙胜寺，削发修行去了。**一年假夫妻，至此结局，岂不可叹！**

是年由青州上表，报称河、济俱清。**明是贡谀。**湛改大宁二年为河清元年。齐扬州刺史王琳，屡请出师南侵，湛欲允议发兵，独尚书卢潜，一再谏阻，且得陈主贻书，请罢兵息民。湛乃请散骑常侍崔赡，通好南朝，陈主亦遣使报聘。独王琳尚有违言，湛调琳回邺，即用卢潜，为扬州刺史，领行台尚书，自是玉帛修仪，岁使不绝，江南江北，总算平静了七八年。

陈主蒨因周、齐连和，北顾无虞，乃遣司空南徐州刺史侯安都，出略西南。从前东阳太守留异，蟠踞一隅，屡怀反侧，陈武帝特将蒨女丰安公主，下嫁异子贞臣为妻，且征异为南徐州刺史，异迁延不就。及蒨既嗣位，复命异为缙州刺史，领东阳太守，异仍阴怀两端，并严戒边境。陈廷容忍数年，乃乘暇出讨；一面召江州刺史周迪，豫章太守周敷，闽州刺史陈宝应，一同入朝。周敷奉命先至，得加封安西将军，赐给女妓金帛，遣还豫章。周迪不肯受诏，密与留异相结，且发兵袭敷，为敷所觉，吃了一个败仗，狼狈奔还。宝应为留异婿，虽陈主格外羁縻，许入宗籍，究竟翁婿情深，君臣谊浅，所以始终联异，也未肯入朝。

陈中庶子虞荔弟寄，流寓闽中，荔请诸陈主，召弟入都。宝应颇爱寄才，留住不遣。寄屡谏宝应，宝应不听，乃避居东山寺中，佯称足疾，杜门谢客。会留异为侯安都击破，妻孥多被掳去，仅与子贞臣走依宝应。周迪在临川，亦被陈安右将军吴明彻，高州刺史黄法氍，豫章太守周敷等，夹攻致败，溃奔闽州。宝应已失两援，尚自恃险僻，与陈抗衡。虞寄复上书极谏，条陈十事，略云：

东山虞寄，致书于陈将军使君节下：寄流离世故，漂寓贵乡，将军待以上宾之礼，申以国士之眷，意气所感，何日忘之？而寄沉痼弥留，惬阴将尽，常恐猝填沟壑，涓尘莫报，是以敢布腹心，冒陈丹款，愿将军留须臾之虑，少思察之，则瞑目之日，所怀毕矣。自天厌梁德，多难荐臻，寰宇分崩，英雄互起，不可胜纪，人人自以为得之，然夷凶剪乱，四海乐推，揖让而居南面者，陈氏也。岂非历数有在，唯天所授乎？一也。以王琳之强，侯瑱之力，进足以摇荡中原，争衡天下，退足以偃强江外，雄长偏隅，然或命一旅之师，或资一士之说，琳则瓦解冰泮，投身异域，瑱则厥角稽颡，委命阙廷，斯又天假之威而除其患，二也。今将军以藩戚之重，东南之众，尽忠奉上，勠力勤王，岂不勋高窦融，宠过吴芮？析珪判野，南面称孤，国恩所眷，不宜辜负，三也。圣朝弃瑕忘过，宽厚得人，如余孝顷、李孝钦、欧阳頠等，悉委以心腹，任以爪牙，胸中豁然，曾无纤介，况将军衅非张绣，罪异毕谌，何虑于危亡，何失于富贵？四也。方今周、齐邻睦，境外无虞，并兵一向，匪伊朝夕，非刘、项竞逐之机，楚、赵连纵之势，何得雍容高拱，坐论西伯？五也。且留将军狼顾一隅，亟经摧衄，声实亏丧，胆气衰沮，其将帅首鼠两端，唯利是视，孰能披坚执锐，长驱深入，系马埋轮，奋不顾命，以先士卒者乎？六也。将军之强，孰如侯景？将军之众，孰如王琳？武皇灭侯景于前，今上摧王琳于后，此乃天时，非复人力；且兵革以后，民皆厌乱，其孰肯弃坟墓，捐妻子，出万死不顾之计，从将军于白刃之间乎？七也。天命可畏，山川难恃，将军欲以数郡之地，当天下之兵，以诸侯之资，拒天子之命，强弱逆顺，可得侔乎？八也。夫非我族类，其心必异，不爱其亲，岂能及物？留将军自縻国爵，子尚王姬，犹弃天属而不顾，背明君而孤立，危急之日，岂能同忧共患，不背将军者乎？九也。北军万里远斗，锋不可当，将军自战其地，人多顾后，众寡不敌，将帅不侔，师以无名而出，事以无机而动，以此称兵，未知其利，十也。为将军计，莫如绝亲留氏，遣子入质，释甲偃兵，一遵诏旨，方今藩维尚少，皇子幼冲，凡预宗支，皆蒙宠树，况以将军之地，将军之才，将军之名，将军之势，而能克修藩服，北面称臣，岂不身与山河等安，名与金石同寿乎？感恩怀德，不觉狂言，斧钺之诛，甘之如荠，伏维将军鉴之！

宝应览书，不禁大怒，幸左右进语宝应，谓虞公病势渐笃，词多错谬，请勿介意。宝应意乃少释，且因寄为民望，权示优容，唯分兵接济周迪。迪复越东兴岭为寇，陈令护军章昭达出讨，大破周迪。迪窜匿山谷，无从搜捕，昭达遂入闽。迪招集余众，再出东兴，东兴守吏钱肃举城降迪，迪众复振，豫章太守周敷已升任南豫州刺史，出屯定州，与迪对垒。迪作书给敷道："我昔与弟勠力同心，岂期相害？今愿伏罪还朝，乞弟披露肺腑，挺身同盟。"敷信为真言，只率从骑数人，出与迪盟，甫经登坛，被迪麾动部众，将敷杀死。

陈廷有诏赗恤，另遣都督程灵洗讨迪，并促章昭达速攻闽州。陈宝应令水陆设栅，严御昭达，昭达与战不利，顿兵上流，但令军士伐木为筏，待雨出发。会值大雨江涨，亟放筏进攻，连拔宝应水栅，凑巧陈将余孝顷，也奉陈主调遣，由海道驰至，两军会合，并力攻击，宝应连战连败，遁往莆田。顾语子弟等道："我悔不从虞公言，致有今日！"迟了！迟了！小子有诗叹道：

> 如何螳斧想当车？一失毫厘千里差。
> 祸已临头才自悔，忠言不用亦徒嗟！

陈军追捕宝应，未知宝应再得脱走否？容至下回表明。

北齐宫闱，淫烝成习，唯高演尚乏色欲，故其妻元氏，虽被高湛斥辱，终得免污，若李氏为高洋妇，洋烝澄妻，湛即烝洋妻，何报应之若是其速也！但李氏不忍其子之死，含垢蒙羞，而其后子仍惨毙，身亦濒危，最为不值。自来义夫烈妇，其所由蹈死如饴者，诚有见夫名节为重，身家为轻，不应作一幸想，冀图苟活耳。否则，鲜有不蹈李氏之覆辙者也。陈宝应溺情闺闼，济恶妇翁，虞寄谏以十事，言甚明切，终不能挽宝应之迷，是误宝应者为留异，实则出之留异之女。天下之误己误人者，多半自妇女致之，非冶容诲淫，即昧几致祸，宝应亦一前鉴耳。如留异之凶狡，周迪之反复，更不足责也。

第七回

遭主嫌侯安都受戮
却敌军段孝先建功

　　却说陈宝应逃至莆田，被陈军从后追及，日暮途穷，如何支持？眼见是束手受擒。就是宝应妇翁留异，也与宝应同逃，无从漏网，翁婿妻孥，一并就缚。还有宝应宗族，及幕下僚佐，俱捉得一个不留，悉数械送建康。叛徒头脑，怎得免死？就是子弟党羽，亦难逃国法，骈戮市曹。唯异子贞臣，曾尚帝女，特别恩赦。*这是得妻房好处。*并命昭达礼送虞寄，乘驿入都。陈主蒨当即召见，温言奖谕道："管宁*汉末隐士。*尚幸无恙。"寄拜谢而出。既而陈主自下手敕，命寄为衡阳王掌书记。衡阳王系武帝嗣子昌封爵，昌被侯安都溺毙，陈主讳莫如深，只托言失足溺水，追谥为献。昌无子嗣，即令皇七子伯信过继，并授伯信为丹阳尹，得置佐吏。此次因虞寄经明行淑，特遣令往辅。寄奉敕入谢，陈主面谕道："今遣卿为衡阳记室，不但欲烦劳文翰，实因七儿年少，须卿教导，令作师资，卿毋以委屈见辞！"寄当然谦退，奉敕即行。未几复迁拜国子博士，寄表求解职，乞许归田。陈主优诏报答，许还会稽，仍令为东扬州别驾，寄又以疾辞。时寄兄虞荔，已经病殁，亦引柩还乡，陈主追赠侍中，赐谥曰德。并亲出都门送丧，时人称为难兄难弟。荔子世基、世南，并少有文名，寄后来屡征不起，尝以知足不辱为言。诸王或出为州将，必奉朝命问候，致敬尽礼。有时寄出游近寺，闾里互相传语，老幼罗列，望拜道左。乡有争讼，经寄一言，无不立解；人有誓约，但指寄名，均不敢欺。扰乱时代，得此高士，真好算作第一流人物了。**极笔褒扬，足以风世。**至陈主顼太建十一年，始病终故里，这且不必细表。

且说留异、陈宝应二人，已经伏辜，只有漏网余生的周迪，尚在东兴一带，出没为患。陈都督程灵洗，自鄱阳别道出击，**应前回。**出迪不意，大破敌众，迪复与麾下十余人，窜伏山谷中。过了数月，遣人至临川郡市，购办鱼虾，为临川太守骆牙所执，谕令取迪自效，随即使腹心勇士，跟入山中，诱迪出猎，把他捕诛，传首建康，悬示朱雀观三日。三凶尽歼，西南廓清，唯后梁主萧詧据守江陵，得周保护。陈主蒨未敢进攻，詧亦因封地狭小，邑居残毁，不能东出报怨，郁郁无聊，疽发背上，竟致逝世。太子萧岿嗣立，追谥詧为宣帝，庙号中宗，改元大保，这也是残喘仅存，有名无实。他如永嘉王萧庄，亦奔齐病死，萧氏已不能复振了。**随笔带过萧詧、萧庄。**

陈司空侯安都，自略定西南后，归镇京口，加封征北大将军，封邑增至五千户。安都自恃功高，渐生骄态，幕中多罗集文武，一宴辄至千人。部下将帅，往往不遵法度，朝旨检问，辄奔归安都，倚作护符。陈主蒨性好严察，闻安都庇护罪人，不免生恨，安都毫不觉察，骄横如故。就是入宫侍宴，亦不守臣礼。酒酣时箕踞倾倚，目无君上，尝陪乐游园褉饮，语陈主道："陛下今日，比做临川王时，趣味何如？"言下甚有德色，陈主默然无言。安都一再问及，陈主始淡淡的答道："这虽出自天命，也未始非明公功劳！"安都喜甚，便乞借供帐水饰。陈主勉强允诺，心中很是不悦，快快还宫。到了次日，安都挈妻妾至乐游园，自升御座，令宾佐居群臣位，称觞上寿。**居然想学做皇帝。**陈主使人侦察，得悉安都情状，越加猜嫌，待安都还镇，屡遣台使按问安都部下，检括叛亡。安都才知上意，亦遣别驾周弘实，密结舍人蔡景历，探刺朝廷情事。景历具状奏闻，且言安都有谋反状。**无非希旨。**陈主乃调安都都督江、吴二州，领江州刺史。这一番调动，明明是诱他入阙，设法除患。安都果自京口还都，部伍入石头城，陈主引安都入宴嘉德殿，并令他部下将帅，会集尚书省听令。暗中却已密布禁军，乘安都入宴时，先把他拘系西省，然后收逮诸将帅，勒令缴出马仗，才许释放。因出舍人蔡景历表状，榜示朝堂，随即下诏论罪道：

昔汉厚功臣，**韩、韩信。彭彭越。**肇乱；晋倚藩牧，**敦、王敦。约祖约。**称兵，托六尺于庞萌，野心窃发，寄股肱于霍禹，凶谋潜构。追维往代，挺逆一揆，永言自古，患难同规。侯安都素乏远图，本惭令德，幸属兴运，预奉经纶，拔迹行间，假之毛羽，推于偏帅，委以驰逐，位极三槐，任居四岳，名器隆赫，礼数莫俦，而志唯矜己，气在陵上，招聚逋逃，穷极轻狡，无赖无行，不畏不恭，受脉专征，剽掠一逞，推毂所镇，袤敛无厌。朕以爱初缔构，颇著功绩，飞骖代邸，预定嘉谋，所以掩抑有司，每怀遵养，杜绝百辟，日望自新，款襟期于话言，推丹赤于造次，策马甲第，羽林息警，置酒高堂，陛戟无卫，何尝内隐片嫌，去柏人而勿宿，外协猜防，入成皋而不留。而彼乃悖逆不悛，骄暴滋甚，招诱文武，密怀异图。近得中书舍人蔡景历启闻，报称安都曾遣别驾周弘实前来探刺，具陈反计，朕犹加隐忍，待之如初，爰自北门迁授南服，受命径停，奸谋益露。今者欲因初镇，将行不轨，此而可忍，孰不可容！赖社稷之灵，近侍诚悫，丑情彰暴，逆节显闻。可详按旧典，速正刑典，罪止同谋，余无可问。

　　这诏颁出，越宿即赐安都自尽，旋复有诏赦免家属，葬用士礼，丧事所需，仍由公款发给。从前武帝在日，尝命诸将侍宴，杜僧明、周文育、侯安都三人，各自称功，武帝喟然道："卿等原统是良将，但各有短处，杜公志大识暗，狎下陵上；周侯交不择人，推心过差；侯郎傲慢无厌，轻佻肆志，将来恐不能自全，各宜戒慎为是！"三人怀惭而退，后来杜僧明病死江州，算是令终，唯无绩可言；文育为熊昙朗所杀，见前文。安都至是被诛，终不出武帝所料。古来明哲保身的智士，所以小心翼翼，功成身退，才能安享天年，流芳百世呢。如范蠡、张良等人。

　　话分两头，且说齐主高湛，信用黄门侍郎和士开，擢官侍中，并开府仪同三司，前后赏赐，不可胜纪。士开百计谄谀，揣摩迎合，无不中肯，惹得高湛格外亲信，几乎一日不能相离。你妻胡氏与他相昵，还有可说，你为何相信至此！士开每侍左右，辞不加检，备极鄙亵，尝笑语湛道："自古以来，没有不死的帝王，尧、舜、桀、纣，统成灰土，有何异同？陛下春秋鼎盛，正应及时行乐，取快一日，足抵百年，国事尽可付与大臣，无虑不办，何必自取烦恼呢！"湛闻言大喜，遂委赵彦深掌官爵，元文遥掌财用，唐邕掌外兵，白建掌骑兵，冯子琮、胡长粲掌东宫，阅三四日才一视朝，须臾即罢。

　　士开善持槊，胡后亦颇喜学槊，湛令士开教导胡后。后与士开情好有年，当握槊时，眉目含情，毋庸细说。她却故意弄错手势，使士开牵动玉腕，与她共握。湛高坐饮酒，一些儿没有窥觉，反且喜笑颜开，自得其乐。河南王孝瑜，系文襄皇帝高澄长子，目睹情形，不禁愤懑，便入内进谏道："皇后系天下母，怎得与臣下接手？"湛好似未闻，不答一语。甘戴绿头巾，何劳多言！孝瑜乃退。嗣又上言赵郡王叡，父死非命，不宜亲近。叡父即赵郡王琛，与小尔朱氏私通，被高欢杖毙，事见前文。湛亦不报。

叡与士开因此挟恨，便密谮孝瑜奢僭，谓山东只闻河南王，不闻有陛下。湛本与孝瑜同年，又是嫡亲兄子，甚相亲爱，至是不免加忌。孝瑜又行止未谨，尝与娄太后宫人尔朱摩女，暗地私通。及太子纬纳斛律光女为妃，孝瑜入宫襄事，与尔朱女喁喁私语，潜叙旧情，偏被旁人瞧着，向湛报知。湛顿触旧嫌，立召孝瑜至前，逼令饮酒三十七杯。也是奇罚。孝瑜体本肥大，强饮过醉，颓然倒地。湛命左右娄子彦，用犊车载出孝瑜，且密嘱数语。子彦领命，随车同行，途次由孝瑜索茶解渴，子彦以鸩酒代茶，孝瑜醉眼模糊，喝将下去，越觉烦躁不堪，行至西华门，蹶起索水，下车投河，竟致溺毙。子彦返报，湛假意举哀，追赠孝瑜为太尉，录尚书事，诸王虽有所闻，莫敢发言。唯孝瑜第三弟孝琬，曾封河间王，亲临兄丧，大哭而出，意欲他去，当由湛遣使追还，乃仍留邺中。蓦闻周与突厥连师，来攻晋阳，湛亦不禁着急，亲自往援。

突厥自伊利可汗击破柔然，柔然可汗阿那瑰自杀，事见前文。余众立阿那瑰叔父邓叔子为主，复为伊利子科罗所破。科罗死，弟俟斤立，号木杆可汗，木杆勇略过人，又追逐邓叔子，逼得邓叔子无路可奔，只好投入关中。是时西魏尚未被篡，宇文泰亦未谢世，木杆竟遣使至魏，索交邓叔子，泰不肯照给。木杆又西破嚈哒，东逐契丹，北并结骨，威振塞外，凡东自辽海，西至青海，延袤万里，南自沙漠以北，直至北海，又五六千里，均为木杆所有。再向西魏索取邓叔子，泰畏他强盛，不敢不允，遂收邓叔子以下三千余人，尽付突厥来使。突厥使人，不胜押解，即驱邓叔子等至青门外，尽加屠戮，但携邓叔子首级归国。宇文泰视死不救，亦太残忍。自是木杆与周通好，常有使节往来。宇文觉篡位受禅，修好如故，两传至宇文邕，曾与突厥连兵侵齐，见齐境守御颇固，因即折回。邕尚未立后，由太师宇文护等定议，遣御伯大夫杨荐，及左武伯王庆，至突厥求婚。木杆已经允许，偏齐人得此消息，也遣使至突厥和亲，卑礼厚币，愿迎木杆女为后。木杆贪齐重赂，便向周悔婚，且欲将荐等执交齐使。夷狄之不可恃也如此！荐乃上帐责木杆道："我周太祖指宇文泰。与可汗结好，当时蠕蠕即柔然，见前。遗众数千来降，太祖俱执付可汗使臣，藉敦睦谊，奈何今日欲背恩忘义！就使不畏我周，难道不畏鬼神么？"木杆听到"鬼神"二字，触动迷信，不由得打了一个寒噤，良久方答道："君言甚是，我计决了！当与贵国共平东寇，再行送女未迟。"遂叱还齐使，礼遣荐等南归。

周廷得荐等归报，乃召公卿会议，众请发十万人击齐，独柱国杨忠，谓兵不在多，但发骑兵万人，已足敷用。周主邕乃遣杨忠为帅，率领万骑，从北道出发，又遣大将军达奚武，统兵三万，从南道进行，约会晋阳城下。杨忠连下齐二十余城，攻破陉岭要隘，兵威大震。突厥木杆可汗，又亲率十万骑来会，长驱并进。看官听说！此时齐境警报，往来如织，虽然齐主湛沉湎酒色，也不能不被他惊起，亲督内外兵士，从邺都急赴晋阳。

是时为齐河清三年十二月，即陈天嘉五年，周保定四年。连日大雪，千山一白，齐主湛冒雪前行，兼程至晋阳，尚幸城外无寇，安然入城。命司空斛律光率步骑三万人，往屯平阳，防守南路。周柱国杨忠及突厥可汗，共麾兵直逼城下，齐主湛登城遥望，见敌兵鱼贯到来，好似潮头涌入，没有止境，不觉蹙然变色道："这般大寇，如何抵御哩！"说至此，便即下城，拟挈宫人东走。赵郡王叡，河间王孝琬，叩马谏阻，方才停留。孝琬又请将六军进止，归叡节度，湛乃命叡节制诸军，并使并州刺史段韶，职掌军务。

此守彼攻，相持过年，正月朔日，叡已部分诸军，出城搦战，军容甚盛。突厥木杆可汗凭高观望，颇有惧容，顾语周人道："尔言齐乱，所以会师伐齐，今齐人眼中亦有铁，怎得轻敌！可见尔周人是好为虚言了。"周人闻木杆言，当然不服，并用步兵为前锋，向齐挑战，齐将俱欲迎击，独段韶不许，面嘱诸将道："步军势力有限，今积雪既厚，不便逆击，不如严阵待着，俟彼劳我逸，方可出战。"说着，即下令军中道："大众须听我号令，不得妄动！待中军扬旗伐鼓，才准出击，违令立斩！"韶颇知兵。各军始静守阵伍，毫无哗声。周军无从交战，渐渐地懈弛起来，突见齐兵阵内，红帜高张，接连是战鼓咚咚，震入耳中。正彷徨四顾，那齐兵已尽锐杀到，喊杀连天，眼见是抵敌不住，纷纷倒退。杨忠也不能禁遏，但望突厥兵上前助战，好将齐兵杀回，偏突厥木杆可汗勒马西山，并未驰下，反且把部众一齐引上，专顾自己保守，不管周军进退。周军孤军失援，顿时大溃，奔回关中。木杆可汗也从山后引遁，段韶始终持重，不敢力追，似此亦不免太怯。自晋阳西北七百余里，均遭突厥兵残掠，人畜无遗。木杆还至陉岭，山谷冻滑，铺毡度兵。胡马寒瘦，膝下毛皆脱落，及抵长城，马死垂尽，兵士多截槊挑归。周将达奚武至平阳，尚未知杨忠败还，嗣得齐将斛律光书，语带讥嘲，料知杨忠失败，乃即日引归，半途被齐兵追至，且战且走，好容易才得驰脱，已丧失了二千余人。

斛律光收兵还晋阳，齐主湛见了斛律光，抱头大哭。光不知为着何事，仓猝不能劝谏。我亦不解。任城王湝在旁，便进言道："想陛下新却大寇，喜极生悲，但亦何必至此！"湛乃止哭，颁赏有功，进赵郡王叡录尚书事，斛律光为司徒。光闻段韶不击突厥，但远远地从后追蹑，好似送他出塞一般，因向韶讥笑道："段孝先好改呼段婆，才不愧为送女客呢。"孝先系韶表字。

言未毕，邺中忽有急报传到，乃是太师彭城王浟，为盗所戕。湛惊问何因，邺使说是浟在第中，被群盗白子礼等突入，诈称敕使。劫浟为主，浟大呼不从，因即遇害。湛又惊问道："现在盗目已捕诛否？"邺使谓已经荡平，唯望陛下还驾。湛乃匆匆启行。返至邺城，即诣浟第临丧，赠浟假黄钺太师录尚书事，给辒辌车送葬，然后还宫。旋授段韶为太师。

过了数月，邺中有白虹围日，绕至再重，赤星又现。齐主湛携盆水照星，用盖覆住，作为厌禳。越宿盆无故自破，湛很是忧疑，适有博陵人贾德胄，呈入密启，启中有乐陵王百年手书，写着好几个"敕"字。湛不禁发怒，立使人促召百年。百年自知不免，割一带玦，与妃斛律氏诀别。自入都见湛，湛使百年再书敕字，笔迹与前字相符，顿时怒上加怒，喝使左右捶击。百年被击仆地，又使人且曳且殴，流血满地，气息将尽，乃呜咽乞命道："愿与阿叔为奴。"湛不肯许，竟命斩首，投尸入池，池水尽赤，乃捞尸槁葬后园。斛律妃闻百年惨死，持玦哀号，绝粒而死，玦犹在手，拳不可开，年尚只十四岁。妃为斛律光女，由光亲往抚视，用手解擘，始舒拳释玦。邺中人士统替她呼冤。小子亦有诗为证道：

> 济南死后乐陵亡，厥考贻谋太不臧。
> 难得贞妃年十四，犹如殉节保妻纲！

　　齐主湛既杀死百年，复因宫中有蜚语相传，连日钩考，查至顺成宫，得开府元蛮书信，述及百年冤死事，又不觉动起怒来。毕竟元蛮能否免祸，容待下回申叙。

　　陈文帝之杀侯安都，几似宋文帝之杀檀道济。然道济功多罪少，杀之适足以见宋文之失。安都功虽足称，而慢上不法，罪亦匪轻，况挤溺衡阳，害及故储，使陈文帝成不友之名，残忍性成，不死何为？纲目称杀不称诛，似犹为安都鸣冤。窃谓安都之死，实由自取，唯陈主诱令入宴，伏甲加诛，殊失人君赏罚之大经，纲目书法，所以不能无咎于陈文耳！齐主湛昏庸淫虐，几类高洋，晋阳之役，幸得一胜。然周师之所恃者为突厥，非我族类，其心必异，周之遭败，亦其宜也。湛幸胜而归，即杀兄子百年，济南受戮，乐陵亦不得生，湛之不遵兄命，原属不仁，孝昭有知，其亦悔杀济南否耶！

第八回

背德兴兵周师再败
揽权夺位陈主被迁

却说齐主湛检得元蛮书，立即动怒，便欲将蛮加罪。蛮急贿托幸臣，替他求免，还算罢官了事。蛮为百年母元氏父，蛮得免诛，元氏仍居顺成宫，不过伤子枉死，更增一层悲泪罢了。先是周太师宇文护母阎氏，及周主第四姑，并诸戚属等，皆寓居晋阳，自宇文泰西入关中，只命护随去，后来晋阳为高氏所有，护母阎氏等均致陷没，充入掖廷。及护为周相，相隔已三十多年，护屡遣人入齐访问，未得音信。会因晋阳一役，杨忠败归，护复欲连同突厥，大举伐齐。齐主湛得知军报，颇有戒心。特遣勋州刺史韦孝宽，致书与护，示明护母消息，且言周、齐释怨，可归护母，否则立斩勿贷。护复书愿和，乞释母西归。齐主湛先遣还周四姑，并令人为护母作书，备述护幼时情状，又寄护前所着绯袍，作为证物，书词说得非常痛切。略云：

吾年十九适汝家，今已八十矣，凡生汝辈三男二女，今日目下不睹一人，兴言及此，悲缠肌骨，赖皇齐恩恤，差安衰暮，又得汝姑嫂等相依，稍足自适，但一念及汝，百感丛生。今特寄汝小时所着锦袍一袭，汝宜检看，知吾含悲抱戚，多历年祀。禽兽草木，母子相依，吾有何罪，与汝分隔！今复何福，还望见汝！世间所有，求皆可得，母子异国，何处可求？假汝贵极王公，富过山海，有一老母八十之年，飘然千里，死亡旦夕，不得一朝同处，寒不得汝衣，饥不得汝食，汝虽穷荣极盛，光耀世间，与吾何益？吾今日之前，汝既不得申其供养，事往何论。今日以后，吾之残命，唯系于汝，汝戴天履地，中有鬼神，勿云冥昧，而可欺负！杨氏姑今虽炎暑，犹能先发。关河阻远，隔绝多年，言不尽情，汝其鉴之！

宇文护既接见四姑，复得母书，禁不住号啕大哭。还算有些孝思。当下取过纸笔，且泣且书，大致写着：

区宇分崩，遭遇灾祸，违离膝下，三十五年，受形禀气，皆知母子，谁知萨保护字。如此不孝，上累慈母！子为公侯，母为奴隶，暑不见母热，冬不见母寒，衣不知有无，食不知饥饱，泯如天地之外，无由暂闻，昼夜悲号，继之以血，分怀冤酷，终此一生，死若有知，冀见奉于泉下耳。不谓齐朝解网，惠以德音，摩敦周俗呼母为阿摩敦。四姑，并许矜放，初闻此旨，魄爽飞越，号天叩地，不能自胜。四姑即蒙礼送，平安入境，萨保于河东拜见，得奉颜色，崩动肝肠。但离绝多年，存亡阻隔，相见之始，口未忍言，唯叙齐朝宽弘，每存大德，云与摩敦虽处宫禁，常蒙优礼。今者来邺，恩遇弥隆，重降矜哀，听许摩敦垂谕，曲尽悲酷，伏读未周，五中似割。蒙寄萨保别时所留锦袍，年岁虽久，宛然犹识，顾视之下，愈觉疚心。今齐朝霈然之恩，既已沾洽，爱敬之旨，施及旁人，草木有心，禽鱼感泽，况在人伦而不铭戴！有国有家，信义为本，伏度来期，已应有日。一得奉见慈颜，永毕生愿，生死肉骨，岂止今恩！负山戴岳，未足胜荷。二国分隔，理无书信，主上以彼朝不绝母子之恩，亦赐许奉答，不期今日得通家问。伏纸呜咽，不尽所云！备录二书，以全伦纪。

书毕函封，乃停泪发使，赍书至齐。齐主湛尚不肯放还护母，使更与护书，邀护重报，往返再三，乃拟遣归，太师段韶上言道："周人反复无信，晋阳一役，已可概见。护外托为相，实与君主无异，既欲为母请和，何不正式遣使？若徒据移书，即送归护母，转恐示人以弱，不如阳为许诺，待至和亲坚定，遣归未迟。"段婆胡为作此语？齐主不听，即遣护母阎氏归周，护方因齐廷失信，请朝廷再为移文，忽闻慈舆已至，喜出望外，忙出都门迎入，举朝称庆。周主邕也迎阎氏入宫，率领亲戚，行家人礼，奉觞上寿。邕母叱奴氏，已尊为皇太后，至是亦略迹言情，握手叙欢，端的是母以子贵，宠荣无比呢。**为下文返照。**

护因慈母归来，颇感齐惠，拟与齐互结和约。偏突厥木杆可汗遣使至周，谓已调集各部精兵，如约攻齐，护不禁踌躇，意欲拒绝外使，转恐前后失信，有伤突厥感情，况母已归家，无容他虑，还是联络突厥，免滋边患。乃表请东征，召集内外兵众，共得二十万人。周主邕祃祭太庙，亲授护钺钺，许令便宜行事，且自沙苑劳军，执卮饯护，护拜命乃行。到了潼关，命柱国尉迟迥为先锋，进趋洛阳。大将军权景宣，率山南兵出豫州，少师杨檦出轵关。护连营徐进，行抵弘农，再遣雍州牧齐公宪，**宇文泰第五子。**同州刺史达奚武，泾州总管王雄，屯营邙山，策应前军。

杨檦恃勇轻战，既出轵关，独引兵深入，又不设备，不料齐太尉娄叡，带引轻骑，前来掩击，檦仓猝遇敌，行伍错乱，被齐兵杀得落花流水，一败涂地。檦逃生无路，没奈何解甲降齐。**三路中去了一路。**权景宣一路人马，却还骁劲，拔豫州，陷永州，收降两州刺史王士良、萧世怡，送往长安，另使开府郭彦守豫州，谢彻守永州。尉迟迥进围洛阳，三旬不克，周统帅宇文护，使堙断河阳要路，截齐援兵，然后同攻洛阳。诸将多轻率无谋，还道齐兵必不敢出，但遥张斥堠，虚声堵御。

齐遣兰陵王长恭，**原名孝瓘，系高澄第五子。**大将军斛律光，往援洛阳。两人闻周兵势盛，未敢遽进，洛阳又遣人告急齐廷。时齐太师段韶出为并州刺史，由齐主湛召入问计。韶答道："周虽与突厥连兵，两面夹攻，但北虏狡猾，待胜后进，虽来侵边，实等疥癣，今西邻窥逼，实是腹心大病，臣愿奉诏南行，一决胜负。"**知己知彼，究竟还推段婆。**湛喜语道："朕意亦是如此。"乃令韶督精骑一千，出发晋阳，自率卫兵为后应，亦从晋阳启行。韶在途五日，济河南下，适连日阴雾，周军无从探悉，韶竟与诸将上登邙阪，窥察周军形势。进至太和谷，与周军相遇，韶即令驰告高长恭、斛律光两军，会师对敌。长恭与光，立即应召，韶为左军，光为右军，长恭为中军，整甲以待。周人不意齐兵猝至，望见阵势严整，并皆惶骇。韶语周人道："汝宇文护方得母归，何故遽来为寇？"周人无言可答，但强词夺理道："天遣我来，何必多问！"韶又道："天道赏善罚恶，遣汝至此，明明降罚，汝等都想来送死了！"**这是理直气壮之谈。**

周军前队统是步卒，遂踊跃上山，来战齐兵。韶且战且走，引至深谷，始命各军下马奋击，周军锐气已衰，霎时瓦解，或坠崖，或投溪，伤毙无数，余众俱遁。兰陵王长恭领五百骑士，突入洛阳城下围栅，仰呼守卒，城上人未识为谁，不免疑诘。追经长恭免胄相示，乃相率鼓舞，缒下弓弩手数百名，接应长恭，周将尉延迥无心恋战，便撤围遁去，委弃营幕甲仗，自邙山至谷水，沿途三十里间，累累不绝。独周、雍州牧齐公宪，及达奚武、王雄等，尚勒兵拒战。雄驰马挺槊，冲入斛律光阵中。光见他来势凶猛，回头急走，趋出阵后，落荒窜去，身边只剩一箭，随行只余一奴，那王雄却紧紧追来，相距不过数丈。光情急智生，把马一捺，略略停住，暗地里取弓搭箭，返身射去。可巧雄槊近身，不过丈许。雄大声道："我惜尔不杀，当擒尔去见天子！"语未说完，箭已中额，深入脑中，雄不禁暴痛，伏抱马首，奔回营中。**莽夫易致愤事。**光幸得免害，当然不去追赶，也纵马归营。

天色已暮，两下里俱各收军。周将齐公宪部署兵士，拟至明晨再战，偏王雄负伤过重，当夜身死。军中越加恟惧，赖宪亲往巡抚，才得少安。达奚武入营语宪道："洛阳军散，人情震恐，若非乘夜速还，明日且欲归不得了！"宪尚觉迟疑，武复说道："武在军日久，备悉艰难，公少未更事，岂可把数营士卒，委身虎口么？"宪乃依议，潜令各营趁夜启程，向西奔还。权景宣得洛阳败报，亦将豫州弃去，驰入关中。及齐主湛至洛阳，早已狼烟净扫，洛水无尘。湛很是欣慰，进段韶为太宰，斛律光为太尉，兰陵王长恭为尚书令，余将俱照律叙功。唯尚恐突厥入塞，亟还邺都。嗣接得北方边报，谓突厥亦已退军，更觉得心安体泰，又好酗酒渔色了。

当时齐廷有一个著作郎，姓祖名珽，有才无行，尝为齐高祖功曹，因宴窃得金叵罗，**酒器名。**为所察觉，又坐诈盗官粟三千石，鞭配甲坊。显祖高洋爱珽才具，复召为秘书丞，珽又萌故智，坐赃当绞，洋加恩免刑，且仍令直中书省。他见湛势力日盛，有意逢迎，因赍胡桃油入献，且拱手语湛道："殿下有非常骨相，后必大贵。"湛尚为长广王，不禁色喜道："若果得此，亦当与兄同安乐！"珽拜谢而出，及湛入嗣位，思践前约，即擢珽为中书侍郎，旋迁任散骑常侍，与和士开朋比为奸，尝私语士开道："如君宠幸，古今无比，但宫车若一日宴驾，试问君如何克终？"**似为士开耽忧，实是为己设法。**士开被他一说，惹得愁容满面，亟向珽商量计策。珽徐徐答道："何不入启主上，但言文襄、文宣、孝昭诸子，均不得嗣立为君，今宜令皇太子早践大位，先定君臣名分，自可无虞。此计若成，中宫少主，必皆感君，君可从此安枕了！"恐他难必。士开道："计非不善，唯主上年未逾壮，遽请他禅位太子，恐未必准议。"斑又道："君先婉白主上，再由斑上书详论，不患不从。"士开许诺，适值彗星出现，太史谓应除旧布新，斑即乘间上言，谓陛下虽为天子，未为极贵，宜传位东宫，上应天道，且援魏主弘禅位故事，作为引证。湛得书未决，再经和士开从旁怂恿，方才定议，遂于河清四年孟夏，使太宰段韶，奉皇帝玺绶，禅位太子纬。纬在晋阳宫即位，改元天统。册妃斛律氏为皇后，就是斛律光的次女。王公大臣遂上湛尊号为太上皇帝，军国大事，仍然启闻。使黄门侍郎冯子琮，尚书左丞胡长粲辅导少主，专掌敷奏。子琮系胡后妹夫，故得邀宠眷。祖斑拜秘书监，加开府仪同三司，大蒙亲信，见重二宫。

看官听着！这齐主湛年方二十九岁，春秋虽盛，精力不加，平居荒耽酒色，凡故宫嫔御，稍有姿色，多半被污，旦旦伐性，遂害得神志昏迷。此次禅位，也是乐得卸肩，再想高居深宫，享那一二十年的艳福。怎奈人有千算，天教一算，湛做了太上皇，反连年多病，就要长辞人世了。和、祖二人之所以着急，想亦由此。唯湛距死期，尚有三年，那陈主蒨却寿数将终，勉强延挨了一年，竟尔去世。

先是陈安成王顼，自周还陈，受官侍中，兼中书监，寻且都督扬、南徐、东扬、南豫、北江诸军事，威权日盛，势倾朝野。御史中丞徐陵，独上书纠劾，陈主蒨免顼侍中，唯仍领扬州刺史。会值天嘉六年冬季，天旱不雨，直至次年仲春，亢阳如故，陈主亦常患不适，乃改天嘉七年为天康元年，颁诏大赦，冀迓天府。到了孟夏，彼苍却已降甘霖，御体反更加委顿，安成王顼，尚书孔奂，仆射到仲举等，入侍医药，陈主已病不能兴，默念太子伯宗柔弱，未堪为嗣，乃顾语顼道："我欲遵周泰伯故事，汝意以为何如？"顼闻言惶遽，拜泣固辞。何必做作？陈主又语奂等道："今三方鼎峙，四海事重，应立长君，卿等可遵朕意。"奂流涕答道："皇太子圣德日跻，安成王足为周旦，若无故废立，臣不敢奉诏！"无非一时献谀。陈主叹道："卿可谓古之遗直了。"遂命奂为太子詹事，且进顼为司空尚书令。

未几陈主遂殂，遗诏令太子伯宗嗣位。总计陈主蒨在位七年，改元二次，享年四十有五，史家称他明察俭约，宵旰勤劳，往往刺取外事，即夕判决，每令鸡人伺漏，传递更签，令掷阶上有声，谓借此足唤起睡梦。但谋杀衡阳王昌，骤立次子伯茂为始兴王，无非欲为子孙计。偏是私心益甚，后嗣益不能久长。看官试阅下文，便

陈文帝投签警寐

见分晓。

且说陈太子伯宗即位太极前殿，大赦天下，追谥皇考为文皇帝，庙号世祖。尊皇太后章氏为太皇太后，皇后沈氏为皇太后，立妃王氏为皇后，皇子至泽为太子。进皇叔安成王顼为司徒，录尚书事，兼督中外军务。其余文武百官，俱各进阶。越年改元光大，中书舍人刘师知，与仆射刘仲举等，同受遗诏辅政，常在禁中参决庶事。安成王顼位隆望重，入居尚书省，为师知等所忌，密与尚书左丞王暹等通谋，拟迁顼出外。东宫舍人殷不佞，素来浮躁，亦预闻师知密议，遂驰语顼道："有敕传出，谓四方无事，王可迁居东府，经理州务。"顼闻言将出，记室毛喜入白道："陈有天下，为日尚浅，国祸荐臻，中外危惧。太后深维至计，召王入省，共康庶绩，今日所言，必非太后本意，王可速即奏闻，毋使奸人得逞狡谋！"顼再商诸领军将军吴明彻，明彻亦赞同喜言，乃托疾不出，且伪召师知入商，留与长谈，暗中却遣毛喜入启太后。太后沈氏道："令嗣君幼弱，政事并委二郎，毫无他意。"喜又转白嗣主伯宗，伯宗亦说道："这是师知所为，朕未曾预闻。"喜亟出报顼，顼拘住师知，自入后廷谒见两宫，极陈师知奸诈，并自草诏敕，请嗣主盖印，持付廷尉。令将师知逮系狱中，当夜赐死。是殷不佞害他。降到仲举为光禄大夫，不佞素以孝闻，但令免官，王暹处斩，由是政无大小，悉归顼手。仲举被贬，心不自安，又与右卫将军韩子高图顼，事又被泄，仲举、子高，并下狱被诛。

湘州刺史华皎，与子高向来友善，闻子高被戮，很是不平，遂遣人西入长安，向周乞师，并自归后梁，遣子玄响为质。周太师宇文护，即遣湘州总管卫公直，宇文泰第六子。大将军田弘、权景宣、元定等，率兵助皎，后梁亦遣柱国王操等会师，长江上游，同时大震。陈遣吴明彻为湘州刺史，令率舟师三万，溯流先进，复命征南大将军淳于量，率舟师五万继应，再由冠武将军杨文通，巴山太守黄法氍，从陆路进兵，杨出茶陵，黄出醴陵，共击华皎。并饬江州刺史章昭达，郢州刺史程灵洗，亦联兵进讨。更简司空徐度，为车骑将军，总督步军趋湘州。华皎遣使诱章昭达，被昭达执送建康，又转诱程灵洗。灵洗将来使斩首，皎乃会同周军，水陆俱下，与陈将吴明彻等相持。

两下至沌口交锋，西军用舰载薪，因风纵火，不料风势一转，火转自焚，吴明彻等乘势猛击，西军多半沉溺，大败而逃。道过巴陵，见岸上已遍竖陈军旗号，不敢登岸，径奔江陵。周步军统将元定，因水师败溃，也即退还。到了巴陵，适被陈军截住。陈军统领，便是大将军徐度。度已袭破湘州，驻军巴陵，狭路相逢，怎肯放过元定？定自知不敌，向度乞路，度佯许结盟，俟定释械往就，顺手缚住。定愤恚不食，竟至饿毙。余众全为徐度所俘。后梁将军李广，还未知情由，冒冒失失地趋至巴陵，也为度军所擒。那吴明彻复乘胜攻后梁，得拔河东。程灵洗又进袭沔州，周沔州刺史裴宽极力抵御，苦守数旬，终被灵洗攻入，擒宽归报。后梁柱国王操退归江陵，忙整顿败残人马，堵御陈军。吴明彻自河东进攻，数月不下，乃收军退归。是役陈军大捷，俘获万余人，马四千余匹，都送交建康。

安成王顼，自居功首，进位太傅，领司徒，加殊礼，履剑上殿，入朝不趋。帝位已将到手了。始兴王伯茂恨顼专政，屡构蜚言。安成王顼索性夺据帝座，胁迫太皇太后章氏御殿，召集百官，废陈主伯宗为临海王，黜始兴王伯茂为温麻侯。当下颁发命令，多半是悬空架诬。略云：

昔梁运衰落，海内沸腾，天下苍生，殆无遗噍。高祖武皇帝拨乱反正，膺图御策，重悬三象，还补二仪。世祖文皇帝克嗣洪基，光宣宝业，惠养中国，绥宁外荒。伯宗昔在储宫，本无令闻，及居崇极，遂骋凶淫，居处谅暗，固不哀戚，娴嫱卯角，就馆相仍，且费引金帛，令充椒闱，内府中藏，军备国储，未盈期稔，皆已空竭。太傅顼亲承顾托。镇守宫闱，遗诰绸缪，义笃垣屏，乃反道刘师知、殷不佞等，显言排斥。韩子高小竖轻佻，推心委仗，阴谋祸乱，决起萧墙，元相不忍多诛，但除君侧，何意复密诏华皎，称兵上流，国祚忧惶，几移丑类。乃至要结远近，协乱巴湘，支党纵横，寇扰黔歙，岂止罪浮于昌邑，非唯声丑于太和。但贼竖皆亡，袄徒已散，日望惩改，尤加掩抑，而悖礼忘德，情性不悛，乐祸思乱，昏愍无已。祖宗基业，将惧覆陨，岂可复肃恭祀，临御兆民？式稽故实，宜在流放，今可转降为临海郡王，送还藩邸。太傅安成王固天生德，齐圣广深，二后钟心，三灵仁眷。自归国秉政以来，威惠相宜，刑礼兼设，指挥叱咤，湘、郢廓清，辟地开疆，荆、益风靡，若太戊之承殷历，中都之奉汉家，校以功名，曾何仿佛。况文皇知子之鉴，事过帝尧，传弟之怀，久符太伯，今可还申襄志，崇立贤君，方固宗祧，载贞辰象。中外宜依旧典，奉迎舆驾，入篡大统。始兴王伯茂，辜负严训，弥肆凶狡，嗣君丧道，职为乱阶，允宜磬彼司旬，刑斯剧人，姑念皇支，不忍稚刃，可特降为温麻侯，别道就第。未亡人不幸，属此殷忧，不有崇替，将危社稷，何以拜祠高寝，归祔武园？揽笔潜然，兼怀悲庆！

这令下后，陈主伯宗立被徙居别第。始兴王伯茂曾为中卫将军，居住禁中，此时也单车出宫，使往婚第寓居。婚第在六门外，是诸王冠婚礼庐，向来是四达康庄，烽烟不设，谁意伯茂出了内城，竟来了一班盗众，持着凶器，把伯茂殴倒车中。小子有诗叹道：

> 都下何由集匪人？皇支遭击骤伤身。
>
> 六朝天子多残悍，只顾尊荣不顾亲。

欲知伯茂性命如何，且待下回说明。

齐主湛在位五年，多失德事，独送归宇文护母姑，尚有以孝治人遗意。护不知感激，反与突厥连兵侵齐，背德不祥，其败也固宜。湛凯旋国都，遽信祖珽诡计，传位太子，上皇方壮，元子南面，果何为哉？陈主蒨杀衡阳王昌，独留安成王顼，意者以兄子难信，不若母弟之可亲欤？追病至弥留，谬言禅位，兄以伪言饴弟，弟亦以伪态对兄，彼此相示以伪，卒至嗣子失国，悍叔登基，防人者终出于所防之外，作伪果何益乎？到仲举、韩子高等，为主而死，死尚足称；刘师知亲逼梁主，不忠不义，其死盖已晚矣。

第九回

昵奸人淫后杀贤王
信刁媪昏君戮胞弟

　　却说陈始兴王伯茂，被贬出内城，突遇盗众攒击，晕倒车中，立即殒命。门吏当然报闻，由朝中颁令索捕，过了数日，不得一盗，都下才晓得是陈顼所遣了。是时已是光大二年仲冬，距来春不过月余，内外百官，俱请顼登位。顼佯为谦让，故意迟延，到了次年元旦，始就太极前殿，御座受朝，改元太建，仍复太皇太后为皇太后，皇太后为文皇后。立妃柳氏为皇后，世子叔宝为太子，次子康乐侯叔陵为始兴王，奉昭烈王前谭遗祀，三子建安侯叔英为豫章王，四子丰城王叔坚为长沙王。所有内外文武百官，当然有一番封赏，不及细表。越年皇太后章氏去世，谥为宣太后。丧葬才毕，临海王伯宗，忽然暴亡，年仅十九，在位不满二年，史家号为陈废帝。看官，试想这暴亡的原因，自有形迹可寻，毋庸小子絮述了。含蓄得妙。废帝皇后王氏，已降为临海王妃，由陈主顼下诏抚慰，令故太子至泽袭封王爵，妥为奉养。至泽年仅四龄，晓得什么孝事？不过一线未绝，还算是新主隆恩，这且待后再表。

　　且说陈主顼窃位年间，便是齐主湛稔恶期限，恶贯满盈，当然告终。自湛为太上皇，所有执政诸臣，如赵彦深、元文遥、和士开等，揽权如故，河间王孝琬，见时政日非，每有怨语，且用草人书奸佞姓名，弯弓屡射。当由和士开等入白上皇，谓孝琬不法，妄用草人，比拟圣躬，昼夜射箭。湛正虑多病，听到此言，不觉怒起，又因当时有童谣云："河南种谷河北生，白杨树端金鸡鸣。"士开即指河南北为河间，"金鸡鸣"三字，隐寓金鸡大赦意义，谓谣言当出自孝琬，摇惑人心。湛即拟召讯，可巧孝琬得着佛牙，入夜有光，孝琬用槃悬幡，置佛牙前。*孝琬所为，亦多痴呆。*湛立派人搜检，得槃幡数百张，目为反具，因使武卫将军赫连辅玄，召入孝琬，用鞭乱挝。孝琬呼叔饶命，湛怒叱道："汝何人？敢呼我为叔？"孝琬道："臣神武皇帝嫡孙，文襄皇帝嫡子，魏孝静皇帝外甥，为什么不得呼叔！"湛怒且益甚，竟用巨杖击孝琬足，"扑喇"一声，两胫俱断，孝琬晕死。湛命将尸骸拖出，槀葬西山。孝琬弟安德王延宗，*高澄第五子。*哭兄甚哀，泪眦尽赤，并为草人比湛，且鞭且问道："何故杀我兄？"*又是一个愚人。*不意复为湛所闻，令左右将延宗牵入，置地加鞭，至二百下。延宗僵卧无声，湛疑他已死，乃令异出，延宗竟得复苏，湛亦不再问。

秘书监祖珽，希望秉政，条陈赵彦深、元文遥、和士开等罪状，令好友黄门侍郎刘逖呈入。逖不敢转呈，赵彦深等已有所闻，先向上皇处自陈。湛命执珽穷诘，珽因和士开等朋党弄权，卖官鬻爵等事。*前日结士开，今日攻士开，小人情性，往往如此。*湛又动恼道："尔乃诽谤我！"珽答道："臣不敢诽谤，但惜陛下有一范增，不能信用。"湛瞋目道："尔自比范增，便目我为项羽么？"珽复道："羽一布衣，募众崛起，五年成霸业，陛下借父兄遗祚，才得至此，臣谓陛下尚不及项羽！"这数语益触湛怒，令左右把珽缚住，用土塞口，珽且吐且言。*也想卖直，实是狂奴。*湛命加鞭二百，发配甲坊。嗣复徙往光州，置地牢中，夜用芜菁子为烛，目为所熏，竟致失明。

左仆射徐之才善医，每当湛病，必召令诊治，随治随痊。和士开欲代之才位置，出之才为兖州刺史，湛果令士开为左仆射。不到一月，湛病复发，遣急足追征之才，之才未至，湛已濒危。召士开嘱咐后事，握手与语道："幸勿负我！"*替汝至胡后寝处格外效劳，何如？*言毕遂殂。越日之才乃至，士开伪言上皇病愈，遣还兖州。

一连三日，秘不发丧。黄门侍郎冯子琮，为胡后妹夫，入问士开意见。士开道："神武、文襄丧事，皆秘不即发，今至尊年少，恐王公或有贰心，故必经大众议妥，然后发丧。"子琮道："大行皇帝，传位今上，朝贵一无改易，何有异心？时异势殊，怎得与前朝相比！且公不出宫门，已经数日，升遐事道路皆知，若迟久不发，朝野惊疑，那时始不免他变了。"*独不怕汝姨姊加嗔么？*士开乃下令发丧，追谥上皇为武成皇帝，庙号世祖。湛在位五年，为太上皇又四年，年只三十二岁。太上皇后胡氏，至是始尊为皇太后。胡氏与和士开相奸，已见前文，此次更毫无顾忌，好与士开日夕言欢，偏被冯子琮说破，不得不举行丧葬，令士开出宫办事。

太尉赵郡王叡，与侍中元文遥等，又恐子琮倚太后援，干预朝政，因与士开会商，出子琮为郑州刺史。当时齐廷权贵，除和士开、赵彦深、元文遥外，尚有司空娄定远，开府三司唐邕，领军綦连猛、高阿那肱，度支尚书胡长粲，俱得柄政，齐人号为八贵。赵郡王叡，大司马冯翊王润，安德王延宗，*润与延宗，注皆见前。*与娄定远、元文遥等，并入白齐主纬，请出士开就外任。看官，试想士开系皇太后的私人，哪肯听他外调，自取寂寞？齐主纬生性昏懦，当然拗不过太后，所以众论纷纷，始终不得邀准。会胡太后出御前殿，觞宴朝贵，赵郡王叡挺身出奏道："和士开为先帝弄臣，受纳贿赂，秽乱宫掖，臣等义难杜口，所以冒死直陈。"胡太后怫然道："先帝在时，王等何不早言？今日欲欺我孤寡么？且饮酒，勿多言！"叡词色益厉，脱冠投地，拂衣而出。娄定远、元文遥等，亦皆离座自去。

翌日叡等复至云龙门，令文遥入劾士开，三入三返，终不见从。左丞相段韶，使胡长粲传太后谕旨道："梓宫在殡，事太匆匆，欲王等三思后行！"叡等乃拜命散归。长粲复命，胡太后喜道："成全妹母子家，实出兄力！"原来长粲为胡后兄，故如是云云。*何不谓成全假夫妇，实出兄力！*胡太后及齐主召问士开，士开道："陛下甫经谅暗，大臣皆有觊觎；今若出臣，正是翦陛下羽翼。何不传语叡等，但说文遥与臣，并经先帝任用，可并出为州吏，待山陵事毕，然后遣行。"两宫皆以为然，如言颁敕，授士开为兖州刺史，文遥为西兖州刺史。待至奉葬已毕，叡等促士开就道，胡太后又欲留住士开，谓俟百日卒哭后，方令赴任。*总之不肯舍去。*叡不肯许，复入内苦争，胡太后令酌酒赐叡。叡正色道："今论国家大事，何曾为酒一卮！"言讫趋出，当下令娄定远等，监住宫门，不准士开复入。

士开窘极无聊，乃特采美女二人，珠帘一具，亲送定远。定远心喜，便问士开来意，士开道："在内久不自安，今得外调，实如本愿，但乞公等保护，长为大州，已感德不浅了！"定远信为真言，送出门外，士开复道："今当远出，愿入内辞觐二宫。"定远许诺，士开遂得入内，向二宫前跪陈道："先帝升遐，臣愧不能从死！窃看朝贵意旨，仍将行乾明故事，*乾明系废帝殷年号。*臣出后必有大变。臣受先帝厚恩，愧无面目相见地下！"说至此，伏地恸哭，胡太后与齐主纬，并皆泪下。一是恐失所欢，一是恐不保位。亟向士开问计，士开道："臣已得入，尚复何虑？但教数行诏书，便可了事。"胡太后忙令士开草诏，出定远为青州刺史，责赵郡王叡无人臣礼，即日颁发出去。赵郡王叡接得诏书，不由得愤懑万分，勉强过了一宵，翌晨即冠带入谏。妻子等统皆劝阻，叡勃然道："社稷事重，我宁死事先皇，不忍见朝廷颠沛呢！"遂拂袖径行。既入朝门，又有人与语道："殿下不宜入宫，恐将及祸！"叡又道："我上不负天，死亦无恨！"遂入谏胡太后，坚守前议。太后默然不答，返身入内。叡悯悯出宫，行至永巷，突被卫兵拘住，牵至华林园，被武士勒死，年才三十六。大雾三日，中外称冤。*愚直之咎。*

和士开仍复原任，依然出入宫禁，好与胡太后长叙幽欢。娄定远见风使帆，还归士开原赂，且加送珍玩，巴结士开。士开方不念旧恶，彼此相安。领军高阿那肱素与士开友善，又尝入侍东宫，希旨承颜，是他能手。齐主纬格外加宠，特擢为尚书令，封淮阴王，另进前东宫侍卫韩长鸾为领军。又有宫婢陆令萱，前坐本夫骆超谋叛罪名，没入掖庭，巧黠善媚，得胡后欢。*想是做和士开的牵头。*纬幼冲时，常使令萱保抱，呼为乾阿妳，渐渐地倚势弄权，独擅威福。至纬得受禅，竟封令萱为郡君。令萱子名提婆，随母入宫，与纬朝夕戏狎，亦得拜官受禄。母子蟠踞宫禁，势焰无比。和士开、高阿那肱俱老着脸皮，愿为陆令萱义儿。纬后斛律氏，有从婢穆黄花，生得轻盈妖艳，荡逸飘扬，纬爱她秀冶，时令入侍。穆黄花知情识意，乐得移篙近舵，卖弄风骚。纬被她勾引，哪里按捺得住？便把她引入床帏，颠鸾倒凤，备极绸缪。自经过这一番云雨，益邀宠眷，特赐她一个佳名，叫作舍利。*想是视作佛上圆光。*此后便收为嫔御，擅宠专房。陆令萱欲借为奥援，很与相昵，穆氏亦呼她为养母。*也是惺惺惜惺惺。*你称我赞，争向齐主前说项，齐主纬竟封令萱为女侍中，穆舍利为弘德夫人。令萱子提婆，与穆舍利称兄道妹，就乘此冒姓为穆，穆夫人又替他揄扬，得为开府仪同三司。还有陆令萱弟悉达，也得夤缘进身，一岁三迁，居然与提婆同官，位至开府。

前秘书监祖珽已蒙齐主纬赦出地牢，得为海州刺史，至是复思干进，因贻书悉达道："赵彦深心腹阴沉，早欲行伊、霍故事，仪同姊弟，岂得平安？何不早用智士，为自全计！"悉达转语令萱，令萱复转告和士开。士开因珽有胆略，亦欲引为谋主，乃蠲弃前嫌，借德报怨，特与令萱同白齐主道："襄、宣、昭三帝，皆不能传子，今至尊独在帝位，统是祖珽一人的功劳。珽德行虽薄，谋略有余，缓急可使，且双目已被熏盲，必无反心！"齐主纬正怀念祖珽，听了此言，急颁赦敕召入，许复原官。

　　陇东王胡长仁，系胡太后兄，不悦士开，士开即暗中进谗，出长仁为齐州刺史。长仁怨愤，谋遣刺客杀士开。偏为士开所知，向珽计议，珽引汉文帝杀薄昭事，作为援证。当由士开转白太后，一道诏令，竟将长仁刺死州廨。**宁可杀亲兄，不可死情郎。**且进士开录尚书事，改封淮阳王。命兰陵王长恭为太尉，琅琊王俨为太保，赵彦深为司空，徐之才为尚书令，唐邕为左仆射，冯子琮为右仆射。子琮素依附士开，既得重任，不由得自大起来，一切录用，不向士开预商。士开未免介意，只因子琮为太后亲属，一时不便摔去。独琅琊王俨，系齐王纬胞弟，素得父母爱宠。高湛在日，尝欲废纬立俨，事不果行。俨见和士开、穆提婆二人，大修宅第，颇为不平，尝语二人道："君等营宅，早晚可成，何为迟延若此？"二人知他语带讥讽，阴怀猜忌，且互相告语道："琅琊王眼光奕奕，数步射人，前时偶与相对，不觉汗出，天子门奏事，尚不至此，此人若常握大权，我两人死无葬地了！"遂朝夕入谮，出俨居北宫，免太保官，只留中丞一职，限令五日一朝。

　　当时寡廉鲜耻的朝士，见士开扳倒亲王，愈加谄附，多拜士开为假父。士开偶患伤寒，医云须服黄龙汤。看官道黄龙汤为何物？乃是多年的粪汁。士开不愿进饮，很有难色。适有一假子省疾，见了此汤，便请先尝，一喝即尽。**此等人只配吃粪屎。**士开甚喜，也把粪汁取饮少许，果然渐瘥。独治书侍御史王子宜，与琅琊王友善，探得士开等密谋，更欲徙俨出外，乃入北宫语俨道："殿下被疏，统由士开谗间。近闻士开又欲移徙殿下，殿下何可轻出北宫，与百姓为伍呢？"俨左右开府高舍洛，中常侍刘辟强，亦劝俨早自为计，毋为人制。俨乃密召冯子琮入商，屏人与语道："士开罪重，儿欲杀死此贼。"子琮已与士开有嫌，当即赞成，许为援助。俨即令子宜奏弹士开，请收禁推讯。子琮收入奏牍，并搀杂另外文书，进呈御览。齐主纬略略省视，即觉厌烦，便语子琮道："可行便行，朕不耐阅此。"子琮巴不得有此语，便令领军库狄伏连，收系士开。伏连请再复奏，子琮道："琅琊王入奏邀准，何须再奏！"伏连乃夜遣甲士五十人，伏住神兽门外，待士开凌晨入朝，把他拘住，送交廷尉。一面报知北宫，俨大喜过望，即遣心腹将冯永洛，往斩士开。

　　士开伏诛，俨党尚不肯罢手，索性欲拥俨废主，逼俨率军士三千人，屯千秋门。

齐主纬始闻急变，忙命刘桃枝奉敕召俨，俨答说道："士开谋反，臣所以矫诏除奸；尊兄若欲杀臣，不敢逃罪；如蒙赦宥，请令姊姊来迎！"姊姊指陆令萱，<small>齐俗呼母为姊姊，见前注。</small>俨欲诱杀令萱，故有此语。桃枝返报，令萱适侍主侧，料知俨意不佳，且惧且泣。齐主纬再使韩长鸾召俨，许令免死。俨欲应命，刘辟强牵衣谏阻道："若不杀穆提婆母子，殿下万不可进去！"俨乃拒绝长鸾。

纬得长鸾回报，不禁惶急，便入启胡太后。太后闻士开被杀，已是悲痛交并，又见纬前来泣诉，益觉愤不可耐，便道："逆子可恨，尔可速召斛律光，使执逆子入宫！"纬乃趋出，亟召斛律光入议。光闻俨杀死士开，抚掌大笑道："龙子所为，原是不凡！"遂入见齐主，齐主正召集卫士四百人，发给甲械，将要出战，光面启道："小儿辈弄兵，一与交手，反致激乱。鄙谚有言：奴见大家<small>臣妾呼天子为大家。</small>心死。至尊宜自至千秋门，琅琊王必不敢动。"说着，即导纬前行，至千秋门外，由光朗声呼道："大家来！"俨党素惮光威，相率骇散。齐主纬立马桥上，遥呼俨名，俨尚趑趄不进。光抢步上前，握住俨手，且笑且语道："天子弟杀一汉奴，何必慌张！"遂牵俨至齐主前，并为代请道："琅琊王尚在少年，脑满肠肥，举动轻率，将来年纪长成，自知改过，愿曲为恕罪！"<small>煞费调停。</small>齐主乃拔俨佩刀，但用刀环击俨首数下，便即释去。收捕库狄伏连、王子宜、高舍洛、刘辟强、冯永洛等，缚住后园，由纬亲自射死，然后枭首，把尸肢解，暴示都市。胡太后召俨入宫，面加叱责，俨泣答道："是子琮教儿。"太后留俨在宫，使人绞杀子琮。<small>独不顾亲妹么！</small>齐主欲尽杀俨府官吏，斛律光、赵彦深力为劝阻，方论罪有差。

既而祖珽与陆令萱连谋，出赵彦深为兖州刺史，因即设法图俨。令萱密白齐主道："琅琊王聪明雄勇，当今无比。看他相表，必不肯为人下，不若早除为妙！"纬尚未决，召珽入问。珽又引出两条故事，一是周公诛管、蔡，一是季友鸩庆父。<small>专用故事杀人，所谓才足济奸。</small>纬乃决意诛俨，使右卫大将军赵元侃，诱俨出诛。元侃顿首道："臣尝服事先帝，见先帝很爱琅琊王，今宁就死，不敢闻命！"纬变色道："汝不愿行此事，可出去罢！"元侃拜谢而出。即有诏敕随下，出元侃为豫州刺史。

纬自入启太后道："明旦欲与仁威出猎。"仁威系俨表字。太后许诺，但令纬早去早回。夜才四鼓，纬即使人召俨，俨颇动疑。陆令萱驰入道："尊兄唤儿，奈何不往！"俨乃趋出。甫至永巷，突遇刘桃枝把俨缚住，俨大呼道："乞见姑姑尊兄。"

姑姑指胡太后，注见前。桃枝用袖塞俨口，反袍蒙头，负至大明宫，用力勒死，年仅十四。用席包尸，埋葬室内，然后复命。纬使人禀白太后，太后临哭十余声，便被左右拥入宫中。这是齐武平二年间事。齐尝改天统六年为武平元年。越年三月，始加棺殓，出葬邺西，追赠俨为楚帝，谥曰恭哀。俨妃李氏，遗腹生男，亦被幽死。唯号李氏为楚后，使入居宣则宫，借慰太后悲怀。其实胡太后也颇恨俨，害死情郎应该加恨。后因另结情人，把和士开撇过一边，始复忆及亲子。但死人不可重生，不得已勉抑悲哀，别图欢乐，又做出许多丑事来了。小子有诗叹道：

> 官闱干政尚遭讥，况复淫昏不识非。
> 才信古人严礼教，要端闺范在防微。

欲知胡太后后来情事，试看下回便知。

赵郡王叡，与琅琊王俨，俱为和士开一人而死，叡之死，比俨更冤。俨得杀士开，尚足泄一时之愤，而叡第知强谏，竟死牝后淫人之手，设九泉之下，叔侄重逢，叡为俨从叔。叡毋乃自笑弗如乎！然叡与俨之所为，俱以忿率致亡。叡误于太愚，俨误于太莽，不能顾全大局，徒与一幸臣拼命，击之不中，徒自伤躯，击之幸中，亦不过除得一奸。盈廷皆妇女小人，徒除一蠹，果有何益！且屯兵逼主，尤属非是，卒之亦自杀其身而已。读此回，不禁为叡悲，尤不禁为俨惜矣。

第十回

斛律光遭谗受害
宇文护稔恶伏诛

　　却说胡太后失去和士开，又害得寂寞无聊，她是个淫妇班头，怎肯从此歇手？遂借拜佛为名，屡向寺院中拈香。适有一个淫僧昙献，身材壮伟，状貌魁梧，为胡太后所中意。昙献亦殷勤献媚，引入禅房，男贪女爱，居然谐成了欢喜缘。胡太后托词斋僧，取得国库中金银，贮积昙献席下，复将高湛生平所御的宝装胡床，亦搬入寺中，与昙献共同寝坐。嗣又因内外相隔，终嫌未便，索性召入内庭，使他唪诵经咒，超荐亡灵，朝朝设法，夜夜交欢，正所谓其乐融融了。昙献又召集许多徒众，会诵一堂，胡太后赐号昭玄统僧，僧徒却戏呼昙献为太上皇。<small>宜呼为太上僧。</small>就中又有两个少年僧侣，面目秀嫩，好似女子一般。胡太后复不肯放过，陆续召幸，且夕不离。但恐为皇儿所知，索性叫他乔扮女尼，搽脂画粉，希图掩饰。齐主纬有时入省，起初尚未曾留意。后来二僧妆点愈工，姿态愈妍，惹得齐主亦觉动目，遂想出一法，给二僧至别室，迫令侍寝。二僧抵死不从，纬召婢媪等强褫僧衣，欲与行淫。哪知二僧的下体，与纬相同，纬且惊且怒，才知母后有苟且行为。当下亲加讯鞫，二僧无从抵赖，只好实供，并及昙献肆淫事。纬即收诛昙献，并命二僧一体伏法。<small>何不留作娈童！</small>又遣宦官邓长颙，率领众阉，徙胡太后至北宫，把她幽禁起来。

　　陆令萱趁这机会，竟想代做太后，密与祖珽熟商，珽又引出一条故典，说是魏太武帝焘，曾尊保母窦氏为保太后，借古证今，无不可行。亏他想出。且出语朝士道："陆虽妇人，实是豪杰，女娲以来，得未曾有哩。"令萱亦称班为国师，班得进任左仆射。唯陆为太后，始终无人赞成，因此令萱枉费一番心思，徒乐得画饼充饥，倒反作成了一个祖珽。

珽势力日盛，朝野侧目，独太傅咸阳王斛律光，素来嫉珽，每见珽在朝右，辄遥骂道："阴毒小人，今日又不知作何计！"复召语诸将道："边境消息，兵马处分，从前赵令恒彦深字令恒。在朝，尝与我辈参议，今盲人入掌机密，并未会商，国家事恐终为所误哩！"诸将相率叹息。珽知光恨己，赂光从奴，密问光有无讥评，从奴答道："相王每夜抱膝闷坐，尝自叹道：'盲人入朝，国必危亡。'"珽闻得此语，当然挟嫌。开府穆提婆，求娶光庶女为妇，光又不许。齐主拟拨晋阳田，赏给提婆，光复入谏道："此田自神武以来，累年种禾饲马，为御寇计，若赐给提婆，岂非与军务有碍么！"齐主乃止。提婆从此怨光，遂与祖珽日伺光隙。

光为斛律后父，累世勋贵，一门衣锦。弟羡为幽州刺史行台尚书令，雅善治兵，士马精强，斥堠严整，突厥尝加畏惮，称为南可汗。长子武都，为开府仪同三司，领梁、兖二州刺史，尚高洋女义宁公主。光父金在日，尝语光道："我虽不读书，闻古来外戚，如汉朝梁冀等，无不倾灭。女若得宠，诸贵人必多妒忌，女若无宠，天子又多生憎。我家以忠勤致贵，断不可借女生骄，我本不欲尔女入宫，无如累辞不获，深以为忧！"炎炎者灭，隆隆者绝，斛律金颇知此义，可惜后来复蹈此辙。及金年老去世，光颇遵父训，持身节俭，事主忠诚，不好声色，不贪权势，杜绝馈遗，罕见宾客。每当朝廷会议，常独后言，言必合理，或有疏奏，使人执笔起草，自己口授，概从朴实。行军仿乃父遗法，营舍未定，终不入幕。在营不脱甲胄，临阵时辄身先士卒，士卒有罪，唯用杖挝背，未尝滥杀，众皆乐为效力。自洛阳鏖兵后，受官右丞相，领并州刺史，屡与段韶出兵攻周，周勋州刺史韦孝宽，也是一员良将，与光交战汾北，竟至败北。光得拓地五百里，就西境筑十三城，立马举鞭，指画基址，数日告成。段韶亦得拔周定阳，擒归汾州刺史杨敷。敷至邺都，不屈被杀。齐主纬已宠任群小，不愿用兵，召还光、韶两军。韶未及还邺，病殁军中。韶为神武皇后娄氏甥，即段荣子。将略与光相亚，然性颇好色，尝纳魏黄门侍郎元班妻皇甫氏为妾，宠过正嫡，时论因劣韶优光。韶亦北齐名将，故随笔带叙生卒。余如先朝勋戚，百战功臣，均依次谢世。独光岿然独存，为齐柱石。周人不敢越境生事，亦未尝自夸功绩。

唯周勋州刺史韦孝宽，被光杀败，尝欲报恨，特构造谣言，使间谍传入邺中，有"百升飞上天，明月照长安"二语；又云："高山不推自崩，槲木不扶自举。"祖珽知言中寓意，索性又续下二句道："盲老公背受大斧，饶舌老母不得语。"因暗令小儿遍歌市中。穆提婆听着，入白令萱。令萱未尽得解，因召珽入询语意。珽故意想了一会儿，乃笑说道："得着了！得着了！百升是一'斛'字，明月是斛律丞相表字，盲老公是指珽，饶舌老母是指尊颜，余言可不烦索解了。"令萱惶急道："如此说来，非但危及尔我，并且危及国家，怎可不即日启闻！"遂并将谣言入启齐主，且为齐主解释意义。齐主迟疑道："莫非斛律丞相尚有异图么？"珽即接入道："斛律氏累世掌兵，明月声震关西，丰乐羡字丰乐。威行突厥，女为皇后，男尚公主，今有此谣言，正足令人生畏呢！"齐主不答，俟珽等趋出，召问领军韩长鸾，长鸾却谓斛律光必无贰心，乃搁置不提。珽见宫廷中毫无举动，因复入见齐主，称有密启。齐主屏去左右，唯留幸臣何洪珍在侧。珽尚未及言，齐主纬即与语道："前得卿启，便欲施行，韩长鸾谓必无此理，所以中止。"何洪珍不待珽言，抢先进词道："若本无此意，可作罢论；既有此意，尚未决行，倘事机泄露，反为不妙！"珽亦加说数语，请齐主从洪珍言。齐主纬乃点首道："洪珍言是，我知道了！"珽才趋出。

纬本怯弱，终未能决。会又接丞相府佐封士让密启，略言"斛律光奉召西归，即欲引兵逼主，事不果行。今闻该家私蓄弩甲，及奴童千数，且常遣使至丰乐武都处，阴谋往来，若不早图，变且不测"云云。这也是由祖珽唆使出来。纬览此密启，因语何洪珍道："人心原是灵敏，我常疑光欲反，不意果然！"实是呆鸟，还自夸灵敏么？说着，即命洪珍转告祖珽，并向珽问计。珽说道："这有何难！可由皇上赐一骏马，但说明日当游幸东山，王可乘此马同行。那时光必入谢，只须二三壮士，便可捕诛此獠。"洪珍即还报齐主，齐主纬依议施行，果然光中珽计，单骑入谢，行至凉风堂，下马步趋，蓦有人从后猛扑，几至被仆。幸亏脚力尚健，兀自站住，回顾身后，但见刘桃枝怒目立着，因呵叱道："桃枝你如何惯作此事？我实不负国家！"桃枝不答，复麾集力士三人，把光扑倒，用弓弦冒住光颈，将光扼死，颈血溅地，历久犹存。可称为碧血千秋。

于是由齐主下诏，诬光谋反，遣宿卫兵至光第，拘执光子世雄、恒伽，勒令自尽。唯少子钟年仅数龄，幸得免死。祖珽使郎官邢祖信籍没光家。祖信报珽，得弓十五，宴射箭百，刀七，赐槊二。珽厉声问道："此外尚有何物？"祖信亦抗声道："得枣杖二十束，闻拟处置家奴，凡奴仆犯私斗罪，杖一百。"珽不觉增惭，柔声与语道："朝廷已加重刑，郎中何必代雪呢！"祖信怆然道："祖信为国家惜良相！"说毕趋退。旁人咎他过直，祖信道："贤宰相尚死，我何惜余生呢！"此人亦不可多得，故特叙入。

　　齐主又遣使至梁州，杀光长子斛律武都，再命中领军贺拔伏恩，乘驿捕斛律羡。伏恩至幽州，尚未入城，门吏驰入报羡道："来使衷甲，马身有汗，恐不利将军，宜闭门不纳！"羡叱道："敕使岂可疑拒？"遂出迎伏恩。伏恩宣诏毕，即把羡拿下，就地取决。羡临刑自叹道："富贵至此，女为皇后，公主满家，天道恶盈，怎得不败！"遂从容受刑，五子皆死。伏恩等还都复命，除陆令萱母子及祖珽奸党外，无不称冤。独周将军韦孝宽得信大喜，自幸秘计告成，急报知周主邕。周主也喜出望外，下诏大赦，举朝庆贺，互相告慰道："斛律受诛，齐虏在吾目中了！"为周灭齐张本。

　　齐主纬后斛律氏，貌本平庸，未得主宠，至是亦连坐被废，迁居别宫。胡太后自愧失德，求悦齐主，特召入兄女，炫服盛装，与齐主相见。齐主是登徒子一流人物，见有姿色女郎，差不多肢体俱酥。当下问明姓氏，乃是前陇东王胡长仁女。父已受诛，女尚未字，乐得把她留住，做一对中表鸳鸯。胡女已受太后密嘱，曲意承欢，齐主纬越加怜爱，当即册为昭仪。就中有一个情敌，就是弘德夫人穆舍利。穆舍利已生一男，取名为恒，齐主未有储嗣，特命斛律后抚养。才阅半年，即立为皇太子。此次斛律后废黜，穆夫人应该补升，偏被胡昭仪夹入，转令穆氏多一对头。胡太后复立侄女为后，料知穆氏义母陆令萱，必帮助穆氏，出来反对，不得已卑辞厚礼，结好令萱，约为姊妹。令萱至此，反觉左右为难，只因胡昭仪宠幸方隆，更由胡太后从中嘱托，乃与祖珽入白齐主，立胡昭仪为皇后。胡后深感姑恩，便提起母子大义，责备齐主，枕席私言，容易动听；况齐主纬已忘前嫌，所有北宫稽查，早命撤销，此次闻胡后语，便将太后迎还奉养。母子姑侄，团圞欢聚，自在意中。胡太后计非不佳，但可暂不可久奈何！

　　独这阴柔狡黠的穆夫人，平白地将后位让人，如何忍受得住？当下埋怨陆令萱，说她无母女情。令萱也觉自悔，便慰穆氏道："汝休性急，不出半年，管教汝正位中宫！"穆氏泣道："我非三岁婴孩，何必哄我！"令萱对她设誓，决计替她转圜，穆氏尚似信非信。果然过了月余，齐主纬屡至穆氏寝室，申叙旧欢。穆氏半喜半嗔，佯劝纬往就中宫，纬作色道："皇后不知惹着何病，非痴非癫，想是有些失心疯了，朕不愿见她！"穆氏亦暗暗疑讶，默料必令萱所为，但亦未识她用着何术。只因齐主已经转意，自然提起精神，笼络齐主。陆令萱又乘间启奏道："天下有男为太子，母为奴婢么？"齐主默然，令萱乃出。

已而齐主复选得二女，一姓李，一姓裴，皆是美色，号李氏为左娥英，裴氏为右娥英。这取名的原因，是本舜妃娥皇、女英，并合为一。令萱不禁替穆氏着急，便为穆氏设法，别造宝帐及枕席器玩等具，俱为世所罕见，令穆氏穿着后服，满身珠翠，装束如天仙相似，静坐帐中。令萱即往白齐主道："有一圣女出世，大家何不往看！"齐主便即随行，由令萱引至穆氏坐处，揭开宝帐，即有一种兰麝奇芬，沁人心脾。约略一瞧，果见一丽姝端坐，仿佛似巫山神女，姑射仙人。齐主不觉喝采，及丽姝起身出迎，仔细端详，才认识是穆夫人。齐主笑指令萱道："陆太姬真会弄乖！"令萱亦笑答道："似此丽质，尚不配做皇后，试问陛下将择何人？"<small>好似玩弄小儿。</small>齐主道："天子只有一后。"令萱便接口道："舜纳尧二女为妃，便是二后。舜为圣主，难道不可效法么？"<small>对症用方。</small>齐主大喜，是夕即与穆氏并宿宝帐中，竭尽欢娱。次日即立穆氏为右皇后，号胡氏为左皇后。

穆氏意尚未足，再托令萱设策，除去胡氏。令萱许诺，屡次入见胡太后。一日至太后前，佯作嗫语道："何物亲侄女，作如此语！"太后惊问何因？令萱又摇首不答。经太后一再固问，方低声说道："胡后语大家云：太后行多非法，不足为训。"这语说出，激动太后怒意，立召胡后来前，命左右剪去后发，遣回家中。<small>落人圈套，还不自知，徒断送了一个侄女。</small>穆氏遂得独为皇后。令萱向她道贺，穆氏亦敛衽拜谢，唯问及胡后致病事，令萱但微笑不言。看官道是何故？无非由令萱使人厌蛊，除害胡后罢了。嗣是穆提婆、高阿那肱、韩长鸾，共处钧轴，号为三贵。祖珽得总知骑兵、外兵事。宵小横行，内外蒙蔽，要把这高氏宗社，轻轻断送了。小子姑从慢表，且述周事。

自周主邕，与突厥连和，两次侵齐，俱遭败挫。太师宇文护由弘农退还，与诸将入朝请罪，周主邕一体赦免。越年春季，周改保定六年为天和元年，屡遣使至突厥迎婚。突厥木杆可汗，因齐人强盛，向齐通使，又欲与齐连姻，不愿送女适周。周使臣陈公宇文纯，**宇文泰第九子。**许公宇文贵，神武公窦毅，南阳公杨荐等，俱被留住，好几年不得归国。宇文纯等再四请求，终不见允。会突厥遇大风雨，兼大雷震，旬日不止，番帐汗庭，均被漂坏。木杆恐是天谴，不合向周悔婚，乃将爱女阿史那氏，遣嫁周主，与宇文纯等偕至长安。周主邕行亲迎礼，出郊迎女，入宫备册，立阿史那氏为皇后。后虽出番族，貌颇端妍，邕尝优礼相待，两无间言。会宇文护母阎氏病殁，赙恤甚优。护丁艰避位，不到数月，即令起复，入朝视事。至天和五年，且由周主邕下敕，加护殊礼。诏书有云：

> 盖闻光宅曲阜，鲁用郊天之乐。地处参墟，晋有大搜之礼。所以言时计功，昭德纪行，使持节太师都督中外诸军事柱国大将军大冢宰晋国公体道居贞，含和诞德，地居戚右，才表栋隆。国步艰难，寄深夷险，皇纲缔构，事均休戚。今文轨尚隔，方隅犹阻，典策未备，声名多阙，宜赐轩悬之乐，六佾之舞，崇奖功德，公其勿辞！

这诏书上面，连护名俱未称及，正是宠荣异数，自古罕闻。护性颇宽和，实昧大体，自恃功高，久揽政柄，所居私第，常屯兵护卫，威逾宫阙。诸子僚属，皆倚势作奸，蠹国殃民。护亦全不过问，任彼所为。周主邕深自晦匿，不加干预，一班王公大臣，也猜不透周主意旨，大都旅进旅退，虚与周旋。至天和七年三月朔，日食几尽，护乃召问稍伯大夫庾季才道："近日天象如何？"**大约想篡位了。**季才答道："蒙恩深厚，敢不尽言，近日天象告变，公宜归政天子，请老私门，庶几名同旦、奭，寿享期颐，子子孙孙，常作屏藩；否则非季才所敢知了！"**护若肯从此言，何至遽死？**护沉吟多时，方微吁道："我亦作此想，但恐不得辞，所以蹉跎至今。公既为王官，可入依朝列，无须另参人！"季才知护介意，唯唯而去。嗣复陈书谏护，语极恳挚，护怎肯依议？反与季才有嫌。哪知宫中已密为安排，要将他一刀两段，送入冥途。

先是卫公宇文直，与护相亲，自沌口一败，直坐免官，遂至怨护。尝密白周主道："护若不诛，必为后患。"周主邕乃屡与计议。又有右宫伯中大夫宇文神举，**宇文泰族子。**内史下大夫王轨，右侍上士宇文孝伯，**宇文深子。**也与周主同谋，议定一策，对付权臣。**三个缝皮匠，比个诸葛亮。**适护出巡同州，还都复命，周主邕御文安殿，面加慰劳。护请入省叱奴太后，周主邕怅然道："太后春秋已高，颇好饮酒，一或过醉，喜怒乖方，近虽犯颜屡谏，未蒙垂纳，兄今入省，愿更为启请。"说至此，即从怀中取出酒诰，交与护手道："烦取此入谏太后！"护当然接受，与周主邕一同进去。既见叱奴太后，问过了安，太后命护旁坐。护因周主邕嘱托，尚立读酒诰。周主阴执玉珽，走至护后，猛力击护，护猝致倒地。周主令宦官何泉，用御刀斫下，泉不觉手颤，斫护未伤。卫公直已伏匿户侧，一跃而入，手起剑落，把护劈成两段。**该死久矣！**太后惊起，由周主邕婉言陈诉，谓护谋害两宫，所以诱诛。太后自然无言。邕即召入宫伯长孙览，收捕护子谭公会，莒公至崇，业公静正，平公乾嘉，及乾基、乾光、乾蔚、乾祖、乾威等，悉数伏诛，又杀护党柱国侯伏、侯龙恩、大将军侯万寿、刘勇，中外府司录尹公正、袁杰，膳部下大夫李安。

时雍州牧齐公宪，为护亲任，赏罚黜陟，多所参预。至是由周主召入，勉励数语。宪免冠拜谢，乃使诣护第收兵符及诸文籍。卫公直素来忌宪，劝周主并宪加诛，周主不许。及宪入复命，闻李安亦在诛例，便面启道："安出自皂隶，唯主庖厨，向未预闻朝政，何足加戮！"周主正色道："世宗暴崩，实安所为，弟难道全未闻知么？"宪惶恐趋出。护世子训为蒲州刺史，即夕遣越公宇文盛，乘驿召还，至同州赐死，次子昌城公深，出使突厥，亦命开府宇文德赍去玺书，诛死道中。当下颁诏罪护，除首从已正典刑外，余皆肆赦，复改天和七年为建德元年。小子有诗斥护道：

> 怙权肆逆久稽诛，一死犹嫌未蔽辜。
>
> 玉珽扑身奸贼倒，九京才得慰宁都！宁都见前文。

护既就诛，周主亲政，当然有一番封赏。欲知何人代护，下回再当续详。

本回叙述，足为斛律光、宇文护两人合传。斛律光为高氏懿亲，效忠王室，足慑强邻。光不死则齐不亡，乃为宵小所排，卒遭惨死，齐之不永也宜哉！但功高震主，罕得保全，斛律金平生寄慨，斛律羡临死兴嗟，满招损，盈必覆，富贵其可长保乎！备录之以风后世，为斛律光惜，固不仅为斛律光惜也。彼宇文护历弑二主，罪恶昭彰，直至周主邕嗣位十三年，始得诛诛，死已晚矣。庾季才劝护归政，护若听季才言，尚可不死，但极恶如护，若得不死，宁有天道！诛之正以见周主之能，且可见元恶大憝，鲜有不杀身亡家者也。本回前后连叙，善恶相对，隐寓微义。而齐宫琐事，即由斛律后被废而致。斛律光死而齐即衰，宇文护死而周转盛，贤奸之关系盛衰也，固如是夫！

第十一回

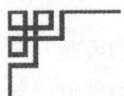

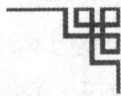

选将才独任吴明彻
含妒意特进冯小怜

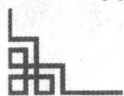

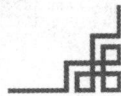

却说周主邕亲政以后，进太傅尉迟迥为太师，柱国窦炽为太傅，大司空李穆为太保，齐公宪为大冢宰，卫公直为大司徒，赵公招宇文泰第七子。为大司空，柱国辛威为大司寇，绥德公陆通为大司马。此外如宇文神举、宇文孝伯及王轨等，亦皆进秩有差。又因庾季才一再谏护，特赐粟帛，升授大中大夫。当时老成宿将，如燕公于谨，郑公达奚武，随公杨忠等，并皆去世。忠子名坚，曾为小宫伯，宇文护见坚非常相，屡欲引为腹心。忠密嘱道："两姑之间难为妇，汝宁勿往！"坚谨遵父训，故护伏法受诛，坚得不坐。忠于天和三年逝世，坚袭爵为随公，后来便是篡周的隋文帝。特笔提出。

卫公直以勋旧沦亡，自己为诛护首功，益怀奢望，偏是三公名位，已被别人攫去，大冢宰又授齐公宪，大司马更授陆通，政权兵权，一些儿没有到手，心常怏怏。齐公宪曾任大司马，至是进官大冢宰，名为超擢，实夺兵权。开府裴文举为宪侍读，周主邕尝召入与语道："昔魏末不纲，太祖辅政，及周室受命，晋公护乃起执大权，积久成常，便以为法应如是，试思从古到今，有三十岁的天子，尚须懿亲摄政么？《诗经》有言：'夙夜匪懈，以事一人。'一人就指天子。卿虽陪侍齐公，不得徒徇小忠，只知为齐公效死。且太祖以后，尚有十儿，难道可都登帝位么？卿须规以正道，劝以义方，辑睦我君臣，协和我兄弟，勿令自致嫌疑，再蹈晋公覆辙哩！"周主邕亦煞费苦心。文举拜谢而出，便即告宪。宪指心抚几道："这是我的本心，公岂不知！但当尽忠竭节，何必多疑！"卫公直与宪有隙，宪因此格外容忍，且因直系周主母弟，每加友敬。直无从寻隙，暂得相安。

周主邕追尊略阳公觉为孝闵皇帝，立皇子鲁公赟为太子。赟系后宫李氏所出，从前于淮平江陵，掳取李氏入关，周太祖泰，因李氏容貌端好，特赐与邕，乃遂生赟。赟性嗜酒色，周主邕因他居长，所以立为储贰。平时约束甚严，尝命东宫官属，录赟言语动作，每月奏闻，赟尚有所惮，不敢妄动。但江山可改，本性难移，父在时勉循礼法，父殁后谁作箴规？周主邕择嗣不慎，铸成大错，终不免贻误宗社了。都为后文写照。这且待后再表。

且说陈主顼即位后，转眼间已两三年。这两三年内，还算没有大事，只广州刺史欧阳纥，于太建元年冬造反，逾年即得荡平。欧阳纥是欧阳頠子，与頠同定广州，欧阳頠事见前文。因得袭职。自华皎叛命奔周，陈主顼不免疑纥，征为左卫将军，纥不禁惶惧，竟举兵造反，出攻衡州。陈廷遣使谕旨，怵以周迪、陈宝应故事，纥仍不服，乃续命车骑将军章昭达率师往讨。昭达未至，纥却诱引阳春太守冯仆，至南海同抗陈军。仆系故高凉太守冯宝子，见前文。宝殁时仆才九岁，赖宝妻冼氏，怀集部落，安境息民，数州宴然。冼氏亦见前。陈调仆为阳春守，至是仆赴南海，遣人告母。冼夫人怅然道："我两世忠贞，不意出此不肖儿，今怎可惜子负国呢！"深明大义。遂发兵拒境；率诸酋长迎章昭达。昭达至始兴，纥出屯洭口，立栅堵御。昭达督兵进攻，立破水栅，纥出战败绩，返奔里许，被昭达从后追擒，械送建康，斩首示众。又表上冼夫人功劳，陈主遣使持节，册封冼氏母子，冯仆得封信都侯，迁石龙太守，冼氏为石龙太夫人，特赐绣幰安车，鼓吹卤薄，如刺史仪。冼夫人应该受封，仆曾潜通叛人，不应滥赏。

章昭达得胜班师，顺道攻后梁。后梁主岿，与周总管陆腾，会军抵御，陆腾就峡口南岸筑城，横引大索，编苇为桥，借通饷运。昭达令军士并驾楼船，各施长戟，仰割大索，索断粮绝，遂得攻入城寨。后梁又向周告急，周使将军李迁哲往援，与昭达鏖战数次，昭达失利，方才引还。会陈太后章氏逝世，陈主居丧营葬，不复举兵，齐使人南下吊丧，独周使不至。已而章昭达病殁，陈主因新失大将，恐周伺隙来侵，乃遣使至周聘问，周始答使报聘。

好容易过了五年，仲春下浣，夜间有白气如虹，自北方贯入北斗紫宫。陈太史占验星象，谓北齐将要乱亡。陈主顼忽动雄心，拟起兵伐齐，公卿多有异言，唯镇前将军吴明彻，决策请行。陈主顼乃语公卿道："齐主荒乱，不久必亡，推亡固存，古有常训，朕已决计北伐，毋庸疑议！但何人可做元帅，应由卿等公推。"大众都应声道："莫如中权将军淳于量。"仆射徐陵独抗议道："吴明彻家居淮左，谙齐风俗，且将略人才，亦无过明彻，臣愿举明彻为元帅。"尚书裴忌亦接入道："臣意亦同徐仆射。"陵复续说道："裴忌亦是良副，愿陛下委任！"陈主遂授吴明彻都督征讨诸军事，裴忌为副，统师十万，北向伐齐。

明彻出秦郡，另遣都督黄法氍出历阳。齐遣军援历阳城，为黄法氍所破，齐更命开府尉破胡、长孙洪略与侍郎王琳，率兵救秦州。齐主纬仍召入西兖州刺史赵彦深，拜为司空，封宜阳王，命参军机。彦深密向秘书监源文宗，谘询方略，文宗道："朝廷精兵，必不肯多付诸将，若止有数千人，徒供吴人刀俎。尉破胡人品卑劣，谙亦王所深知，此去必败无疑。为今日计，不若专委王琳，招募淮南三四万人，风俗相通，能得死力，并命旧将出屯淮北，自可固守。况琳与陈积衅甚深，必不肯反颜事陈，若不推诚用琳，更遣他人掣肘，必成速祸，军事更不可为了！"彦深叹道："此策诚足制胜，我已力争数日，终不见从；时事至此，尚复何言！"因相顾流涕。文宗方受调为秦陉刺史，泣辞而去。**彦深实亦无能。**

尉破胡等出发邺都，特选长大有力的武士，充作前队，号为苍头犀角大力军。又募得西域胡人，控弮善射，箭无虚发，陈军颇加畏惮，未敢轻战。齐兵到了吕梁，直逼陈营，陈都督吴明彻，麾兵布阵，立马扬鞭，指语巴山太守萧摩诃道："敌军所恃唯胡人，若得殪此胡，彼必夺气，君名当不让关羽了！"摩诃道："胡人形状如何？愿为公力取此胡。"明彻乃召前时降卒，令他指示，又自酌酒饮摩诃。摩诃一饮而尽，即上马冲入齐军，专向胡人前闯去。胡人亦有头目，方挺身出阵，弯弓未发，摩诃取出小凿，遥掷过去，正中胡额，应手立仆，余胡骇散。齐军阵内的大力军，忙向前拦截摩诃，被摩诃执刀乱斫，立毙数人，大力军又复溃走。**巨无霸尚不可恃，遑论大力军。**王琳忙语尉破胡道："吴兵甚锐，不可力敌，宜速收军退回，别用良策决胜。"破胡不从，尚驱部众迎战。吴明彻见摩诃摧敌，把鞭一挥，陈军大进，好似万马奔涛，无人敢敌。齐军大败，长孙洪略战死，破胡单骑驰免，王琳亦孤身走入彭城。

吴明彻分兵进攻，连下瓦梁、阳平、庐江等城，黄法氍亦攻破历阳，进拔合肥。陈军势如破竹，齐城多望风迎降，所有高唐、齐昌、瓜步、胡墅诸城垒，次第入陈。又攻克湥口、青州、山阳、广陵诸城，齐遣尚书左丞陆骞，统兵二万人救齐昌，遇陈西阳太守周炅，即与交锋。炅用疑兵挡住前面，自率精兵绕出骞后，掩击骞军。骞顾后失前，被炅杀入阵中，一番蹂躏，骞军垂尽，独骞抱头窜去。齐令王琳移守寿阳，与扬州道行台尚书卢潜，刺史王景显等，共保寿阳外郭。吴明彻料琳甫入寿阳，众心未固，亟乘夜率兵往攻，果然一鼓得手，破入外郭，王琳等退保内城。明彻攻扑不下，乃堰淝水灌城，城中多病肿泄，十死六七。齐右仆射皮景和，率众数十万救寿阳，距城三十里，顿兵不进。陈军闻报，都向明彻面请道："坚城未拔，大敌在迩，元帅将何法对待？"明彻拈须微笑道："救兵如救火，彼乃结营不进，显是不敢来战，怕他什么！我料这座寿阳城，定然旦夕可下了。"越日早起，令部兵饱餐一顿，自己亦亲擐甲胄，上马誓众，决破此城。当下出马督攻，四面攀援，鼓噪而上。守兵本来单弱，更且死亡甚众，怎能面面顾到？陈军既得登城，便即杀下，王琳、卢潜、王贵显等，巷战至暮，均力屈被擒。琳轻财爱士，得将卒心，虽尝流寓邺中，齐人多说他忠义，共加爱重。*我说未必，试看前营三窟，便见一斑。* 及被擒后，明彻军中，尚有王琳旧属，皆相见唏嘘，莫能仰视。明彻恐在军为患，即命将琳等押送建康，嗣又防他道中遇劫，遣使追诛。远近闻琳被戮，哭声如雷。有一叟赍酒脯奠尸，哭亦尽哀，收琳血而去。

齐廷屡促皮景和进兵，景和反抛戈弃甲，逃回邺中。齐主纬颇以为忧，穆提婆、韩长鸾等语齐主道："寿阳本南人土地，何妨由他取去，就使国家尽失黄河以南，尚可作一龟兹国，*龟兹音周慈（现读为qiū cí），为西域国名。* 人生如寄，但当行乐，何用多事愁烦哩。"齐主遂转忧为喜，酣饮鼓舞。至皮景和入都，反称他全师北归，进为尚书令。*糊涂可笑。*

齐仆射祖珽先尝媚事权幸，及得预政柄，也思黜退小人，沽名市直，因与陆令萱母子，互有龃龉。珽暗嘱中丞丽伯律，劾主书王子冲纳赂，事连提婆，欲因此并及令萱。令萱请诸齐主，释子冲不问，更令群小相率谮珽，令萱又在齐主前，自言老婢该死，误信祖珽，乃令韩长鸾检阅旧案，得珽伪敕，受赐等十余事，*此时即非作伪，亦不*

患无辞！请加斑死刑。齐主尝与斑设誓，终身免刑，因特从轻谴，出为北徐州刺史。适陈军下淮阴，克朐山，拔济阴，入南徐州，直向北凉州进发。城外居民，多欲叛齐应陈。斑即大启城门，但禁人不得出衢路，城中寂然。叛民疑人走城空，不复设备，蓦闻鼓噪声自城中传出，祖斑竟督领州军，出城巡逻，叛民不禁骇走。会陈军前驱，已到城下，叛民复联合陈军攻城。猛见斑跃马迎战，弯弓四射，屡发屡中。叛民先闻斑失明，料他不能行军，哪知他有此绝技，又复惊退。再加斑参军王君植，挺身善斗，所向辟易，陈军倒也胆怯，不敢遽逼。斑且战且守，相持旬余。又遣部兵夜出城北，翌晨张旗播鼓，向城南驰来，陈军疑是援兵，无心恋战，竟撤围退还。斑实有小智，能善用之，却也可使建功。穆提婆已经恨斑，故意不发援兵，总道他城亡身死，偏斑上表奏捷，真出意外。但终不得迁调，未几即病死任所。还算幸免。

　　齐主纬丧师失地，毫不知愁，反阴忌兰陵王长恭，有意加害。长恭自邙山得胜，威名颇盛，武士相率歌谣，编成兰陵王入阵曲，传达中外。齐主纬尝语长恭道：“入阵太深，究系危险，一或失利，悔将无及。”长恭答道：“家事相关，不得不然。”齐主闻得“家事”二字，几乎失色，因令出镇定阳。长恭颇受货赂，致失民心，属尉相愿进言道：“王既受朝寄，奈何如此贪财！”长恭不答，愿又道：“大约因邙山大捷，恐功高遭忌，乃欲借此自秽么？”长恭才答一“是”字。愿叹道：“朝廷忌王，必求王短，王若贪残，加罚有名，求福反恐速祸了！”是极。长恭泣下道：“君将如何教我？”愿复道：“王何不托疾还第，勿预时事！”上策莫逾于此。长恭领首称善，但一时总未甘恬退，遂致蹉跎过去。至江淮鏖兵，长恭恐复为将帅，喟然太息道：“我去年面肿，今何不复发呢？”自是佯称有疾，尝不视事。齐主纬察知有诈，竟遣使赐鸩，逼令自杀。长恭泣白妻郑妃道：“我有何罪，乃遭鸩死？”妃亦泣答道：“何不往觐天颜？”长恭道：“天颜岂可再见？”遂饮鸩而死。齐主闻长恭自尽，很是喜慰，但表面上还想掩饰，追赠长恭为太尉。长恭一死，亲王中又少一勇将了。自折手臂，亡在目前。

　　且说陈都督吴明彻，奏凯班师，陈主顼加封明彻为车骑大将军，领豫州刺史。又召入仆射徐陵，亲赐御酒道：“赏卿知人。”陵拜谢道：“定策圣衷，臣有何力？”陈主大喜，勉慰有加，遂命将王琳首级，悬示都市。琳有故吏朱玚，独致书徐陵，愿埋琳首。书中略云：

窃以典午将灭，徐广为晋家遗老，当涂已谢，马孚称魏室忠臣。梁故建宁公王琳，当离乱之辰，总方伯之任，天厌梁德，尚思匡继，徒蕴包胥之志，终遭苌弘之衅，致使身殁九泉，头行千里。伏唯圣恩博厚，明诏爰发，赦王经之哭，许田横之葬。不使寿春城下，唯传报蒉之人，沧洲岛上，独有悲田之客，岂不幸甚！

徐陵得书，即为启闻，奉诏将琳首给还亲属。场遂就八公山侧，掘地殂埋。亲故会葬，多至数千人。葬毕，场从间道奔齐，别议迎葬。旋有寿阳人茅智胜等，潜送琳柩至邺，齐赠琳开府仪同三司，录尚书事，予谥忠武，特给辒辌车送葬。究竟王琳忠梁与否，读史人自有定评，毋容小子哓哓了。言下有不满意。

齐主纬有庶兄名绰，与纬异母，俱于五月五日建生，唯绰生在辰时，纬生在午时。乃父高湛，因绰母李氏为嫔妾，不得与嫡相比，特降为次男。绰才十余岁，留守晋阳，酷爱波斯狗，开府尉破胡略加谏阻，即斫杀数狗，狼藉地上，破胡惊走，不敢复言。旋封为南阳王，领冀州刺史，每使人裸体，画为兽状，纵犬令噬，以为快乐。及左迁定州，专登楼上弹人，有妇人抱儿趋过，避入草间，绰发弹不中，不觉怒起，叱左右驰夺妇人手中儿，饲波斯犬。妇人号哭不休，绰又嗾犬使噬妇人。妇人为犬所伤，当然倒地。犬不欲食，由绰命涂上儿血，犬始争啮，顷刻而尽。齐主纬闻他残暴，锁绰入讯，绰谈笑自若，竟蒙赦宥。纬问他在定州时，何事最乐？绰答道："取蝎置器，再加粪蛆，蛆被蝎螫，蠕动不已，最是好看。"纬即夕令左右取蝎一斗，及晓，才得二三升，置诸浴盆，他却用人代蛆，迫令裸卧盆中，霎时间蝎集人身，竟体乱螫。可怜体无完肤，累得那人辗转哀号，纬与绰临盆注视，反手舞足蹈，乐不可支。不知具何心肠，大约为戾气所钟，故兄弟同一暴虐。纬顾语绰道："如此乐事，何不早驰驿奏闻！"遂进拜绰为大将军，朝夕同狎。韩长鸾嫉绰残虐，特令绰党诬告绰反，纬尚不忍加诛。长鸾奏言绰犯国法，断不可赦，纬乃使宠胡何猥萨，与绰相扑，把绰搤死。瘗诸兴圣佛寺，经四百余日，方才大殓，颜色毛发，尚如生时。俗言五月五日建生，脑可不坏，是真是假，亦无从证明。

纬盛修宫苑，穷极庄严，后宫皆锦衣玉食，竞为新巧。先尝为胡后造珠裙裤，费在巨万，为火所焚。寻复为穆后续制，并命造七宝车，真珠不足，向各处采买，不惜重价。当时童谣有云："黄花势欲落，清觞满杯酌。"穆后小名黄花，"欲落"是说不久，"清觞满杯酌"，是说齐主纬昏饮无度。其实纬与穆后，虽然宠幸，那后宫的佳丽，却逐日增添，除上文所述左右两娥英外，还有乐人曹僧奴二女，也蒙纳入。大女不善淫媚，被纬剥碎面皮，撵逐出宫。小女善弹琵琶，又能得纬欢心，册为昭仪，甚且封僧奴为日南王。僧奴死后，又封他兄弟妙达等二人为王，并为曹昭仪别筑隆基堂，极尽绮丽，整日流连堂中，竟把穆后疏淡下去。穆后含酸吃醋，密托养母陆令萱设法，除去曹氏。令萱遂诬曹氏有厌蛊术，平白地将曹氏赐死。哪知纬失了曹昭仪，复得一董昭仪，再广选杂户少女，纳入毛氏、彭氏、王氏、小王氏、二李氏等，并封为夫人，恣情淫欲，通宵达旦。穆后更弄得没法，每与从婢冯小怜，相对唏嘘。

小怜非常伶俐，貌亦可人，能弹琵琶，且工歌舞，独替穆后想出一计，情愿将身作饵，离间诸宠。也无非自己卖俏。穆后倒也赞成，就于五月五日，令小怜盛饰入侍，号曰续命。要断送高氏命脉了，还想续什么命？齐主纬见她冰肌玉骨，雾縠轻绡，不由得神魂颠倒，巫山一梦，爱不胜言，从此坐必同席，出必并马，尝自作无愁曲，谱入琵琶，与冯氏对谈，嘈嘈切切，声达宫外。时人号为无愁天子。纬深幸得此冯美人，册为淑妃，命处隆基堂。冯淑妃虽奉命迁入，但因为曹昭仪旧居，恐非吉征，特令拆梁重建，并尽将地板反换，又费了许多金银。齐主纬毫无异言，纵教冯小怜如何处置，一体依从，所有内外国政，都交与陆令萱、穆提婆、韩长鸾、高阿那肱等人，眼见得上下相蒙，渐致乱亡了。小子有诗叹道：

> 天生尤物最招殃，桀纣都因美色亡。
> 况似晚齐淫暴甚，怎能长此保金汤！

欲知齐朝乱亡的情形，再从下回申叙。

陈用吴明彻为元帅，北向攻齐，势如破竹，似乎徐陵之推荐，可号知人。然其时齐主淫昏，不问国事，皮景和出救寿阳，有众数十万，尚不敢进，是乃齐之自取其败，非吴明彻之果能败齐也。唯王琳之被陈擒戮，当时俱以琳为梁室忠臣，惜其一死。夫忠臣不事二主，宁有事齐事周事陈，尚得为忠臣乎？即以梁事论之，湘东得国，名亦未正，琳徒以姊妹后宫之宠，甘心效力，是其委身之始，固亦非深明大义

华林纵逸

者，何足尚焉！齐之追赠高官，特给辒辌车引葬，亦未免失之滥赏。然如高纬之淫荒失德，喜怒无常，尚何赏罚之足言！黄花欲落，小怜续命，而齐之不亡亦仅矣。吾于高纬无讥云。

第十二回

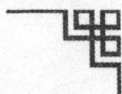

韦孝宽献议用兵
齐高纬挈妃避敌

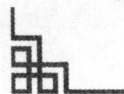

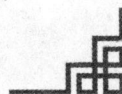

却说齐主纬淫昏日甚，委政群小，不但穆提婆母子，及韩长鸾、高阿那肱诸人，得握政权，就是宦官邓长颙、陈德信等，并参预机要。他如旧苍头刘桃枝，及内外幸臣，均授高爵。封王百余人，开府千余人，仪同三司，不可胜数；就是优伶巫觋，亦沐荣封，甚至狗马及鹰，统有仪同郡君名号，并得食禄。官由财进，狱以贿成，一戏给赏，动辄巨万。既而府库告匮，令郡县卖官取值，充作赏赐，民不聊生，国多乞人。齐主纬也在华林园旁，设立贫儿村，自着褴褛敝服，向人行乞，作为笑乐。南面王原不如乞人之乐。

这消息传入周廷，周主邕乃谋伐齐，亲临射宫，阅军讲武，且进封齐公宪、卫公直以下诸兄弟，并皆为王。正拟会议出师，忽太后叱奴氏得病，医治罔效，旋即去世。周主邕居庐守制，朝夕歠粥，只进一溢米，命太子赟总理庶政。群臣表请节哀，累旬才命进膳。及太后奉葬山陵，周主跣行至陵旁，恸哭尽哀，诏行三年丧礼，唯百僚以下，遇葬除服。卫王直入谮齐王宪，说他饮酒食肉，无异平时。周主愀然道："我与齐王同父异母，俱非正嫡，彼因我入纂正统，所以丧服从同，汝是太后亲子，与我为同母弟，但当自勉，何论他人！"直碰了一鼻子灰，怏怏趋出。周主邕崇尚儒学，尝在太学中养老乞言，遵守古礼。嗣又禁佛道二教，悉毁经像，饬僧道还俗。所有祀典未载诸淫祠，俱改作廨舍，且许诸王亦得徙居。卫王直独择一僻字，作为居第。齐王宪语直道："弟已儿女成行，居室须求宽敞，奈何择此宅舍？"直怅然道："一身尚不能容，还管什么儿女？"宪知他有怨愤意，隐有戒心。

会周主邕幸云阳宫，留右宫正尉迟运等，辅太子赟居守，卫王直托疾不从。及车驾远去，却纠合私党，径袭肃章门；门吏多仓皇遁走，户尚未扃。运在殿中闻变，忙自往闭门，正值悍党杀来，将进未进，运手指被斫，不暇顾痛，得将宫门阖住。直党不得趋入，纵火烧门，门几被毁。运索性取宫中材木，及所有木器，助张火势，门外似火山一般，不能通道。那留守兵已相率来援，直自知不能成功，引众退去，运遂督同留守兵出击，大破直众。直出都南遁，又由运派兵追蹑，把直擒回，周主邕亦闻报还都，尚因同气相关，未忍加诛，但免直为庶人，幽锢别宫。升任尉迟运为大将军，凡直田宅、妓乐、金帛、车马等，悉数赏运。直在囚室中，尚有异图，乃下诏诛直，并及直子十人。直有应诛之罪，唯绳以罪人不孥之例，周主亦未免太甚。

内乱已平，乃复议伐齐，柱国于翼进谏道："两国相争，互有胜负，徒损兵储，无益大计，不如解严继好，使彼怠弛无备，然后乘间进兵，一举便可平敌了。"周主邕犹豫未决，更敕内外诸大臣，议决行止，勋州刺史韦孝宽，独上陈三策，大致略云：

臣在边积年，颇见间隙，不因际会，难以成功。是以往岁出军，徒有劳费，功绩不立，由失机会。何者？长淮之南，旧为沃土，陈氏以破亡余烬，犹能一举平之，齐人历年赴救，丧败而返，内离外叛，计尽力穷，传不云乎？臂有锜焉，不可失也。今大军若出轵关，方轨而进，兼与陈氏互为掎角，并令广州义旅，出自三鸦，又募山南骁锐，沿河而下，复遣北上稽胡，绝其并晋之路。凡此诸军，仍令各募关河之外，劲勇之士，厚其爵赏，使为前驱，岳动川移，雷骇电激，百道俱进，并趋房廷，必当望风奔溃，所向摧殄，一戎大定，实在此机，此一策也。若国家更为后图，未即大举，宜与陈人分其兵势。三鸦以北，万春以南，广事屯田，预为储积。募其骁悍，立为部伍。彼既东南有敌，戎马相持，我出奇兵破其疆场；彼若兴师赴接，我则坚壁清野，待其去远，还复出师，常以边外之军，引其腹心之众。我无宿春之费，彼有奔命之劳，一二年中，必自离叛。且齐氏昏暴，政出多门，鬻狱卖官，唯利是视，荒淫酒色，忌害忠良，阖境嗷然，不胜其敝，以此而观，覆亡可待。然后乘间电扫，事等摧枯，此二策也。我周土宇，跨据关河，蓄席卷之威，持建瓴之势，南清江汉，西戡巴蜀，塞表无虞，河右底定。唯彼赵魏，独为榛梗者，正以有事三方，未遑东略，遂使漳滏游魂，更存余孽。昔勾践亡吴，尚期十载，武王取乱，犹烦再举。今若更存遵养，且复相时，臣谓宜还从邻好，申其盟约，安人和众，通商惠工，蓄锐养威，观衅而动，斯则长驾远驭，坐待兼并，亦未始非良策也。何去何从？孰先孰后？唯陛下择之。

　　周主览到此书，乃召入开府仪同三司伊娄谦，从容问道："朕欲用兵，当先何国？"谦答道："齐氏沉溺倡优，耽恋麹糵，良将斛律明月已被谗人潜死，上下离心，道路侧目，这却最是易取哩。"周主笑道："朕早有此意，烦卿以聘问为名，借觇虚实。"谦受命而出，周主再遣小司寇元卫，偕谦同行。谦至齐廷，照常纳币。齐主纬昏昏愦愦，也不知谦怀别意，唯权贵等略闻周事，密为盘诘。谦当然守着秘密，唯参军高遵，稍稍吐实。齐遂留住谦等，不肯遣回。何不亟使备御，乃徒留使挑衅，安得不亡！周主邑待谦不归，乃下诏伐齐。命柱国陈王纯，荥阳公司马消难，即齐相司马子如子，高洋时，惧罪奔周。郑公达奚震，为前三军；总管越王盛，赵王招，俱周主弟。周昌公侯莫陈琼，为后三军；总管齐王宪，率众二万，趋黎阳；随公杨坚，广宁公薛迥，率舟师三万，自渭入河。梁公侯莫陈芮，率众守太行道；申公李穆，率众三万守河阳道；常山公于翼，率众二万出陈汝。周主邑亲率六军，有众六万，出发长安。将至河阳，内史上士宇文敩，古文弼字。谓不如出师汾曲，民部中大夫赵暖音炅。又谓应从河北趋太原。遂伯下大夫赵宏，且请进兵汾潞，直掩晋阳。彼此各执一词，周主一概不依，竟从河阳趋河阴。前汾州刺史杨敷子素，愿率乃父旧部为先驱。周主称为壮士，许令前行。

　　既入齐境，即下令军中，禁止伐树践禾，违令即斩。进至阴城下，由周主亲自督攻，数日即下。齐王宪也攻入武济，进围洛口，拔东、西二城，纵火船焚毁河桥。齐永桥大都督傅伏，夜驰入中潬城，竭力保守，周军攻至二旬，尚未能拔。周主邑又亲攻金墉，守将独孤永业，亦防御甚严，无隙可击。周主连攻经旬，不觉过劳，竟至生疾，乃按兵罢攻。时齐廷宿将，多半丧亡，连司空赵彦深，都已逝世，只好推那高阿那肱，前去拒敌。高阿那肱已为右丞相，因朝中无人督师，没奈何引兵出晋阳，进援河阳。周主闻齐军将至，自己又患不豫，不如从孝宽言，暂且退兵，再图后举，因乘夜下令班师。齐都督傅伏，语行台乞伏贵和道："周师疲敝，愿得精骑二千追击，定可得功！"*也恐未必。*贵和不从，一任周军退去。周齐王宪、于翼、李穆等，连下齐三十余城，闻周主旋师，亦皆弃城西归。齐右丞相高阿那肱，当然东还，还道是周军畏惮，所以退去，越觉趾高气扬，睥睨一切了。

周主邕还至长安，更命太子赟巡抚西土，顺道伐吐谷浑。*见前。*吐谷浑素为魏属，受魏封册，得膺王爵。至魏分东西，不暇西顾，吐谷浑王夸吕，始自称可汗，居伏俟城，据青海西，有地长三千里，阔千余里，所置官属，也仿魏制，有王公仆射尚书及郎中、将军等名号。风俗与突厥相同，以畜牧为生计。尝至魏境抄掠，魏凉州刺史史宁，与突厥木杆可汗，袭击夸吕。夸吕遁去，妻子为史宁所虏，所贮珍物杂畜，亦被两军掠散。夸吕乃遣使谢罪。及宇文氏篡魏称周，夸吕复寇周境，攻凉、鄯、河三州，凉州刺史是云宝战殁。周遣贺兰祥、宇文贵往讨，击退夸吕，乘胜拔洮阳、洪和二城，改置洮州，方才还师。夸吕叛服无常，周主乃命太子西略，令大将军王轨、宫正宇文孝伯从行。太子赟未谙兵略，但好戏狎，宫尹郑译、王端等，又恃太子宠幸，不服军法。好容易到了伏俟城，夸吕坚壁清野，毫无动静。王轨因敌情难测，不如全军早归，*老成知几。*乃请诸太子从速还军。太子赟乐得依议，便即东返。此役未见一敌，亦无从侵掠，免不得受周主诘责。王轨详述军情，面劾郑译、王端，周主怒起，杖太子赟数十下，除译等名。及周主再行东伐，太子赟复召入译等，宠任如初。

看官听着！周主初次伐齐，是在周建德四年秋间，至二次伐齐，乃在建德五年冬季，便是齐主纬武平七年。*特书年月，以志齐亡。*周主邕重议伐齐，召谕群臣道："朕去岁行军，适有疹疾，因不得荡平逋寇。唯前入齐境，具见敌情，看彼行兵，几同儿戏，又闻他朝政益紊，群小益横，百姓嗷嗷，朝不保夕，天与不取，反贻后悔。若复如往年出军河外，徒足拊背，未足扼喉，晋州本高氏根本地，常为重镇，我若往攻，彼必来援，我严军以待，定足胜敌，乘势杀入，直捣巢穴，灭齐不难了。"诸将尚多有难色，周主邕勃然道："机不可失，时不再来，如有阻挠我军，朕当以军法从事！"*英武之主亦赖独断。*乃命越王盛杞公亮、*宇文泰从孙。*随公杨坚，分率右三军，谯王俭、*周主邕异母弟。*大将军宝泰、广化公邱崇，分率左三军，齐王宪、陈王纯为前军，依次出发。周主邕留太子居守，自督各军趋晋州，或守或攻，部署停当。因自汾曲至晋州城下，围攻数日，城中窘急。齐行台左丞侯子钦及晋州刺史崔景嵩，均暗地通款，乞降周军。周大将军王轨，率同偏将段文振等，乘夜登城，城中已有内应，顿时哗溃。周军一拥而入，遂克晋州，擒住齐大行台尉相贵及甲士八千人。别遣内史王谊监领诸军，攻克平阳城。

　　齐主纬方挈冯淑妃，出猎天池，晋州及平阳警报，自辰至午，已到三次，右丞高阿那肱道："大家正游猎为乐，边鄙稍有战争，乃是常事，何必急急奏闻？"可笑。延至日暮，平阳报称失守，齐主纬也未免吃惊，便欲还集将卒。偏冯淑妃兴尚未尽，固请更杀一围，纬不得不从，又猎了好多时，获得几头野兽，方才还宫。越日大集各军，出拒周师，使高阿那肱率前军先进，自挈冯淑妃后行。不可一日无此妃。周主命开府大将军梁士彦统兵万人，镇守晋州，自至平阳督师。途次接着军报，谓齐军大举来援，周主因欲西还长安，暂避敌锋。开府大将军宇文忻进谏道："如陛下圣武，乘敌人荒纵，似汤沃雪，何患不克？若使齐得令主，君臣协力，就使汤武复生，亦未易荡平了。"忻系宇文贵子，与周同姓不宗。军正王韶亦进言道："齐失纪纲，已历数世，天奖周室，一战得扼住敌喉。取乱侮亡，正在今日，乃舍此遽退，臣实未解！"周主道："卿等言非不是，但朕也自有主张。"无非用韦孝宽第二策。说毕，竟麾军西还，留齐王宪为后拒。

　　齐主闻周已退师，亟遣骁将贺兰豹子等，追击周军。宪与宇文忻各率百骑，轮流交战，且战且行。贺兰豹子穷追勿舍，被宪等诱入绝地，麾骑四蹙，得将贺兰豹子击死，然后徐徐引归。齐主纬遂围平阳，昼夜猛扑，毁堞摧墙，势焰甚盛。周晋州刺史梁士彦入城守御，令军士血薄捍城，且慷慨语将士道："死在今日，我为尔先！"于是勇烈齐奋，呼声动地，无不以一当百。齐兵少却，士彦令军士修城，军士不足，取诸人民，人民不足，济以妇女，甚至士彦妻妾，亦夹入妇女队中，搬土运石，补葺城堞，三日告成。齐人更掘通地道，轰陷城垣十余丈，将士乘势欲入，偏被齐主纬暂入，敕令暂停。看官道为何因？相传晋州城西石上，有圣人迹，纬欲召冯淑妃同观，淑妃画眉刷鬓，抹粉搽脂，好多时方才召到。那城墙缺处，已由守兵用木为栅，堵塞坚固。齐兵失了时机，无从冲入，个个怨气吞声，暗骂冯妃。齐主纬又恐城中弩矢，射及爱妾，特抽出攻城木具，筑造远桥，俾冯妃得登桥遥视。哪知桥脚未坚，禁不起马足往来，**恐由军士怀恨，故意筑此危桥**。砉然一声，坍坏数尺。还幸齐主及冯妃，尚立在危墙上面，不致失足，总算免做了水底鸳鸯。**还是此时溺死，或可保全齐宗。**

周主先令齐王宪出屯涑川，遥为平阳声援。旋由平阳告急，日紧一日，乃敕宪率领部曲，先向平阳进发，再集诸军八万人，亲自统带，直指平阳。齐人也恐周师猝至，先在城南穿堑，依堑自守。及闻周主到来，便在堑北列陈，张皇兵势。周主命齐王宪往觇齐阵，宪复命道："齐兵虽多，均无斗志，我军尽足破敌，今日可灭此朝食了！"周主喜道："果如汝言，我无忧了。"遂命进逼齐军。堑阔数丈，无人敢逾，只在堑南鼓噪。

自旦至申，南北两军，相持未决，齐主问高阿那肱道："今日可战否？"高阿那肱道："我兵虽众，能战不满十万人，不如勿战为是，且退守高梁桥，以逸待劳。"言未已，忽闪出一员猛将道："一撮许贼人，马上刺取，掷入汾水中，便可了事。"**一怯一骄，俱足败事。**齐主纬瞧着，乃是武卫安吐根。正在彷徨未决，诸内参又齐声道："彼亦天子，我亦天子，彼尚能远来，我如何守堑示弱呢！"纬点首道："说得甚是！"即令军士填堑争锋。周主大喜，麾动各军，向前进击。两军方合，兵刃初交，齐主纬与冯淑妃并骑观战。但见周军来得凶猛，齐左军似难招架，向后倒退。冯淑妃遽变色道："败了！败了！"**娘子军只耐肉战，不耐兵战。**穆提婆忙接入道："大家快走！"齐主纬也不及辨明，竟挈冯淑妃奔高梁桥。

开府奚长谏阻道："半进半退，用兵常事，今兵众未曾伤损，陛下骤然返驾，恐马足一动，人情散乱，那才是真败了！愿速西向，镇定各军！"齐主纬不禁沉吟，俄而武卫张常山亦自追至，忙报齐主道："军已收讫，完整如故，围城兵仍然不动，至尊即宜回至军前，如若不信，乞命内参往视。"齐主闻言，勒马欲回，穆提婆引动齐主右肘道："此言未可轻信。"冯淑妃又在旁作态，柳眉锁翠，杏靥敛红，一双矑水秋瞳，几乎要垂下泪来。**前日曾请杀一国，此时何胆怯乃尔？**弄得齐主仓皇失措，不由得扬鞭再走。齐军失去主子，当然心乱，再经周军奋勇杀来，顿时大溃，死亡至万余人，军资器械，委弃如山，唯安德王延宗全军引还，齐主纬奔至洪洞，才得稍息，冯淑妃出镜照面，重匀脂粉，突闻后面又报寇至，纬即掖冯妃上马，再行北遁。

先是齐主因平阳将下，欲归功冯淑妃，立她为左皇后，曾遣内侍至晋阳，取得皇后服御。登途复命，可巧遇着齐主，呈上袆翟等衣，齐主即代冯妃按辔，令将后服穿上，然后奔回晋阳。时平阳城下，齐兵统已溃去，不留一人，周主邕安稳入城。梁士彦出迎周主，持须涕泣道："臣几不得见陛下！"周主亦为之流涕。因见士卒疲敝，又欲还师，士彦道："齐兵已溃，众心尽离，乘胜灭齐，正在此举！"周主执士彦手道："朕得此城，为平齐初基，若不固守，便难成事。朕既纾前忧，复滋后患，卿宜为朕守着，朕决计再进平齐。"乃复督动诸将，追击齐军。

齐主纬闻周军进逼，慌得不知所为，急向群臣问计。群臣并献议道："为今日计，急宜省赋息役，安慰民心，一面收集溃兵，背城一战，以安社稷。"齐主乃下诏大赦。旋复有急报到来，周军入汾水关，开府贺拔伏恩等降齐，高阿那肱留守高壁，又被周军击走，周军将长驱到来了。齐主纬乃令安德王延宗，广宁王孝珩，募兵守晋阳，自拟奔避北朔州，若晋阳失守，再奔突厥。延宗得此消息，一再谏阻。齐主不从，密遣心腹数人，送胡太后及太子恒往北朔州，自与冯淑妃整顿行装，亦欲乘夜出奔。诸将俱相率谏诤，不使北去。

过了数日，城外鼓声大震，周军已杀到晋阳，齐主大惊，再下赦书，改元隆化，授安德王延宗为相国，领并州刺史，且召入与语道："并州由兄自取，儿今去了！"语无伦次。延宗泣谏道："陛下为社稷勿动，臣为陛下效死力战，决可破敌！"穆提婆在旁道："至尊已经决计，王不必再行阻挠。"延宗含泪趋退，齐主纬带领冯淑妃，夜开五龙门出走。意欲奔向突厥，从官多半散去。领军梅胜郎叩马固谏，乃转趋邺都。途中相随，只有高阿那肱及广宁王孝珩、襄城王彦道等数十人。穆提婆初尚从行，约经数里，竟杳如黄鹤，不知所之。小子有诗叹道：

> 城狐社鼠最堪忧，搅碎河山便远投。
> 假使当年能幸免，人生何苦不快求！

究竟穆提婆如何下落，待至下回再详。

韦孝宽所陈三策，原足制齐人之死命，周之伐齐，再驾而定山东，卒如孝宽所言。唯齐纬之覆国，实误于冯淑妃一人。夫妇人在军，士气不扬；就使齐主昵爱淑妃，亦不应挈入战场，使罹锋镝。况平阳已可攻入，乃偏欲使观圣迹，勒兵勿进。及两军大战，成败胜负，悬诸呼吸，乃东偏少却，遽因宠妃之一呼，仓猝北遁。兵可败，国可亡，而宠妃不可舍，试思兵已败矣，国已亡矣，宠妃尚能独存乎？昏愚至此，不死何为？即邻国无韦孝宽，但能稍知兵法，要未有不能灭齐者；矧又有穆提婆辈之益促其亡耶！

第十三回

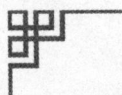

陌晋州转败为胜
擒齐主取乱侮亡

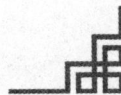

却说穆提婆随主北行，途次见从官四散，料知齐亡在迩，不如降敌求荣，遂暗地奔回，往投周军。周主邕令提婆为柱国，领宜州刺史，且传檄齐境，晓谕君臣，谓"齐主能深达天命，衔璧牵羊，当焚榇示惠，待若列侯，将相王公以下及士民各族，有能深识事宜，建功立效，当不吝爵赏。或如我周将卒，逃逸彼朝，不问贵贱，概许自新。倘下愚不移，守迷莫改，不得不付诸执宪，明正典刑"云云。这文一传，齐臣陆续奔周。齐始知穆提婆为首导，乃捕诛提婆家属。刁狡阴险的陆令萱，至此也无法自免，不待铁链套头，已是服毒自尽。*究竟还是聪明，免得一刀两段。*

先是齐高祖相魏，尝令唐邕典外兵，很是信任。及齐已篡位，邕以老成硕望，官至录尚书事，兼领度支。齐主纬宠任宵小，高阿那肱与邕有隙，谮诸齐主，将邕免官，另用侍中斛律孝卿代任，邕由是怏怏。时邕留寓晋阳，因与并州将帅，推立安德王延宗为主。延宗固辞，将帅等齐声道："王若不为天子，诸人懈体，恐不能为王效死了！"延宗没法，只好勉循众请，即皇帝位，并下玺书，略云武平孱弱，政由宦竖，斩关夜遁，不知所之，今王公卿士，猥见推逼，不得已祗承宝位。乃大赦中外，改元德昌，授唐邕为宰相，进封晋昌王，更命齐昌王莫多娄敬显，沭阳王和阿千子，右卫大将军段畅，武卫大将军相里僧伽，开府韩骨胡等为将帅，募集兵民，抵御周师。众闻新主登基，颇觉踊跃，往往不召自来。于是发府藏金帛，出后宫妇女，赐给将士，并籍没内参十余家，充作军费。延宗每见将吏，必执手称名，流涕呜咽，士皆致死。妇孺亦乘屋攘袂，投砖石拒敌。

周主督军围晋阳，劲骑四合，好似黑云一般。延宗命莫多娄敬显、韩骨胡拒城南，和阿千子、段畅拒城东，自率众拒城北。延宗素来肥壮，前如偃，后如伏，人常笑他臃肿无用，至是独开城搦战，手执大槊，驰骋行阵，往来若飞。尚书令史沮山，亦肥大多力，手握长刀，步随延宗，左斫右劈，毙敌甚多。唯武卫兰芙蓉、綦连延长战死。周主命齐王宪对敌延宗，自督将士攻东门，齐段畅和阿千子，竟开门迎纳周师。

周主乘晚进城，先纵火焚烧佛寺。**周主最不信佛，故先毁去佛寺。**延宗见东门失火，料知周师入城，忙令北门暂闭，自由城外绕至东门。可巧莫多娄敬显，从城内率兵东援，与延宗表里夹攻，延宗杀入，敬显杀出，把周军裹住门中。周军争门夺路，自相填压，伤亡至数千人。周主邕进退两难，忙领亲兵冲突，从大刀长槊中，寻一生路。左右为敌械所伤，纷纷倒地，还亏承御上士张寿牵住马首，贺拔伏恩执鞭后随，拼命驰走，得出城闉。齐人从昏夜中乱击一阵，竟被周主逃脱。时已四鼓，城中已无周人，延宗还道周主已死，使人就乱尸堆中，寻觅长须的尸首，终无所得。唯军士已得大捷，各入肆饮酒，醉后酣卧，延宗亦劳乏归寝。**大敌未去，如何疏忽至此？**

周主出城，腹中甚饥，意欲乘夜西去。诸将亦多欲退还，独宇文忻勃然进言道："陛下得克晋州，乘胜至此，今伪主奔波，关东响应，自古至今，无此神速，昨日破城，将士轻敌，稍稍失利，何足介意！大丈夫当从死中求生，败中取胜，今齐亡在迩，奈何弃此他去？"齐王宪等亦以为不宜退师，降将段畅，又说是城中空虚。周主乃驻马停辔，鸣角收兵。不到天明，散军尽集，兵势复振。诘旦还攻东门，齐人尚高卧未起。延宗从梦中惊醒，忙披甲上马，出拒周军。但见东门已被攻破，自顾手下，只有数人随着，如何抵敌得住？没奈何奔往南门。哪知南门亦已失陷，勉强上前拦阻，究竟寡不敌众。再走至城北，投入民家，周军紧紧追来，任你延宗力大无穷，到此已成孤立，撑拒多时，终为所擒。押至周主面前，周主下马，握延宗手。延宗推辞道："死人手何敢迫至尊！"周主道："两国天子，本无嫌怨，我但为救民至此。汝且勿怖，当不相害！"说着，仍给还衣冠，款待颇优。唐邕等并皆请降，唯莫多娄敬显奔赴邺都，齐主纬命为司徒。

延宗初称尊号，曾致书瀛州刺史任城王湝，系小尔朱氏所生，曾见前注。略言至尊出奔，宗庙事重，群公劝进，权主号令，战事幸平，终归叔父云云。湝正色道："我乃人臣，怎得轻受此书！"因执来使送邺，齐主纬愤愤道："我宁使周得并州，不愿为安德有！"前说由兄自取，此时又复变调。总计延宗称尊，未及两日，便即残灭。周主下令大赦，除齐苛制，并出齐宫中金银宝器，珠翠丽服，及宫女二千人，班赐将士。前使伊娄谦，被齐拘住晋阳，见前回。至此得释，由周主面加慰劳。且因参军高遵，曾将秘谋告齐，责他不忠，使谦量罪加罚。谦顿首请赦高遵，周主道："卿可聚众唾面，使他知愧。"谦答道："如遵罪状，唾面亦不足责；陛下德量宽弘，索性付诸不校罢！"周主乃止，谦仍待遵如初。遵罪可诛，周主与谦未免两失。

周主欲进兵取邺，召问延宗，延宗道："亡国大夫，何足图存！"延宗为高澄子，与高氏休戚相关，亦不宜以李左车自比。周主再三问及，延宗道："若任城王据邺，臣不能知，但由今上自守，陛下可兵不血刃了。"此语愈谬。周主即命齐王宪先行，留陈王纯为并州总督，自率六军赴邺。邺中迭接警耗，齐主纬悬赏募军，及兵士应募，又无一物颁给。广宁王孝珩，请使任城王湝，率幽州道兵入土门，扬言趋并州；独孤永业率洛州道兵入潼关，扬言趋长安；自率京畿兵出滏口，逆击周师，如虑士气不振，亟应出宫人珍宝，作为赏赐，以便鼓励等语。齐主不从。斛律孝卿又请齐主亲劳将士，代为撰词，并谓宜慷慨流涕，感动人心。齐主纬倒也应允，及出语诸将，竟将孝卿所授，一律忘记，不由得痴笑起来，左右亦不禁失笑，将士皆含怒道："本身尚且如此，我辈何必拼死！"嗣是皆无斗志。

适北朔州行台仆射高励，护卫胡太后及太子恒，自土门道还邺，路见宦官苟子溢，强取民间鸡彘，励不觉怒起，即将子溢拘住，将要处斩。偏胡太后在旁劝阻，乃释缚使去。既送太后等入宫，或语励道："子溢等受宠两宫，言出祸随，公难道不虑后患么？"励勃然道："今西寇已据并州，达官并皆叛贰，正坐此辈浊乱朝廷；若今日得斩此辈，明日受诛，亦属无恨！"励系高岳子，此时颇具忠愤，惜乎晚节不终！当下入见齐主道："臣见朝中叛贰，皆属贵人，若士卒未尽离心，今请追五品以上家属，悉置三台，迫令出战；倘若不胜，将台焚毁，若辈顾惜妻子，必当死战。且王师屡败，寇众轻我，果能背城一决，也足吓寇示威！"此计亦属轻率。齐主纬不能用，但命一品以上各大臣，入朱华门，遍赐酒食，分给纸笔，令他各书所见，献策御敌。及大众录呈，又是人各一词，无所适从。

会有史官望气，谓国家当有变易，齐主纬遂引尚书令高元海等入议，决依天统故事，禅位太子。太子恒年才八岁，晓得什么国事？那齐主纬欲上应天象，竟想这八岁小儿，支持危局。看官，试想能不能呢！*酒色昏迷，一至于此*。是时已值残年，转瞬间即至元旦，齐太子恒居然即皇帝位，改元承光，下令大赦。尊齐主纬为太上皇，皇太后胡氏为太皇太后，皇后穆氏为太上皇后。命广宁王孝珩为太宰。孝珩嫉视高阿那肱，因与莫多娄敬显等同谋，使敬显伏兵千秋门，更令领军尉相愿，率禁兵为内应，拟俟高阿那肱入朝，把他捕诛。不意高阿那肱自别宅取便路入宫，计不得行。孝珩乃求拒西师，高阿那肱、韩长鸾犹防他为变，使为沧州刺史。孝珩临行，向高阿那肱道："朝廷不赐遣击贼，想是怕孝珩造反呢！孝珩若得破宇文邕，进军长安，就使造反，亦与国家无与。事至今日，危急万状，尚如此猜忌，岂不可叹！"说毕，太息自去。尉相愿拔刀斫柱道："大事已去，尚复何言！"

齐主使长乐王尉世辩，领着千骑，往探周师。行出滏口，登高西望，但见群鸟飞起，即疑周师已至，策马奔还，报称寇至。黄门侍郎颜之推、中书侍郎薛道衡、侍中陈德信等，因劝上皇往河外募兵，更为经略，事若不济，亦可南投陈国。上皇依议，遂先使太皇太后、太上皇后往趋济州，继又遣幼主东行。自己不及登程，即闻周师薄城，没奈何调兵出战。不到半时，已被周军杀败，或溃去，或奔还，齐上皇忙挈冯淑妃等，*尤物断不可舍*。从东门出走，使武卫大将军慕容三藏守邺宫。

周师毁门突入，齐王公以下皆降，唯三藏拒守不出。领军大将军鲜于世荣，为齐宿将，尚鸣鼓三台，与周相抗。周主遣人招降世荣，赐给玛瑙杯，被世荣击碎。周主乃令将士往执世荣，世荣独力难支，受擒后仍然不屈，致为所杀。周主复招降三藏，三藏自知不支，始出见周主。周主优礼相待，面授仪同大将军，*究竟有愧世荣*。独拘住莫多娄敬显，数责罪状道："汝前守晋阳，遁入邺中，携妾弃母，是为不孝；外似为齐勠力，暗中向朕通款，是为不忠；既已送款与朕，尚且阴怀两端，是为不信。有此三罪，不死何待！"遂命推出斩首。*也是一番权术*。一面颁敕安民。

齐国子博士熊安生博通五经，闻周主入邺，遽令扫门。家人问为何因？安生道："周主重道尊儒，必来见我。"果然过了半日，周主亲至熊家，握手引坐，赐给安车驷马，然后别去。又礼延齐中书侍郎李道林入宫，使内史宇文昂，访问齐朝政教风俗，及人物善恶，留宿三日，方才送归。**周主颇知礼士，熊、李亦颇疲心否？**

邺城大定，遂遣将军尉迟勤等，东追齐主。齐上皇纬渡河入济州，又令幼主恒禅位任城王湝。且替湝作诏，尊上皇谓无上皇，幼主为宋国天王，**真是儿戏。**使侍中斛律孝卿，送禅文及玺绂往瀛州。孝卿竟持入邺城，献与周主，湝全不得闻。齐洛州刺史独孤永业，有甲士三万人，前闻晋州失守，表请出兵击周，并不见报。至并州又陷，长叹数声，乃遣子须达奉款周军。周主遥授永业为上柱国，加封应公。齐上皇纬穷蹙无援，更思南奔，留胡太后居济州，使高阿那肱守济州关，觇候周师，自与穆后、冯淑妃、幼主恒及韩长鸾、邓长颙等数十人，奔往青州，**母可弃，妻妾子孥等不可舍。**令内参田鹏鸾西出，伺敌动静。途次为周师所获，诘问齐主何在？鹏鸾但说齐主南行，想当出境。周人知系谎言，杖击鹏鸾手足，每折一肢，词色愈厉，至四肢俱折，奢然毕命，终不肯言。齐上皇至青州，即欲入陈，偏高阿那肱密召周师，愿生致齐主，作为贽仪。一面启达青州，只说周师尚远，已令部众截断桥路，定保无虞。齐上皇乃留住不行。哪知周师到济州关，高阿那肱便即迎降。周将尉迟勤，驰入济州，先将胡太后掳去，复进军青州。距城不过一二十里，齐上皇方才闻知，亟用囊贮金，系诸鞍后，与后妃幼主等十余骑，南走至南邓村。方拟小憩，忽听后面喊声大起，不瞧犹可，回头一瞧，吓得魂飞天外，原来正是士强马壮的周军。看官，试想此时齐上皇以下十数人，半系妇女，半系童仆，就使插翅也难飞去。眼见得束手受擒，被周将尉迟勤，带回邺城去了。**妻妾同受磨劫，好算是休戚与共了。**

周主邕住邺数日，赈贫拔困，彰善瘅恶。因故齐臣斛律光、崔季舒等，无罪遭戮，特为昭雪，并加赠谥，且令改葬。子孙各得荫叙，所有家口田宅，没入官库，概令发还。周主尝语左右道："斛律明月若尚在世，朕怎得至邺呢！"还有齐故中书监魏收，时已去世。收生前修撰魏史，意为褒贬，毫不秉公，每言："何物小子，敢与魏收作色？我欲举扬，便使他上天；我欲按抑，便使他入地。"及修史告成，众口喧然，号为秽史。邺城失陷，收冢被怨家发掘，暴骨道中。**特志此事，为秉笔不公者戒。**周公邕仍命检埋，收有从子仁表，曾为尚书膳部郎中，至是仍许为官。就是《魏书》百三十卷，亦不使铲削，迄今尚复流行。

高纬至邺，周主邕降阶相迎，待以宾礼，令与太后幼主及后妃诸王等，暂处邺宫。当下派兵监守，不烦细述。总计高纬在位，历十有二年，幼主恒受禅称帝，未及一月，延宗在晋阳称尊，只阅二日，任城王湝，未接禅位谕旨。所以北齐历数，后世相传，自高洋篡魏为始，至幼主被擒为止，凡六主二十八年；延宗与湝不得列入。湝闻邺都失守，当然悲愤，可巧广宁王孝珩，行至沧州，即作书遗湝，共谋匡复。湝遂与孝珩相会信都，彼此召募得士卒四万余人。领军尉相愿，亦带领家属，自邺奔至，湝仍令督率兵士，共抗周师。周主先令高纬致书招湝，湝拒绝使人，乃遣齐王宪、柱国杨坚等，统兵往击。途中获得信都谍骑，宪纵令还报，并委他寄书与湝。略云"足下间谍，为我候骑所拘，彼此情实，应各了然。足下战非上计，守亦下策，所望幡然变计，不失知几。现已勒诸军分道并进，相会非遥，凭轼有期，不俟终日"云云。湝得书不省，但出兵城南，列营待着。

　　过了两日，已见周军掩至。两下对阵，齐领军尉相愿，佯为出战，竟率所部降周师。湝与孝珩，忙收军入城，捕诛相愿妻子。越日复战，信都兵新经募集，毫无纪律，怎能敌得过百战周师？甫经交绥，即纷纷散去。周师或斫或缚，好似虎入羊群，无一敢当。结果是齐军全覆，连湝与孝珩，均被周师擒住。周齐王宪语湝道："任城王何苦至此！"湝叹道："下官乃神武皇帝第十子，兄弟十五人，唯湝独存，不幸宗社颠覆，湝为国捐躯，至地下得见先人，也可无遗恨了！"宪颇为赞叹，命归湝妻孥。再召孝珩入问，孝珩自陈国难，归咎高阿那肱等，说得声泪俱下。宪不禁改容，亲为洗疮敷药，礼遇甚厚。孝珩慨然道："自神武皇帝以外，我诸父兄弟，无一人年至四十，岂非命数？况嗣主不明，宰相不法，从前李穆叔谓齐氏只二十八年，竟成谶语。我恨不得入握兵符，受斧钺，展我心力，今已至此，尚有何言！"欢有子湝，澄有子孝珩，虽无救国亡，还算有些气节。宪执二王还邺，周主也温颜接见，暂留军中。

　　忽闻齐定州刺史范阳王绍义，高洋第二子。与灵州刺史袁洪猛，引兵南出，欲取并州，自肆州以北城戍二百余所，尽从绍义，周主急命东平公宇文神举，泰之族子。统兵北行。略定肆州，进拔显州，执刺史陆琼，又乘势攻陷诸城。绍义退保北朔州，遣部将杜明达拒敌。明达至马邑，正值周兵到来，如风扫残云一般，明达大败奔还。绍义见明达败还，且惊且叹道："周为我仇，怎可轻降？不如北去罢！"遂拟奔突厥。部众尚有三千人，绍义下令道："愿从者听，不愿从者亦听。"于是部下辞去大半，涕泣告别。绍义只率着千骑，往投突厥去了。自绍义北去，所有北齐行台州镇，悉为周有。唯东雍州行台傅伏、营州刺史高宝宁，尚不肯归周。

周主邕命将所得各州郡，各派官吏监守，然后启节西还。凡齐上皇高纬以下，一律带回。道出晋州，遣高阿那肱等百余人，至汾水旁，召傅伏出降。伏整军出城，隔水问道："今至尊何在？"高阿那肱道："已受擒了。"伏仰天大哭，率众再返，就厅前北面哀号，约阅多时，才复出城降周。同是一降，何必做作？周主见伏道："何不早降？"伏流涕答道："臣三世仕齐，累食齐禄。不能自死，愧见天地！"却是有愧。周主下座握手道："为臣正当如此。"乃举所食羊肋骨赐伏道："骨亲肉疏，所以相付。"遂引为宿卫，授上仪同大将军。及西入关中，已至长安，周主命将高纬置诸前列，齐王公大臣等随纬后行。凡齐国车舆旗帜器物，依次列陈，自备大驾，张六军，奏凯乐，献俘太庙，然后还朝御殿，受百官朝贺。高纬以下，亦不得不俯伏周廷。周主封纬为温国公，齐诸王三十余人，亦悉授封爵。纬自幸得生，深感周恩，唯失去一个活宝贝，未蒙赐还，不得不上前乞请，叩首哀求。小子有诗叹道：

> 无愁天子本风流，家国危亡两不忧。
> 只有情人难割舍，哀鸣阙下愿低头。

究竟所求何物，且看下回说明。

高延宗困守晋阳，受迫称尊，原其本意，实出于不得已，非觊觎神器者比也。东门一役，几毙周主，以危如累卵之孤城，尚能力挫强敌，亦云豪矣。及周师再振，鸣角还军，城内皆醉人，守者尚寝处，因至城破兵溃，力屈守擒，虽不可谓非疏忽之咎，然其胜也，固第出于一时之锐气，可暂而不可久。周主邕去而复还，卒拔晋阳，此乃天意之亡齐，不得尽为延宗责也。齐主纬穷蹙无策，禅位幼子，一何可笑！岂以帝位不居，便足却敌钦？彼平时之所最倚任者为穆提婆、高阿那肱。穆提婆先已降周，高阿那肱且倒戈授敌，及此不悟，尚复猜忌宗戚，信用阉人，宜其国亡身虏也。任城广宁，继安德而起，终致覆亡。厥后又有范阳，亦一战即遁，强弩之末，势不能穿鲁缟，固然无足怪耳。然如齐之世无令德，尚得四五传而亡，其犹为高氏之幸事也夫！

第十四回

老将失谋还师被虏

昏君嗣位惨戮沉冤

　　却说高纬受封温公，尚向周主哀求一人，这人为谁？就是淑妃冯小怜。念兹在兹，可算情种。周主邑微哂道："朕视天下如脱屣，一妇人岂为公惜！"遂仍将冯妃给还高纬。纬拜谢而起，挈妃自出。既而周主召纬入宴，并及高氏诸王公，酒至半酣，令纬起舞，纬毫无难色，乘着三分酒意，舞了一回。差不多似虞廷之百兽。高延宗独悲不自胜，至宴罢归寓，即欲仰药，侍婢再三劝止，乃暂自偷生。到了秋尽冬来，有人诬告温公高纬，与宜州刺史穆提婆谋反。周主召还穆提婆，与纬等对簿，大众同声呼冤。唯延宗饮泣无言，用椒塞口，未几气绝。高纬父子及齐宗室诸王，并皆赐死。穆提婆亦当然伏诛，独孝珩先期病逝，得归葬山东。纬弟仁英患狂，仁雅患瘖，亦均得免死，流徙蜀中。其余亲属故旧，一并流配，概死边疆。高纬虽在位十二年，死时尚只二十二岁，纬子恒只八岁而终。史称纬为齐后主，恒为齐幼主。

　　纬母胡氏年已四十，尚有冶容，恒母穆氏年仅二十有奇，自然更艳。两人流落无依，竟在长安市中，操着皮肉生涯，日与少年游狎。相传胡氏得陈夏姬术，陈夏姬系春秋时人，有内视法。与人欢会，常如处子，因此张帜平康，室无虚客。穆黄花妖冶善媚，亦得狎客欢心。胡氏尝语穆氏道："为后不如为娼，更饶乐趣。"无耻至此，未始非高氏好淫的果报呢！登徒子其听之。齐任城王湝与纬同死。湝妃卢氏，由周主

101

赐与亲将斛斯征。卢氏蓬头垢面，长斋持佛，不与征同言笑，征乃听令为尼。独纬妃冯小怜，亦由周主命令，赏与代王达为妾婢。达本不好色，偏得了这个冯淑妃，竟被迷住，非常爱宠。冯尝弹琵琶，忽断一弦，因随口吟诗道："虽蒙今日宠，犹忆昔时怜！欲知心断绝，应看胶上弦。"**你若果不忘旧情，何不早死？还可谢齐后主！**达妃李氏，与达本伉俪相谐，自经冯小怜入门，屡致夫妻反目，大妇含酸，小妻构衅，不问可知。后来达为杨坚所杀，坚篡周祚，又将冯氏赐与李询，询即达妃李氏兄。询母为女报怨，令小怜改着布裙，逐日舂米，弱质柔姿，怎禁贱役？再加询母多方谩骂，不堪蹂躏，只好自寻死路，赴入冥途。人生总有一死，死到此时，乃弄得无名无望了。**覆国亡家，都由此辈。**话休叙烦。

　　且说齐范阳王高绍义，投入突厥，突厥木杆可汗，已早去世，弟佗钵可汗继立，很加爱重，凡在北齐人，悉归隶属。齐营州刺史高宝宁，与绍义同宗，久镇和龙，**即营州治所。**颇得夷夏人心。周主遣使招降，宝宁不从，竟使人至绍义前，上表劝进。突厥亦许为臂助，绍义遂进据平州，自称齐帝，改元武平，命宝宁为丞相。佗钵可汗，亦招集诸部，举众南向，声言立范阳王为齐帝，代齐报仇。周主邕正拟进讨，忽闻陈司空吴明彻等，出兵吕梁，进围彭城，乃先务南顾，亟遣大将军王轨，率兵赴援。原来陈主顼闻周人灭齐，欲争徐、兖，因命吴明彻督军北伐。行至吕梁，周徐州总管梁士彦，率众拒战，为明彻所破，斩获万计。乘胜进围彭城，月余不下，陈中书舍人蔡景历进谏道："师老将骄，不宜过穷远略，请下敕班师。"陈主顼不从景历，反说他阻惑众心，免官放归。

　　吴明彻在军日久，仍然无功，且年将七十，不堪久劳，没奈何力疾从事。那周大将军王轨，已出兵南下，来救彭城。明彻得周军出发消息，益锐意进攻，就清水筑起长堰，引波流至城下，环列舟舰，日夕猛扑。梁士彦多方抵御，仍不得下。适探报传入陈营，谓周将王轨，已引军入淮口，用铁锁贯住车轮数百，沉清水中，遏断陈军归路，且在两旁筑垒屯戍云云。陈军不禁恟惧。部将萧摩诃献议道："王轨始锁下流，两旁虽已筑垒，总还未就，速宜分兵往争，否则归路一断，我辈均为所虏了。"**此策确是要紧。**明彻掀髯微笑道："搴旗陷阵，属诸将军；长算远略，归诸老夫。老夫自有主裁，将军不必躁急！"**老昏颠倒。**摩诃失色而退。

　　蹉跎过了旬余，下流已被锁住，水路遂断。周军遂来救城，明彻正苦背疾，不能支持。萧摩诃复入请道："今求战不得，进退失据，看来只好潜军突围，方保生还，请公率领步卒，乘车徐行。摩诃领铁骑数千，驱驰前后，必能保公安达京邑。此机一失，生还无望了！"明彻怅然道："将军所言，原是良图；但我为总督，必须亲自断后，马军宜在前列，愿将军统率前行。"摩诃因率马军先发，乘夜登程。明彻亦决堰退军，自领舟师至清口。水势渐微，舟被车轮塞住，不能前进。周将王轨正督军待着，一声胡哨，四面环击。杀得陈军无路可奔，纷纷投水自尽。明彻病不能军，连人带船，被周军掳去。将士辎重，悉数陷没，唯萧摩诃与将军任忠、周罗睺，从陆路偷过周营，全师得还。

陈主顼闻明彻被擒，始悔不用蔡景历言，即日召景历入都，令为鄱阳王，名伯山，陈世祖蒨第三子。谘议参军，才阅数日，即迁员外散骑常侍，兼御史中丞。是岁景历病终，享寿六十，赠太常卿，追谥曰敬。景历为陈高祖佐命功臣，故后来复得配享高祖庙廷。吴明彻被掳至长安，忧恚而死，年已六十七岁。一失足成千古恨。及陈后主叔宝嗣位，也得追赠为邵陵县侯，这且休表。

唯周主邕得彭城捷报，赏功有差，且下诏改元宣政。自往云阳宫，大集各军，决计北讨。不料天不假年，二竖忽侵，兵马尚未调齐，皇躬竟致不起。乃下敕暂停军事，驿召宗师宇文孝伯，到了行在，由周主握手与语道："我已疾丞，恐无生理，后事当尽付与君。君勉辅太子，勿负我言！"孝伯垂涕受嘱，且请乘舆还都。周主面授孝伯为司卫上大夫，总宿卫兵马事，先令驰驿还京，守备非常，自用卧床载归。途次气息仅属，甫近都门，骤致痰涌，喘息数声，竟尔归天。年只三十六岁，在位计十九年。

周主邕沉毅有智，即位时深自韬晦，至宇文护受诛，始亲万机。治事甚勤，持身甚俭，平居常自服布袍，寝用布被。后宫唯置妃二人，世妇三人，御妻三人，此外一律裁损。后宫服饰，概尚朴实，凡从前宇文护所筑宫室，并嫌过丽，悉令毁撤，改为土阶数尺，不施栌栱。所有雕斫各物，并赐贫民。至若校兵阅武，步行山谷，皆不惮劳苦。每当宴会将士，又必执杯劝酒，或手付赐物。平齐时见一军士跣行，即脱靴为赐，所以士皆用命，人愿效死。独太子赟不肖乃父，性好淫僻，宇文孝伯尝入白道："皇太子关系民社，未闻令德，臣忝列宫官，责难旁贷。今太子春秋尚少，志业未成，请妙选正人，辅导东宫，尚望迁善改过，否则后悔无及了！"周主道："正人岂复过君！君宜为我辅导太子。"及孝伯趋退，即命尉迟运为右宫正，孝伯为左宫正，寻擢孝伯为宗师中大夫。已而复召孝伯入问道："我儿近日渐长进否？"孝伯答道："皇太子近惧天威，尚无过失。"周主稍有喜色。嗣由王轨侍宴，起将周主髯道："可爱好老公，但恨后嗣暗弱！"周主失色，竟命撤席，且责孝伯道："君常与我云：'太子无过。'今轨有此言，显见是君多诳语了。"孝伯拜谢道："臣闻父子至亲，人所难言。陛下不能割情忍爱，臣亦只好结舌了！"周主沉吟良久，方徐谕道："朕已将太子委公，愿公勉力！"孝伯乃再拜而退。孝伯不能导正东宫，何如先几引退？若周主之舐犊情深，其失愈甚。至周主疾殂，太子赟迎尸入都，一经棺殓，便由赟嗣皇帝位，尊谥故主邕为武皇帝，庙号高祖。奉嫡母阿史那氏为皇太后，本生母李氏为帝太后。立妃杨氏为皇后，杨氏小名丽华，就是柱国随公杨坚长女。周建德二年，纳为太子赟妃，此时册为皇后，杨家权势，从此益盛了。为杨坚篡周伏笔。

赟本无令行，只因父教甚严，不得不勉强矜持，涂饰耳目。既得登位，遂复萌故态，渐渐地放纵起来。当时周室勋亲，第一人要算齐王宪，赟凤加忌惮，即令武卫长孙览总兵辅政，收夺齐王宪兵权。又密令开府于智，察宪动静，智遂诬宪有异谋，请先时防范。赟已授宇文孝伯为小冢宰，因召入密嘱道："公能为朕图齐王，当即令代齐王职使。"孝伯叩头道："先帝遗诏，不许滥诛骨肉。齐王系陛下叔父，戚近功高，社稷重臣，栋梁所寄，陛下若妄加刑戮，微臣又阿旨曲从，是臣为不忠，陛下亦难免不孝呢！"赟默然不答，孝伯自然退出。赟自是疏远孝伯，潜与于智等设谋除宪，计划已定，仍遣宇文孝伯传命，往语宪道："三公位置，应属亲贤，今欲授叔为太师，九叔为太傅，九叔指陈王纯。十一叔为太保，十一叔指越王盛。叔以为何如？"宪答道："臣才轻位重，早惧满盈，三师重任，非所敢当；且太祖勋臣，宜膺此选，若专用臣兄弟，恐滋物议，还请陛下三思！"孝伯依言返报，未几复来，谓今晚召诸王入殿议事，王勿爽约。宪当然应命，孝伯自去。

转瞬天晚，宪遵召前往，行至殿门，并不见诸王到来，恰也不免惊疑，但已经趋入，只好坦然前进。不意门内伏着壮士，见宪入门，便即突出，把宪拿下。宪辞色不挠，自陈无罪，蓦见于智出殿，与宪对质，统是捕风捉影，含血喷人。宪目光似炬，口辩如河，说得于智理屈词穷，只有支吾对付。或语宪道："如王今日事势，何用多言！"宪太息道："我位重望尊，一旦至此，死生有命，不复图存；但老母在堂，尚留遗恨，罢罢！我也顾不得许多了。"说着将笏投地，竟被壮士缢死，年才三十五岁。

宪为周太祖泰第五子，幼即岐嶷，风采朗然。太祖泰尝赐诸子良马，任他取择，宪独取驳马。太祖问故，宪答道："此马色类不同，或多骏逸，将来从军征伐，牧围亦容易辨明，岂不较善？"太祖道："此儿智识不凡，当成伟器。"后来果武略超群，累战皆捷。平时抚御士卒，甘苦同尝，平齐一役，长驱敌境，刍牧不扰，尤得民心。至是无辜被戮，远近含哀。大将军安邑公王兴，开府独孤熊、豆卢绍等，俱与宪相昵。嗣主赟诛宪无名，诬称兴等与宪谋叛，一并处死。宪母连步干氏，系柔然人，封齐国太妃。宪事母甚孝，母尝患风热，宪衣不解带，扶持左右。及宪冤死，母亦惊泣成疾，便即告终。宪长子贵早卒，余子质、賨、贡、乾禧、乾洽，并封公爵，亦连坐被戮。梓宫在殡，遽戮勋亲，周事已可知了。**这一着便已致亡。**

于智得晋位柱国，封齐国公，授赵王招为太师，陈王纯为太傅，越王盛为太保，代王达、滕王逌，**宇文泰幼子。**及卢国公尉迟运，薛国公长孙览，并为上柱国。后父杨坚亦得进任上柱国兼大司马。从前王轨尝语武帝道："太子非社稷主，普六茹坚有反相。"**周曾赐杨忠姓为普六茹氏，坚为忠子，故称普六茹坚。**武帝艴然道："若天命有在，亦无可如何！"坚闻轨言，尝自晦匿，至此得掌军政，方握重权。会幽州人卢昌期据住范阳，起应高绍义。绍义引突厥兵赴范阳城，周廷即遣宇文神举往讨。神举兼程北进，行至范阳，卢昌期前来迎战，被神举用诱敌计，一鼓围攻，得擒昌期，遂克范阳。高绍义尚在途中，得知范阳失陷，昌期被虏，因素服举哀，折回突厥。营州刺史高宝宁，亦率数万骑救范阳。中途闻变，仍然退据和龙。宇文神举奏凯班师，送昌期入长安，当然枭斩，不在话下。

周主赟以内外粗安，乐得恣情声色，任意荒淫。尝自扪杖痕，向梓宫前恨骂道："汝死已太迟了！"因此托名居丧，毫无戚容。整日里在宫中游狎，见有姿色的宫嫔，即逼与淫乱。拜郑译为内史中大夫，委以朝政。又嫌梓宫在堂，未便改吉，便不守遗制，即令移葬山陵。约计殡灵期间，尚未逾月。一经葬毕，即易吉服，京兆郡丞乐运上疏，略言葬期既促，事讫即除，太为急急，不可训后。赟置诸不理。是年冬月，稽胡帅刘受逻千起反汾州，诏令越王盛为行军元帅，宇文神举为副，进军西河。稽胡向突厥求援，突厥遣骑赴救，为神举所侦悉，中途设伏，掩击突厥骑兵。突厥败走，稽胡帅刘受逻千，惶惧乞降。越王盛振旅还朝，神举留镇并、潞、肆、石等四州，号为并州总管。

越年正月朔日，周主赟在露门受朝，始服通天冠、绛纱袍，令群臣并服汉、魏衣冠，颁诏大赦，改元大成。初置四辅官，命越王盛为大前疑，蜀公尉迟迥为大右弼，申公李穆为大左辅，随公杨坚为大后丞。大陈鱼龙百戏，庆赏太平，好几日尚未撤去，免不得有几个直臣，上书谏阻。赟非但不从，反越加恣肆，一不做，二不休，令百戏日演殿前，夜以继昼。又广采美女，罗列声伎，增筑离宫，大兴徭役，真个是穷奢极欲，唯恐不及。想是自知速死，故不惮横行。起初即位，尚嫌高祖时刑书要制，太觉从严，特为减轻条例，时加赦宥。此次因民多犯法，更好强谏，因欲为威虐，慑服群下，乃更定刑名，务尚苛刻，叫作刑经圣制。便在正武殿大醮告天，颁示刑法。一面令左右密伺群臣，小有过失，即加诛谴。自己独游宴沉湎，旬日不朝，群臣请事，统由宦官代奏。于是京兆郡丞乐运，舆榇入朝，陈主八失：（一）事多独断，不令宰辅参议；（二）采女实宫，仪同以上诸女，不许擅嫁；（三）至尊入宫，数日不出，所有奏闻，统归阉人出纳；（四）下诏宽刑，未及半年，更严前制；（五）高祖斫雕为朴，崩未逾年，遽违遗训，妄穷奢丽；（六）劳役下民，供奉俳优角觝；（七）上书字误，辄令治罪，杜绝言路；（八）玄象垂诫，荧惑屡现，未能谘诹善道，修布德政。结末数语，乃是八过未改，臣见周庙将不血食了！看官，试想这种直言不讳的谏草，就使遇着中主，尚且忍受不起；况周主赟庸昏淫暴，哪肯听受直言？当下勃然大怒，命运入狱，即欲加运死罪。朝臣相率惶怖，莫敢营救，独内史中大夫元岩叹道："臧洪同死，人且称愿；臧洪事见《三国志》。况同时遇着比干，岩情愿与他同毙。"遂诣阁入谏道："乐运不惜一死，实欲沽名，陛下不如好言遣归，借示圣度！"也是讽谏。赟怒乃少解，越日召运与语道："朕昨夜思卿所奏，实为忠臣。"乃赐运御食，运拜谢而出。朝臣初见周主盛怒，莫不为运寒心，及见运释归，乃为运道贺，说是虎口余生，不可多得了。

时大将军王轨，出为徐州总管，因见上昏下蔽，恐祸及己身，私语亲属道："我昔在先朝，屡言储君失德，实欲为社稷图存。今事已至此，祸变可知，本州控带淮南，近接强寇，欲为身计，易如反掌，但忠义大节，究不可亏。况素受先帝厚恩，志在效死，怎得因获罪嗣主，遽背先朝？今唯有待死罢了！千载以后，或得谅我本心。"果然不到数月，大祸临头，好好一位百战功臣，又复死于非命。原来中大夫郑译，与轨有嫌，又恨及宇文孝伯，屡思报怨。可巧周主自扪杖痕，谓是何人所致？译乘机答道："事由王轨、宇文孝伯。"赟恨恨道："我誓当杀彼！"译复述及王轨捋须事，见上。越激动周主怒意，遂遣内史杜虔，赍敕杀轨。中大夫元岩不肯署敕，御正中大夫颜之仪进谏不从。岩复继脱巾顿首，三拜三进，周主怒道："汝欲党轨么？"岩答道："臣非党轨，正恐滥诛功臣，失天下望！"周主赟叱令内侍，殴击岩面，将他逐出，即日免官。并促令杜虔就道，未几即由虔返报，轨已诛讫。

上柱国尉迟运私语孝伯道："我等与王公同事先朝，素怀忠直，今王公枉死，我辈亦将及难，奈何奈何？"孝伯道："今堂上有老母，地下有武帝，为臣为子，去将何往？且委贽事人，义难逃死。足下若为身计，何勿亟求外调？还可免祸。"尉迟运依计而行，得出为秦州总管。才阅数日，周主赟召问孝伯道："公知齐王谋反，何故不言？"孝伯道："齐王效忠社稷，实为群小所谮，因致冤戮，臣受先帝嘱托，方愧不能切谏，此外尚有何言！陛下如欲罪臣，臣有负先帝，死亦甘心了！"周主赟也觉怀惭，俯首不语，待孝伯告退，竟下敕赐死。又因宇文神举，受宠先朝，亦尝毁己，索性尽加辣手，命内史赍着鸩酒，速赴并州，逼令饮鸩自尽。尉迟运至秦州，迭闻孝伯、神举依次毕命，不由得忧惧成疾，也即暴亡。小子有诗叹道：

> 未信仁贤国已虚，哪堪勋旧尽诛锄！
> 人亡邦瘁由来久，黑獭从兹不食余。

周主赟既滥杀勋臣，又想出一种奇事，即拟施行。欲知周主有何设施，且至下回再表。

周主邕为一英武主，平齐以后，又复败陈，虽由陈将吴明彻之昏耄失算，以致兵败受擒，然非周将王轨之锁断下流，亦不至挫失如此。败陈者王轨，用轨者周主邕，推原立论，宁非由周主之英明乎？独周主邕号称知人，而不能自知其子，昏庸如赟，安得以大统相属？就令诸子尚幼，不堪承嗣，何妨援兄终弟及之例，传位同胞！况世宗毓已为前导，邕正可步厥后尘，奈何徒为子嗣计，不思为社稷计乎？及赟嗣位后，戮勋戚，杀功臣，种种失德，史不绝书，皆周主之贻谋不臧，有以致之。然当时如齐王宪辈，不能为伊、霍之行，徒拱手而受戮，忠而近愚，亦不足取，身亡而国俱亡，此任圣之所以夐绝古今也！

第十五回

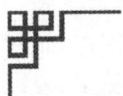

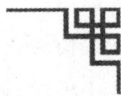

宇文妇醉酒失身
尉迟公登城誓众

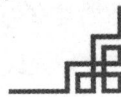

却说周主赟嗣位改元，即封皇子衍为鲁王，未几立衍为太子。又未几即欲传位与衍。看官听着！赟年方逾冠，太子衍甫及七龄，如何骤欲内禅？这岂非出人意外的奇事！其实他的意见，是因耽恋酒色，不愿早起视朝，所以将帝座传与幼儿。诸王大臣无敢违忤，只好请出东宫太子，扶上御座，大家排班朝贺。太子衍莫明其妙，几乎要号哭出来。当下草草成礼，仍送衍入东宫。赟令衍易名为阐，改大成元年为大象元年，号东宫为正阳宫，令置纳言御正诸卫等官。自称天元皇帝，尊皇太后为天元皇太后，所居宫殿，称为天台。冕用二十四旒，车旗章服，皆倍常制。每与皇后妃嫔等列坐宴饮，概用宗庙礼器，罇彝珪瓒，作为常品。每对臣下，自称为天，臣下朝见，必先致斋三日，清身一日，然后许入。又不准臣民有高大的称呼，高祖改称长祖，姓高改作姓姜，官名称上称大，悉改为长，并令国中车制，只用浑成木为轮，不得用辐。境内妇人，不得施粉黛，唯宫人得乘辐车，用粉黛为饰。宫室窗牖，概用玻璃，帷帐多嵌金玉，五光十色，炫耀耳目。更命修复佛道二像，与己并坐，大陈杂戏，令士民纵观。继又集百官宫人外命妇，具列妓乐，作乞寒胡戏，乞寒亦名泼寒，是西域乐名。臣下稍或忤意，便加楚挞，每一笞杖，以百二十为度，叫作天杖。就是宫人内职，甚至皇后宠妃，亦所不免。**历历写来，全是儿戏。**

皇后为杨坚女，已见前回。次为朱氏，芳名满月，本系吴人，因家属坐事，没入东宫，时年已二十余岁，掌赟衣服。赟年甫十余，已是好色，见朱氏貌美多姿，便引与同寝，数次欢狎，即得成孕，分娩时产下一男，就是小皇帝阐。又次为元氏，系开府元晟次女，十五岁被选入宫，容貌秀丽，比朱氏更胜一筹。且年龄较稚，正如荳蔻梢头，非常娇嫩，一经侍寝，大惬赟心，当即拜为贵妃。唯赟多多益善，得陇更思望蜀，复选得大将军陈山提第八女，轻盈袅娜，不让元妃，年龄亦不相上下。尤妙在柔情善媚，腻骨凝酥，不但朱氏无此温柔，就是元氏亦未堪仿佛，一宵受宠，立拜德妃。史官又揣摩迎合，奏称日月当蚀不蚀，乃称皇后杨氏为天元皇后，册妃朱氏为天元帝后。已而复纳司马消难女为正阳宫皇后，乃复尊帝太后李氏为天皇太后，改天元帝后朱氏为天皇后，并立妃元氏为天右皇后，陈氏为天左皇后。**名位俱由独创，赟可谓大思想家。**元氏父晟封翼国公，陈氏父山提封鄅国公。内史大夫郑译，本非懿戚，因执政有功，特别荣宠，亦封为沛国公。

正在天花乱坠、举国若狂的时候，忽闻突厥遣使请和，乃即令引见。突厥使乞请和亲，赟慨然允诺，特令赵王招女为千金公主，许字突厥。唯必须执送高绍义，方遣公主出嫁。突厥使唯唯而去，好几旬不见复命。赟因北方无事，欲南略示威，乃命上柱国韦孝宽为行军元帅，率同行军总管杞国公亮、**赟从祖兄。**郧国公梁士彦，出兵伐陈。孝宽进拔寿阳，亮拔黄城，士彦拔广陵，陈人望风退走，江北一带，陆续归周。

周主赟骄侈益甚，更命营造洛阳宫，遣使简视京兆及诸州，凡有民家美女，一律采选，充入宫中。又恐宫制狭陋，未如所望，特挈四皇后巡幸，赟亲御驿马，日驰三百里，命四皇后方驾齐驱，或有先后，便加谴责。文武侍卫，不下千人，并乘驿相随，人马劳敝，颠仆相继，赟反视为乐事。及至洛阳，宫尚未成，规模已经草创，壮丽异常，赟颇觉快意，乃但作十日游，命驾还都。都中所筑离宫，以天兴宫、道会苑为最大，赟随时行幸，晨出夜还，习以为常，侍臣皆不堪奔命。

大象二年正月朔，至道会苑受朝，命御座旁增造二辰，左绘日，右绘月，又改称诏制为天制，诏敕为天敕。过了数日，又尊皇太后阿史那氏为天元上皇太后，帝太后李氏为天元圣皇太后，立天元皇后杨氏为天元太皇后，天皇后朱氏为天太皇后，天右皇后元氏为天右太皇后，天左皇后陈氏为天左太皇后，正阳宫皇后司马氏，直称皇后。宫中大庆，所有王公大臣诸命妇，不得不联袂入朝。就中有一杞国公子妇尉迟氏，乃是蜀国公尉迟迥孙女，西阳公宇文温的妻室，生得丰容盛鬋，玉骨冰姿，当时亦入朝与宴，为赟所见，竟惹动欲念，想与她并效鸾凤。但命妇与座，不下数百，如何同她苟合？便想出一计，暗嘱宫女，迭劝尉迟氏进酒，把她灌得烂醉。待至宴毕撤席，大众散归，尉迟氏酒尚未醒，不能行动，当然扶入床帏，使她酣寝。赟见尉迟氏中计，心下大喜，便至尉迟氏卧处，把她卸去外衣，任意奸污。尉迟氏动弹不得，只好由他所为，占宿一宵。越日尚留住宫中，不肯放归，转眼间将要浃旬，始令归第。

杞国公亮已料子妇着了道儿，密嘱子温彻底盘问。尉迟氏不能自讳，据实说明，温当然悔恨，亮也觉懊怅。**子妇被淫，与汝何涉？**遂语长史杜士峻道："主上淫纵日甚，社稷将危，我忝列宗支，不忍坐见倾覆。今拟袭取韦公营寨，并有彼部，别推诸父为主，鼓行而前，谁敢不从？"士峻也以为然，遂夜率数百骑，往袭韦孝宽营。到了营前，遥望营内刁斗无声，只有数点星火。亮不辨好歹，麾众杀入，乃是一座空营，并无一人。当下情急胆虚，自知不妙，忙引众奔还，突听得一声呐喊，伏兵四至，把亮困住。亮拼命冲突，杀透一层，又有一层，好容易杀开血路，慌忙奔走。手下已只剩数人。约行半里，忽有大将带领人马，从斜刺里冲出，截住去路。亮望将过去，这员大将，正是上柱国郧国公韦孝宽。此时冤家路狭，无处逃生，不得已抵死力争。怎奈寡不敌众，被韦军用械乱刺，身受重伤，坠落马下，再经一刀，结果性命。孝宽传首入报，赟即命宿卫军抄斩亮家，把亮子温明等，尽行杀死，独赦免温妻尉迟氏，令带回宫中。**倾家亡国，多缘美色。**

嗣是得与尉迟氏连宵取乐，公然拜为长贵妃。嗣又欲立她为后，召问小宗伯辛彦之。彦之答道："皇后与天子敌体，不应有五。"赟怫然不悦，转问博士何妥，妥进谀道："帝喾四妃，虞舜二妃，先代立后，并无定限。"赟始易怒为喜道："究竟是个博士，实获我心。"遂免彦之官，特添置天中太皇后位号，令天左太皇后陈氏充任。即立尉迟氏为天左太皇后。因造玉帐五具，使五后各居一帐，又用五辂相载，每有游幸，必令从行。或且令五辂为前驱，自率左右步随。寻复想入非非，募取京城少年，使乔扮作妇女装，入殿歌舞，自与五后及其他嫔御，列坐观演，恣为笑乐。**不怕戴绿头巾么？**

天元太皇后杨氏，性情柔婉，素来顺旨，就是四皇后与她同处，班次相亚，亦从未闻杨后有嫌，所以互相敬爱，情好甚谐。唯赟好色过度，尝饵金石，渐渐地阳竭精枯，神精眢乱，暴喜暴怒，越令人不可测摸，朝晚施行天杖，动辄数百，连五皇后亦尝受天刑。杨后究系结发夫妻，免不得婉言规劝，顿时触动赟怒，命杖背百二十下。杨后仍从容面谏，词色如恒，赟大怒道："汝可先死，我且灭汝家！"遂命将杨后牵入别宫，逼令自杀，当由宫监报知杨后母家。后母独孤氏大惊，亟诣阁陈谢，叩头流血，方得将杨后释出，仍还原宫。

既而赟又欲杀杨坚，召他入阁，先语左右道："坚苦变色，汝等即可为我动手。"左右领命待着。及坚入见，容止端详，言貌自若，乃得免祸，安然退出。

坚少与郑译同学，译见坚龙颜凤表，额上有五柱入顶，手中又有王字纹，知非常相，因深与结交。坚虑在朝罹祸，尝密语译道："久愿出藩，公所深悉，何勿为我留意？"译答道："如公德望，天下归心，欲求多福，自当代谋。"坚喜为道谢。未几译被召入内，与商南略事宜，译请简元帅，赟便令译举荐，译即以坚对。乃授坚为扬州总管，使偕译统兵伐陈。适坚有足疾，尚未果行。

时值仲夏，天气暴热，赟备法驾往天兴宫，为避暑计，是夕即病。次日复患喉痛，匆匆还宫，便召小御正刘昉、中大夫颜之仪，同入卧室，拟嘱后事。偏偏喉咙声哑，挣不成声，竟说不出一句话来。昉等慰解数语，便即趋出。之仪自归，昉独与郑译等商议国事。译引入御史大夫柳裘、内使大夫韦謩、御正下士皇甫绩，公同议决，请后父杨坚辅政。坚辞不敢当，昉作色道："公若肯为，便当速为；必欲固辞，昉将自为了。"坚乃允诺。昉素以狡诡得幸，至是因幼主无用，乃更媚事杨坚。可见佞人万不可用，即如内史郑译亦可类推。既与坚有定约，因引坚入宫，托词受诏，居中侍疾，赟竟尔绝命。由昉、译主持宫禁，矫诏令坚总知中外兵马事。昉等一一署名，独颜之仪抗声道："主上升遐，嗣子幼冲，阿衡重任，宜属宗英，方今赵王最长，议亲议德，合膺重寄。公等备受朝恩，当思尽忠报国，奈何欲以神器假人？之仪宁为忠义鬼，不敢诬罔先帝！"可谓朝阳鸣凤。昉等知不可屈，代为署敕，颁发出去，诸卫军遵敕行事，各听坚节制。坚乃就之仪索取符玺，之仪复正色道："符玺系天子物，自有专属，宰相何事，乃欲索此？"坚不禁动怒，令卫士将他扶出，意欲置诸死刑，转思他有关民望，乃但黜为西边郡守。于是为故主赟发丧，迎幼主阐入居天台，罢正阳宫，大赦刑人，停止洛阳宫作。尊阿史那太后为太皇太后，杨后为皇太后，朱后为帝太后，所有陈后、元后、尉迟后，勒令出宫，并皆为尼。尉迟氏最不值得。追谥赟为宣皇帝，逾月奉葬。赟在位只越一年，禅位后又越一年，总算合成三年，殁时才二十二岁。得保首领，大幸大幸。

赟有六弟，介弟名赞，封汉王，次名贽，封秦王，又次名允，封曹王，又次名充，封道王，又次名兑，封蔡王，最幼名元，封荆王。汉王赞年将及冠，姿性庸愚，杨坚推他为上柱国右大丞相，阳示尊崇，实无权柄。自己为左大丞相，兼假黄钺，秦王贽为上柱国，此外皇叔并幼，不得入居朝列。幼主阐谅暗居丧，百官总己，听命左大丞相杨坚。坚又恐藩王有变，征令入朝，赵王招、陈王纯、越王盛、代王达、滕王逌五人，时皆就国。诸王皆不在朝，怪不得杨坚遂志，但赟俱皆遣散，自翦羽翼，安得不亡！至此闻有大丧，且接受诏旨，当然联翩入关。适突厥他钵可汗遣使吊丧，并迎千金公主。坚以为遗命当遵，遂与赵王招熟商，令他嫁女出番。特遣建威侯贺若谊等送往，多赍金帛，馈赠他钵，令执送高绍义。他钵乃伪邀绍义出猎，使谊候着，掩他不备，执还长安。坚因赦文甫下，免绍义死，流徙蜀中。绍义忧郁成瘵，不久即亡。了结高齐，缴足前文。

坚擅改正阳宫为丞相府，引司武上士郑贽为卫，潜令整顿兵仗，随坚入相府中。贽又召公卿与语道："公等欲求富贵，宜即随行。"公卿相率骇愕，互谋去就，不意卫兵大至，迫众随入相府。众不敢违，相偕至正阳宫，又为门吏所阻，被贽瞋目叱去，坚乃得入。贽遂得典丞相府宿卫，郑译为丞相府长史，刘昉为司马。御正下大夫李德林，自齐入周，尝司诏诰，坚知他文艺优长，特召入与语道："朝廷赐令总文武事，经国重任，今欲与公共事，愿公勿辞！"德林答道："愿以死奉公！"坚闻言大喜，即令德林为府属。内史大夫高颎，明敏有识，习兵事，多计略，坚又引为司录，遂改革秕政，豁除苛禁，删略旧律，更作刑书要制，奏请施行。躬履节俭，政尚清简，中外被他笼络，相率归心。汉王赞常居禁中，与幼主阐同帐并坐，有所议论，当然主谋。坚尚以为忌。相府司马刘昉，为坚设法，特饰美妓数人，亲送与赞。赞少年贪色，喜得心花怒开，便视昉为好友，尝相往来。昉因说赞道："大王系先帝介弟，时望所归，孺子幼冲，岂堪大事！今先帝甫崩，群情尚扰，王且归第，待事宁后，入为天子，乃是万全计策呢。"赞信为真言，便出居私第，日与美妓饮酒取乐，不问朝政。

那时内外政权，都归左大丞相杨坚。坚遂欲篡周祚，夜召太史中大夫庾季才问道："我以庸材，受兹顾命，天时人事，卿以为何如？"季才已知坚意，顺口答道："天道精微，不能臆察，唯卜诸人事，符兆已定，季才纵言不可，公岂复得为巢、许么？"巢父、许由皆古隐士。坚沉思良久道："诚如君言。"坚妻独孤夫人为前卫公独孤信女，亦密语坚道："大事至此，势成骑虎，必不得下，宜勉图为要！"欲作皇后耶？抑欲报父仇耶？坚很以为然，特恐相州总管蜀国公尉迟迥，为周室勋戚，迥母为宇文泰姊。位望素重，或有异图。乃使迥子魏安公惇，赍诏至相州，饬令入都会葬，另派上柱国韦孝宽为相州总管，即日启行。

迥得诏书，料知坚谋篡逆，未肯应召，但遣都督贺兰贵，往候韦孝宽。孝宽行至朝歌，与贵相遇，晤谈多时，见贵目动言肆，察知有变，因称疾徐行，且使人至相州求取医药，阴伺动静。迥即令魏郡太守韦艺，持送药物，并促孝宽莅镇，以便交卸。艺系孝宽兄子，与迥相善，及见孝宽，但传述迥命，未肯实言。孝宽再三研诘，仍然不答，乃拔剑起座，竟欲斩艺，艺不觉大骇，始言迥有诡谋，不如勿往。孝宽即挈艺西走，每过亭驿，尽驱传马而去。且语驿司道："蜀公将至，宜速具酒食！"驿司依言照办。过了一日，果有数百骑到来，为首的并非尉迟迥，乃是奉迥所遣的将军梁子康，阳言来迎孝宽，实是追袭孝宽。驿中已无快马，只有盛馔备着，子康也是个酒肉朋友，乐得过门大嚼，聊充一饱。那孝宽叔侄，已早驰入关中去了。孝宽不谓无智，但助坚篡周，终属非是。

杨坚闻孝宽脱归，再令侯正破六韩衰，诣迥谕旨。并密赍相州长史晋昶等书，嘱令图迥。迥察泄隐情，杀衰及昶，遂召集文武官民，登城与语道："杨坚自恃后父，挟持幼主，擅作威福，逆迹昭彰，行路皆知，我与国家谊属舅甥，任兼将相，先帝命我处此，寄托安危，今欲纠合义勇，匡国庇民，君等以为何如？"大众齐声应命。迥乃自称大总管，起兵讨坚。坚即令韦孝宽为行军元帅，辅以梁士彦、元谐、宇文忻、宇文述、崔弘度、杨素、李询等七总管，大发关中士卒，往击尉迟迥。孝宽方才起行，雍州牧毕王贤，明帝毓长子。恰潜与五王同谋，五王即赵、陈、越、代、滕诸王。意欲杀坚，偏为坚所察觉，诬贤谋反，将贤捕戮，并及贤三子。只因外乱方起，未便尽杀五王，但佯作不知，且令秦王赟为大冢宰，杞公椿杞公亮弟，亮诛后，椿继任。为大司徒，暂安众心。一面调兵转饷，专力图外。

青州总管尉迟勤，系迥从子，初由迥贻书相招，勤把原书赍送长安，自明绝迥。嗣闻相、卫、黎、洺、贝、赵、冀、沧、瀛各州，俱与迥相联络，更兼荣、申、楚、潼各刺史，亦应迥发难，单剩青州一隅，孤悬海表，如何抵挡得住？乃亦答复迥书，愿同勠力。迥又遣使联结并州刺史李穆，穆子士荣，劝穆从迥。穆独不愿，锁住来使，封上迥书。坚使内史大夫柳裘，驰驿慰穆，与陈利害，又使穆子左侍浑，往布腹心。穆即遣浑还报，奉一尉斗与坚，嘱浑致词道："愿执持威柄，尉安天下！"还有十三镮金带，亦令浑带去持赠，十三镮金带，是天子服，明明是阴寓劝进的意思。**专冀富贵，不顾名义。**坚当然大悦，答书道谢，并令浑诣韦孝宽军前，详述穆意，免得孝宽后顾，好教他锐意前进。穆兄子崇为怀州刺史，本欲应迥，后知穆已附坚，慨然太息道："阖门富贵，至数十人，今国家有难，竟不能扶倾定危，尚何面目处天地间呢！"话虽如此，怎奈孤掌难鸣，没奈何迁延从事。迥再招东郡守于仲文，仲文不从，迥即令大将军宇文胄、宇文济，分道攻仲文。仲文不能守，弃郡奔长安，妻孥不及随奔，尽被杀毙。迥又遣大将军檀让略地河南，杨坚因命于仲文为河南道行军总管，使击檀让。另调清河公杨素，使击宇文胄、宇文济。并自为都督中外诸军事。会郧州总管荥阳公司马消难，亦因身为后父，愿保周室，亦举兵应迥。**消难女为幼主闻后见前。**坚乃复遣柱国王谊为行军元帅，出攻消难。军书旁午，日无暇晷，更兼天气盛暑，将士出发，亦未能兼程急进，害得杨坚欲罢不能，免不得日夕忧烦。

赵王招等入长安后，已见坚怀不轨，常欲杀坚，自毕王贤被杀，心愈不安，乃想出一法，邀坚过饮。坚亦防招下毒，特自备酒肴，令左右担至招第，方才敢往。招引坚入寝室，使坚左右留住外厢，唯坚从祖弟大将军弘，及大将军元胄，随坚入户，并坐户侧。招与坚同饮，酒至半酣，招拔佩刀刺瓜，接连啖坚。元胄瞧着，恐招乘势行刺，即挺身至座前道："相府有事，不便久留，请相公速归！"招怒目呵叱道："我方与丞相畅叙，汝欲何为？"胄亦厉声道："王欲何为？敢叱壮士！"招始佯笑道："我有什么歹意？卿乃这般猜疑。"因酌酒赐胄，胄一饮而尽，站立坚旁。**仿佛鸿门会上时。**招与坚续饮数觥，伪醉欲呕，将入后阁，胄恐他为变，扶令上座，至再至三。招复自称喉渴，令胄就厨取饮，胄仍屹然不动。适滕王逌后至，坚降阶出迎，胄乃得与坚耳语道："事势大异，可速告归！"坚答道："彼无兵马，何足为虑！"胄又低声道："兵马统是彼物，彼若先发，大事去了！胄不辞死，恐死无益！"坚似信非信，重复入座。冑格外留意，忽听室后有被甲声，亟扶坚下座道："相府事繁，公何得流连至此？"一面说，一面扯坚出走，招不禁着急，亦下座追坚。冑让坚出户，呼弘保坚同行，自奋身挡住户门，不令招出。小子演述至此，随笔写成一诗道：

> 欲为壮士贵争名，保主何如保国诚！
> 当户虽然资大力，公私两字欠分明。

毕竟杨坚如何脱身，待看下回表明。

周主赟淫昏失德，并立五后，其最称丑秽者，为西阳公温妻尉迟氏。温父亮为赟从祖兄，温妻尉迟氏，赟之从祖侄妇也。尉迟氏有美色，赟乘其入朝，灌酒使醉，逼而淫之，亮因此谋叛，祸及一门，尉迟氏被迫入宫，公然为后。赟之不道，原不足责；尉迟氏不能保身，复不能保家，甘心受污，侈服翟翟，以视春秋时之怀嬴，其犹有愧辞乎？及昏君毕命，仍出为尼，嗟何及哉！尉迟迥累世贵戚，地居形胜，愤坚专擅，誓众兴师，不可谓非忠义士。司马消难，亦举兵响应，名正言顺，事若可成。然试思淫暴如赟，宁尚能泽及后嗣耶！天意亡周，人力亦乌能挽之？徒见其倏起倏败而已。然如尉迟迥之为国死义，亦足垂千古矣！

第十六回

失邺城皇亲自刎
篡周室勋戚代兴

却说杨坚为赵王招所诱，几乎遭害，幸亏大将军元胄，将坚扶出，奋身当户，阻住赵王招，待至坚已去远，才转身趋归。赵王招见胄勇武，不敢与抗，眼见是纵虎出柙，自恨不先下手，因致迟误，徒落得弹指出血，结愤填胸。那杨坚怎肯罢休？即诬称赵王招图逆，与越王盛通谋，立刻驱策兵士，围住两王府第，屠戮全家；唯赏赐元胄，不可胜计。元胄、宇文弘，*仿佛许褚、曹洪*。会益州总管王谦，亦自蜀起兵，与尉迟迥、司马消难等，互相联络，尉迟迥更贻书后梁，请为声援。后梁诸将，竞劝梁主举兵，谓与迥等连盟，进可尽节周氏，退可席卷山南。梁主岿踌躇未决，乃使中书舍人柳庄，入周观衅。杨坚握手与语道："孤昔开府，尝从役江陵，深蒙梁主殊眷，今主幼时艰，猥蒙顾托，与梁主共保岁寒，勿爽旧约，请君为我达意！"柳庄应命而还，具述坚言，且语梁主岿道："尉迟迥虽是旧将，昏耄已甚，消难王谦，才具庸劣，更不足道。周朝将相，多为身计，统已归附杨氏，看来迥等终当覆灭，随公必移周祚，不若保境息民，静观时变为是。"梁主岿因敛兵不动，作壁上观。

周行军元帅韦孝宽，已引军至武陟，与尉迟迥军隔一沁水，水势适涨，两下相持不战。孝宽长史李询密报杨坚，谓总管梁士彦等，并受迥金，所以逗留。坚很加忧虑，与内史郑译等，商议易将。李德林独进言道："公与诸将皆国家贵臣，未相服从，今但由公挟主示威，勉从号令，若非推诚相与，动辄猜疑，将来如何使人？况取金纳贿，事实难明，今或临敌易将，恐郧公以下，莫不自危，军心一离，大势尽去了。"坚谔然道："今将奈何？"德林道："依愚见，速遣一才望并优的干员，往达军前，察看情伪，诸将果有异心，亦不敢立时变动；万一变起，也是容易制驭哩。"坚大悟道："非公言，几误大事。"乃命少内史崔仲方往监诸军。仲方以父在山东，不愿受命，改遣刘昉、郑译。昉说是未尝为将，译又以母老为辞。*无非怕死而已*。坚不禁着急，幸司录高颎请行，乃即命出发，倍道至军，商诸孝宽，择沁水较浅处，筑桥渡军，一决胜负。

迥子魏安公惇率众十万，列阵至二十余里，麾兵少却，拟俟孝宽军半渡，然后进击。孝宽乘势渡桥，鸣鼓齐进。惇兵上前堵截，尽被杀退。颎又命将浮桥毁去，自断归路，使将士上前死战，将士果然拼生杀去，尉迟惇不能抵当，奔回邺城，军多散失。韦孝宽麾动各军，乘势追至邺下。惇父迥与惇弟祐，尽驱部卒出城，共十三万众，屯驻城南。迥自统万人，均戴绿巾，着锦袄，号称黄龙兵。迥弟勤又集众五万，由青州援兄，自领三千骑先至。迥素习军旅，老犹被甲临阵，麾下兵多关中人，相率力战。孝宽与战不利，只好退走。邺下士民观战，亦不下数万人。行军总管宇文忻道："事已急了，我当用计破敌。"说着，即命兵士各拈弓搭箭，竞射观战的士民。士民当然骇走，哗声如雷。忻即大呼道："贼败了，贼败了，我等将士，奈何不乘势立功？"众闻忻言，气势复振，再接再厉，杀入迥阵。迥众已为士民所扰，心神惶乱，怎禁得敌军大至？不由得仓皇四溃。迥无法支持，急与二子走回城中。孝宽纵兵围攻，毁城直入，邺城遂陷。迥窘迫升楼，由周将崔弘度追入，弘度妹曾嫁迥子为妻，至是见迥弯弓欲射，索性脱去兜鍪，遥语迥道："颇相识否？今日各图国事，不得顾私，但亲谊相关，谨当禁遏乱兵，不许侵辱。事已至此，请公早自为计，不必多费踌躇了。"*弘度果知为国么？*迥自知难免，把弓掷下，极口骂坚十余声，拔剑自刎。弘度顾弟弘升道："汝可取迥头。"弘升乃枭首而去，持献孝宽。勤与惇、祐，俱东走青州。孝宽遣开府大将军郭衍，率兵追获，与迥首同送入长安。杨坚因勤尝呈入迥书，初意未差，特令赦罪，唯将惇、祐处刑。总计尉迟迥起兵，只六十八日而败，后人说他举事颇正，驭变无才，所以有此败亡呢。*论断谨严*。

孝宽更分兵讨关东叛吏，依次削平。坚命徙相州治所至安阳，毁去邺城及邑居，分置相州为毛州、魏州，无非是地小力分，化险为夷的意思。时周行军总管于仲文，军至蓼堤，距梁郡约七里许，檀让引众数万，前来搠击。仲文用羸兵挑战，佯作败状，退走十里。让恃胜生骄，竟不设备，夜间被仲文还袭，霎时惊散，被俘五千余人。仲文进攻梁郡，守将刘子宽弃城遁去；再进击曹州，擒住尉迟迥所署刺史李仲康，又追檀让至成武。让再战再败，东窜数十里，终为仲文所获，槛送长安，眼见得是不能活命了。**檀让又了，顾应前回。** 还有宇文威、宇文曹等，亦由杨素剿平，报捷复命。**两宇文亦随笔了结。** 唯司马消难及王谦两军，尚未扑灭，坚深以为忧，促王谊进军郧州，速平消难，一面使上柱国梁睿为西征元帅，进图益州。司马消难素无才略，但因尉迟迥发难，也想乘势图利，出些风头，**淫烝父妾，让你出头，战乃危事，如何轻试？** 一闻尉迟迥败灭，吓得魂不附身，忙遣人至建康，向陈乞援。陈军尚未出发，王谊军已将驰至，消难不待王谊攻城，便赍夜南奔，投降南朝。陈主顼命为车骑将军，兼职司空，加封随公。王谊当然告捷。坚以外患将平，功成在迩，便自为大丞相，罢去左右丞相官衔，又杀害陈王纯及纯子数人。

益州总管王谦，但望各军得胜，自出兵为后继，哪知各处军报，都化作瓦解烟消，免不得心惊肉跳，非常忧虑。隆州刺史高阿那肱，**此子尚在耶？** 因被坚外调，怏怏失望，遂向谦献计道："公若亲率精锐，直指散关，蜀人知公仗义勤王，必肯为公效命，这是上策。出兵梁汉，占据腹地，这是中策。若坐守剑南，发兵自卫，这便成为下策了。"谦因上策太险，欲参用中、下二策，总管长史乙弗虔，益州刺史达奚惎谓："蜀道崎岖，来兵不能飞越，但当据险自固，俟衅出兵。"谦乃令两人率众十万，往堵利州。周西征元帅梁睿，调集利、凤、文、秦、成各州兵马，直向利州进发。途次与蜀兵相值，蜀兵不待交绥，便即溃散。乙弗虔、达奚惎两人，节节退走，梁睿节节进逼，两人无法可施，乃潜遣人至睿军，愿为内应，借赎前愆。睿当然允行。虔与惎遂退还成都。谦尚未知二人情伪，还道是自己心腹，令他守城，又命惎、虔子为左右军，仓猝出战。及睿军掩至，左右两翼，先已叛去，谦手下只数十骑，逃回城下，但见城门紧闭，城上立着乙弗虔、达奚惎，同声语谦道："我等已归附梁元帅，公请自便。"**还算客气。** 谦不能入城，窜往新都。县令王宝，假意出迎，诱谦入城，把他杀毙，传首长安。梁睿驰入成都，擒得高阿那肱，械送入关。坚斩高阿那肱首，令与谦头一并示众。高阿那肱至此方死，也是出人意料。又传语梁睿谓："惎、虔二人，本是首谋，不应贷死。"睿乃将二人斩首了事。数路大兵，统已荡平，权焰熏天的随公坚，便安安稳稳地好篡那周室江山了。

郧国公韦孝宽班师未几，便即病殁，年已七十有二。孝宽智勇深沉，世称良将，每遇勍敌，从容布置，常为人所未解。及成功以后，众才惊服。平时在军，笃意文史，有暇辄自披阅。又早丧父母，事兄嫂加谨，所得俸禄，不入私房，亲族孤贫，必加赈给，士论更翕然称颂。唯甘心为杨坚爪牙，铲灭义师，酿成杨氏篡周的祸祟，徒落得晚节不终，遗讥千古，这岂非一大可惜么？**特为孝宽加评，隐寓惜才之意。**杨坚很是悲悼，追赠太傅，予谥曰襄。高颎随军还朝，益得坚宠，命代刘昉为司马，且因此与郑译渐疏，虽未撤译官，独阴戒官属，不必向译白事。译渐觉自危，乞求解职。坚尚加慰勉，敷衍面子，但礼貌已是寖衰了。周室五王，已被坚害三人，只剩得代王达与滕王逌，毫无权力。坚尚不肯放过，索性也诬他通叛，均令自尽。于是胁周主阐下诏，进坚为相国，总百揆，进爵随王，以安陆等二十郡为随国。坚佯为谦让，但受十郡。已而复有敕颁下，加随王九锡礼，得建台置官，且进随王妃独孤氏为王后，世子勇为王太子，坚三让乃受。开府仪同大将军庾季才、卢贲，及太傅李穆等，俱劝坚应天受命，坚尚未肯遽允。又迁延逾年，至大象三年二月间，乃逼周主阐禅位，当有一道逊国诏书，略云：

元气肇辟，树之以君。有命不恒，所辅唯德。天心人事，选贤与能，尽四海而乐推，非一人所独有。周德将尽，妖孽递生，骨肉多虞，藩维构衅，影响同恶，过半区宇，或小或大，图帝国王，则我祖宗之业，不绝如线。相国随王，叡圣自天，英华独秀，刑法与礼仪同运，文德与武功并传。爱万物其如己，任兆庶以为忧。手运玑衡，躬命将士，芟夷奸宄，刷荡氛祲，化通冠带，威震幽遐。虞舜之大功二十，未足相比，姬发之合位三五，岂可并论？况木行已谢，火运既兴，河、洛出革命之符，星辰表代终之象，烟云改色，笙簧变音，狱讼咸归，讴歌尽至。且天地合德，日月贞明，故已称大为王，照临下土。朕虽寡昧，未达变通，幽显之情，皎然易识。今便祇顺天命，出逊别宫，禅位于随，一依唐、虞、汉、魏故事。王其恪膺帝箓，幸勿再辞！

杨坚得此诏书，当然踌躇满志，唯表面上不得不三辞三让。乃再遣兼太傅杞公宇文椿奉册，大宗伯赵煚奉玺，至随王府中劝进，册书有云：

咨尔相国随王，粤若上古之初，爰启清浊，降符授圣，为天下君，事上帝而利兆人，和百灵而利万物，非以区宇之富，未以宸极为尊。大庭、轩辕以前，骊连、赫胥之日，咸以无为无欲，不将不迎。邈哉其详，不可闻已。厥有载籍，遗文可观，圣莫逾于尧，美未过于舜。尧得太尉，已作运衡之篇，舜遇司空，便叙精华之竭。彼裹裳脱屣，贰宫设飨，百辟归禹，若帝之初，斯盖上则天时，不敢不授，下祗天命，不可不受。汤代于夏，武革于殷，干戈揖让，虽复异揆，应天顺人，其道靡异。自汉迄晋，有魏至周，天历逐狱讼之归，神鼎随讴歌而去。道高者称帝，箓尽者不王，与夫父祖神宗，无以别也。周德将尽，祸难频兴，宗戚奸回，咸将窃发。顾瞻宫阙，将图宗社，藩维连率，逆乱相寻，摇荡三方，不合如砺，蛇行鸟撄，投足无所。王受天明命，睿德在躬，救颓运之艰，匡坠地之业，拯大川之溺，扑燎原之火，除群凶于城社，廓妖氛于远服，至德合于造化，神用洽于天壤，八极九野，万方四裔，圆首方足，罔不乐推。往岁长星夜扫，经天昼现，八风比夏后之作，五纬同汉帝之聚，除旧之征，昭然在上。近者赤雀降祉，玄龟效灵，钟石变音，蛟鱼出穴，布新之征，焕焉在下。九区归往，百灵协赞，人神属望，我不独知，仰祗皇灵，俯顺人愿。今敬以帝位禅于尔躬，天祚告穷，天禄永终。於戏！王宜允执厥和，仪刑典训，升圆丘而敬苍昊，御皇格而抚黔黎，副率土之心，恢无疆之祚，可不盛欤！

杨坚收受册书，及皇帝玺绶，便直任不辞。大事告成，何必再辞。庾季才谓二月甲子日，应即帝位，坚依言办理。届期早起，召集百官，乘车入宫。宫中仪卫，已备齐衮冕，奉至坚前。坚立即被服，由百官拥至临光殿，升座受朝。一班舍旧从新的官吏，当然是舞蹈山呼，齐称万岁。国号随，改元开皇。坚本袭父封，号为随公，他却以"随"字中嵌一"辵"旁，辵与辶同，音绰。义训为走，作为朝名，恐有不遑安处的预兆，所以去"辵"作"隋"，想望升平。徒从字义上着想，究有何益？命有司奉册至南郊，燔燎告天，兼祀地祇。少内史崔仲方，请改周氏官仪，仍依汉、魏旧制，诏如所请。乃置三师三公，及尚书、门下、内史、秘书、内侍等五省，御史、都水二台，太常等十一寺，左右卫等十二府，分司定职。又设上柱国至都督共十一等勋官，所以报功，特进至朝散大夫七等散官，所以旌贤。改称侍中为纳言，命相国司马高颎为尚书左仆射，兼纳言一职。相国司录虞庆则为内史监，兼吏部尚书。相国内郎李德林为内史令，典军元胄为左卫将军，追尊皇考忠为武元皇帝，庙号太祖。皇妣吕氏为元明皇后，立独孤氏为皇后，长子勇为皇太子。

杨氏系出弘农，相传为汉太尉杨震后裔。坚六世祖元寿，为后魏武川镇司马，遂留居武川。元寿玄孙就是杨忠，忠从周太祖举兵关西，赐姓普六茹氏，妻吕氏，生坚时，紫气充庭，有一尼来自河东，语吕氏道："此儿骨相非凡，不宜留处尘俗。"吕氏乃托尼择一别馆，移坚居养，尼亦尝往来省视。一日，吕氏抱坚在怀，忽见坚头上出角，遍体鳞起，不禁大骇，将坚置地。尼适从外趋入，忙把坚抱起道："已惊我儿，致令晚得天下。"吕氏再为复视，并无鳞角，依然形相如常。及坚既长成，尼已他去，不知下落。后来坚累迁显要，周室君臣，多加猜忌，竟得不死。至是竟篡周称帝，*史家于一代崛兴，往往叙及祯祥，这也是习见之谈。*降周主阐为介公，迁居别宫，食邑万户。车服礼乐，仍用周制。上书不为表，答表不称诏，似乎有永做隋宾的意义。阐后司马氏坐父消难叛周罪，已早废为庶人，独周太后杨氏，系坚长女，年不过二十有奇，从前坚入宫辅政，杨太后本未与谋，但因嗣主幼冲，恐权界他族，与己不利，既得乃父秉权，倒也喜如所愿。后来见父有异图，意颇不平，形诸词色，只是一介女流，如何抗得过当朝宰相？没奈何忍气吞声，迁延过去。既而周竟被篡，杨氏越加愤惋，屡思与父面争。坚也自觉惭愧，不令入见，唯遣独孤后好言抚慰。嗣复改封为乐平公主。且见她芳年尚盛，欲令改嫁，杨氏誓死不从，方得守志终身。尚有周太皇太后阿史那氏，经隋革命，便即病终。坚却令有司仍用后礼，祔葬周武帝陵。周太帝太后李氏，与介公阐迁居别宫，李氏不免愤懑，情愿出俗为尼，改名常悲。就是介公阐生母朱氏，亦随着李氏一同削发披缁，改名法净。周宣帝赟五后，唯杨氏留居宫中，陈、元、尉迟三后，已早为尼，*见前回。*与李、朱二氏，同心念佛。朱氏首先逝世，李氏继殁，尉迟氏亦即随殒。陈、元二后，直至唐贞观年间，方才告终。杨后至隋炀帝大业五年病逝，得祔葬周宣帝陵。那被废的司马皇后，却改嫁与司州刺史李丹为妻，仍去做那宦家妇了。*总结一段，缴足前文。*

周氏诸王，尽降为公，另封皇弟邵国公慧为滕王，同安公爽为卫王，皇子雁门公广为晋王，俊为秦王，秀为越王，谅为汉王，命并州总管申国公李穆为太师，邓国公窦炽为太傅，幽州总管任国公于翼为太尉，金城公赵煚为尚书左仆射，汉安公韦世康为礼部尚书，义宁公元晖为都官尚书，昌国公元岩为兵部尚书，上仪同长孙毗为工部尚书，杨尚希为度支尚书，族子雍州牧邛国公杨惠为左卫大将军，从祖弟永康公杨弘为右卫大将军，从子陈留公杨智积为蔡王，杨静为道王。寻又令晋王广为并州总管，上柱国元景山为安州总管，当亭公贺若弼为楚州总管，新义公韩擒虎为庐州总管，神武公窦毅为定州总管。毅为邓国公窦炽从子，曾尚周太祖第五女襄阳公主，生有一女，尚未及笄，闻隋主受禅，自投堂下抚膺太息道："恨我不为男子，救舅氏患。"毅夫妇忙掩女口道："汝休妄言！恐灭我族。"满朝官吏，不及一窦氏女儿。后来此女嫁与唐公李渊，得做唐朝的开国皇后。可见人世无论男女，总要有些志向，志向一定，将来自然有一番事业哩！唤醒庸人。话休叙烦。

且说内史监虞庆则，劝隋主坚尽灭宇文氏，断绝后患。高颎、杨惠亦附和同声，独李德林力言不可。隋主坚变色道："君系书生，不足与语大事。"遂令宿卫各军，搜捕宇文氏宗族，所有周太祖泰孙谯公乾恽、冀公绚、闵帝觉子纪公湜、明帝毓子酆公贞、宋公实，武帝邕子汉公赞、秦公贽、曹公允、蔡公兑、荆公元，宣帝赟子莱公衍、郢公术等，一古脑儿拘到狱中，勒令自杀。未几，又将介公阐害死宫中，谥曰静帝，年仅九龄，总算做了两年有零的小皇帝。统计周自闵帝觉篡魏，至静帝阐亡国，中历五主，共得二十五年。小子有诗叹道：

> 九龄幼主罪难论，惨祸临头忽灭门。
> 莫道覆宗由外戚，厉阶毕竟自天元。

隋主坚已灭尽宇文氏，安然为帝，从此疏远李德林，又另征一人为亲信侍臣。究竟此人为谁，待至下回报明。

周末起兵讨坚，以尉迟迥为首难，故本回于尉迟迥之死，叙述较详，隐寓惋惜之意。韦孝宽为北周大臣，义同休戚，乃甘心助坚，致迥败死。迥才不及孝宽，乃舍生取义，死且留名，孝宽之死，阒然而已，后世或且有鄙夷之者。本回叙孝宽行谊，似有褒词，实则褒之正所以贬之耳。杨后丽华，柔婉不忌，周旋暴君，接御妃嫔，颇有卫风硕人之德，及乃父受禅，愤惋不平，虽未能保全周祚，以视盈廷大臣之卖国求荣，相去固有间也。至若窦毅之女，年未及笄，且自恨不能救舅氏患，巾帼妇女，犹知节义，彼昂藏七尺躯，自命为须眉男子者，曾亦自觉汗颜否耶？

第十七回

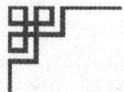

挥刀遇救逆弟败谋
酣宴联吟艳妃专宠

却说隋主坚起用一人，令为太子少保，兼纳言度支尚书。这人为谁？就是西魏度支尚书苏绰子威。先出官名，后出姓氏，笔法特变。威五岁丧父，哀毁若成人，及长颇有令名，周太祖泰代为申请，令袭爵美阳县公。嗣由大冢宰晋公宇文护，强妻以女。威见护擅权，恐自遭祸累，遁入山中，栖寺读书，后来屡征不起。至隋主坚为丞相时，因高颎荐引，召入与语，很加器重，约居月余，威闻坚将受禅，又遁归田里。颎请遣人追还，坚撚须道："彼不欲预闻我事，且从缓召至。"受禅数月，坚与李德林有嫌，乃复召威入朝，处以清要，追封绰为邳公，令威袭爵，观威后此行状，实是沽名钓誉。威遂得与高颎并参朝政，日见亲信。尝劝隋主减徭轻赋，尚俭戒奢，隋主坚很是嘉纳，除去一切苛征，所有雕饰旧物，悉命毁除。威又入白道："臣先人每戒臣云，但读《孝经》一卷，便足立身治国。"隋主坚亦深以为然。

先是周定刑律，颇从宽简，隋既建国，更命高颎、杨素等修正，上采魏、晋旧律，下至齐梁，沿革重轻，务取折中主义，删去枭、撵、鞭各法，非谋反无族诛罪。始制定死刑二条，一绞一斩；流刑三条，自二千里至三千里；徒刑五条，自一年至三年；杖刑五条，自六十至百下；笞刑五条，自十至五十。士大夫有罪，必先经群臣公议，然后上请。罪有可原，酌量从减，或许赎金，或罚官物。人民有罪，须用刑讯拷掠，不得过二百，枷杖大小，俱有定式。民有枉屈，县不为理，得依次诉诸州郡省。州郡省仍不为理，准令诣阙申诉。自是法律简明，恩威两济。嗣隋主坚览刑部奏狱，数犹至万，尚嫌律法太严，乃敕苏威再从减省，法益简要，疏而不漏，且仍置法律博士弟子员，研究律意，随时改订，这也未始非慎重人命的美意。**心乎爱民，宜加称扬。且隋、唐以后，刑法简明，亦皆导源于此。**

唯郑译解职归第，尚留上柱国官俸。译快快失望，阴呼道士醮章祈福。适有婢女为译所殴，计奏译为厌蛊术，隋主坚召译入问道："我不负公，公怀何意？"译不能答辩，顿首谢罪。隋主仍不忍加谴，敕令闭门思过，译遵旨自去。会宪司劾译不孝，尝与母别居。隋主乃下诏道："译嘉谟良策，寂尔无闻，鬻狱卖官，沸腾盈耳，若留诸世间，在人为不道之臣，戮诸朝市，入地为不孝之鬼。有累幽显，无可处置，宜赐以《孝经》，令彼熟读。"仍遣使与母同居。**周之亡，译为首恶，隋主不忍加诛，反出此诙谐敕文，殊失政体。**已而复授译为隆州刺史，译赴任未几，请还治疾，又得赐宴醴泉宫，许还官爵，这且慢表。

唯是时岐州刺史梁彦光，新丰令房恭懿，治绩称最，有诏迁彦光为相州刺史，擢恭懿为海州刺史，且饬令全国牧守，以二人为法。自是吏多称职，民物乂安。寻又因宇文孤弱，遂至亡国，特使三皇子分莅方面，作为屏藩。晋王广为河北行台尚书令，蜀王秀为西南行台尚书令，秦王俊为河南行台尚书令，一面通好南朝，与民休息。边境每获陈谍，皆赐给衣马，遣令南归。独陈尚未禁侵掠，并遣将军周罗睺、萧摩诃等，侵入隋境。隋主坚乃命上柱国长孙览、元景山两人，并为行军元帅，出兵攻陈，且持简尚书左仆射高颎，节度诸军。颎奉命南行，适值陈主顼新殂，太子叔宝嗣立，调回北军，且遣人至隋军求和。颎仰承上意，因奏请礼不发丧，隋主果然依议，诏令班师。

那陈朝却为了大丧，生出内乱，好容易才得荡平，说来亦是一番事迹，不得不约略表明。陈主顼子嗣最多，共生四十二男，长子就是叔宝，已立为皇太子。次子叫作叔陵，曾封始兴王，累任方镇，性情淫暴，征求役使，无有纪极。夜常不寐，专召僚佐侍坐，谈论民间琐事，作为笑谑。且多置看藏，昼夜啖嚼，自快朵颐，独不喜饮酒。每当入朝，却佯为修饰，车中马上，执简读书，高声朗诵，掩人耳目。陈主顼亦为所欺，迁擢至扬州刺史，都督扬、徐、东扬、南豫四军事。既而入治东府，好用私人，一经推荐，必须省阁依议，倘微有违忤，即设法中伤，使陷大辟。平时居府舍中，尝自执斧斤，为沐猴戏；又好游塚墓间，遇有著名茔表，辄令左右发掘取归，石志古器，并尸骸骨骼，持为玩物，藏诸库中；民间有少妇处子，略可悦目，即强取入府，逼为妾婢。及生母彭贵人病逝，他却请葬梅岭，就晋太傅谢安茔间，掘去谢棺，窆入母柩，又伪作哀毁形状，自称刺血写涅槃经，为母超荐，暗中即令厨子日进鲜食，且私召左右妻女，与他奸合。左右惮他淫威，不敢与校，但不免有怨言传出，为上所闻。陈主顼素来溺爱，不过召入呵责，并未加谴，因此叔陵得益加恣肆，潜蓄邪谋。

新安王伯固，系文帝蒨第五子，与叔陵为从父昆弟，形状眇小，独善为谐谑，得陈主欢。陈主顼宴集百官，往往引他入座，目为东方朔一流人物。*溺爱己子，尚还不足，还要添入一侄，宜乎陈祚速亡。*太子叔宝，更喜与伯固相狎，日必过从。叔陵却起了妒意，阴伺伯固过失，意欲加害。偏伯固生性聪明，做出一番柔媚手段，讨好叔陵，叔陵渐被笼络，不但变易恶念，反视伯固为腹心。叔陵好游，伯固好射，两人相从郊野，大加款昵。陈主顼怎知微意？用伯固为侍中，伯固有所闻知，必密告叔陵。太建十年，陈主命在娄湖旁筑方明坛，授叔陵为王官伯，使盟百官。又自幸娄湖誓众，分遣大使，颁诰四方。*这是何意？适以阶身后之乱。*叔陵既得为盟主，愈思夺嫡，只因乃父清明，未敢冒昧从事。

到了太建十四年春间，陈主顼忽然不豫，医药罔效，病且日深，太子叔宝当然入侍，叔陵与弟长沙王叔坚，*陈主顼第四子。*也入宫侍疾。叔坚生母何氏，本吴中酒家女，陈主顼微时，尝至酒肆沽饮，见何氏有色，密与通奸。至贵为天子，遂召何女为淑仪，生子叔坚，长有膂力，酗虐使酒。*是谓遗传性。*叔陵因何为贱隶，不愿与叔坚序齿，所以积不相容，常时入省，辄互相趋避。此次入侍父疾，只好一同进去。叔陵顾语典药吏道："切药刀太钝，汝应磨砺，方好使用。"*机事不密则害成，况自露意旨耶？*典药吏不知何意。叔陵却扬扬跐入，在宫中厮混了两三日，忽见陈主病变，气壅痰塞，立致绝命。宫中仓猝举哀，准备丧事。那叔陵反嘱令左右，向外取剑，左右莫名其妙，取得朝服木剑，呈缴叔陵。叔陵大怒，顺手一掌，把他打出。*似此粗莽，也想谋逆，一何可笑？*叔坚在侧，已经瞧透隐情，留心伺变。越日昧爽，陈主小殓，太子叔宝伏地哀恸，叔陵觅得锉药刀，趱至叔宝背后，斫将下去，正中项上，叔宝猛叫一声，晕绝苦地。柳皇后惊骇异常，慌忙趋救叔宝，又被叔陵连砍数下。叔宝乳母吴氏急至叔陵后面，掣住右肘，叔坚亦抢步上前，又住叔陵喉管，叔陵不能再行乱砍，柳皇后才得走开。叔宝晕绝复苏，仓皇爬起。看官听说！这衔药刀究竟钝锋，不利杀人，故叔宝母子，虽然受伤，未曾致命。叔陵尚牵住叔宝衣裾，叔宝情急自奋，竟得扯脱。叔坚手扼叔陵，夺去锉药刀，牵就柱间，自劈衣袖一幅，将他缚住。且呼问叔宝道："杀却呢？还是少待呢？"叔宝已随吴媪入内，未及应答。叔坚还想追问，才移数步，叔陵已扯断衣袖，脱身逃出云龙门，驰还东府，亟召左右截住青溪道，赦东城囚犯，充做战士，发库中金帛，取做赏赐。又遣人驰往新林，征集部曲，自被甲胄，着白布帽，登城西门，号召兵民及诸王将帅，竟无一应命。独新安王伯固单骑赴召，助叔陵指麾部众。叔陵部兵约千人，尽令登陴，为自守计。

叔坚见叔陵脱走，急向柳后请命，使太子舍人司马申，往召右卫将军萧摩诃。摩诃入见受敕，率马、步数百人，趋攻东府，屯城西门。叔陵不免惶急，因遣记室韦谅，送鼓吹一部与萧摩诃，且与约道："事若得捷，必使公为台辅。"摩诃笑答道："请王遣心膂节将，前来订约，方可从命。"叔陵乃复遣亲臣戴温、谭骐骦，出与订盟。摩诃把二人执送台省，立即斩首，枭示城下，城中大骇。叔陵自知不济，仓皇入内，驱妃张氏及宠妾七人，俱沉入井中，自领步、骑数百，与伯固衾夜出走，乘小舟渡江，欲自新林奔隋。行至白杨路，后面追兵大至，伯固避入小巷，叔陵亲自追还，拟与追军决一死战。锋刃未交，部下已弃甲溃奔。萧摩诃部将马容、陈智深，双刺叔陵，叔陵坠落马下，即被杀死。伯固亦为乱兵所杀，两首并传入都门。当下自宫中颁敕，所有叔陵诸子，一体赐死，伯固诸子，废为庶人。余党韦谅、彭暠、郑信、俞公喜等，并皆伏诛。于是叔宝即皇帝位，援例大赦，命叔坚为骠骑将军，领扬州刺史。萧摩诃为车骑将军，领南徐州刺史，晋封绥远公。立皇十四弟叔重为始兴王，奉昭烈王宗祀。余弟已经封王，一概照旧，未经封王，亦皆加封。尊谥大行皇帝为孝宣皇帝，庙号高宗，皇后柳氏为皇太后。总计陈主顼在位十四年，享年五十三，这十四年间，起兵数次，既得淮南，仍复失去，对齐有余，对周不足，只好算做一个中主。而且得国未正，传统未贤，偌大江东，终归覆灭，史称他德不逮文，智不及武，恰也是一时定评呢。*褒贬得当。*

叔宝已经嗣位，项痛未愈，病卧承香殿，不能听政，内事决诸柳太后，外事决诸长沙王叔坚。叔坚渐渐骄纵，势倾朝廷，叔宝未免加忌，只因他讨逆有功，含忍过去。寻且加官司空，仍兼将军刺史原官。立妃沈氏为皇后，皇子胤为皇太子。胤系孙姬所出。因产暴亡，沈后特别哀怜，养为己子。太建五年，已受册为嫡孙，寻封永康公，聪颖好学，常执经肄业，终日不倦；博通大义，兼善属文。既得立为储君，朝野慰望，共称得人。反射下文。越年正月，改元至德。叔宝疮疾早痊，亲自听政，都官尚书孔范，中书舍人施文庆，皆东宫旧侍，并得邀宠，遂日夕在叔宝前陈论叔坚过失。叔宝本已相猜，更兼二人从旁构煽，越加动疑，遂调回皇弟江州刺史豫章王叔英，陈主顼第三子。令为中卫大将军，出叔坚为江州刺史，另用晋熙王叔文陈主顼第十二子。代刺扬州。叔坚入朝辞行，又由叔宝当面慰谕，留任司空，再调叔文往江州，命始兴王叔重为扬州刺史。甫经莅政，便已朝令暮改，自相矛盾。叔坚既不得专政，又不得外调，郁郁困居，绝无聊赖，乃雕刻木偶为道人装，中设机关，能自拜跪，使在日月下，醮祷求福。真是呆想。当有人讦他咒诅，被逮下狱，由内侍传敕问罪。叔坚答道："臣本无他意，不过前亲后疏，意欲求媚，所以祈神保祐。今既犯天宪，罪当万死，但臣死以后，必见叔陵，愿陛下先传明诏，责诸泉下，方免为叔陵侮弄。"仍是呆话。这一席话，由内侍还报。叔宝也记念前勋，不思加刑，乃特下赦书，但免司空职衔，仍使还第，食亲王俸。过了数月，复起为侍中，兼镇左将军。

前太子詹事江总，素长文辞，与叔宝相昵，叔宝为太子时，总自侍东宫，为长夜饮，且养良娣陈氏为女，导太子微行。陈主顼闻总不法，将他黜免。叔宝嗣位，即除授总为祠部尚书，未几又迁为吏部尚书，又未几且超拜尚书仆射。尝引总至内廷，作乐赋诗，互相唱和。侍中毛喜系累朝勋旧，叔陵谋逆，喜与叔坚并主军事，更得纪功。叔宝亦颇加优礼，或令入宴。喜因山陵初毕，丧服未除，不应如此酣饮；且见后庭陈乐，所作诗章，多淫艳语，更觉看不过去，只一时不好多言。可巧叔宝酒酣，命喜赋诗，喜即欲规诫，又恐叔宝酒后动怒，乃徐徐升阶，佯为心疾，扑仆阶下。叔宝即命左右扶起，掖出省中。及叔宝酒醒，忆喜情状，顾语江总道："我悔召毛喜，彼实无疾，不过欲阻我欢饮，托疾相欺，如此奸诈，实属可恨。"说着，即欲使人系喜，还是中书舍人傅縡，谓喜系先帝遗臣，不宜重谴，乃谪喜为永嘉内史。

自喜被外谪，言官相率钳口，无人进规，叔宝日益荒淫，不是使酒，就是渔色。

沈皇后为望蔡侯沈君理女，母即高祖女会稽公主，公主早亡，后年尚幼，哀毁如成人。宣帝顼闻后孝思，所以待后及笄，纳为冢妇。已而君理逝世，后复出处别舍，日夕衔哀，叔宝目为迂愚。且因后端静寡欲，很不惬意，另纳龚、孔二女为良娣。龚氏有婢张丽华，系兵家女，家事中落，父兄以织席为业，不得已鬻女为奴。丽华得随龚入宫，年只十岁，龚、孔饶有容色，当然为叔宝所爱，张丽华生小玲珑，周旋主侧，善承意旨，早得叔宝欢心，越两三年，更出落得娉婷袅娜，妖艳风流，叔宝即欲染指禁脔，迫与淫狎。丽华半推半就，曲尽绸缪，惹得这位陈叔宝，魂魄颠倒，无梦不恬。好容易生下一男，取名为深，益令叔宝由爱生宠，视若奇珍。胡天胡帝，号称专房。就是龚、孔二氏，也俱落丽华后尘。叔宝即位，册丽华为贵妃，龚、孔二氏为贵嫔。贵妃位置，与皇后只隔一级，贵嫔又在贵妃下。沈皇后本来恬淡，竟把六宫事宜，让与贵妃主持，自己不过挂个皇后虚名，居处俭约，服无华饰，左右侍女，亦寥寥无几，但静阅图史，闲诵佛经，作为消遣。张贵妃百端献媚，与叔宝朝夕不离，叔宝卧病承香阁，屏去诸姬，独留张贵妃随侍。病痊后又采选美女，得王、李二美人，张、薛二淑媛，并袁昭仪、何婕好、江修容等七人，轮流召幸，但不及张贵妃的宠眷。至德二年，特命在光照殿前，添筑临春、结绮、望仙三阁，各高数十丈，袤延数十间，凡窗牖壁带，悬楣栏槛，均用沉、檀香木制成，炫饰金玉，杂嵌珠翠，外施珠帘，内设宝床宝帐，一切服玩，统是瑰奇珍丽，光怪陆离。每遇微风吹送，香达数里，旭日映照，光激后庭。阁下积石为山，引水为池，种奇花，植异卉，备极点染。叔宝自居临春阁，张贵妃居结绮阁，龚、孔二贵嫔居望仙阁。三阁并有复道，互便往来。

仆射江总，虽为宰辅，不亲政务，常与都管尚书孔范，散骑常侍王瑳等十余人，入阁侍宴，称为狎客。宫人袁大舍等，颇通翰墨，能作诗歌，叔宝命为女学士。每一宴会，妃嫔群集，女学士及诸狎客，两旁列坐，飞觞醉月，即夕联吟，彼唱此酬，无非是曼词艳语，靡靡动人。又选入慧女千余名，叫她学习新声，按歌度曲，分部迭进，更番传唱。歌曲有《玉树后庭花》，及《临春乐》等名目，统由狎客女学士编成。叔宝亦素工词赋，间加点窜，大略是赞美妃嫔，夸张乐事。最传诵的有二语，是"璧户夜夜满，琼树朝朝新"十字。此十字亦无甚佳妙，不过似近今吴人小调而已。且狎客名目，尤属非宜，岂叔宝特开妓馆耶？一笑。

张贵妃发长七尺，鬒黑如漆，光可照物，并且脸若朝霞，肤如白雪，目似秋水，

玉树新声

眉比远山。偶一眄睐，光采四溢，每在阁上靓妆玉立，凭轩凝眺，飘飘乎如蓬岛仙姝，下临尘世，性尤慧黠，才辩强记。起初但执掌内事，后来干预外政。叔宝荒耽酒色，尝不视朝，所有百司启奏，统由宦官蔡脱儿、李喜度传递。叔宝将贵妃抱置膝上，共决可否。李、蔡或不能悉记，贵妃即逐条裁答，无一遗漏。又好笼络内侍，无论太监宫女，都盛称贵妃德惠，芳名鹊起，益得主欢。自是内外连结，表里为奸，后宫家属，招摇罹法，但教向贵妃乞求，无不代为洗刷。王公大臣如不从内旨，亦只由贵妃一言，便即疏斥。因此江东小朝廷，不知有陈叔宝，但知有张贵妃。妇女擅权，势必至此。

还有都官孔范，与孔贵嫔结为姊妹，阿谀迎合，善伺主意。舍人施文庆心算口占，椎算甚工，并得叔宝亲幸。文庆且荐引沈客卿、阳惠朗、徐哲、暨慧景等，概邀擢用。客卿为中书舍人，惠朗为大市令，哲为刑法监，慧景为尚书都令史，数人皆以小吏起家，不达大体，督责苛碎，聚敛无厌。叔宝方大兴土木，供亿浩繁，国用正虑不给，经数人爬罗剔抉，取供内库，当然得哄动天颜。叔宝大喜过望，重任施文庆，叹为知人。孔范又自称有文武才，举朝莫及，尝从容入白道："外间诸将，起自行伍，统不过一匹夫敌，若望他有深见远虑，怎能及此？"叔宝信以为然，见将帅稍有过失，便黜夺兵权，把部曲分配文史。领军将军任忠，素有战功，偶挂吏议，即夺忠部卒，交与孔范等分管。忠被徙为吴兴内史。于是文武懈体，士庶离心，覆亡即不远了。小子有诗叹道：

> 宵小都缘女蛊来，玄妻覆祀古同哀。
> 临春三阁今何在？空向江东话劫灰。

叔宝既已荒淫，又复骄侈，夜郎自大，挑衅强邻，欲知底细，容待下回再详。

叔陵之谋杀乃兄，残忍无亲，原为名教罪人，但实受教于乃父。乃父虽未尝杀兄，而兄子伯宗，因曾篡废之而贼害之也。兄子可杀，去杀兄仅一间耳。幸而药刀锋钝，手刃不殊，叔坚助顺，逆弟脱逃，卒窜死白杨道中，叔宝始得安然嗣立。厥后耽情酒色，恣意声歌，疏骨肉，宠妇寺，终致亡国败家。陈主顼欲为子孙计，而子孙仍为俘虏，谋国不仁，殃必及之，不于其身，必于其子，天道岂真无知钦？张丽华为江南尤物，与邺下之冯小怜相似，小怜亡齐，丽华亡陈，乃知尤物之贻祸国家，无古今中外一也。

第十八回

长孙晟献谋制突厥
沙钵略稽首服隋朝

　　却说陈主叔宝，习成骄佚，当居丧时，隋主坚尝遣使赴吊，国书中自称姓名，并列顿首字样。叔宝疑为畏怯，答书多不逊语。隋主坚当然愤怒，出示廷臣。廷臣多献议伐陈，隋主方建筑新都，并因突厥未平，不遑南顾，乃暂从缓图。原来长安城制度狭小，宫阙亦多从简陋，隋主尝以为嫌。尚书苏威，亦劝隋主迁都，无非希旨。隋主再与高颎熟商，颎即为规画新都，夜半方休。翌晨，即由庚季才入奏道："臣仰观玄象，俯察图记，必有迁都情事。此城自两汉营建，将八百年，水皆咸卤，不甚宜人，愿陛下应天顺人，为迁徙计。"隋主愕然，顾语颎、威，诧为神奇。有何神奇，不过巧为迎合。乃诏颎等营造新都，择地龙首山麓，兴工赶筑。约近期年，新都告成，取名大兴城，涓吉移徙。一切规模，比旧都雄壮加倍。隋主坚自然惬心，遂遣将兴师，北图突厥。

　　突厥称雄朔漠，自伊利可汗为始，伊利传子科罗，科罗舍子摄图，独传弟俟斤。俟斤就是木杆可汗，木杆可汗临死，复舍子大逻便，立弟佗钵可汗。佗钵可汗，封兄子摄图为尔伏可汗，使统东方，弟褥但子为步离可汗，使居西方。当时北齐尚存，与北周争媚突厥，岁给缯絮锦彩，各数万匹。佗钵尝呼周、齐为两儿，谓："两儿常孝，何忧国贫？"已而齐为周灭，佗钵不及援齐，乃屡寇周边，且纳齐范阳王高绍义。周主赟与他和亲，封赵王招女为千金公主，嫁与佗钵。佗钵始执送高绍义，与周通好。才越一年，佗钵忽得暴病，自知将死，召子庵逻入嘱道："我兄舍子立我，我今病危，死在朝夕，但兄德未忘，汝当让与大逻便，休得相争！"佗钵尚知有兄，不如诸夏之亡。庵逻涕泣遵教。及佗钵已殂，庵逻果依父命，拟迎立大逻便，偏突厥部众谓："大逻便生母微贱，不愿相迎。"摄图亦奔丧到来，慨语国人道："若立庵逻，我愿率兄弟服事；若立大逻便，我必据境与争，备着长刃利矛，决一雌雄。"国人闻摄图言，越加踊跃，决立庵逻为嗣。大逻便不得入立，心常怏怏，常遣人詈辱庵逻。庵逻不能制，复让与摄图，摄图年长有力，国人归心，因即迎摄图，居都斤山，自号沙钵略可汗。庵逻降居独洛水，称第二可汗。大逻便又遣人语沙钵略道："我与尔俱可汗子，各承父后，尔今极尊，我独无位，可算得公平么？"沙钵略无词可驳，乃使为阿波可汗，使领北部。又令从父玷厥为达头可汗，管辖西方。诸可汗各统部众，分镇四面。沙钵略居中抚驭，颇得众心。突厥遗俗，父兄死后，子弟得妻后母及嫂。千金公主出塞和亲，甫及一载，便成嫠妇，年龄不过及笄，当然是华色鲜妍。沙钵略很是羡慕，便援着俗例，纳千金公主为妻。千金公主也乐得另配，好做第二次的可贺敦。"可贺敦"三字，便是番俗对后的称呼。番俗原是如此，华女未免无耻。

是时隋已篡周，千金公主闻宗祀覆没，未免伤心，遂日夜请求沙钵略，为周复仇。沙钵略得了佳妇，正是新婚燕尔，鱼水情深，当下召集臣属，慷慨与语道："我是周室亲戚，今隋公无故篡周，若非代为报仇，尚何面目见可贺敦呢？"臣下相率听命，沙钵略即遣使营州，与故齐刺史高宝宁连约，合兵攻隋。隋主坚甫经受禅，不暇北伐，但遣上柱国阴寿镇幽州，京兆尹虞庆则镇并州，屯边修城，以守为战。先是千金公主入突厥，司卫上士长孙晟，亦随送出塞，为突厥所留。沙钵略弟处罗侯，号称突利设。突厥称军帅为设。爱晟善射，密与相昵。至沙钵略继立，阴忌处罗侯。处罗侯潜与晟盟，约为心腹。沙钵略稍有所闻，乃遣晟南归。晟留居突厥年余，得考察山川形势，及部众强弱。既返长安，便一一启闻。隋主坚很是嘉奖，擢为奉车都尉。及突厥入寇，晟上书计事，略云：

臣闻丧乱之极，必致升平，是故上天放其机，圣人成其务。伏维皇帝陛下，当百王之末，膺千载之期，诸夏虽安，戎虏犹梗，兴师致讨，尚非其时；弃诸度外，又来侵扰。故宜密运筹策，渐以攘之。玷厥之于摄图，兵强而位下，外名相属，内隙已彰，鼓动其情，必将自战。处罗侯为摄图之弟，奸多势弱，曲取众心，国人爱之，因为摄图所忌，其心殊不自安，迹示弥缝，实怀疑惧。阿波首鼠，介在其间，摄图受其牵率，唯强是与，未有定心。今宜远交而近攻，离强而合弱，通使玷厥，说合阿波，则摄图回兵，自防右地，又引处罗，遣连奚霫，则摄图分众，还备左方，首尾猜嫌，腹心离沮，十数年后，乘衅讨之，必可一举而空其国矣。

　　隋主览表，叹为至计，因召晟与语战守事宜。晟复口陈形势，手画山川，状写虚实，皆如指掌。隋主益喜，悉依晟议，乃遣太仆元晖出伊吾道，往诣达头可汗，赐给狼头纛。达头答使报谢，得隋优待，欢跃而去。又授晟为车骑将军，使出黄龙道，赍着金帛，颁赐奚霫、契丹等国。契丹愿为向导，密引晟至处罗侯所，重申前约，诱令内附。处罗侯恰也依从，晟即归报。沙钵略可汗，尚未知隋廷计画，号召五可汗部众，得四十万骑，突入长城，自兰州趋至周槃。隋行军总管达奚长儒，屯兵只二千人，与突厥兵相遇，沙钵略亲率十万骑挑战，长儒明知不敌，颜色却甚是镇定，且战且行；中途被番兵冲击，屡散屡聚，转斗三昼夜，交战十四次，刀兵皆折，士卒但徒手相搏，肉尽骨现。突厥兵损伤数千，且恐长儒诱敌，才停军不追。长儒身受五创，幸得生还，因功封上柱国，并荫一子。那沙钵略分兵四掠，击逐隋戍，且欲乘胜深入，偏达头可汗不从，引兵自去。长孙晟前策，已一次见效。

　　长孙晟又布散谣言，谓："铁勒已与隋联络，将袭沙钵略牙帐。"沙钵略闻谣生惧，乃收兵出塞。越年为隋开皇三年，春暖草肥，突厥复寇隋北境。隋主坚乃决计出师，命卫王爽为行军元帅，率同河间王弘，及豆卢勣、窦荣定、高颎、虞庆则等，分八道出塞，往击突厥。爽行次朔州，探得沙钵略已至白道，距军营仅数十里。总管李充进议道："突厥骤胜而骄，必不设备，若用精兵袭击，定可破敌。"诸将闻言，多以为疑。独长史李彻，赞成充议，爽亦以为可行，即与充率精骑五千，夜袭突厥兵营。沙钵略果然无备，从睡梦中惊起，但见火炬荧荧，刀光闪闪，隋军四面冲入，几不知有若干万人，吓得心胆俱碎，见部众都已骇散，连左右都不知去向，一时仓皇失措，不及穿甲，就从帐后逃出，潜伏草中。还算有智。待隋军踏破营帐，寻不出沙钵略，方收拾驼马辎重，得胜回去。

沙钵略方敢出头，招集残众，急奔出塞，途次无粮，唯粉骨为食。又兼天热暑蒸，疫死甚众。幽州总管阴寿，闻突厥败还，乘势出卢龙塞，往攻齐营州刺史高宝宁。宝宁拒守数日，突厥不能救，势甚危急，乃弃城出奔，嗣为麾下所杀，传首军前，和龙遂平。卫王爽等多半归朝，但留窦荣定为秦州总管，并遣长孙晟辅佐荣定。荣定率步骑三万人，径出凉州，与阿波可汗相拒。阿波引众至高越原，屡战屡败，守寨自固。适前大将军史万岁，坐事褫职，流戍敦煌，至此诣荣定营，面请效力。荣定素闻万岁勇名，相见大悦，留居麾下，因遣使语阿波道："士卒何罪？久战甚苦，今但各遣一壮士，与决胜负，我若不胜，愿即退兵。"阿波许诺，即遣一骑讨战。荣定语万岁道："今日劳君一往，正效命立功的时候了。"万岁欣然应命，披甲上马，趋出营门。才阅半时，已斩得虏首，驰回报功。荣定益喜，自然叙功上闻。阿波大惊，不敢再战，遣使乞盟，引众自归。长孙晟却遣一辩士，追语阿波道："摄图南来，每战辄胜，阿波才入，便即奔败，这岂非突厥的耻事吗？且摄图、阿波，势均力敌，今摄图日胜，阿波不利，摄图必进灭阿波，为阿波计，不若与隋连和，结连达头，相合图强，才算是万全上策。"**明明是反间计，但愚诱番酋，即此已足。**阿波竟信晟言，遣使随晟入朝。

沙钵略已得知消息，不待阿波返帐，急引兵往袭阿波居庐，一鼓掩入，杀死阿波母妻。阿波还无所归，西奔达头。达头愿助阿波，使率部众攻沙钵略，连战皆捷，得复故地，势日强盛。沙钵略部众多叛归阿波，沙钵略因此寖衰。**长孙晟前策二次见效。**唯为了夫妻情谊，尚未肯与隋干休，又复鼓动余勇，入寇幽州。幽州总管阴寿，已经去任，后任叫作李崇。崇兵只有三千，转战数旬，卒因寡不敌众，中箭身亡。隋廷闻报，厚赠李崇，特遣高颎出宁州，虞庆则出原州，控骑数万，大攻突厥，且使人传语阿波，令与达头夹攻沙钵略。阿波果转告达头，并劝达头朝隋，达头遂派人向隋乞降，决与沙钵略断绝关系，定议东攻。沙钵略三面受敌，惊慌得不得，没奈何与可贺敦熟商，只好委曲迁就，暂救燃眉。千金公主为势所迫，勉强承认，沙钵略乃使人往隋，乞请和亲，且为千金公主代作一表，自请改姓杨氏，为隋主女。**认仇为父，也属过甚。**隋主因遣开府徐平和，出使突厥，册封千金公主为大义公主，许与通好。沙钵略复书隋主，尚自称天生大突厥天下贤圣天子沙钵略可汗，隋主也不与多校，但答

史万岁单骑赌胜

书云"朕为沙钵略妇翁，应视沙钵略如儿子，此后当时遣大臣，出塞省女，亦省沙钵略"云云。

　　未几，即授虞庆则为尚书右仆射，长孙晟为车骑将军，同赴突厥。既至沙钵略庐帐，使沙钵略拜受敕书。沙钵略盛兵相见，高坐帐中，诈称有病不能起立，且狞笑道："我诸父以来，从未向人下拜。"庆则正言诘责，沙钵略仍不肯从。长孙晟接入道："突厥与隋俱大国天子，可汗不起，也不便违意，但可贺敦为隋帝女，可汗就是大隋女婿，怎得不敬礼妇翁？"沙钵略乃笑顾群下道："须拜妇翁吗？"乃起拜顿颡，跪受玺书，戴诸首上，方才起身，嘱达官款待隋使。待庆则等退往别帐，沙钵略又不禁自惭，甚至悲恸。越日，庆则又入见沙钵略，迫令称臣。沙钵略又顾左右道："臣字是什么讲解？"左右答道："隋朝称臣，就是我国称奴呢。"沙钵略道："得为大隋天子奴，统由虞仆射的功劳，不可无物相酬。"番奴究有呆气。乃馈庆则马十匹，并妻以从妹，留住数旬，方才遣归。

　　唯阿波可汗既与沙钵略有隙，独立北方，渐渐地拓土略地，役使诸胡，东控都斥，西越金山，所有龟兹、铁勒、伊吾诸部落，及西域各小国，相率投附，阿波遂自称西突厥。沙钵略隐惮阿波，又畏达头，复遣人向隋告急，愿率部众度漠南，寄居白道川。隋主允如所请，并命晋王广带兵往援，赍给粮食，赐以车服鼓吹。沙钵略得此资助，因西击阿波，得胜而归，乃与晋王广立约，指碛为界，且上表道："天无二日，土无二王，大隋皇帝是真皇帝，从此屈膝稽颡，永为藩附。"长孙晟之策，可算完功。当下遣子库合真入朝。库合真至隋都，隋主下诏道："沙钵略前虽通好，尚为二国，今作君臣，便成一体，华夷合德，共庆升平。"乃肃告郊庙，颁诏远近。且召库合真至内殿，赐以盛宴；又引见皇后，赏劳甚厚。库合真拜舞辞行，归报沙钵略，沙钵略大喜。嗣是岁时贡献，相续不绝。

　　隋主虽服役沙钵略，尚恐胡人为寇，乃更发丁夫，修筑长城。内地择要置仓，转运入关，使不乏食。又自大兴城东至潼关，凿渠引渭，借通运道，名为广通渠。尚书长孙平奏称："每年秋季，令民家各出粟麦一石，贫富为差，储诸里社，预备凶荒。"隋主亦当然依议，取名义仓，一面减徭役，弛酒盐禁，求遗书，修五礼，罢郡为州，颁甲子元历，端的是兴朝气象，国泰民安。隋朝统一，实肇于此。

　　西方有党项羌，闻风款关，请求内附。隋主慰谕来使，礼遣归国，独吐谷浑太子诃乞降请兵，隋主不许。原来吐谷浑王夸吕，在位日久，尝出兵寇掠陇西，唯不敢深入。隋初亦屡为边患，多被戍军击退。开皇六年，夸吕年已昏耄，喜怒无常，好几次废杀太子，少子嵬王诃依次为储，惩戒前辙，欲率部落万余户降隋，因上表隋廷，请兵出迎。隋主坚慨然道："吐谷浑风俗浇漓，大异中华，父既不慈，子又不孝，朕以德训人，奈何反助成恶逆呢？"乃召来使入见，正色与语道："父有过失，子当谏诤，岂可潜谋非法，自居不孝？普天下皆朕臣妾，各为善事，便副朕心，汝嵬王既欲归朕，朕但饬嵬王谨守子道，怎得远遣兵马，助他为恶呢！"**隋主此诏甚是，奈何教子无方，后来自蹈此辙。**来使唯唯自去。诃乃不至。

先是尉迟迥败殁，隋用梁士彦为相州刺史，未几即召还京师，置诸散秩。士彦自恃功高，甚怀怨望。宇文忻与士彦同功，封拜右领军大将军，恩眷甚隆。独高颎谓忻有异志，不可久握兵权，乃免去官职，忻亦因此怏怏。两人闲居京师，屡相往来。忻遂密语士彦道："帝王岂有定种，但得有人相扶，何不可为？公可往蒲州起事，我必从征，两阵相当，即可从中取事，天下不难手定哩。"士彦甚喜，密商诸柱国刘昉，昉极力赞成，愿推士彦为帝。看官听说！这刘昉自撤去司马，见疏隋主，本已抑郁无聊，此次推戴士彦，又别有一种用意。士彦继妻有美色，为昉所羡，因与士彦格外亲昵，交游日久，竟得把士彦妻勾搭上手，暗地通奸。士彦尚似睡在梦中，反引昉为知己。昉乃随口附和，幸得事成，当然是佐命元勋，否即归罪士彦，自己好设法摆脱，或得与士彦妻永久欢娱，亦未可知。**淫恶已甚，天道难容。**偏偏事出意外，三人密谋，竟被士彦甥裴通上书讦奏。隋主坚疑通挟嫌，或有诬控情事，因特授士彦为晋州刺史，且使人潜伺情伪。士彦语忻及昉道："这真是天意了。"言下很有喜色。隋主得报，待士彦入朝辞行，乃令卫士将他拿下，并饬拘忻及昉，研鞫得实，一并伏诛。士彦年已七十二，忻亦已六十四岁，唯昉尚不过半百。**怪不得士彦继妻，与他通奸。**老且谋逆，真是何苦！徒落得身首异处，遗臭万年，这且不必细表。

且说开皇七年，突厥沙钵略可汗，遣子入贡，且请游猎恒、代间，隋主优诏允许，更遣人驰至猎场，赐给酒食。沙钵略挈领徒众，再拜受赐。及还归营帐，得病身亡，讣达隋廷，隋主坚辍朝三日，并请太常卿吊祭，隐示怀柔。沙钵略有子雍虞闾，性质懦弱，所以沙钵略遗命，传位与弟处罗侯。处罗侯不受，且语雍虞闾道："我突厥自木杆可汗以来，尝以弟代兄，以庶夺嫡，违背祖训，不相敬畏。汝今当嗣位，我愿拜汝。"雍虞闾道："叔与我父共根连体，我乃枝叶，怎得不顾本根，屈尊就卑，况系亡父遗命，不可不遵，愿叔父勿疑！"两人逊让至五六次。处罗侯始入嗣兄位，号为莫何可汗，<small>叔侄相让，不意复出诸番俗。</small>遣使至隋，上表言状。隋使车骑将军长孙晟，驰节加封，并赐鼓吹旗幡，处罗侯自然拜谢，厚礼待晟，派兵送至境上。当下将所赐旗鼓，耀武扬威，西击阿波。阿波各部众，惊为隋兵相助，望风降附。处罗侯又素谙武略，竟得捣入北牙，擒住阿波，奏凯东归，上书隋朝，请处置阿波生死。隋主召群臣会议，安乐公元谐，谓宜就地枭斩；武阳公李充，谓宜生取入朝显戮，以示百姓。独长孙晟献议道："今若突厥叛命，原应正刑勒法，今彼兄弟自相残灭，并非由阿波负我国家，倘因彼穷困，便即取戮，转非招远怀携之至意，不如两存为是。"左仆射高颎亦谓："骨肉相残，不足示训，请从晟言以示宽大。"隋主乃赦免阿波，徙置荒郊，令处罗侯乘便管束，阿波愤郁而死。已而处罗侯西略诸胡，身中流矢，创重致毙。部众因拥立雍虞闾，号为都蓝可汗。千金公主，还是一个半老徐娘，尚存丰韵，雍虞闾又援引俗例，据为己妇，于是千金公主，做了第三次的可贺敦。小子有诗叹道：

> 夷俗原来惯聚麀，如何汉女亦相俦？
> 堪嗟廉耻凌夷尽，淫妇宁能报国仇！

雍虞闾嗣立以后，仍然累岁朝贡，通使不绝。隋廷既得抚定西北，遂议经略东南，欲知后事，请看官续阅下回。

以夷攻夷，为中国制夷之上策，汉班超之所以制匈奴者在此，隋长孙晟之所以制突厥者亦在此。盖夷人无亲，又无信义，诱之以利，怵之以威，未有不为人所欺，而自相残杀者。晟上书计事，不过寥寥数语，而夷虏已在目中，厥后依策施行，无不获效，乃知制夷不难，难在无制夷之策，与制夷之人耳。千金公主，不忘宗祀，尚知不共戴天之义，然始妻佗钵，继妻沙钵略，最后又妻都蓝，节且不顾，义乎何有？况反颜事仇，甘为杨氏女耶？妇女见浅识微，断不足与语大事，有如此夫！

第十九回

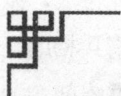

设行省遣子督师
避敌兵携妃投井

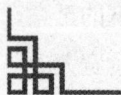

却说隋主坚既平西北，便思规画东南，可巧后梁启衅，召动隋师，于是后梁被灭，陈亦随亡。后梁主岿，孝慈俭约，颇得民心，尉迟迥发难，岿用柳庄言，不与联络，及闻迥等败殁，召庄入语道："我若不从卿言，社稷已不守了。"嗣是贺隋登极，岁时致贡。隋主坚亦恩礼相加，屡给厚赐，寻且纳岿女为晋王广妃。补叙隋、梁交涉，为前后呼应文字。岿在位二十三年，至开皇五年五月病终，后梁谥为孝明帝，庙号世宗，子琮嗣位，年号广运，时人已谓运字从军从走，目为不祥。年号何关兴亡？附会之谈，不足尽信。琮在位后，遣大将军戚昕，率舟师袭陈境，不克乃还。未几有将军许世武，潜谋通陈，谋泄被诛。越年，隋主坚征琮入朝，江陵父老，送琮下舟，相率陨涕道："我君恐不复返了。"如何晓得？隋廷因琮离江陵，特遣武乡公崔弘度引兵代守，行次都州，琮叔父岩及弟瓛等，恐弘度掩袭，遽向陈荆州刺史陈慧纪处，通使乞降。慧纪引兵至江陵，岩等遂驱文武官民一万余口，东奔陈国。隋主闻报，忙令高颎率兵往援，陈军乃退。颎留兵驻守，返报隋主。隋主不使琮南返，竟将江陵夷为郡县，派官治民，于是后梁灭亡。后梁自萧詧称帝，共历三世，合计得三十三年。琮留寓长安，受封莒国公，后幸得善终，不消细述。

先是隋主坚有意图陈，尝向高颎问计，颎答道："江北地寒，收成较晚，江南水田早熟，若乘彼收获，稍征士马，扬言掩袭，彼必屯兵守御，旷废农时。彼既聚兵，我便解甲。如此数次，彼必谓我虚声恫吓，不足为虑，我乃济师渡江，直指建康，彼怠我奋，定可取胜。又江南土薄，舍多茅竹，所有储积，皆非地窖，当密遣人因风纵火，毁彼粮储，彼兵备既弛，粮食又罄，尚能不为我灭么？"隋主一再称善，如法困陈。陈人果困，至陈纳萧岩等降人，隋主益愤，顾语高颎道："我为民父母，岂可限一衣带水，不往拯救么？"颎因请指日代陈。隋主命大造战船，为出兵计，群臣请秘密从事，隋主道："我将显行天诛，何必守密呢？"并使投楫江中，任他东下，且颁谕道："若彼知惧改过，我复何求？"居然想为仁义师。那陈主叔宝，却深居高阁，整日里花天酒地，不闻外事。中书舍人傅縡直谏被杀，江总、孔范专务贡谀，反得加官进禄。至德五年元日，有人报称甘露降，灵芝生，叔宝大喜，改年应瑞，就称是年为祯明元年。诏敕方颁，即闻地震，媚臣谐子，且随口捏造，称为阳气振动，万汇昭苏的吉兆。及萧岩、萧瓛，渡江请降，陈廷又是一番庆贺，颁诏大赦，立授岩为平东将军，领东扬州刺史，瓛为安东将军，领吴州刺史，还道是布德行惠，近悦远来。太子胤未闻失德，尝在太学讲诵《孝经》，志在身体力行，尝使人入省母后，问安视暖。母后沈氏，免不得遣令左右，谕慰东宫。张贵妃宠冠后庭，密谋夺嫡，竟与孔贵嫔串同一气，谗构皇后太子，但说他往来秘密，恐有异图。孔范等又入为证人，更兼沈皇后素来无宠，遂致有道储君，无辜被废，降为吴兴王。张贵妃所生子深，竟得立为太子。已而妖异迭出，雨飓不时，鄂州水黑，淮渚暴溢，有群鼠渡淮入江，无数漂没。东冶铸铁，空中忽堕下一物，隆隆如雷形，色甚赤，铁汁致飞出墙外，毁及民居。还有蔓草久塞的临平湖，无故自辟，草死波流，朝野诧为奇事，哗传一时。叔宝才有所闻，心中亦未免惊异，因卖身佛寺，良愿为奴，作为厌胜。张贵妃本来佞佛，往往托词神鬼，蛊惑叔宝，至此在宫中竟设淫祀，召集妖巫，祈福禳灾。叔宝又敕建大皇寺，内造七级浮图，工尚未竣，为火所焚。那祭天告庙的礼仪，反多阙略，好几年不见驾临。大市令章华，博学能文，因为朝臣所抑，尝郁郁不得志，至是独上书极谏，略云：

　　昔高祖南平百越，北诛逆虏，世祖东定吴会，西破王琳，高宗克复淮南，辟地千里，三祖之功勤亦至矣。陛下即位，于今五年，不思先帝之艰难，不知天命之可畏，溺于嬖宠，惑于酒色，祠七庙而不出，拜三妃而临轩，老臣宿将，弃之草莽，谄谀谗邪，升之朝廷。今疆场日蹙，隋军压境，陛下犹不改弦更张，臣见麋鹿复游于姑苏矣。

这书呈入，顿时大触主怒，即令斩首，且益逞荒淫。一年容易，又是春来，叔宝遣散骑常侍袁雅等聘隋，又令散骑常侍周罗睺，出屯峡口，侵隋峡州。和中寓战，叔宝亦自诩妙计耶？隋主正令散骑常侍程尚贤等报聘，忽闻峡州被侵消息，乃决计伐陈，传敕中外，敕文有云：

昔有苗不宾，唐尧薄伐；孙皓僭虐，晋武行诛。有陈窃据江表，逆天暴物，朕初受命，陈顼尚存，厚纳叛亡，侵犯城戍。勾吴闽越，肆厥残忍，于时王师大举，将一车书。陈顼返地收兵，深怀震惧，责躬请约，俄而致殒。朕矜其丧祸，特诏班师。叔宝承风，因求继好，载仁克念，共敦行李。每见珪璋入朝，辎轩出使，何尝不殷勤晓谕，戒以维新？而狼子之心，出而弥野，威侮五行，怠弃三正，诛翦骨肉，夷灭才良。据手掌之地，恣溪壑之险，劫夺闾阎，资产俱竭，驱役内外，劳役弗已，微责女子，擅造宫室，日增月益，止足无期。帷薄嫔嫱，几逾万数，宝衣玉食，穷奢极侈，淫声乐饮，俾昼作夜。斩直言之客，灭无罪之家。欺天造恶，祭鬼求恩，盛粉黛而执干戈，曳罗绮而呼警跸，自古昏乱，罕或可比。介士武夫，饥寒力役，筋髓罄于土木，性命侔于沟渠。君子潜逃，小人得志，天灾地孽，物怪人妖，衣冠钳口，道路以目。倾心翘足，誓告于我。日月以冀，父奏相寻。重以背德违言，摇荡疆场，巴峡之下，海濡以西，江北江南，为鬼为域，死垄穷发掘之酷，生居极攘夺之苦。抄掠人畜，断绝樵苏，市井不立，农事废寝。历阳、广陵，窥觇相继，或谋图城邑，或劫剥吏人，昼伏夜游，鼠窜狗盗。彼则赢兵敝卒，来必就擒，此则重门设险，有劳藩捍。天之所覆，无非朕臣，每关听览，有怀伤恻。有梁之国，我南藩也，其君入朝，潜相招诱，不顾朕恩。士女深迫胁之悲，城府致空虚之叹，非直朕居人上，怀此不忘，且百辟屡以为言，兆庶不堪其请，岂容对而不诛，忍而不救？近方秋始，谋欲吊民，益部楼船，尽令东骛，便有神龙数十，腾跃江流，引伐罪之师，向金陵之路，船住则龙止，船行则龙去，三日之内，三军皆睹，岂非苍昊爱人，幽明展事，降神先路，协赞军威？以上天之灵，助戡定之力，便可出师授律，应机诛殄，在斯举也，永清吴越。其将士粮仗水陆资，须期会进止，一准别敕。特此颁告天下，使众周知！

敕书既发，又令钞录三十万纸，传示江南。陈廷闻隋将大举，再遣散骑常侍许善心，诣隋修和。隋主留置客馆，不复遣归，一面赍送玺书，数陈主二十过恶，并命就寿春设淮南行省，即用晋王广为行省尚书令，告诸太庙，授钺南征。再令秦王俊及清河公杨素，俱为行军元帅，使广出六合，俊出襄阳，素出永安，并饬荆州刺史刘仁恩出江陵，蕲州刺史王世积出寿春，庐州总管韩擒虎出庐州，吴州总管贺若弼出广陵，凡总管九十人，兵五十一万八千人，统受晋王广节度，旌旗舟楫，横亘数十里。**重用次子，已开逆恶之萌。**授左仆射高颎为晋王元帅府长史，右仆射王韶为司马，军事皆由二人参决，相机进行。

隋主相率临江，高颎问郎中薛道衡道："江东可攻取否？"道衡道："此去定可成功。尝闻晋郭璞有言，江东分王三百年，复与中国统合，今此数将周，是一可取；主上恭俭勤劳，叔宝荒淫骄侈，是二可取；国家安危，寄诸将相，彼用江总为相，唯事诗酒，萧摩诃、任蛮奴**即任忠小字**为大将，不过匹夫小勇，怎能当我大敌？是三可取；我有道，国势复大，彼无德，国势又小，彼甲士不过十万，西自巫峡，东至沧海，分成即势悬力弱，合屯又守此失彼，是四可取。有此四机，席卷江东不难了，何必多疑？"颎欣然道："得君数言，成败已可预定，素知君才，今益令人信服了。"遂驱军前进。

陈命散骑常侍周罗睺，都督巴峡沿江诸军，堵御隋师。隋秦王俊屯兵汉口，节制上流。杨素率舟师下三峡，径至流头滩，与狼尾滩相近。狼尾滩地形险峭，却有陈将戚昕，带着战舰扼守。素待至夜间，亲督黄龙舟数千艘，衔枚疾进，冲击陈舰。昕仓猝遇敌，与战失利，弃滩东走。素俘得陈人，悉数纵还，秋毫无犯，遂驱水军东下，舳舻蔽江，旌旗耀日。素容貌壮伟，坐大船中，好似金甲神一般，陈人惊为江神，沿途溃散。江滨诸戍，相继告警。施文庆、沈客卿反匿不上闻。陈江中无一战船，上流戍兵，又皆为杨素军所阻，不得入援，眼见是长江天堑，为敌所逾。陈护军将军樊毅，闻隋军逼近，忙进白仆射袁宪道："京口、采石，俱系要地，须各出锐兵五千，分载金翅舟二百艘，沿江守御，借备不虞。"宪亦以为然，乃与文武群臣共议，请如毅策。独施文庆、沈客卿以为多事，仍然迁延。宪又邀同萧摩诃，再三奏请，叔宝亦欲依议，偏文庆、客卿共启叔宝道："寇敌入境，已成常事，边城将帅，尽足堵御，何必多出兵船，自致惊扰？"叔宝再召江总熟商，总亦依违两可，未能决定。孔范独大言道："长江天堑，限制南北，今日虏军，岂能飞渡么？"叔宝遂耽乐如常，奏乐侑酒，赋诗不辍，且从容语侍臣道："金陵素钟王气，齐兵三来，周师再至，无不摧败。隋军亦何能为呢？"嗣是警报频来，悉置不问。

祯明三年正月朔，陈主叔宝朝会群臣，大雾四塞，殿中皆黑，叔宝不以为奇。退朝以后，张贵妃以下俱来庆贺，当下开筵欢饮，灌得烂醉如泥，入寝鼾睡，直至昏黄，方才醒觉。越日，由采石镇驰到急报，乃是隋将贺若弼，自广陵引兵渡江，韩擒虎亦自横江夜渡采石，沿江一带，多已失守了。*虽有天堑，无人如何为守。*文庆等也不便抑置，只好奏闻叔宝。叔宝才觉惊忙，召公卿入议军情，内外戒严。命骠骑将军萧摩诃、护军将军樊毅、中领军鲁广达，并为都督，司空司马消难及新除湘州刺史施文庆，并为大监军，南豫州刺史樊猛，率舟师出白下，散骑常侍皋文奏，率兵镇南豫州，重立赏格，招募兵士，僧尼道士，尽令执役。*急时抱佛脚，恐已来不及了。*这边方调将遣兵，陆续出发，那边已乘风破浪，踊跃前来。贺若弼攻拔京口，擒住南徐州刺史黄恪，恪部下六千人，也尽作俘囚。弼给粮慰道，各付敕书，嘱他分道宣谕，于是所至风靡。韩擒虎先下采石，继陷姑熟，入南豫州城。皋文奏弃城东奔，所有樊猛妻子，悉被虏去。猛方与左卫将军蒋元逊，游弋白下，突闻妻子被虏，当然心惊。叔宝还防他有异志，欲遣镇东大将军任忠代猛，先令萧摩诃谕意。看官！试想这樊猛，愿意不愿意呢？摩诃因猛不愿意，启闻叔宝，叔宝又不便改调，仍令猛照旧办事。*如此驭将，怎得死力？*

鲁广达子世真留屯新蔡，与弟世雄同降隋军，且为隋招降广达。广达将书呈奏，并自劾待罪。叔宝传敕抚慰，仍使督军如故。怎奈隋军所向无前，贺若弼从南道进兵，韩擒虎从北道进兵，势如破竹，如入无人之境。叔宝连接警耗，亟使司徒豫章王叔英屯朝堂，萧摩诃屯乐游苑，樊毅屯耆阇寺，鲁广达屯白土冈，孔范屯宝田寺。适任忠自吴兴入援，令屯朱雀门。偏贺若弼进据钟山，韩擒虎进踞新林，隋元帅晋王广，又遣总管杜彦助新林军。陈将纪瑱，驻守蕲口，复被隋蕲州总管王世积击走，陈人大骇，相率降隋。

叔宝素来淫佚，不达军事，至此已成眉急，才觉易喜为忧，昼夜啼泣，台中处分，尽任施文庆。文庆忌诸将有功，每遇将帅启请，皆搁置不行。萧摩诃屡请出战，并不见从。既而奉命入议，摩诃尚欲袭击钟山，任忠时亦在侧，独出言谏阻道："兵法有言：'客贵速战，主贵持重。'今国家足食足兵，还应固守台城，沿淮立栅，北军虽来，勿与交战，但分兵阻截江路，又给臣精兵一万，金翅舟三百艘，下江径掩六合，且扬言欲往徐州，断彼归途，彼军前不得进，后不得归，必致惊乱，不战自走。待春水既涨上江，周罗睺等得顺流来援，表里夹攻，必可破敌，这岂非是良策吗？"<u>此策若用，陈可不亡。</u>叔宝终未能决，踌躇了一昼夜，忽跃然出殿道："兵久相持，未分胜负，朕已厌烦得很，可呼萧郎出战。"摩诃承宣趋入。叔宝忙说道："公可为我决一胜负！"摩诃答道："出兵打仗，无非是国为身，今日出战，兼为妻子。"叔宝大喜道："公能为我却敌，愿与公家共同休戚。"摩诃拜谢而退。任忠叩首力谏，坚请勿战。叔宝不答，但宣摩诃妻子入宫，先加封号，一面颁发金帛，犒军充赏。

摩诃部署军伍，严装戒行，令妻子入宫候命，自出都门御敌。摩诃前妻已殁，娶得一个继室，却是妙年丽色，貌可倾城，当下艳妆入宫，拜谒叔宝。叔宝见色动心，乃不料摩诃有此艳妻，一经见面，又把那国家大事，置诸度外，便令设宴相待，留住宫中。摩诃子引见后，嘱令出宫候封，自与摩诃妻调情纵乐，作长夜欢。妇人多半势利，况摩诃老迈，未及叔宝风流，一时情志昏迷，竟被叔宝引入龙床，勉承雨露。<u>亡国已在目前，还要这般淫纵，真是无心肝。</u>摩诃哪里知晓？出与诸军组织阵势，自南至北，从白土冈起头，最南属鲁广达，次为任忠，又次为樊毅、孔范，摩诃最北，好似一字长蛇阵，但断断续续，延袤达二十里，首尾进退，不得相闻。隋将贺若弼轻骑登山，望见陈军形势，已知大略，即驰下山麓，勒阵以待。鲁广达出军与战，势颇锐悍，隋军三战三却，约死二百余人。弼令军士纵火放烟，眯住敌目，方得再整阵脚，排齐队伍，暂守勿动。

萧摩诃闻南军交战，正拟发兵夹攻，忽有家报传到，妻室被宫中留住，已有数日，料知情事不佳，暗地里骂了几声昏君，不愿尽力，遂致观望不前。鲁广达部下初战得胜，枭得隋军首级，即纷纷还都求赏。贺若弼见陈军不整，复驱军再进，自率精兵攻孔范。范素未经战，蓦与弼相值，不禁气馁。兵士方才交锋，他已拨马返走。主帅一奔，全军皆溃，就是鲁广达、樊毅两军，也被牵动，一并哗散。任忠本不欲战，自然退去。萧摩诃心灰意懒，也拟奔回。哪知隋军四面杀到，害得孤掌难鸣，且自己年力又衰，比不得少年猛健，一时冲突不出，竟被隋将员明擒去，送至贺若弼前。弼命推出斩首，摩诃面不改色，反令弼称奇，乃释缚不杀，留居营中。

任忠驰回都阙，报称败状，并向叔宝道："官家好住，臣无所用力了。"叔宝着急，尚给金两滕，使募人出战。忠徐徐道："陛下但当备具舟楫，往就上流诸军，臣愿效死奉卫。"叔宝应诺，命忠出集舟师，自嘱宫人装束以待。哪知忠已变意，潜赴石子冈，往迎韩擒虎军，直入朱雀门。守军欲战，忠摇手示意道："老夫尚降，诸军何事？"虽由主听不聪，如此作为，终属不忠。大众听了，便即散走。台城内风声骤紧，文武百官，一概遁去。唯尚书仆射袁宪在殿中，尚书令江总在省中，叔宝见殿中无人，只留一宪，不禁泣语道："我向来待卿，未及他人，今日唯卿尚留，不胜追愧，朕原不德，也是江东气数，已经垂尽了。"尚不肯全然责己，还想诿诸气数。说着，匆遽入内，意欲避匿。宪正色道："北兵入都，料不相犯，事已至此，陛下去将何往？不若正衣冠，御正殿，依梁武帝见侯景故事。"叔宝不待说完，便摇首道："兵锋怎好轻试？我自有计。"言已趋入，急引张贵妃、孔贵嫔两人，至景阳殿后，三人并作一束，同投井中。

台城已无守吏，一任隋军驰入。韩擒虎既至殿中，令部众搜寻叔宝，四觅无着，及见景阳井上，有绳系着，趋近探视，见下面有人悬住，连呼不应，乃拾石投入，才闻有号痛声。原来井中水浅，不致溺毙，隋军引绳而上，势若甚重，经数人提起，始见有一男二女，男子便是陈叔宝，当然大喜，即牵送至韩擒虎处，听候发落。豫章王叔英已经出降，沈皇后居处如常，太子深年方十五，开阁静坐，至隋军排闼进去，深从容与语道："戎旅在涂，得勿劳苦么？"隋军见他颜色自若，却向他致敬，不敢相侵。鲁广达退守乐游苑，未肯降敌，贺若弼乘胜与争，广达苦斗不息，战至日暮，手下将尽，始解甲面台，再拜恸哭道："我身不能救国，负罪实深了。"乃出降隋军。

贺若弼闻韩擒虎已得叔宝，呼令相见。叔宝惶惧异常，向弼再拜。弼与语道："小国君主，只当大国上卿，拜亦常礼，入朝不失作归命侯，何必多惧呢？"乃使叔宝居德教殿，用兵监守，自恨功落人后，与韩擒虎龃龉，且欲令叔宝作降笺，归己报闻。事尚未行，晋王广已使高颎入建康，料理善后事宜。颎子德弘，随后踵至，传述广命，使留张丽华。颎勃然道："昔太公灭纣，尝蒙面斩妲己，此等妖妃，岂可留得？"说着，便令兵士取入张贵妃，斩首以徇。小子有诗叹道：

> 国既亡时身亦亡，临刑反为美人伤。
> 蛾眉蝉首成虚影，地下可曾悔惹殃？

晋王广既遣德弘传命，复启节东下，来视张丽华，途次闻丽华已死，禁不住愤闷起来。欲知后事，且阅下回。

叔宝之恶，不如子业、宝卷之甚。子业屠灭宗族，宝卷渎乱天伦，而叔宝无是也。但宠艳妃，嬖狎客，杀谏臣，有一于此，未或不亡，况并三者而具备耶。隋军大举，鼓楫渡江。沿江各戍，望风奔溃，叔宝尚委政宵小，恣情声色，可战不战，不可战而战，甚至敌临城下，犹奸通萧摩诃妻，如此淫肆，欲不亡得乎？景阳殿后，挈妃入井，向使毕命井中，即未足与殉社稷者比，而井底鸳鸯，冢成连理，未始非江东佳话。为叔宝计，其亦差足自慰欤？然天不从愿，出井见敌，再拜隋将，徒自贻羞，而张贵妃且难免刀头之阨，红颜白骨，作孽难逃。观于此而世之为妃妾者，可以返矣；世之为人主者，亦可以戒矣。

第二十回

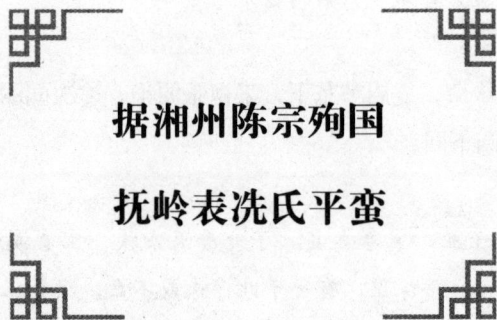

据湘州陈宗殉国
抚岭表冼氏平蛮

却说晋王广系念张丽华，驰诣建康，途中闻高颎违命，竟把丽华杀死，不由得惊愤道："古云无德不报，我必有以报高公。"言下犹恨恨不已。及既入建康，高颎等上前迎接，广虽心恨高颎，面上却不露声色，仍然照常相见，随即慰劳三军，安抚百姓，一面拿住施文庆、沈客卿、阳惠朗、徐哲、暨慧景五人，责他蔽主害民，一并斩首，即令高颎与元帅府记室裴矩，收图籍，封府库，所有金帛珍玩，广皆不取。当时军民人等，统说晋王贤德，哪知他是沽名钓誉，笼络人心呢。隐伏下文。

贺若弼先期决战，违背军令，广收付属吏，并遣使驰驿奏闻。隋主闻江南已平，很是欣慰，且传诏示广，谓："平定江表，功出韩、贺若二人，不应吹求微疵，可将功抵罪，各赐帛万匹。"又别诏褒美韩、贺若，并及前敌各将士。陈使许善心，尚留隋客馆中，隋主坚遣人相告，谓陈已灭亡，可归诚我朝。善心不禁大恸，改着衰服，就西阶下席草危坐，东向涕泣，三日不移。隋主复颁敕慰唁，越日又有诏至馆，命为通直散骑常侍，赐衣一袭。善心号哭尽哀，乃入房改服，出就北面，垂泪再拜，受隋敕书。既愿事仇，何必如许做作。翌晨，诣阙谢敕，伏泣殿下，悲不能兴。隋主顾左右道："我平陈国，只幸得此人，彼能怀念旧君，他日即我朝纯臣呢。"遂谕令平身，入直门下省，善心泣拜而退。从此遂低首下心，长做隋朝臣仆了。含蓄不尽。

陈水军都督周罗睺，与郢州刺史荀法尚，尚守江夏。隋秦王俊督三十六总管，及水陆十余万众，屯驻汉口，不得前进。陈荆州刺史陈慧纪，又遣内史吕忠肃进据巫峡，凿岩系链，锁住上流，堵遏隋师，且自出私财，充作军用。隋清河公杨素，麾兵奋击，与忠肃大小四十余战，忠肃踞险力争，杀死隋兵五千余人。嗣闻建康被困，士无斗志，杨素乘间猛攻，忠肃不能固守，弃栅南奔，退据荆门境内的延洲。素驶舟追击，大破忠肃，俘得甲士三千余人，忠肃子身遁去。于是陈慧纪亦自知难守，毁去储蓄，引兵东下。巴陵以东，尽为隋有。陈晋王叔文方卸任湘州，还至巴县，慧纪欲推为盟主，号召沿江各军，入援建康，偏被隋秦王俊军阻住。叔文又率巴州刺史毕宝等，向俊请降。慧纪徒望东慨叹，无计可施。

会建康已平，晋王广命陈叔宝作书，招谕上江诸将，诸城闻风解甲。周罗睺与诸将大哭三日，放兵散马，乞降俊军。陈慧纪势孤力蹙，也只好出降，上江皆平。隋将王世积在蕲口，移书告谕江南诸郡，江州、豫章，依次降隋，隋遂撤去淮南行省，但命诸将分途略定。陈吴州刺史萧瓛，自梁投陈，料知隋不相容，独募兵抗隋。隋大将军宇文述等，引兵进击，瓛连战皆败，竟为所擒。东扬州刺史萧岩，以会稽降，述将他弟兄并入囚车，押解长安。隋主坚责他负国忘恩，立命处斩。

独湘州刺史岳阳王陈叔慎，系高宗顼第十六子，年甫十八，方才莅任，城中将士，闻隋军已据荆门，相距不远，相率谋降。叔慎设宴厅中，召集文武僚吏，举酒相属道："君臣大义，就此扫地么？"长史谢基，投袂起座，伏地呜咽，助防遂兴侯陈正理，<small>陈宗室。</small>亦慨然起语道："主辱臣死，诸君独非陈臣么？今天下有难，正当见危授命，就使无成，尚见臣节，今日不宜再误，宜力图恢复，后应者斩！"众闻此言，乃齐声许诺，自是刑牲结盟，誓同生死。适隋将庞晖，奉杨素命，招抚湘州，正理与叔慎商定密计，遣人赍诈降书，往迎庞晖。晖贸然驰至，叔慎伏甲待着，一俟晖入城门，发伏执晖，斩首徇众。晖手下有数十人，也同时拘住，杀得一个不留。叔慎亲至射堂，募集兵士，数日间得五千人。衡阳太守樊通，武州刺史邬居业，皆举兵入助。隋正命薛胄为湘州刺史，道过荆州，得见杨素，已知湘州拒命，便与素部下行军总管刘仁恩，会师进攻。行至湘州城下，陈正理、樊通督兵迎战，两下相交，隋军比守军加倍，且都是惯战健卒，哪里是陈、樊二人所能抵挡？战不多时，守兵四溃，陈、樊逃回城中，门未及阖，薛胄已加鞭追入，顺手一槊，击毙樊通。隋军一拥而上，突进城中，先擒正理，次擒叔慎。刘仁恩不欲收兵，即往击横桥。横桥为邬居业屯守地，当下拒战失利，也为所擒。三人俱被解至汉口，秦王俊诘问数语，叔慎词色不挠，即为所害。正理、居业，相继受刑。<u>叔慎虽死，义烈可风。</u>

湘州已下，进略岭南，高凉郡太夫人冼氏，威爱素孚，望重岭外。子石龙太守冯仆，壮年不禄，竟尔去世。仆长子魂，尚在少年，赖冼太夫人主持郡事，所有岭南数郡，畏服如初。及陈为隋灭，岭南未有所属，便奉冼太夫人为主，称为圣母，保境安民。陈豫章太守徐璒，自豫章奔据南康，意欲联结岭南，独霸一方。隋命柱国韦洸等持节安抚，为洸所拒，洸等不得进。晋王广因岭南未平，复令叔宝作书，往贻冼太夫人，谕以陈亡，使她归隋。冼太夫人，乃召集首领会议，相对恸哭，结果是慎重民命，决迎隋使，乃遣冯魂率众迎洸。洸已调动军士，击杀徐璒，凑巧冯魂来迎，遂驰至广州，慰谕诸郡，略定岭南。表冯魂为仪同三司，册封冼太夫人为宋康郡夫人。衡州司马任瓖，劝都督王勇据岭南，求陈氏子孙，立以为帝。勇不能用，率部众降隋。瓖弃官自去，于是陈地悉入隋朝，得州三十，郡一百，县四百，陈亡。总计陈自武帝篡梁，至叔宝止，共历五主，凡三十二年。且由晋元帝东渡，偏安江左，中阅东晋、宋、齐、梁、陈五朝，共得二百七十三年，始为北朝所并，中国复归统一。唐李延寿作《南北史》把隋朝列入《北史》中，无非因他起自朔方，脱胎北周，后又仅得一传，便为李唐所灭，所以因类相聚，不复另起炉灶。小子就遵循故例，随笔叙下，看官不要疑我界划不明，模糊了事呢。<u>再顾本书卷首，并将南北纪年叙清起讫，一笔不漏。</u>闲文少叙。

且说晋王广振旅将归，奉诏毁平建康宫阙，俾民耕垦，更就石头城增置蒋州，派吏置兵，俱已就绪，乃奏凯还朝。所有陈叔宝以下，如后妃子女、公卿大臣，一并带归。水陆相继，累累不绝，隋主坚亲至骊山，慰劳旋师诸军，并入长安，献俘太庙。陈叔宝为首列，王公将相，并乘舆服御、天文图籍等，依次继进。两旁用铁骑夹道，由晋王广、秦王俊引入庙中，献告如仪。礼毕入朝，晋授晋王广为太尉，特赐辂车乘马，衮冕圭璧。广谢恩而出。越日，由隋主坚坐广阳门观，召见陈叔宝等，使纳言宣诏抚慰，又令内史传敕，责他君昏臣佞，乃至灭亡。叔宝及王公大臣，并惶惧伏地，不敢答词。屏息良久，始下赦书。叔宝舞蹈谢恩，余众亦随着叩谢。唯陈司空司马消难，前曾得罪奔陈，此次陈、隋交战，受任大监军，一筹莫展，也为所虏。隋主坚本欲加诛，因消难尝为父执，权从末减，特免他死罪，配为乐户。甫阅二旬，又加恩释免，特别引见，消难未免增惭；年又垂老，未几即死。鲁广达自悼国亡，遇疾不医，也即病终。

隋主坚再御广阳门，赐宴将士，门外堆满布帛，直达南郭，按班赏赐，计用三百余万匹，封杨素为越国公，贺若弼为宋国公，各赐金宝。唯韩擒虎为有司所劾，说他驭下不严，士卒在建康时，尝淫污陈宫，所以不得爵赏。擒虎心甚不平，遂与弼争功御前，弼道："臣在蒋山死战，破陈锐卒，擒陈骁将，震扬威武，遂平陈国，韩擒虎并未剧战，怎得与臣比功？"擒虎道："本奉明旨，令臣与弼同时合势，进取伪都，弼乃先期进兵，遇贼即战，致将士伤毙甚多，臣但率轻骑五百，直捣金陵，降任蛮奴，注见前。执陈叔宝，据府库，倾巢穴，弼至夕方扣北掖门，由臣开关纳入。据此看来，弼功何在，尚得与臣比论么？"仿佛晋初浑、浚。隋主坚温颜与语道："两将俱为上勋，休得相争。"乃进擒虎位上柱国，赐帛八千匹，但仍未得封公。擒虎乃退。

隋主又召入高颎，面授上柱国，进爵齐公，赐帛九千匹，且面谕道："公伐陈后，有人诬称公反，朕已将他斩讫。君臣道合，岂青蝇所得相间么？"颎再拜称谢。隋主又使与贺若弼论平陈事，颎答说道："贺若弼先献十策，后在蒋山苦战破贼，功劳甚大。臣乃文史，怎敢与大将论功？"隋主大笑道："让德如公，真不可多得了。"嗣命秦王俊为扬州总管，都督四十四州军事，使镇广陵，令晋王广还镇并州。陈都官尚书孔范，散骑常侍王瑳、王仪，御史中丞沈瓘，统是误国佞臣。晋王广尚未加罪，至是由隋廷按查得实，投诸四裔，以谢吴、越。陈叔宝留寓隋都，尚蒙优待，唯宫人姊妹，多被没入掖廷，一妹进宫为嫔，就是将来的宣华夫人，一妹由隋主赐与杨素，一妹赐与贺若弼。叔宝全不在意，唯屡与监守官言，求一官号。监守官上白隋主，隋主坚微哂道："叔宝全无心肝。"说着，又问叔宝平日何事？监守官答称："叔宝常醉，少有醒时。"隋主又问他饮酒若干？监守官又答道："每日与子弟共饮，约需一石。"隋主惊诧道："一石如何使得？须要他节饮方好。"监守官应旨欲退，隋主又与语道："随他罢，否则叫他如何过日？"因即命陈氏子弟，分置边州，使给田业，作为生计。又常给叔宝衣食，且随时引见，班同三品。并授陈尚书令江总，为上开府仪同三司。陈仆射袁宪，骠骑将军萧摩诃，领军任忠，为开府仪同三司。陈吏部尚书姚察为秘书丞。袁宪素有清操，且建康被陷，百官逃散，唯宪尚留住殿中，此事已为隋主所闻，隋主以为江表称首。陈散骑常侍袁元友，屡谏叔宝，隋主嘉他忠直，亦擢拜为主爵侍郎。隋主又尝语群臣道："平陈时候，我悔不杀任蛮奴，彼受人荣禄，兼当重寄，不能横尸徇国，乃云无所用力。古有卫弘演纳肝，见列国时代。今乃有此任蛮奴，相差真太远了。"既知任忠不忠，奈何授为开府？况任忠以外，又有误国之江总，不诛而赏，俱属谬误。及陈水军都督周罗睺，入见隋主。隋主许以富贵，罗睺垂涕答道："臣荷陈氏厚遇，坐视沦亡，无节可纪，今得免死，已沐陛下厚赐，还想什么富贵呢？"隋主颇为嘉叹，竟授为上仪同三司。南北混一，朝野清平，乃令武夫子弟，一体学经，所有民间甲仗，悉皆除毁。

贺若弼自矜前功，备述平陈计画，称为御授平陈七策，呈入殿廷。隋主坚不愿披阅，当即发还，且语弼道："公欲发扬我名吗？我不求名，公可自载家传。"弼授书，怀惭退去。左卫将军庞晃等，入谮高颎，俱被隋主叱退，并召语颎道："独孤公可比一镜，每被磨莹，皎然益明。"看官！你道隋主何故呼颎为独孤公？原来颎父宾尝为独孤信僚佐，赐姓独孤氏，所以呼为独孤公，优礼不名。颎前为帅府长史，曾奉隋主意旨，向上仪同三司李德林问计，转授晋王广。隋主坚因德林有功，加封郡公，已经宣诏。或语高颎道："今若归功李德林，诸将必多愤惋，且公亦虚此一行了。"颎乃入白隋主，谓德林不应重赏，乃收回成命。德林本恃才好胜，累年不得升级，已是愤懑不堪，至此又不得叙功，未免恨上加恨。当时颎与苏威，大蒙宠任，德林屡与苏威异议，颎又尝左袒苏威，排斥德林。德林遂被黜为湖州刺史，未几复转徙怀州，竟致病死。德林为三朝臣，死不足惜，但高颎亦未免营私。楚州参军李君才，上书劾颎，隋主大怒，召君才入问。君才抗辞如故，益致隋主增恼，立命捶毙。

隋主自平陈以后，免不得猜忌臣僚，往往密遣左右，觇视内外，察知微过，辄加重罪。又患令史赃污，私令人赂遗金帛，得犯立斩。每在殿中捶人，鞭挞至死，不死亦即斩首。高颎等屡谏不省，兵部侍郎冯基，亦再三切谏，方有悔意。然转恨群臣不谏，又谴责数人。柱国郑译，乘时贡谀，请修正雅乐。此子又来出头。隋主命太常卿牛弘，国子祭酒辛彦之，博士何妥等，会议音律。弘奏言中国旧音，多在江南，今既得梁、陈旧乐，请加修缉，以备雅乐。所有后魏、后周等乐声，未叶宫商，可悉令停罢。乃诏与许善心、姚察等，参酌订正。

乐尚未成，一声遥警，江南各州郡，又复大乱。越州乱首高智慧，苏州乱首沈玄懀，皆揭竿起事，自称天子，东攻西掠，陷没许多州县，所有陈国故土，大半震动，几乎前功尽隳，南北又要分疆。**笔亦不测**。原来江东习成奢靡，历代刑法，又多疏缓，自隋军平陈，尽反旧政，苏威复作五教，使民传诵，士民遂有怨言，并且谣诼纷纭，谓隋将尽徙南人，转入关中，于是民情甚骇。至高、沈两人作乱，百姓相率依附，夺城池，戕守令，且哗然道："尚能使我诵五教么？"这消息传到隋廷，隋主当然忧虑，即遣越国公杨素，率兵南征。素即日登程，将要渡江，先使部将麦铁杖，夜乘苇筏，越江战贼，还而复往，为贼所擒。贼使三十人监守，铁杖夺取贼刀，乱斫守役，三十人多被杀伤，脱械逃归。素大加赏识，奏授仪同三司，因即麾动舟师，自扬子津逾江击贼。玄憎败走，追擒伏诛。素乘胜进攻越州，用裨将来护儿为前驱，南下浙江，但见江东岸上，贼营编列，绵亘数十里。江中贼船，亦不可胜计。护儿用轻舸数百，直登江岸，袭破贼营，复顺风纵火，烟焰蔽天。素麾众继进，大破智慧。智慧逃入海中，走保闽越。

素遣总管史万岁，率兵二千，陆行逾岭，堵截海岸，自率大舰浮海，奄至泉州，贼众皆散。智慧穷蹙无归，由贼党执送军前，当然枭首。又分兵追捕余贼，约阅数旬，悉数荡平。唯史万岁杳无音信，还道他全军陷没，因致消息不通。后由海中得一竹筒，内藏万岁书函，略言"逾岭越海，攻破溪洞无数，前后七十余战，转斗至千余里，现已肃清海贼，指日北返"等语。素大喜过望，因即班师。且上奏万岁功绩，隋主也为叹美，厚赐万岁家属。此外平南诸将，自杨素以下，俱优叙有差。

素既北归，番禺夷人王仲宣，忽然起反，纠合叛众，围攻广州。柱国韦洸，尚在广州驻节，急忙招募兵士，开城拒贼，贼势甚是凶悍。洸与战不利，退回城中，登陴督御，一面向高凉乞援。冼太夫人遣孙冯暄领兵援洸。暄至衡岭，遇着贼党陈佛智，屯兵岭上。佛智与暄素来认识，彼此通问往来，竟将战事搁起。冼夫人闻暄逗留，遣使执暄，拘系州狱，另遣孙冯盎往袭佛智。佛智未曾防备，突见盎军杀入，不及逃去，遂为所杀。时韦洸中箭身亡，副使慕容三藏，代理军事。隋廷亦遣给事郎裴矩，南行剿抚，矩至南康，发兵数千人，击斩仲宣别将，进至南海。可巧冯盎与三藏会合，击走仲宣。冼夫人又亲自接应，共至南海迎接裴矩。矩闻冼夫人到来，却也不敢生慢，更命军士排班恭待。过了片刻，前驱已至，来了一位少年军将，唇红齿白，烨烨有光，料知他就是冯盎，已足令人生羡，后面便是宋康郡冼夫人，首戴金冠，身披银铠，上张锦伞，下跨介马，前导骑士，后拥甲楯，虽已年越花龄，尚是春盈眉宇。

譙國夫人

譙國夫人為高涼人。幼為之家年顧善六龍夫人懷集百越妖門長史以百越人共中重及眷見人工中重及夫人視披甲乘馬張飾拳迤令馬張飾拳迤將近擊斯秦連守為祖弁入殺賞廣門總管誤國公府夫人為後國夫人仍聞退國夫人卒后

姜　　　

冼夫人

矩不禁暗暗喝采，未与晤谈，先已下马待着。非写裴矩有礼，实为冼夫人生色。冼夫人老眼无花，忙令孙儿下骑，自己亦从容下鞍。当由慕容三藏，从后趋到，邀同冼夫人及冯盎，上前见矩。彼此行过了礼，略谈数语，便相偕回入广州。矩因冼夫人望重岭南，请她一同巡行，安抚诸州。冼夫人绝不推辞，即同矩带着兵士，出城巡抚。苍梧首领陈坦，冈州首领冯岑翁，梁化首领邓马头，藤州首领李光略，罗州首领庞靖等，皆来参谒。矩承制署为刺史县令，还镇旧部，各首领欢跃而去。

岭南复定，矩使人驰驿上闻，有诏拜盎为高州刺史，追赠盎祖宝为谯国公，冼夫人为谯国夫人，特给印章，许开幕府，置官属，得征发六州兵马，便宜行事。且赦免冯暄前罪，拜为罗州刺史。待裴矩归朝后，复降敕褒美，赐帛五千匹。皇后独孤氏，亦颁给服饰。冼夫人并收贮金箧，并将梁、陈赐物，亦各藏一库，每岁大会，皆陈列庭中，指示子孙道："汝等宜尽赤心向天子，我事三代主，唯用一好心，今赐物具存，便是忠孝的食报呢。"后来复抚定俚獠，劾诛贪污，岭南无不称颂。至仁寿初年，才报寿终，隋廷谥为诚敬夫人。小子有诗赞道：

几番平虏见奇功，岭表扬仁众口同。

南北史中争一席，休言巾帼不英雄！

欲知隋朝后事，待至下回再表。

隋文平陈，与晋武平吴相似，唯陈之亡，与吴不同，迹其情事，颇似蜀汉。刘禅乐不思蜀，叔宝全无心肝，其类似一也；刘禅乞降，犹有北地王谌，叔宝被虏，犹有岳阳王叔慎，其类似二也。故北地王谌死而蜀始亡，岳阳王叔慎死而陈始亡，特为标叙，正以存臣子之大节耳。冼夫人保境拒守，得叔宝书，乃召集首领，相向恸哭，妇人犹知枕戈之义，叔宝何心？乃稽颡隋阙，忐忐俔俔，为民吏羞乎？厥后为民命计，始迎隋使，及番禺之乱，发兵助讨，嗣复与裴矩巡抚诸州，易乱为治，岭南之得免兵戈，未始非冼夫人之所赐也。本回叙冼夫人处，亦特笔表明，借巾帼以励须眉，作书者固隐寓深心欤？

第二十一回

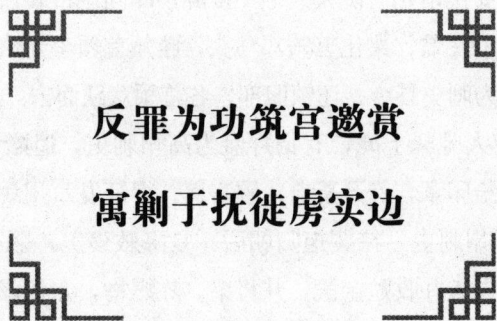

反罪为功筑宫邀赏
寓剿于抚徙虏实边

却说隋左卫大将军杨惠，佐命有功，易名为雄，初封邘国公，旋且晋封广平王，职掌禁旅，宠绝一时。长安人士，号为四贵中第一人。四贵除杨雄外，就是苏威、高颎、虞庆则。雄又宽容下士，甚得众心。隋主坚因此加忌，改拜雄为司空。雄知隋主夺他兵柄，虚示推崇，乃杜门谢客，不闻政事。寻改封为清漳王，未几又改封为安德王。还算明哲保身。滕王杨慧，曾尚周武帝邑妹顺阳公主，美秀而文，时人号为杨三郎。隋主命为雍州牧，且常引与同坐，呼为阿三，嗣复易名为瓒。瓒虽为隋主同母弟，但因隋主篡周，屠灭宇文氏，未免目为残忍。顺阳公主，辄念宗亲，更觉得日夕悲伤，阴生咒诅；且与独孤后素不相容，益增怅触。独孤后家世贵盛，姿禀聪明，书史无所不晓，隋主甚加宠爱。每当隋主临朝，后辄与并辇而进，至阁方止。密遣宦官伺察朝政，稍有所失，便即记忆，俟隋主退朝，同返燕寝，婉言规谏，十从八九，宫中号为二圣。又尝与隋主密誓，不得有异生子。悍妒可知。看官！试想独孤后如此专宠，怎能不恨及顺阳公主，从中构煽呢？果然隋主听信后言，劝瓒离婚。瓒昵情伉俪，不忍相离，再三乞请，始蒙隋主俞允，但从此恩礼益衰。开皇十一年，瓒从事栗园，侍宴方终，忽然腹痛异常，片刻即毙。隋主坚并未加赠，且徙出顺阳公主，除去属籍。看官不必细猜，便可知瓒被毒死了。是夕，上柱国郑译病死，却遗书吊祭，赐谥曰达。朝臣因瓒不得谥，代为申请，才勉强谥一"穆"字。

太子通事舍人苏夔，系尚书右仆射苏威子，少年能文，尤长音律，本名伯尼，因以知乐著名，威特令改名为夔。越公杨素，每加器重，尝戏语威道："杨素无儿，苏夔无父。"是时夔与国子博士何妥等，共议正乐，互有龃龉，相持不决，并使百僚会议。大众多阿附苏威，不敢黜夔。于是赞同夔议，十得八九。妥愤愤道："我席间函丈四十余年，为后生小子所屈辱么？"遂上书劾威父子，并及礼部尚书卢恺，吏部侍郎薛道衡，尚书右丞王弘，考功侍郎李同和等，说他朋比为奸，滥用私人。隋主令第四子蜀王秀，秀本封越王，后复改封蜀王。及上柱国虞庆则等，推按得实，乃免威官爵，令以开封就第。卢恺私受威嘱，用王孝逸为书学博士，因坐罪除名。薛道衡等但加薄谴，未曾免官，遂任杨素为右仆射，与高颎共掌朝政。素风度比颎为优，器量远不如颎，朝贵如苏威以下，多被陵蔑，遂致侧目。大将军宋国公贺若弼，尤为不服，且自思功出素右，理当为相，至此反为素所夺，越觉不平；有时入朝晋谒，语多不逊。隋主坚与语道："我用高颎、杨素为宰相，汝尝谓此二人只能啖饭，究是何意？"弼应声道："颎与臣故交，素系臣舅子，臣素知二人才具，原有此语。"骄矜已极。隋主不禁变色。公卿等仰承风旨，遂劾弼意存怨望，罪当处死。隋主即谕令系狱，未几又召问道："臣下守法不移，公可自思，有无生理？"弼道："臣将八千兵擒陈叔宝，愿因此事望活。"叔宝为韩擒虎所絷，弼仍引为己功，始终不脱一"矜"字。隋主道："这事已格外重赏。"弼道："臣今还格外望活。"隋主踌躇良久，始贷免死罪，革职为民。过了年余，乃仍赐还爵位。苏威亦复爵邳公，仍为纳言。上柱国韩擒虎与若弼互争短长，也是个矜才使气的人物，幸亏享年不永，尚得善终。

相传开皇十六年十一月，擒虎在家，邻母见擒虎门前，仪卫甚盛，因不禁诧问。卫吏答道："我等特来迎王。"言讫不见。已而邻人暴疾，忽惊走入擒虎门，为门吏所阻，病人大言道："我来谒王。"门吏问为何王？病人答称阎罗王。两下里喧噪起来，为擒虎子弟所闻，出探得实，欲挞病人。擒虎亦闻声出阻，遣归病人，且语子弟道："生为上柱国，死作阎罗王，我愿亦足了。"是夕便即罹疾，未几即逝，享年五十有五。究竟擒虎是否做阎罗王，此事无从确证，但不过付诸疑案罢了。

越年二月，隋主命杨素至岐州北，督造仁寿宫。素奏举宇文恺、封德彝为土木监。恺与德彝，专知谀媚，一经委任，格外效力监工，于是夷山埋谷，创立宫殿，崇台累榭，相属不绝。可怜这班丁夫工匠，昼不得安，夜不得休，害得身疲力乏，也没有医生疗治，到了奄奄就毙，便把尸骸推入坑谷，尸上填尸，差不多似小山一般。当下充作基址，筑成平地。好容易过了两年有余，才把仁寿宫造成。端的是规模闳丽，金碧辉煌，只人数却死了万余，模模糊糊地上了一个总账。**完全是膏血涂成，怎得称为仁寿？**

隋主坚令仆射高颎，前往探视，还称奢华过甚，徒伤人丁。隋主本来节俭，得颎复奏，当然恨及杨素。素颇加忧惧，急遣人密启独孤后，谓："历代帝王，统有离宫别馆，今天下太平，仅造一宫，何足言费？"独孤后即日复报，叫素不必耽忧，自然有法转圜。既而隋主坚亲往仁寿宫，巡视一周，果嫌太侈，便召素面诘道："朕叫汝督造此宫，原因汝老成勤慎，酌量丰俭，能体我意，为何造得这般绮丽，使我结怨天下？"素无言可答，不得不叩头谢罪。隋主坚全不理睬，自往便殿小憩。素志忐不安，恐遭严谴，封德彝密语道："公勿过忧！俟皇后到来，必有恩诏。"话才说毕，已有人报称皇后驾到。素忙上前迎谒，由独孤后面加慰劳，随即入见隋主。素尚不敢随入，过了半晌，已有旨宣素入对。隋主上坐，尚未开言，独孤后便从旁婉谕道："公知我夫妇年老，无以自娱，故盛饰此宫，使我夫妇安享天年，公真可谓忠孝了。""我夫妇"三字，便已见得独孤权宠。隋主虽未加劳，面色已是温和，绝不似先前严厉。素当即拜谢。独孤后又代为申请，赐素钱百万缗，绢三千匹。素复启独孤后道："老臣无功可言，监役勤劳，要推封德彝为首。"**佞人入朝，素实罪魁。**独孤后点首道："德彝自当另赏，公不必让赐。"素因谢赐而退。未几，即有诏擢德彝为内史舍人。嗣是隋主尝幸仁寿宫，每出必与后同行，且拨遣宫女，使在仁寿宫中常住，充当盥馈洒扫诸役。宫中不足，随时选入，隋主坚也心为物役，渐渐地爱恋声色了。**习俗移人，中主不免。**

先是隋平江南，得陈叔宝屏风，颁赐突厥大义公主。大义公主已做了都蓝可汗的可贺敦，前虽改姓杨氏，终非所愿，不过暂救目前，勉强承认。及屏风赐至，复触动旧感，特借阵亡作诗，书入屏中。诗云：

盛衰等朝露，世道若浮萍。荣华实难守，池台终自平。富贵今安在？空事写丹青。杯酒恒无乐，弦歌讵有声？余本皇家子，漂流入虏庭。一朝睹成败，怀抱忽纵横。古来共如此，非我独申名。唯有昭君在，偏伤远嫁情。

这首诗传入隋廷，隋主知她诗中寓意，不免怀恨，自是礼赐寖薄。那大义公主，却也无义，既已三次改醮，复与胡人安遂迦暗地私通。适有流人杨钦，亡入突厥，谬云"彭国公刘昶，已与妻族宇文氏联络，指日起事，请突厥发兵外应，定可灭隋"云云。大义公主以为有隙可乘，遂煽动都蓝可汗，不修职贡，潜出扰边。隋主复使车骑将军长孙晟，驰往突厥，传敕诘问。晟见大义公主，颇有微辞，公主语亦不屈。晟不与多辩，但在突厥住了旬日，侦察机密，已知都蓝叛隋，衅由杨钦及公主，且将公主私事，亦诇得大略，当即起程归朝，详报隋主。

隋主再遣晟往索杨钦，都蓝不与，但诡称无此流人。晟密赂突厥达官，访得杨钦所在，乘夜掩捕，果得获钦，遂牵示都蓝，都蓝无词可对。晟索性直言不讳，竟将公主私通安遂迦，一并说出。都蓝可汗也不禁羞惭满面，立把安遂迦拿下，交付与晟。番酋尚有耻心，不若千金公主之厚颜。晟即将二人押回，并处死刑。隋主嘉晟有功，加授开府仪同三司，仍使赍敕西行，传语都蓝，废去大义公主名号。都蓝可汗尚怜爱公主，不忍废斥，隋再赐送美妓四人，饵诱都蓝。都蓝得了四个美人儿，自然把大义公主冷淡下去。

隋内史侍郎裴矩，谓必使都蓝杀死公主，方无后患。一再传谕，都蓝不从。时处罗侯子染干，自号突利可汗，镇守北方，独遣人至隋，乞许和亲。隋主使裴矩与语道："能杀大义公主，方可许婚。"突利闻言，便捏造谣传，谓："公主将谋害都蓝。"一面贻都蓝书，挑动怒意。都蓝果然中计，竟将大义公主杀死。淫妇该死久矣。当下报达隋廷，更上表求婚。长孙晟已早归国，独入阙献议道："臣观雍虞闾即反复无信，不过与玷厥有隙，欲依我朝，就使许结婚姻，将来必致叛去。况今使得尚主，仰托声威，玷厥、染干，力不能拒，或且受彼驱策，更为我患，计不如招抚染干，许与通婚，使他南徙入边，为我保障，雍虞闾虽有异心，料亦无能为了。"始终不外反间计。隋主依议，即遣晟慰谕染干，许尚公主。染干喜出望外，厚待长孙晟，优礼送归。唯公主尚未指定，染干也未遽来迎，又延宕了三四年。

这三四年间，事迹不一，未便缕述，所有内外大事，荦荦可纪：一是史万岁征服南宁蛮酋爨震，收降三十余部落，勒石铭功；二是周法尚讨平桂州俚帅李光仕，另遣令狐整为总管，镇定华夷；三是汉王谅东伐高丽，无功而还，高丽王元亦遣使谢罪。这三件是对外的军政。还有并州总管晋王广，调镇扬州，弟秦王俊调镇并州。俊性好奢，又多内宠，妃崔氏奇妒，置毒瓜中，俊食瓜致疾，征还免官，崔妃赐死。杨素进谏隋主，谓不应严谴秦王。隋主道："周公尚诛管蔡，我不及周公，怎能为子废法？"后来俊病已笃，始复拜上柱国，未几即殁。**还是速死为幸。** 鲁公虞庆则，有爱妾与长史什柱相奸，什柱诬告庆则谋反，竟杀庆则，什柱得受封柱国。宜阳公王世积，出镇凉州，与皇甫孝谐有隙，孝谐上书告变，谓世积尝令道人相面，道人谓相法大贵，并言世积妻应作皇后，世积因此生谋，请早日惩处。隋主也不辨虚实，便召还世积，置诸死刑。左卫大将军元旻，右卫大将军元冑，及左仆射高颎，曾受世积馈遗，至是并发。两元罢官，唯颎得幸免，孝谐又得拜为上大将军。**都由猜忌功臣，以致信谗戮旧。** 大都督崔长仁犯法当斩，隋主因崔与后有中表亲，意欲减免，后独慨请道："既犯国法，怎得顾私？"长仁遂坐死。后异母弟独孤陀，为延州刺史，有婢事猫鬼，能驱令杀人。会后与杨素妻，同时罹病，医官目为猫鬼疾，隋主疑由陀所为，令高颎等讯鞫，得了证据，有诏赐陀自尽。后三日不食，替陀请命，且泣语隋主道："陀若蛊政害民，妾不敢言。今为妾致死，妾实痛心，敢乞加恩赦宥！"乃减陀死罪一等，**独孤后可谓刁狡，看官莫被瞒过！** 唯严禁蛊毒魇魅等邪术，有犯必惩，投御四裔，这数件是治内的刑政。**略叙一斑，已见隋主晚政之多失。**

到了开皇十九年，复从事西征，特命汉王谅为元帅，使率高颎、杨素、燕荣等，分讨突厥。突厥北部突利可汗，**即染干。** 既得隋主许婚，约越三年有余，乃遣使迎女。隋主令番使居太常寺，演习六礼，又经数旬，方遣宗女安义公主，随番使出塞和亲，并令牛弘、苏威、斛律孝卿等，相继为使，厚结突利。突利亦屡次朝贡，前后不绝。隋主依长孙晟议，谕突利南徙，使仍居都斤山，作为屏藩，突利当然遵命。都蓝可汗闻突利得尚公主，自己反不得所求，气得无名火高起三丈，遂召语部众道："我乃突厥大可汗，难道反不及染干么？"部众亦为不平，遂怂恿都蓝入寇。都蓝便誓绝朝贡，侵掠隋边。突利伺知动静，辄遣使奏闻，边鄙得预先戒备，不使都蓝逞志。都蓝因大修攻具，谋入寇大同城，又由突利遣人驰报。隋主亟使左仆射高颎，率兵出朔州道，右仆射杨素，率兵出灵州道，上柱国燕荣率兵出幽州道，统归元帅汉王谅节制。谅为隋主少子，素蒙宠爱，不愿临戎，乃延期出发，贻误军情。都蓝可汗，竟与达头可汗合兵，袭击突利，突利仓猝出战，一败涂地，弃帐南奔，兄弟子侄，尽为所杀。都蓝追击突利，渡河入蔚州，突利部落散亡。巧值长孙晟出使突利，中途相值，遂与晟一同南走，手下只有五人，沿途收得番众数百骑。突利即与密谋道："今兵败入朝，不过一个降人，大隋天子，岂肯礼我？我与达头本无仇隙，不若投彼为是。"晟见他附耳密谈，料知突利已有异图，遂密遣从人往伏远镇，令速举四烽。突利远远瞧着，见有四烽齐起，不禁诧问。晟随答道："我国边防，贼少，举二烽；来多，举三烽；大逼，举四烽。今四烽俱举，定是望见贼至，多而且近哩。"突利为晟所绐，不得已随晟南下，驰驿入朝。隋主厚赐突利，并迁晟为左勋卫骠骑将军。

适都蓝可汗亦遣使至隋廷，隋主令与突利辩难。突利理直气壮，乃叱退都蓝使人。都蓝弟都速六，亦不直都蓝所为，弃家奔隋。隋主发出珍玩，使突利转赠都速六，都速六亦快慰异常。于是敕书分递，催促高颎、杨素等，进军西讨。高颎出朔州，使上柱国赵仲卿，率兵三千为先锋，至族蠡山，与都蓝军相遇，交战七日，大破都蓝军，追奔至乞伏泊。都蓝大举前来，围住仲卿，仲卿摆设方阵，四面拒战，相持至五日。高颎自率军往援，合兵夹击，复破都蓝，追奔七百余里，虏得牲畜人口，以千万计，乃收军而还。杨素出灵州，可巧遇着达头，素不设鹿角，但令诸军上马列阵。达头大喜，称为天赐，即麾精骑十余万，来突素军。上仪同三司周罗睺，随素从军，忙向素献议道："贼阵未整，速击为是。"素点首称善。罗睺遂率锐骑出战，素督大兵接应。突厥向恃骑兵，冲突无前，不意此次隋军，却也非常厉害，纵横驰骤，不可抵挡，番兵立即奔散。达头迟了一步，身上已受了数创，只好忍痛急奔。隋军追杀一阵，俘获甚多，两路番军，都窜出塞外去了。番兵实是无用。

隋主因封突利为启民可汗，使长孙晟至朔州，督建大利城，为启民宅居地。突厥散众，多归启民，男女共约万余口。安义公主虽由启民挈徙，途中迭受惊苦，竟致病殁。隋主复遣宗女义成公主，嫁与启民，且辟夏、胜二州间旷地，使得畜牧，再令上柱国赵仲卿屯兵五原，为启民代御达头。代州总管韩洪等，率步骑一万，往镇恒安，作为声援。达头复集十万骑入寇，韩洪出战败绩。唯仲卿邀击达头，得斩虏首千余级，达头驰去。隋主用长孙晟言，复将启民徙至五原，免致不测，一面再遣杨素等出击都蓝。师未出塞，都蓝已为部下所杀，达头自立为步迦可汗，突厥大乱。启民奉隋主命，遣部吏分道招慰，降附甚众。越年孟夏，达头已抚定境内，复来犯塞。有诏令晋王广为统帅，带同杨素、史万岁、长孙晟等，分途出击。晟命置毒水中，突厥人畜，取饮多死，即惊为天殃，鲞夜遁去。愚如犬豕。史万岁追出塞外，至大斤山，将及达头。达头问隋将为谁？探骑说是史万岁。达头大惧，飞马急奔，余众不及遁走，被万岁督兵纵击，斩首数千，又北入沙碛数百里，见四处乏人，方才南归。既而达头复遣从子俟利伐，来攻启民，隋又发兵往救，与启民击退俟利伐。启民上表陈谢道："大隋圣人可汗，如天无不复，地无不载，染干似枯木更荣，枯骨更肉，千世万世，当为大隋典司羊马哩。"隋主又令赵仲卿增筑金河、定襄二城，保护启民，启民益感恩不置。小子有诗咏道：

> 区区小惠示羁縻，愚虏何知坐被欺？
> 只是和亲终下策，伤心远嫁感流离。

启民既诚心内属，北顾无忧，隋主调还各军帅，共享太平，究竟隋廷能否久安，容至下回续叙。

萧何筑未央宫，汉高以其壮丽而斥之；杨素筑仁寿宫，隋主亦以其壮丽而嫉之，两主初意，固甚善也。乃汉高因萧何之狡辩，易怒为喜，隋主因独孤后之回护，反罪为功，是皆为物欲所蔽，以致自相矛盾，前后不符。且隋主之猜忌功臣，亦与汉高相类，一念为民，转念即为妻孥，妻孥之念一生，于是种种猜嫌，因之而起。唯隋之历世，远不若汉之灵长者，汉之得国以正，而隋实篡窃而来，况更有屠灭周氏之大恶耶？长孙晟两谋突厥，先以反间计制沙钵略，继以反间计驭突利，番奴宗族，自相屠剪，而隋适收渔人之利，晟固有大造于隋者。然娄敬和亲，功不补患，汉之饵匈奴，隋之诱突厥，皆不得为上策。天子有道，守在四夷，岂必诈术为哉？岂必用儿女子以啗之哉？而番虏之贪利无亲，更不足道矣。

第二十二回

恨妒后御驾入山乡
谋夺嫡计臣赂朝贵

却说隋主享国，已有十八九年，内安外攘，物阜民康，好算是太平世界。古人有言："存不忘亡，安不忘危。"这正是持盈保泰的至理。无如饥寒思盗，饱暖思淫，乃是人人常态，隋主坚虽称英武，究竟不是圣主明王，自筑造仁寿宫后，渐渐地系情酒色，役志纷华，只因独孤后生性奇妒，别事或尚可通融，唯不许隋主召幸宫娥，所以宫中彩女盈丛，花一团，锦一簇，徒供那隋主双目，不能与之亲近，图一夕欢。小子却有一比，好比那哑子吃黄连，说不出的苦况。一日，独孤后稍有不适，在宫调养，隋主得了这个空隙，便自往仁寿宫，消遣愁怀。仁寿宫内，宫女已不下数百，妍媸作队，老少成行，隋主左顾右盼，却都是寻常姿色，没有十分当意。信步行来，蹀入一座别苑中，适有一妙年女郎，轻卷珠帘，正与隋主打个照面，慌忙出来迎驾，上前叩头。隋主谕令起来，那宫女方遵旨起立，站住一旁。当由隋主仔细端详，但见她秋水为神，梨云为骨，乌云为发，白雪为肤，更有一种娇羞形态，令人销魂。隋主见所未见，禁不住心痒难熬，便开口问道："你姓甚名谁？何时进宫？"宫女复跪答道："贱婢乃尉迟迥女孙，坐罪入宫，拨充此间洒扫。"隋主又说是不必多礼，可导朕入苑闲游。尉迟女便即起身，冉冉前行，引隋主入苑。隋主心中，只注意女郎，所有苑中琪花瑶草，不过略略赏玩，随口与尉迟女问答。尉迟女情窦已开，料知隋主有意宠幸，乐得柔声娇语，卖弄风骚。**错了错了，难道不闻有母夜叉么?** 隋主越加情动，竟与尉迟女趋入室中，使侍役供入酒肴，叫尉迟女在旁侍饮。尉迟女骤邀恩宠，正出意外，遂承旨饮了几杯，红霞上脸，越觉鲜妍。隋主越看越俏，连喝数觥，酒意已有五六分，索性开放情怀，与尉迟女调起情来。尉迟女若即若离，半推半就，那时隋主还记得什么皇后，什么旧盟? 待至日暮，竟在苑中住宿。一宵快意，不消多说。嗣是绸缪数夕，方才还朝听政。

这独孤后病已略痊，见隋主数夕不归，早已含着醋意，密遣内侍侦探行止。还报得实，气得三尸暴炸，七窍生烟，便伺隋主临朝时候，悄悄带着宫监侍女，乘辇往仁寿宫去了。隋主视朝已毕，入宫去探皇后，哪知独孤后早已他去，旁问内侍，还是含糊对答，经隋主动了怒意，方说皇后往仁寿宫。隋主听了，竟吓得非同小可，便也跨马追去。到了仁寿宫，急诣尉迟女住室，正值独孤后高声喝骂，声达户外，向内一望，摆着一个血肉模糊的尸体，细看不是别人，正是前日相偎相倚的尉迟女。**痛煞!急煞!** 再看独孤后坐在上面，好是母夜叉一般，双眉直竖，两目圆睁，分明瞧着隋主，却尚是满口胡言，兀坐不动。**气煞!** 隋主本是有名的惧内，一时不敢发作，只因悲愤交并，索性转身上马，扬鞭径去。独孤后恃宠作威，正望隋主趋入，再好发泄数语，偏隋主变色自行，倒也着忙起来，便下座追出，连呼陛下快回。隋主全不理睬，只没路的乱跑，急得独孤后仓皇失措，慌忙分遣内侍，宣召高、杨二相，及高颎、杨素，闻命驰至，距隋主去时，已过了好一歇。既问明情由，便带着内侍数名，相偕追去。究竟两人是出将入相的豪杰，走马如飞，足足赶了二三十里，方见隋主在山村间，慢骑前行。二人齐声叫道：“陛下何往?”隋主闻声回顾，见高、杨二相赶来，乃勒马停住。二人忙即下马，趋至隋主马前，挽住丝缰，跪地进谏道：“至尊有何急事? 竟尔轻身自出，难道可不顾社稷么?”隋主不禁长叹道：“说也可羞，自古帝王，莫不有三宫九嫔，朕召幸一个宫女，偏被独孤后殴死。朕想田家翁多收几斛麦，要思易妻；家有千金，也要买几个歌婢。朕贵为天子，反不得自由，何如出居民间? 倒还逍遥自在呢!”高颎道：“陛下错了。陛下进身劳思，得有天下，岂可为一妇人，反把天下看轻? 愿陛下三思，速即还驾!”隋主沉吟不语。杨素亦从旁力谏，且言：“山僻村乡，断非御驾可以留憩。”隋主也自觉为难，可巧日已西沉，仪仗舆辇，并文武百官，一齐来迎。隋主怒亦稍平，方徐徐还朝。及驰入宫阙，已近夜半，独孤后倚阁待着，心下很是不安。**你也有惶急时么？**及闻御驾已回，方才放下了心。隋主尚不肯入宫，再由高颎、杨素，苦劝始入。行至阁门，独孤后见了，忙下拜道："贱妾一时暴戾，触怒圣衷，死罪死罪。但念妾十四于归，至今已数十年，与陛下无纤芥嫌，今因宫人得罪，还乞陛下恩宥！"隋主方答道："朕非不念夫妇旧情，但卿亦太觉忍心。事已至此，也不必多说了。"独孤后涕泣拜谢，依旧并辇入宫。高、杨二相也即随入，由隋主赐他夜宴，自与独孤后亦开樽饮酒，饮了数杯，不免记着尉迟女，露出悲悼情态。高、杨二相，与隋主虽然异席，却是相隔不远，又各出婉言和解，隋主始破涕为欢。待至斗转更阑，才命撤席。高、杨二相辞去，隋主与独孤后返入寝室，一宵易过，无容细表。自是独孤后稍易前情，从前选入的陈叔宝妹子，方许隋主得尝禁脔。陈家女国色天姿，不亚尉迟女孙，李代桃僵，老怀已适，当然把尉迟女的惨死搬置脑后了。**皇帝统是负心汉。**

唯当时追还隋主，多亏高、杨二相，但颎有一语，传入后耳，竟致怀恨在心，看官道是何语？便是上文载着扣马力谏的数语。独孤后因他目为妇人，未免意存藐视，所以怏怏不乐，尝语心腹内侍道："我道高颎是我父执，时常敬礼，不意他藐我至此，我乃堂堂国母，怎得轻我为妇人呢？"**你难道变做男子么？颎哪里知晓？**一日，复应召入对，隋主与语道："有神告晋王妃，谓晋王必有天下，卿意以为如何？"颎正色答道："立储已定，怎可轻易？况长幼原有定序呢。"隋主嘿然，颎即趋出。为此一言，遂令独孤后怒上加怒，恨不得将高颎即日除去。看官听着！隋主生有五子，都是独孤后所出。隋主尝语群臣，谓："朕旁无姬侍，五子同母，可谓真兄弟，当不致有争立情事。"哪知一母所生的兄弟，也暗中相轧，并亲生母自己偏爱，酿成废立，反致正言相告的高仆射，无端牵入旋涡，坐罪谴谪，这也是出人意外的事情。**大气盘旋。**

太子勇小字睍地伐，系隋主坚长子，素性坦率，不尚矫情，常参决军国大事，言多见纳。唯隋主尚俭，勇独文饰蜀铠，为父所见，尝面责道："从古帝王，好奢必亡，汝为储君，当先知俭约，乃能奉承宗庙，我平时衣服，各留一袭，汝可随时取观，作为榜样。且赐汝旧刀一柄，菹酱一盒，令汝服食，汝宜默体我心。"勇虽应命趋出，但事过境迁，又复如常。会遇长至节日，百官皆往东宫贺节，勇张乐受贺，事为隋主所闻，愈滋不悦，特下诏戒谕群臣，此后不得擅贺东宫，嗣是恩宠渐衰。勇又多内嬖，昭训云氏，_{昭训系东宫女职。}姿貌殊丽，尤得欢心，生子三人。还有高良娣、王良媛、成姬等，亦产下数男。独嫡妃元氏无宠，亦不闻生育。隋主坚却不暇计及。唯皇后独孤氏，最恨人宠妾忘妻，平时闻王置妾，或妾有怀孕等事，辄劝隋主惩诫，甚至免官。_{干卿甚事？}偏皇太子亲蹈此辙，怎得不令独孤后生愤？冤冤相凑，那太子妃元氏，遇着心疾，两日即殁，独孤后疑为云氏下毒，越觉不平，每当太子入省，尝带怒容。太子勇亦漫不加察，竟使云氏专掌内政，居然视若嫡妃，益敦情好。独孤后暗暗咒骂，并尝遣内侍侦察，俟太子另有过失，便当请诸隋主，把他废斥。

就中有个阴谋诡计的晋王广，有心夺嫡，默窥父母隐情，巧为迎合。姬妾虽有数人，他却与萧妃日夕同居，就使后庭生子，亦不使养育，但说是未曾产男。有时隋主及后，亲临广第，广只留老丑婢仆，充当役使，自与萧妃又止衣敝缯，屏帐亦改用缣素，乐器任积尘埃，毫不拂拭，隋主当然惬意，独孤后愈觉生欢。及父母回宫，另遣左右探视，广不问贵贱，必与萧妃迎候门前，待以美馔，申以厚礼，因此宫中内侍，无不称晋王仁孝。隋主坚密遣相士来和遍视诸子，和答道："晋王眉骨隆起，贵不可言。"隋主又问上仪同三司韦鼎，谓诸子谁当嗣立？鼎随口奏道："至尊皇后，最爱何人，便使嗣统，此外非臣所敢知了。"_{来、韦二人，恐亦得杨广好处。}隋主笑道："卿尚不肯明言么？"鼎又道："事在陛下，臣何必多言？"说毕自退。

会晋王广出镇扬州，甫经半载，便表请入觐，有旨允准。广即入觐父母，语言容止，无不加谨；就是接待朝臣，亦格外谦恭。宫廷内外，有口皆碑。及辞行还镇，并入宫别母，叙谈半日，无非是远离膝下、常怀孺慕的套话。待到天色将晚，将要出宫，又故意装出欲去不去的光景、欲言不言的情状。独孤后未免动疑，便问他有甚言语？广请屏去左右，只剩得母子两人，便伏地泣诉道："臣儿愚蠢，不知忌讳，每念亲恩难报，所以上表请朝。不知东宫何意，怒及臣儿，谓臣儿觊觎名器，欲加屠陷。臣儿远到外藩，东宫日侍朝夕，倘若谗言交入，天高难辩，或赐三尺帛，或给一杯鸩，臣儿不知死所，恐未能再觐慈颜了。"_{好一张似簧利口。}说至此，呜咽不止。独孤后且怜且恨道："睍地伐见上。真令人难耐，我为他娶元氏女，向无疾病，忽然一旦暴亡，他却与阿云等日夕淫乐，生了许多豚犬。我长媳遇毒丧生，我尚未曾穷治，他竟又想害汝。我在尚然，我死后，汝等只合配他做鱼肉了。况东宫今无嫡妃，至尊万岁千秋后，汝等兄弟，且向阿云前再拜问候，这不是更加苦痛么？"说着，亦泫然泣下。广又假意劝慰，说是"臣儿不肖，转累慈圣伤心，更增罪戾"云云。一擒一纵，独孤虽狡，怎能不堕入彀中？独孤后又咬牙密谕道："汝尽管放心还镇，我自有区处，不使我儿屈死。"广闻言暗喜，面上尚带着惨容，再拜而去。

独孤后遂决意废立，屡在隋主面前，挑唆是非。隋主因令选东宫卫士，入台宿卫。朝臣无人敢谏，独高颎入奏道："东宫宿卫，不便多调。"隋主不待说毕，便作色道："朕有时出巡，卫士应求雄毅，太子毓德东宫，何须壮士？我熟见前朝旧事，公不必再循覆辙了。"这一席话，说得高颎面有惭色，只好退出。原来颎子表仁，曾娶太子勇女为妇，隋主言中寓意，越令高颎难以为情。既而颎妻病卒，独孤后乘间进言道："高仆射年已将老，骤致悼亡，陛下奈何不为颎娶？"隋主因召颎入阙，面述后言。颎含泪答道："臣今已老，退朝后唯斋居诵经，不愿再纳继室了。"隋主亦为悼叹，因即罢议。过了数月，颎亲生下一男。隋主颇为颎喜慰，唯独孤后很是不乐。隋主问为何因？后答道："陛下尚再信高颎么？前陛下欲为颎续娶，颎心存爱妾，面欺陛下，今诈情已见，怎能再信？"看到此语，方知前时劝颎复娶，已寓阴谋。隋主亦以为然。及与颎商废立事，颎又提出长幼伦序，对答隋主，见上。于是隋主益疑颎有私，拟加谴谪。复忆及王世积一案，再加复验。有司希旨锻炼，谓颎实有通叛情事，乃即罢隋左仆射，以公爵就第。

先是汉王谅东伐高丽，尝令颎为长史，面加重托。谅年少任气，与颎言多不合意，遂致无功而归。谅入见独孤后道："儿幸免为高颎所杀。"独孤后原记在心中，谅亦怀恨不休，常欲置颎死地。还有晋王广为张丽华事，又挟嫌伺颎，为此种种积仇，遂阴唆颎吏上书，讦颎私事，诬称颎子表仁，劝慰乃父，谓"司马仲达，尝托疾不朝，卒有天下，父今遇此，安知非福"等语。隋主得书大怒，遂拘颎至内史省，备加讯鞫。法司按不得实，反捏报他事，谓："沙门真觉，曾语颎云，明年国有大丧；尼令晖亦与颎言，皇帝将有大厄，十九年恐不可过。"隋主益怒，顾语群臣道："帝王岂可力求？孔子为古来大圣人，作法垂世，岂不欲有天下？但天命未归，只好作罢了。"孔子岂肯效法篡逆么？有司请即诛颎，隋主复叹道："去年杀虞庆则，今年斩王世积，若更诛颎，天下总道我残害功臣了。"乃褫颎爵邑，除名为民。颎有老母，尝诫颎道："汝富贵已极，但欠一斫头呢，奈何不慎？"颎既被黜，回忆母言，尚自幸不死，倒也没有恨色。哪知生死有命，后来终难免一刀，这且慢表。

　　且说晋王广闻高颎免官，又少了一个对头，自思储君一席，此时不夺，更待何时？但一时也想不出妙计，默思安州总管宇文述，足智多谋，何不将他奏调过来？好与他秘密商量。当下写定一表，奏调宇文述为寿州刺史。隋主怎识秘谋？便即批准。述受调南来，顺道谒广。广殷勤款待，向述问计。述答道："皇太子失爱已久，令德仁闻，无一可及大王，将来入承正统，舍王为谁？但废立大事，实不易言，大王虽经二圣宠爱，究竟事关重大，未便遽移，必须有一亲信大臣，从中怂恿，方可成功。"广皱眉道："亲信大臣，莫如杨素，但恐他不肯助我，奈何？"述接口道："这也何难？大理少卿杨约，为杨仆射亲弟，事必与谋，述与约相识，愿入朝京师，乘便语约，为大王效劳，何如？"广大喜过望，便多出金宝，令述携带入关。

　　一到长安，述即往访约，彼此相别有年，欢然道故，自在意中。述即赠约珍玩数件，适合约意，当即开筵接风，备极款洽，尽兴始散。越日，述早起入朝，隋主照例召见，寥寥数语，即令退班。述回寓后，约正踵门答拜，述当然迎入，也即设宴相待，酒过数巡，席上陈设，多是南方佳玩，就是银杯象箸，亦无不雕刻玲珑。约且饮且赏，啧啧称美。述慨然道："公既见爱，便当相赠。"说着，复取出周彝商鼎等类，与约过目。约爱不释手，赞不绝口，述见他已经入彀，复语约道："述愿与公掷卢赌胜，就以此物为彩，可好么？"约趁着三分酒兴，便与述共博，述佯为不胜，把鼎彝等悉数输去。约得彩既多，也觉得难以为情，有谦让意。述附耳道："公以为此物是述所输么？述哪能有此？实是晋王所赐，令述与公交欢呢。"约愕然道："兄赐尚不敢当，若是晋王所赐，更不敢受。"述笑答道："这些须珍玩，何足希罕？尚有一场永远大富贵，送与令昆玉。"约愈觉失惊。述从容道："如公兄弟，功名盖世，当涂用事，已历多年，朝臣为公家所屈辱，岂止一二人？且储君因所欲不行，往往切齿执政，一旦得志，至亲有云定兴等，*定兴即昭训父。*宫僚有唐令则等，试问公家兄弟，尚能长保富贵吗？"约不禁失色道："如此奈何？"述又道："今皇太子失爱慈圣，主上已有废黜的微意，想公家兄弟，谅亦窥悉，若请立晋王，但教贤兄一语，便可做到，诚使因时立功，晋王必感念不忘，这岂非避危就安，是一场永远大富贵吗？"*娓娓动人。*约点首道："君言甚是，待商诸家兄，再行报命。"说着，又畅饮数杯，方才告别。述将所赠珍玩，遣人送往杨家，自不消说。

　　约即往告素，素大喜道："我尚想不到此，赖汝有此计策，我便照行便了。"

约复道:"今皇后所言,上无不用,兄须看着机会,早自结托,庶可长保富贵,若再迟疑,一旦有变,令太子用事,祸至无日了。"素掀须道:"这个自然。"约见素已允,便悄悄地报知宇文述。述当然返报晋王广,不在话下。唯杨素怀着鬼胎,日思进言,可巧隋主召令侍宴,独孤后亦在座中。素即称赞晋王孝悌恭俭,酷肖至尊。隋主尚未开口,独孤后已顾素道:"公亦看重我次儿么?我儿大孝,每值内史往问,他知为我夫妇所遣,必迎接境上,言及违离,未尝不泣。且新妇萧氏,亦很觉可怜,我使婢去,必与她共寝同食,岂若睍地伐宠恋阿云,猜忌骨肉,全不像个储君体统?我所以益爱阿麽,常恐他被人暗害呢。"说至此,不禁泣下。看官道阿麽为谁?就是晋王广的小名。广将生时,独孤后梦见金龙入室,红光缭绕,后来忽堕落地上,跌断龙尾,变成一只老鼠模样,形大如牛。后猛然惊醒,随即产广。广生得丰颐广额,头角峥嵘,后甚是喜欢。及三日取名,后与隋主述及梦境,隋主半喜半惊,仔细忖量,似乎凶多吉少,但后事茫茫,究难预料。因他眉开额阔,便取名为广,小字阿麽。**俗本易麽为摩,大误。**所以独孤后向素答言,随口呼及晋王广的小名。素揣知后意,索性把东宫过失,直陈了一大篇,惹得隋主愈加懊恼,感叹了好几回。待素辞退后,独孤后又暗遣内侍,赍金赐素,素乐得拜受。小子有诗叹道:

> 漫言五子属同胞,偏爱偏憎已混淆;
> 更有权奸承内旨,几多谗口共訾訾。

这事传入太子勇耳中,勇自然忧惧,要想设法保全,毕竟有无良策,容至下回再详。

古人有言:"哲妇倾城。"又云:"谋及妇人,宜其死也。"夫古今来非无才智之妇人,但明通者少,悍妒者多。试观尉迟女之一经召幸,即被独孤后殴死,妒悍如此,尚能知大体乎?隋主坚不自类推,反以为五子同母,少长咸序,可无后患,讵知势均位敌,虽属同产至亲,不能无倾夺之害。况妇人最多偏爱,孽子又肆阴谋,浸润之谮,肤受之愬,非洞烛其奸,几何不为所蒙蔽也?高颎重臣,忠而见斥,杨素贪恋富贵,致为宇文述所饵,嬖子匹嫡,外宠贰政,而废立之衅成,而弑逆之祸,亦自此兆矣。

第二十三回

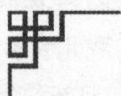

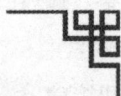

太子勇遭谗被废

庶人秀幽锢蒙冤

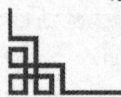

　　却说太子勇安居东宫，喜近声色，免不得有三五媚臣，导为淫佚。就是云昭训父定兴，亦出入无节，尝献入奇服异器，求悦太子。左庶子裴政，屡谏不从。政因语定兴道："公所为不合法度。且元妃暴薨，人言藉藉，公宜亟自引退，方可免祸。"定兴不以为然，并将政语转告太子。太子勇便即疏政，出襄州总管，改用唐令则为左庶子。令则素擅音乐，勇使他教导宫人，弦歌不辍。右庶子刘行本，尝责令则道："庶子当以正道佐储君，奈何取媚房帷，自干罪戾？"令则闻言，也觉赧然，但欲讨好东宫，仍然不改。会太子召集宫僚，开筵夜饮，令则手弹琵琶，歌妓媚娘，太子大悦。当时恼动了一位直臣，便起座进规道："令则身为宫僚，职当调护，今乃广座前，自比倡优，进淫声，秽视听，事若上闻，令则罪在不测，殿下宁能免累么？"太子勇怫然道："我欲行乐，君勿多事！"说至此，那直臣知话不投机，也即趋出。这人为谁？就是太子洗马李纲。叙法侧重李纲，为下文伏线。勇由他自去，并不追问，仍使令则弹唱终席，方才遣散。嗣复与左卫率夏侯福手搏为戏，笑声外达。刘行本待福出来，召福面数道："殿下宽容，赐汝颜色，汝何物小人，敢如此恣肆无礼呢？"因将福执付法吏。勇反替福请免，乃得释出。还有典膳监元淹，太子家令邹文腾，前礼部侍郎萧子宝，前主玺下士何竦等，俱专务谐媚，导勇非法。

勇内多姬媵，外多幸臣，整日里歌宴陶情，不顾后患。至废立消息，传到东宫，勇才觉着忙，闻新丰人王辅贤，素善占候，因召问吉凶。辅贤道："近来太白袭月，白虹贯东宫门，均与太子有碍，不可不防。"勇越加惶急，遂与邹文腾、元淹熟商，引入巫觋，作种种厌胜术，又在后园内设庶人村，屋宇卑陋。勇常往寝处，布衣草褥，为厌禳计。**全是愚夫、愚妇的作为。**隋主坚颇有所闻，遂使杨素诇视虚实。素至东宫，已经递入名刺，却故意徘徊不进。勇束带正冠，伫待多时，方见素徐徐进来。勇不觉懊恼，语多唐突。素即还报太子怨望，恐有他变。隋主尚将信将疑，再经独孤后遣人伺勇，每得小过，无不上闻，甚且架词诬陷，构成勇罪，说得隋主不能不信，乃自玄武门达至德门，分置候人，窥察东宫动静，所有东宫宿卫，及侍官以上名籍，悉令移交诸卫府。宫廷内外，俱知废立在迩，乐得顺风敲锣，投井下石，至如晋王广盼望佳音，更觉迫不及待，密嘱督王府军事段达，贿通东宫幸臣姬威，使伺太子过失，密告杨素。于是内外喧谤，说得这个太子勇无恶不作，自古罕闻。

会隋主幸仁寿宫，将要回銮，段达往胁姬威道："东宫罪恶，皇上尽知，已奉密诏，定当废立，君能和盘托出，大富贵就在目前了。"威满口应承。未几，隋主还朝，才阅一宵，已听得许多蜚语，越宿御大兴殿，即宣召东宫官属，怒目与语道："仁寿宫去此不远，乃令我每还京师，严备仗卫，好似身入敌国一般。我近患下痢，寝不解衣，昨夜至后房登厕，恐有警急，又还就前殿，岂非尔辈欲坏我家国么？"说至此，即叱令左右，拿下左庶子唐令则等数人，付法司讯鞫，一面命杨素陈述东宫事状，宣告群臣。素竟随口编造，说出太子许多骄倨，且有密谋不轨等情。隋主喟然道："此儿过恶久闻，皇后每劝我废去，我因此儿居长，且是布素时所生，格外容忍，望他渐改。不料他怙恶不悛，反敢私怨阿娘，不与一好妇女；且指皇后侍儿，谓将来终是我物。新妇元氏，性质柔淑，忽然暴亡，我疑他别有隐情，召他入问，他便抗辞道：'会当杀元孝矩。'试想孝矩为元氏父，现为庐州刺史，相隔甚远，何罪当杀？他无非意欲害我，借此迁怒呢。皇长孙俨，为云氏所出，朕与皇后老年得孙，抱养宫中，他偏不放心，遣人屡索，由今思昔，云氏系定兴女，与不肖儿在外私合，安知不是异种？昔晋太子取屠家女，生儿即好屠割，今若非类，便乱宗社。又闻不肖儿引入曹妙达，与定兴女同宴，妙达在外扬言，我今得劝妃酒，如此乖谬，想是因诸子庶出，恐人不服，特故意纵妾，欲收时望，我虽德惭尧、舜，怎可将社稷人民，付

与这不肖子呢？"*多是妇女琐亵之谈，奈何出诸帝口？*语尚未毕，左卫大将军五原公元
旻，听不入耳，竟出班面奏道："废立大事，天子无二言，诏旨若行，后悔无及。谗
言罔极，请陛下三思！"隋主全然不理。

旻尚欲再言，偏姬威入朝抗表，迭称太子失德。隋主览表已毕，复传威入见，
谕令尽言。看官！你想威有什么好话？无非说太子好奢好淫，好杀好忌，又把那厌蛊
诸术，尽情说出，最后一语，谓太子尝令师姥卜吉凶，转语臣道："至尊忌在十八
年，今已过期，好令人快意了。"隋主听到此言，气得老泪潸潸，且泣且叹道："谁
非父母所生？乃竟至此。朕近览《齐书》，见高欢纵子为恶，不胜愤懑，我怎可效尤
哩？"说着，即传敕禁勇诸子，及勇党羽，令杨素讯谳，自下御座退朝。素与弟约、
深、文巧诋，锻炼成狱，有司更希承素意，奏称："元旻尝曲意事勇，当御驾在仁寿
宫时，勇尝遣心腹裴弘，致书与旻，外面写着，毋令人知。"*既云密书，又云外面有此
数字，明明是诬蔑之言，构陷元旻。*隋主看了，便失声道："朕在仁寿宫，事无巨细，
东宫即已闻知，比驿马还要迅速，朕尝称为怪事，哪知有此辈引线呢？"遂遣武士拘
旻下狱，并裴弘亦被拘入。右卫大将军元胄，尝入值帝前，时当退班，尚留连不去，
至此始面奏道："臣向不退值，正为陛下防着元旻呢。"*可恶之极。*隋主被胄所欺，
面加褒奖，胄欢跃而出。开皇二十年十月，隋主决意废太子勇，使人召勇入见。勇见
朝使失色道："莫非欲杀我不成？"使臣支吾对付。勇只好硬着头皮，随使入武德
殿。但见殿阶上下，兵甲森列，殿内东立百官，西立诸王，御座中坐着一位甲胄耀
煌，威灵赫濯的大皇帝，不由得心胆俱碎，匍伏阶前。内史侍郎薛道衡，在阶上站
着，朗声宣诏道：

太子之位，实为国本，苟非其人，不可虚立。自古储副，或有不才，长恶不悛，
仍令守器，皆由情溺宠爱，失于至理，致使宗社沦亡，苍生涂地。由此言之，天下安
危，系乎上嗣。大业传世，岂不重哉？皇太子勇，地则居长，情所钟爱，初登大位，
即建春宫，方冀德业日新，隆兹负荷，而乃性识庸暗，仁孝无闻，昵近小人，委任奸
佞；前后愆戾，难以具纪。但百姓者天之百姓，朕恭膺天命，属当安育，虽欲爱子，
实负上灵，岂敢以不肖之子而乱天下？勇及其男女为王公主者，并废为庶人，顾维兆
庶，事不获已，兴言及此，良深愧叹！

诏书读毕，当有卫士引勇诸子，趋入殿庭，褫去冠带，并由道衡传谕及勇道："如尔罪恶，人神共弃，欲求免废，尚可得么？"勇即免冠再拜道："臣合尸都市，为将来鉴，幸蒙哀怜，得全性命。"说着，泪如雨下，良久始舞蹈而去。盈廷诸臣，莫不感悯，但也不便多言。勇有十子，亦一并牵出。长子俨曾封长宁王，尚表乞宿卫，情词恳切。隋主览表心动，意欲留俨，杨素进言道："伏愿圣心同诸螫手，不宜再事矜怜。"素实可杀。隋主乃怏怏入内。越日，又下诏书，斩元旻、唐令则、邹文腾、夏侯福、元淹、萧子宝、何竦七人，妻妾子孙并没入官庭。还有车骑将军阎毗，东郡公崔君绰，游骑尉沈福宝，术士章仇太翼，各杖百下，身及妻子为奴，资财田宅充公。副将作大匠高龙义，率更令晋文建，通直散骑郎元衡，并赐自尽。

太平公史万岁，与将士等共列朝堂，见太子被废，暗暗称冤，不辞而退。隋主记忆起来，召问杨素道："万岁为何遽退？"素答道："想是去谒东宫了。"隋主即召万岁入问，万岁为素所诬，当然不服，且言："前征突厥，被杨素抑功不赏，将士多半怨素，素实老奸巨猾，不可轻信。"隋主此时，正深信杨素，便极口驳斥，万岁仍然反抗，词色益厉，顿时恼动上意，遽命左右推出朝门，把他击毙。已而不禁自悔，复令追还，那万岁的魂灵，已入枉死城，哪里还追得转呢？当下赐杨素帛三千段，元胄、杨约各千段。文林郎杨孝政进谏道："皇太子为小人所误，宜加训诲，不宜废黜。"隋主又怒，喝令挞孝政胸，至数十下。孝政只得自认晦气，忍痛而出。隋主复召东宫官属，责他辅导无方，众皆惶惧，莫敢答言。独太子洗马李纲道："废立大事，满朝文武大臣，皆知事不可行，但莫敢发言，臣何惜一死，不为陛下直陈？太子性本中人，可与为善，亦可与为恶。向使陛下选择正人，辅导太子，非不可嗣守鸿业，乃用唐令则为左庶子，邹文腾为家令，二人唯知谄媚取容，怎得不败？这乃陛下自误，不得尽归罪太子。"说至此，伏地呜咽。隋主亦不觉惨然，唏嘘良久道："李纲责我，不为无理，但徒知其一，未知其二，我本择汝为宫僚，勇不肯亲信，虽有正人，究属何益？"纲又答道："臣所以不见亲信，实由奸人在侧，蒙蔽东宫，若陛下早斩令则、文腾，更选贤才辅佐太子，臣何致终被疏弃哩？从古来国家废立冢嫡，每至倾危，愿陛下深留圣恩，无贻后悔。"胆愈壮则词愈达。隋主听了，勃然变色，抽身入内。左右皆为纲寒心，纲却从容退归。已而有诏传出，移置废太子勇至内史省，恩给五品料食，又擢李纲为尚书右丞。朝臣始服纲胆识，交口称颂了。

过了数日，即立晋王广为太子，全国地震。广还要讨好父前，表请减杀章服，所用官僚，不向东宫称臣。隋主坚嘉他礼让，优诏允从。广即调用宇文述为左卫率，又因洪州总管郭衍，亦曾与谋夺嫡，召为左监门率。隋主又移废太子勇至东宫，锢置幽室，令广管束。勇自思罪不当废，屡请见父申冤。广不肯允，勇升树号呼，期达上闻。广商诸杨素，素即上言："勇志日昏，想为癫鬼所祟，不可复收。"隋主乃令广从严锢勇。勇遂如罪犯一般，不许自由。从此九重远隔，永不得见天日了。

先是隋主克陈，天下多想望太平，监察御史房彦谦，私语亲友道："主上忌刻苛酷，太子卑弱，诸王擅权，天下虽得暂安，不久必生祸乱。"彦谦子玄龄，亦密白乃父道："主上本无功德，徒用诈术取天下，诸子又皆骄奢不仁，将来必自相诛夷，危亡即不远了。"会新乐告成，协律郎祖孝孙及乐工万宝常，按律谱音，皆不见用，但创出一种繁闹的乐音，奉敕施行。宝常泫然道："淫厉而哀，天下不久便乱了。"自是辞去役使，情愿槁饿，并取乐谱毁去，且自叹道："用此何为？"未几竟绝粒而死。回应八十六回中订乐事，笔法不漏，且以见隋代之将亡。

隋主还道是立储得人，可无后忧。太史令袁充，当废立东宫时，曾进言天象告变，应该废立，至此又表称："隋兴以后，昼日渐长，兆庆升平。"隋主大喜，即改开皇二十一年为仁寿元年，大赦天下。地球绕日，自有常度，乌有无故增长之理？进杨素为左仆射，苏威为右仆射，文武百官，加秩有差。唯因日影增长，令百工作役，概加程课。丁匠等不免叫苦，隋主怎得与闻？散骑侍郎王劭，乘势献谀，谓自大隋受命，符瑞甚多，特辑成《皇隋灵感志》三十卷，进呈御览。隋主取阅全书，内容多系采集歌谣，旁及谶纬，并且掇拾佛书，意为注释，虽未免牵强附会，但自思得国未正，士民或有异议，正好借此宣示四方，表明应天顺人的征验。当下将劭书颁行天下，并赏劭金帛千匹，且亲祀南郊，答谢天庥。

才阅一年，岐、雍二州地震，毁坏民庐，不可胜计。到了孟秋，独孤后受凉感疾，饮食无味，寝卧不安。御医逐日诊治，毫不见效，反且沉重起来。天文似亦预兆灾祲，八月初旬，月晕四重，又越五日，太白犯轩辕，是夜独孤后病殁永安宫，年正五十。隋主感伤数次，乃命礼官治办丧仪，殡灵白虎殿下。太子广至灵柩前，哀号擗踊，若不胜情，至退处私室，饮食言笑，仍如平时。又每朝令进二溢米，暗中却嘱取肥肉脯鲊，置竹筒中，用蜡封口，裹着衣襆，悄悄纳入，外人无从得知，反盛称太子孝思，誉不绝口。转眼间已过了三月，奉枢出葬泰陵，追谥文献。这泰陵地域，是由上仪同三司萧吉所择，奏云："卜年三千，卜世二百。"隋主说道："吉凶由人，不关墓兆。"话虽如此，意中实喜得嘉地，竟从吉言。**言不由衷，无怪生儿更诈。**吉密语知友道："前太子尝遣宇文左率，嘱我善择山陵，令太子早日得立，必当厚报。我答言地已择就，不出四年，太子必御天下。实告诸君，太子嗣位，隋必致亡。我所云三千年，乃系三十，二百世乃系二传。诸君记着！看我言果有验否？"**吉为梁长沙王萧懿孙，既有此技，何前此无救国亡？**吉友闻言，也似信非信，搁过一边。

且说隋主第四子蜀王秀，容貌壮伟，很有胆力，年未及壮，即多须髯，常为朝臣所侧目。隋主尝语独孤后道："秀将来恐不令终，我在尚可无虑，至兄弟时必反无疑。"独孤后以秀无他过，置诸不理。隋主乃命秀镇蜀。秀莅治益州，奢侈逾制，车马衣服，僭拟天子。隋主稍有所闻，即语群臣道："坏我家法，必在子孙。"因遣使赍敕谴责，秀终未肯改。及太子勇遭谗被废，晋王广得为太子，秀意甚不平。广亦防秀有变，阴令杨素进谗，构成罪状。隋主乃召秀还朝，秀入都进谒，但见隋主满面怒容，不与一言。秀再拜而出，隋主乃使朝臣责秀，秀答谢道："臣忝荷国恩，出临藩岳，不能奉法，罪当万死。"太子广闻秀被责，很是欣慰，外面装出爱弟形状，邀同诸王入宫，替秀解免。隋主反加怒道："从前秦王糜费，我以父道相责，今秀蠹害生民，我当以君道相绳。汝等不必多言，我自有法处治呢。"说着，即令将秀付诸法司。开府仪同三司庆整进谏道："庶人勇既废，秦王已薨，陛下儿子无多，奈何屡加严谴？且蜀王性甚耿介，今被重责，或且不愿生全，也是可虑。"隋主大怒道："你敢来多嘴么，我且断你舌根！"随即顾群臣道："当斩秀市中，以谢百姓。"群臣俱跪伏殿庭，代为乞免，乃令杨素、苏威、牛弘、柳述等，再加按治。太子广阴作木偶，缚手钉心，上书隋主及汉王姓名，下署数语云："请西岳慈父圣母，速遣神兵，收系杨坚、杨谅神魂。"令人埋诸华山下。一面使杨素发掘，作为罪证。又云："秀妄造图谶，迭言京师妖异，捏称蜀地祯祥。"并有檄文草稿，略云"逆臣贼子，专弄威福，当盛甲陈兵，指期问罪"等语。罪证已具，一并上奏。隋主见了，拍案盛怒道："天下有这等不肖子么？"便令废秀为庶人，幽锢内侍省，不得与妻孥相见，但给獠婢二人，充当役使。且缘秀连坐，计百余人。**又中了逆子奸相的诡计。**秀上表称谢，表文中有云："伏愿慈恩，垂赐矜悯。今兹残息未尽，愿与瓜子相见，请赐一穴，令骸骨有归。""瓜子"二字，是指自己的爱子言。隋主反下诏数秀十罪，略云：

　　汝地居臣子，情兼家国。庸蜀重要，委以镇之。汝乃干纪乱常，怀恶乐祸，睥睨二宫，伫望灾衅。我有不和，汝便觇候；望我不起，便有异心。皇太子汝兄也，次当建立，汝假托妖言，乃云不终其位。自言骨相非人臣，德业堪承重器，诈称益州龙现，托言吉兆，重述木易之姓，更治成都之宫。妄说禾乃之名，以当八千之运；横生京师妖异，以证父兄之灾；妄造蜀地祯祥，以符己身之策。鸠集左道，符书厌镇。汉王于汝，亲则弟也，乃画其形像，书其姓名，缚手钉心，妄云请西岳华山慈父圣母，收杨谅魂神。我之于汝，亲则父也，又画我形像，缚首撮头，仍云请西岳神兵，收杨坚魂神。如此悖谬，我不知杨坚、杨谅，果是汝何亲也。包藏凶慝，图谋不轨，逆臣之迹也。希父之灾，以为身幸，贼子之心也。怀非分之望，肆毒心于兄，悖弟之行也。嫉妒于弟，无恶不为，无孔怀之情也。违犯制度，坏乱之极也。多杀不辜，豺狼之暴也。剥削民庶，酷虐之甚也。唯求财货，市井之业也。专事妖邪，顽嚚之性也。弗克负荷，不材之器也。凡此十者，灭天理，逆人伦，汝皆为之，不祥之甚也。欲免祸患，长守富贵，其可得乎？

　　庶人秀得见此诏，吓得莫名其妙，自思诏书所言，纯是冤诬，不知被何人构造出来，锻成这般大罪。禁门深远，无从申诉，只好饮恨泣血，静坐图圄。贝州长史裴肃独遣使上书，谓："二庶人得罪已久，宁不革心，愿陛下弘君父之慈，顾天性之义，各封小国，再观后效。若能迁善，渐更增益，如或不悛，贬削未迟。"这书奏入，隋主顾杨素道："裴肃忧我家事，也是一片诚心。"素默然不答。不劾裴肃，还算厚道。于是征肃入朝，面谕二庶人不能曲恕，且罢肃原官，放归田里。唯庶人秀诸子，听令同处，小子有诗叹道：

　　　　谗言蔽主益神昏，父子相夷最贼恩。
　　　　一摘已稀偏再摘，可怜皇嗣两含冤！

　　二庶人不得出头，太子广得步进步，更要做出逆天害理的大事来了。欲知他如何行事，请看下回便知。

　　太子勇非无过失，误在无正人以辅导之。如洗马李纲言，最为剀切。然有独孤后之偏爱，与晋王广之诡谋，就使勇无失德，亦必致废黜，况更有杨素之助桀为虐耶？隋主坚惩高欢覆辙，自谓不致纵子，而抑知妻儿谮愬，堕彼术中，其惑且比高欢为尤甚也。蜀王秀虽未免僭踰，而较诸废太子勇，更属无甚大罪，乃广、素相毗，百端构陷，复被废为庶人。自来阴贼险狠，莫如杨广，而隋主坚屡为所欺，溺爱不明，一至于此，有子者尚其鉴诸！

第二十四回

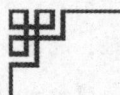

侍病父密谋行逆
烝庶母强结同心

却说太子广诈谋百出，构陷兄弟，全亏杨素一力帮助，因得如愿。素亦威权日盛，兄弟诸父，并为尚书列卿，诸子亦多为柱国刺史。广营资产，家童数千，妓妾亦数千，第宅华侈，制拟宫禁。朝右诸臣，莫不畏附。唯尚书右丞相李纲及大理卿梁毗，正直不阿，与素异趋。毗且上书劾素，说他：“权势日隆，威焰无比，所私无忠说，所进皆亲戚，子弟布列，兼州连县。天下无事，容息异图，四海有虞，必为祸始。陛下以素为阿衡，臣恐他心同莽、懿，伏愿揆鉴古今，量为处置，使得鸿基永固，率土幸甚！”隋主览奏大怒，收毗系狱，亲加鞠问。毗毫不畏缩，且极言：“素擅宠弄权，杀戮无道，太子及蜀王得罪遭废，臣僚无不震悚，独素扬眉奋肘，喜见颜色，利灾乐祸，不问可知。”隋主听到此语，不由得忆念二子，发现天性，暗暗地吞声饮泪，不愿再鞠，乃命毗还系狱中，越日传敕赦毗。嗣又诏谕杨素道“仆射系国家宰辅，不应躬亲细务，但阅三五日，一至省中，评论大事，便为尽职”等语。又出杨约为伊州刺史。素知隋主阴怀猜忌，更不自安；又见吏部尚书柳述，进参机密，得握政权，尤觉得心如芒刺，愤懑不平。**好与杨广同谋弑逆了。**

先是隋主第五女兰陵公主，下嫁仪同王奉孝，奉孝早世，公主年才十八，隋主欲令她改嫁。晋王广因妻弟萧场，正在择配，拟请将公主嫁场。偏是乃父不从，令适内史柳述。隋主最爱此女，更闻她敬事舅姑，力循妇道，益加心慰，遂累擢述至吏部尚书。广既为太子，与述未协，并见述微宠预政，越觉生嫌，再加杨素亦常憾述，眼见是虎狼在侧，怎得相安？当时龙门人王通，具有道艺，讲学河汾间，门徒甚众，目睹朝政日非，孽子权臣，互为表里，料知祸乱不远，因诣阙上书，胪陈太平十二策。隋主不能采用，通即拟告归。杨素凤慕通名，留通至第，劝他出仕。通答道：“通尚有先人敝庐，足庇风雨，薄田数亩，足供馆粥，读书谈道，尽堪自乐。愿明公正己正人，治平天下，通得为太平百姓，受赐已多，何必定要出仕呢？”素闻通言，敬礼有加，因馆待数日。有人向素进谗道：“通实慢公，公何故敬通？”素亦不觉生疑，转以问通。通从容道：“公若可慢，是仆得计；不可慢，是仆失人。得失在仆，与公何伤？”素一笑而罢。**不必多辩，已使权奸心折。**通见素终未肯改过，便即辞归，仍然居家课徒。后来唐朝开国，如房玄龄、魏徵诸贤臣，皆受教通门。通至隋大业末年，**大业系隋炀帝年号，见下文。**在家病卒，门人私谥为文中子，毋庸多表。**不略王通，足补史传之阙。**

会突厥步迦可汗，**即达头可汗，**屡扰隋边，并寇掠启民可汗庐帐，杨素发兵奋击，大破步迦。步迦穷蹙遁归，部众因此离心，铁勒仆骨等十余部落，并内附启用，突厥大乱。步迦奔往吐谷浑，隋主令启民归统部众，使长孙晟送出碛口。启民益感隋恩，岁修朝贡，亦不消细说。

且说隋主坚自皇后死后，不必惧内，遂专宠陈叔宝妹子，赐号贵人。叔宝亦得时常召见，隋主命修陈氏宗祀，令叔宝岁时致祭，且因此惠及齐梁，特许齐后高仁英，梁后萧琮，修葺祖陵，逐年祭扫。叔宝因妹邀宠，早把亡国的痛苦，撇置脑后。**此之谓全无心肝。**一日，从隋主登邙山，奉谕侍饮。叔宝即席赋诗道：“日月光天德，山河壮帝居。太平无以报，愿上东封书。”隋主亦不加可否。至陪辇回朝，叔宝又表请封禅。当下接得复敕，暂从缓议。过了旬月，复召叔宝入宴。叔宝本来好酒，见着这杯中物，胜似性命，连喝了数大觥，酒意醺醺，方才罢席，拜谢而出。隋主目视叔宝道：“亡国败家，莫非嗜酒，与其作诗邀功，何如回忆危亡时事？当贺若弼入京口时，陈人密启告急，叔宝饮酒不省；及高颎入宫，犹见启在床下，岂不可笑？这是天意亡陈，所以出此不肖子孙。昔符秦征伐各国，俘得亡国主，概赐爵禄，意欲沽名，实是违天，所以符氏享国，亦未能长久呢。”**休说别人，自己也要死亡了。**仁寿四年，叔宝病死隋都，年五十二。隋廷追赠叔宝为长城县公，予谥曰炀。史家称为陈后主，或沿隋赠号，呼为长城公。但叔宝死时，在仁寿四年仲冬，隋主坚却比他早死了几个月，并且死得不明不白。照此看来，一个统领中原的主子，结果反不及一亡国奴，说来也觉得可怜可痛呢！*从陈女递入叔宝，从叔宝之死，回溯隋主之殁，叙笔不漏不紊。*

原来隋主坚既宠一陈贵人，领袖六宫，复在后宫选一丽姝，随时召幸。这丽姝也由陈宫没入，母家姓蔡，籍隶丹阳，姿容秀媚，与陈贵人相差不远。隋主早已钟情，只因独孤后奇妒，不便染指。后死后，乃进蔡氏为世妇，享受温柔滋味，日加宠遇。寻亦拜为贵人。两贵人并沐皇恩，轮流服侍，隋主虽然快意，究竟消耗精神；况日间要治理万几，夜间要周旋二美，六十多岁的老头儿，哪里禁受得起？起初还是勉强支撑，至敷衍了一年有余，终累得骨瘦如柴，百病层出。仁寿四年孟春，尚挈二贵人往仁寿宫，想去调养身体，一切国事，均令太子广代理。无如万几虽卸，二美未离，总不免旦旦伐性。一住三月，偶感风寒，内外交迫，即致卧床不起，蒐苓罔效，茱苜无灵。两贵人原是惶急，此外随驾人员，亦无不耽忧，便报知东宫太子，及在朝王公。太子广便即驰省，余如左仆射杨素，吏部尚书兼摄兵部尚书柳述，黄门侍郎元岩等，亦皆随往问疾。大众到了大宝殿，里面就是隋主寝所，便鱼贯而进，并至榻前。隋主正含糊自念，若使皇后尚存，朕不致有此重疾了。*谁叫你老且渔色？还劳记忆妒后吗？*太子广已经听着，默忖一番，*已寓后日诈谋。*才开口启呼父皇。隋主始张目外视道："汝来了吗？我念汝已久了。"广故作愁容，详问病状，语带凄音。隋主略略相告，并由杨素等上前请安。隋主亦握手唏嘘，自言凶多吉少。素等俱出言劝慰，方得隋主领首，面命太子广居大宝殿，俾便侍奉。杨素等出外伺候，太子广等领命退出。广与素密谈数语，素唯唯而去。看官听说！这太子广见隋主病重，料知死期在迩，心下很是喜欢，便嘱令杨素预先留意，准备登基。及素去后，又因言不尽意，常自作手书，封出问素。素条陈事状，复报太子。

偏偏冤家有孽，宫人误将杨素复书，传入御寝，隋主取来展阅，大略一瞧，已是肝气上冲，喘急异常。两贵人慌忙过侍，一捶背，一摩胸，劳动了好多时，方渐渐地平复原状，悲叹数声，始蒙眬睡去。这一睡却经过半日有余，醒来已是夜半，寝室中灯烛犹明，两贵人尚是侍着。隋主不禁怜惜道："我病日剧，累汝两人侍我，劳苦得很，可惜我将不起，汝两人均尚盛年，不知将如何了局哩？"*自然有人代汝效力，汝且*

不必耽忧。两贵人听了，连忙上前慰解，但心中各怀酸楚，虽勉强忍住珠泪，已是眼眦荧荧，隋主愈觉不忍，但又无可再言，只得命她寝息。越日传谕出去，加号陈氏为宣华夫人，蔡氏为容华夫人。两夫人得了敕旨，均加服环珮，并至榻前叩谢，隋主谕令平身。两人谢恩起立，容华夫人先出更衣，宣华夫人因隋主有所嘱咐，迟了一步，方才得出。

　　隋主见两夫人并去更衣，暂且闭目养神，似寐非寐，忽听得门帏一动，不同常响，急忙睁目外望，见有一人抢步进来，趋至榻前，露出一种慌张态度；再行审视，珮环依旧，钗钿已偏，不由得惊问道："你为何事着忙？"那人欲言未言，经隋主一再诘问，不禁泣下，且呜呜咽咽的说出"太子无礼"四字。隋主忽跃然起坐，用手捶床道："畜生何足付大事，独孤误我！"*悔已迟了*。说着，即呼内侍入室，命速召柳述、元岩，宣华亦劝阻不住。及述与岩奉召进来，隋主喘着道："快……快召我儿！"述答道："太子现往殿外，臣即去召来。"隋主又复喘着，说了"勇、勇"两声。述、岩应声出阁，互相商议道："废太子勇现锢东宫，须特下敕书，方可召入。"乃取觅纸笔，代为草敕。敕文颇难措词，又经两人磋磨多时，方得告就。正要着人往召，不防外面跑入许多卫士，竟将两人牵去，两人问为何因？卫士并不与言，乱推乱扯，拥至大理狱中，始见太子左卫率宇文述趋至，手执诏书，对他宣读，说他侍疾谋变，图害东宫，着即将两人拘系下狱。两人好似做梦一般，明明由隋主亲口，嘱令召勇，如何从中又有变卦，另颁出一道诏书？看官！试想这诏书究从何来？若果是真，如何有这般迅速哩？原来太子广调戏宣华，见宣华不从，当然慌乱，便密召杨素入商。素惊诧道："坏了！坏了！"广愈觉着急，求素设法，几乎要跪将下去。素用手挽住，口中还是吞吞吐吐，*老贼狡猾，非极力描摹，不足示奸*。急得广向天设誓，有永不负德等语。素始拈须沉吟，想了一会儿，方与广附耳数语。广乃易忧为喜，立召东宫卫士，驰入殿中。正值述、岩两人商议草敕，便命卫士掩入，拘去两人，随即令宇文述写起伪诏，持示述、岩，一面发出东宫兵帖，上台宿卫，门禁出入，均由宇文述、郭衍监查；再派右庶子张衡，入殿问疾，密嘱了许多话儿。

　　衡放步进去，正值隋主痰壅，只是睁着两眼，喉中已噎不能言。陈、蔡两夫人，脚忙手乱，在侧抚摩。衡抗声道："圣上抱疾至此，两夫人尚未宣召大臣，面受遗命，究竟怀着什么异图？"蔡夫人被他一诘，吓得哑口无言，还是陈夫人稍能辩驳，含泪答道："妾蒙皇上深恩，恨不能以身代死，倘有不讳，敢望独生？汝休得无故罪人！"衡又作色道："自古以来的帝王，只有顾命宰辅，从没有顾命妃嫔，况我皇上创业开国，何等英明，岂可轻落诸儿女子手中？今宰辅等俱在外伺候，两夫人速即回避，区区殉节，无关大局。且皇上两目炯炯，怎见得便要升遐，何用夫人咒诅呢？"陈夫人见拗他不过，只得与蔡夫人同出寝室，自往后宫。去不多时，即由张衡出报太子，说是皇上驾崩。太子广与杨素等，同入检视，果见隋主一命呜呼，气息全无，只是目尚开着。太子广便即哀号，杨素摇手道："休哭！休哭！"广即停住哭声，向素问故。素说道："此时不便发丧，须俟殿下登极，然后颁行遗诏，方出万全。"广当即依议，便遣心腹守住寝门，不准宫嫔内侍等入视。就是殿外亦屯着东宫卫士，不得放入外人，倘有王公大臣等问安，但言圣驾少安，尽可无虑。又令杨素出草遗诏，并安排即位事宜。素也即去讫。可怜这枭雄盖世的隋主坚，活了六十四岁的年纪，做了二十四年大皇帝，徒落得一朝冤死，没人送终，反将尸骸搁起龙床，无人伴灵，冷清清地过了一日一夜，究竟是命数使然呢？还是果报使然呢？*数语足惊心动魄。*

  但外面虽秘不发丧，宫中总不免有些消息，宣华夫人陈氏自退入后宫后，很是惊疑，未几即有人传报驾崩，更觉凄惶无主。要想往视帝尸，又闻得内外有人监守，俱是东宫吏卒，越吓得玉容惨淡，<u>坐立不安</u>。到了夕阳将下，忽有内使到来，呈入一个小金盒，说由东宫殿下嘱令传送，宣华一想，这盒中必是鸩毒，不觉浑身发抖，且颤且泣道："我自国亡被俘，已是拼着一生，得蒙先帝宠幸，如同再造，哪知红颜薄命，到头终是一死。罢罢！今日便从死地下，了我余生便了。"说至此，欲要取盒开视，又觉两手不能动弹，复哽咽道："昨日为了名义关系，得罪东宫，哪知他这般无情，竟要我死！"说了复哭，内使急拟返报，便催促道："盒中未必定是鸩毒，何弗开视，再作计较？"宣华不得已取过金盒，揭起封条，开盒一看，并不是什么鸩毒，乃是几个彩线制成的同心结。心下虽然少安，但面庞上又突然生热，手内一松，将盒子置在案上，倒退数步，坐下不语。*何必做作。*内使又催逼道："既是这般喜事，应该收下。"宣华尚俯首无言，不肯起身。诸宫人便在旁相劝道："一误不宜再误，今日太子，明日皇上，娘娘得享荣华，奈何不谢？"你一句，我一句，逼得宣华不能自主，乃勉强立起身来，取出同心结，对着金盒，拜了一拜。*一拜足矣。*内使见收了结子，便取着空盒，出宫自去。宣华夫人满腹踌躇，悲喜参半，宫人进陈夜膳，她也无心取食，胡乱吃了一碗，便即罢手。寻又倒身床上，长吁短叹。好一歇欲入黑甜，恍惚似身侍龙床，犹见隋主喘息模样，耳中复听到"畜生"二字，竟致惊醒，向外一望，灯光月色，映入床帷，正是一派新秋夜景。蓦闻有人传语道："东宫太子来了。"宣华胸中，突突乱跳，几不知将如何对待。接连又走进几个宫女，拽的拽，扶的扶，竟将她搀起床中，你推我挽，出迎太子。太子广已入室门，春风满面，趋近芳颜，宣华只好敛衽上前，轻轻地呼了一声殿下。广即含笑相答道："夫人请坐！"一面说，一面注视宣华，但见她黛眉半锁，翠鬟微松，穿一套淡素衣裳，不妆不束，别饶丰韵。*越是美人，越是浅妆的好看。* 广又惊又爱道："夫人何必自苦？韶华不再，好景难留，今宵月影团圆，正好及时行乐哩。"宣华斜坐一旁，似醉似痴，低头不答。广又道："我为了夫人，倾心已久，几蹈不测，承夫人回心转意，辱收证物，所以特来践约，望夫人勿再却情！"说着，竟扬着右手，意欲来扯宣华。宣华方惊答道："妾蒙殿下错爱，非不知感，但此身已侍先皇，义难再荐。况殿下登基在即，一经采选，岂无倾国姿容？如妾败柳残花，何足垂盼？还愿殿下尊重，勿使贻诮宫闱！"广复笑道："夫人错了。西施、王嫱，已在目前，何必再劳采访？如为礼义起见，何以文君夜奔，反称韵事？请夫人不必拘执了。"宣华还要推却，广已欲火如焚，竟起身离座道："千不是，万不是，都由夫人不是，如何生得这般美貌，使我寝食难忘？我情愿敝屣富贵，不愿错过佳人。"说到此处，又左右一顾，诸宫人统已识窍，纷纷避去。当即牵动宣华玉臂，曳入寝室。宣华自料难免，更且娇怯怯的身躯，如何挣扎，只好随广同入。广顺手关了寝门，拥入罗帏，于是舌吐丁香，芳舒豆蔻。国风好色，痴情适等鹑奔；巫雨迷情，非偶竟成鸳侣。蜂狂蝶采，几曾顾方寸花心？凤倒鸾颠，管什么前宵茶苦？*好骈文。* 一夜欢娱，倏忽天晓，广因与杨素订定，当日即位，没奈何起床梳洗，衣冠出去。素已在大宝殿中，伫候多时，一见便嚷道："殿下奈何这般宴起，须知今日是何日哩？"广微笑不答。素复道："文武百官，已在殿外候朝，请殿下速穿法服，出升御座。"广乃趋入殿旁左厢，已有人备好裳冕，立即穿戴，由左右簇拥出殿。广心悸足弱，升座时几乎跌倒，幸杨素从旁扶住，方得坐定。当下传入王大臣，排班谒贺，素从袖中取出遗诏，付宣诏官朗读道：

　　嗟乎！自昔晋室播迁，天下丧乱，四海不一，以至周齐，战争相寻，生灵涂炭。

上天降鉴，爰命于朕，拨乱反正，偃武修文，天下大同，声教远被。此乃天意欲宁区夏，所以昧旦临朝，不遑逸豫，一日万几，留心亲览。匪曰朕躬，盖为百姓计也。朕方欲令率土之人，永得安乐，不谓遘疾弥留，至于大渐。自思年逾六十，死不为夭，但筋力精神，一时劳瘵，为国为民，所以致此。人生子孙，谁不爱念？既为天下，事须割爱。勇及秀并怀悖恶，不悛废斥，古人有言："知臣莫若君，知子莫若父。"若令勇、秀得志，共治国家，必当戮辱遍于公卿，酷毒流于民庶。今恶子孙已为民屏黜，好子孙足堪负荷大业。乃父方死，到夜即烝庶母，真是个好子孙。太子广地居上嗣，仁孝著闻，内外群官，相与同心勠力，共治天下。朕虽瞑目，何所复恨？自古哲王，因人作法，前帝后帝，沿革随时。律令格式，或有不便于事者，宜依前敕修改，务当政要。列此数语，导广种种妄为。呜呼！敬之哉！无坠朕命！

群臣闻诏，哪个来分辨真假？无非是舞蹈殿阶，山呼新天子万岁罢了。就中有个伊州刺史杨约，也入贺新君，广瞧在眼里，待退朝后，复宣约兄弟入殿。彼此商议多时，又由杨素捏造遗诏，使约迅赴都中，然后令素主持丧事，颁发讣音。广既得素治丧，乐得自寻快活，踱入后宫，再与那宣华夫人调情去了。小子有诗叹道：

> 人禽界画判几希，礼教防嫌在慎微。
> 何物阿䤵同兽类？居然霸占父皇妃。

欲知后宫情事，且至下回再表。

隋主坚以诈术得国，卒能平齐灭陈，混一中国，几若有逆取顺守之才，史家谓其明敏有大略，亦多溢美之词，庸讵知其天性雄猜，素无学术，微幸于一时，安能垂贻于后世？况周族何辜，乃俱为之屠灭乎？夫绝人之后者，人亦必绝其后。而天意好奇，又故假手于其妻若孥，先令翦除骨肉，然后身遭子祸，亦一举而殉之，痛矣哉杨坚之不得其死也！宣华为杨坚宠妾，复为逆子广所烝，如宣华之贪生怕死，贻丑中冓，固不得为无咎，然谁纵逆子，以至于此？本回逐节演述，逐节描摹，禹鼎铸奸，穷形极相，尤令人不胜击节云。

第二十五回

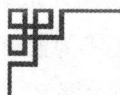

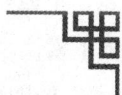

攻并州分遣兵戎

幸洛阳大兴土木

却说宣华夫人，已经被烝失节，迟明起床，自思夜间情事，未免紫羞，但木已成舟，无法挽回，不如将错便错，再博新皇恩宠。主意已定，遂复重施粉泽，再画眉山，打扮得娇娇滴滴，准备那新主退朝，好去谒贺。转念一想，中菁丑事，如何对人？倘或出迎御驾，越觉惹人讥笑。乃靓妆待着，俟至傍晚，方由宫人报称驾到。宣华便含羞相迎，俯伏门前，口称："陛下万岁，臣妾陈氏朝贺！"新皇帝当然大喜，亲手搀扶，同入寝宫，便令左右排上宴来。看官记着！这位弑父烝母的杨广，实与畜类相同，但后人沿袭旧史，统称他为隋炀帝。小子编述历史演义，凡统一中原的主子，大都以庙谥相呼，隋主坚庙谥为文，独不称为隋文帝，无非因他巧行篡夺，名为统一，仍与宋、齐、梁、陈，异辙同途，所以沿例顺叙。只隋炀帝是古今相传，如出一口，炀字本不是什么美谥，小子为看官便览起见，也只好称为炀帝，看官不要疑我变例呢。*依俗道俗，应该如此。*

炀帝既与宣华夫人宴叙，把酒言欢，备极温存。宣华亦放开情怀，浅挑微逗，更觉旖旎可人。况炀帝力逾壮年，春秋鼎盛，若与乃父相比，风流倜傥，胜过十倍，两下里我瞧你觑，风情毕露，且并有这红友儿助着雅兴，益觉情不自禁。更尚未起，酒即撤回，两人携手入床，再演那高唐故事，真个是男贪女爱，比昨宵的快乐，又自不同。偏晨鸡复来催逼，新天子又要视朝，免不得辜负香衾，出理国事。可巧杨约已来复命，由炀帝褒劳数语，约即拜谢而退。炀帝亦退入后庭，召语杨素道："令弟果堪大任，我好从此释忧了。"看官道是何事？原来使约入都，便是矫诏缢杀故太子勇，且顺便谪徙柳述、元岩，不但将官职尽行削去，还要将两人充戍岭南。杨素请封勇为王，掩饰人目，炀帝依了素议，追封勇为房陵王，但仍不为置嗣。

忽由外面呈入表章，便即取阅表文，乃是兰陵公主署名，请撤免公主名称，愿与本夫柳述同徙。炀帝冷笑道："世上有这等呆女儿，且与我宣进来！我当面为诱导。"语甫说出，即有内侍应声往召，不到半日，兰陵公主已至，行过了礼，炀帝便劝她改嫁，公主抵死不从。炀帝大怒道："天下岂无好男子？难道必与述同徙么？我偏不令汝随述。"公主泣答道："先帝遣妾适柳家，今述有罪，妾当从坐，不愿陛下屈法申恩。"公主前曾改醮，此时何必欲守节，但论人亦当节取，杨家有此令女，足愧阿庆。炀帝始终不允，叱令退去。兰陵公主号恸而出，自与柳述诀别。咫尺天涯，两不相见，公主竟忧郁成瘵，旋即告终。临殁时复上遗表道："昔共姜自誓，著美前诗，息妫不言，传芳往诰。此语亦谬。妾虽负罪，窃慕古人，生既不得从夫，死乞葬诸柳氏。"炀帝览表益怒，但使瘗诸洪渎川。柳述亦不得赦还，流死岭表。这是后话不提。

且说炀帝叱退公主，天色已晚，又记起那宣华夫人，偏又来了一个美貌宫嫔，且泣且拜，自称为尼。炀帝凝神一瞧，乃是容华夫人蔡氏，颦眉泪眼，仿佛似带雨海棠，虽比宣华稍逊一筹，也觉得世间少有，姿色过人。天下好色的男子，往往得陇望蜀，既已污了宣华，何不可再污容华？当下好言劝慰，仍叫她安居后宫，决不亏待。容华始收泪退入。哪知炀帝到了晚间，竟蹑入容华宫中，也与宣华处同一作用。容华胆子更小，且知宣华已为先导，何妨勉步后尘，暂图目前快乐？于是曲从意旨，也与炀帝作长夜欢。一箭双雕，真大快事。容华被烝，见《隋书》后妃列传，并非无端污蔑。又过了六七宵，始奉梓宫还京师，谥隋主坚为文皇帝，庙号高祖。再阅两月，奉葬泰陵。太史令袁充又来献谀，谓："新皇即位，与帝尧受命，年月适合，应大开庆贺。"独礼部侍郎许善心，以为国哀未了，不宜称贺。宇文述素嫉善心，竟讽令御史交上弹章。善心降级二等，贬为给事中。

炀帝又恐汉王谅作乱，屡征入朝，第一道敕旨，还是在炀帝即位前，伪托乃父玺书，使车骑将军屈突通赍去。第二道敕旨，始由炀帝自己出名，哪知汉王谅始终拒绝，反发出大兵，惹起一场骨肉战争。先是谅出镇并州，乃父曾密谕道："若有玺书召汝，敕字旁当另加一点。又与玉麟符相合，方可前来。"玉麟符系刻玉为符，上作麟形。及屈突通赍书前去，书中与前言不符，谅知有他变，一再诘通。通终不吐实，方得遣还。至二次传敕，谅益不肯就征，即调兵发难。他尚未识弑逆阴谋，只托言杨素谋反，当入清君侧。总管司马皇甫诞泣谏不从，为谅所囚，遂遣所署大将军余公理出太谷，进趋河阳。大将军綦良出滏口，进逼黎阳，大将军刘建出井陉，进略燕赵。柱国乔钟葵出雁门，并署府兵曹裴文安为柱国，使与柱国纥单贵王聃等，直指京师。谅自简精锐数百骑，各戴幂䍦，系妇人帷帽。诈称宫人还长安，径入蒲州。城中骚乱，蒲州刺史邱和，逾城逃去。谅既得蒲州，忽变易前策，召还裴文安。文安本劝谅直捣长安，中途闻召，只好驰还，入与谅语道："兵宜从速，本欲出其不意，一鼓入京，今王既不行，文安又返，使彼得着着防备，大事去了。"谅竟不答言，但令文安为晋州刺史，王聃为蒲州刺史，并使纥单贵堵住河桥，扼守蒲州。代州总管李景，起兵拒谅，谅遣部将刘暠袭景，为景所觉，邀斩暠首，悬示城门。谅闻报大愤，再遣乔钟葵率兵三万，往攻代州。代州战士，不过数千，更且城垣不固，崩陷相继。景且战且筑，麾兵死斗，反得屡挫钟葵，屹然自固。

这消息传达隋廷，炀帝商诸杨素。素从容定计，自请一行。果然老将善谋，奉命就道，但率轻骑五千，夜至河滨，收得商贾船数百艘，席草载兵，悄悄地渡往蒲州。纥单贵未曾预备，天明方起，已被杨素兵登岸杀入，仓猝遇敌，如何交锋？不由得一哄而散。纥单贵匹马逃归。素进蒲州城下，王聃料知难守，便即出降。真是易得易失。素入城安民，上书报捷，有诏召素还朝，授素为并州道行军总管，兼河北道安抚大使，统着大军，再出讨谅。谅闻隋军大举，乃自往介州堵御，令府主簿豆卢毓，及总管朱涛留守。毓为谅妃兄，尝阻谅起兵，谅不能用，毓私语弟懿道："我匹马归朝，亦得免祸，但只为身计，非为国计，不若且静守待变。"及留守并州，召涛与语道："汉王构逆，败不旋踵，我辈岂可坐受夷灭，辜负国家？当与君出兵拒绝，不令叛王入城。"涛大惊道："王以大事付我二人，怎得有此异语？"因拂衣径去。毓见涛不肯相从，竟惹动杀心，立率左右追涛，把他杀死。又从狱中释出皇甫诞，协商军事，且与开府仪同三司宿勤武等，闭城拒谅。毓似有大义灭亲之志，但甘助桀猷，亦不足取。部署未定，已有人急往报谅，谅慌忙引还，西门守卒，纳谅入城，毓与诞俱被杀死。

　　谅将余公理，自太行下河内，正值隋行军总管史祥，出守河阴。祥语军吏道："余公理轻率无谋，且恃众生骄，若能智取，一战就可破灭呢。"因具舟南岸，佯欲渡兵，自率精锐潜出下流，乘夜渡河。公理只防南岸渡兵，聚众抵御，哪知祥从旁面杀到，一时措手不及，即被捣乱队伍，再加对面隋军，乘机急渡，也来夹攻公理。公理逃命要紧，当即返奔，余众死了一半，逃去一半。祥东向黎阳，谅将綦良，方从滏口攻黎州，屯兵白马津，一闻公理败还，祥军掩至，便吓得魂胆飞扬，不战自溃。唯代州城尚在围中，李景与乔钟葵，相持约一月有余。朔州刺史杨义臣，奉敕往援，道出西陉，闻钟葵移兵逆击，自顾麾下兵寡，恐不能敌，乃想出一法，悉取军中牛驴，得数千头，复令数百人各持一鼓，潜匿涧谷间，然后进击乔钟葵。时已天晚，两军初交，义臣命谷中伏兵，驱着牛驴，鸣鼓疾进，顿时尘埃蔽天，喧声动地。钟葵军疑是伏兵，又兼天色将昏，无从细辨，不由得纷纷倒退。义臣复纵兵奋击，大破钟葵，钟葵落荒窜去，代州解围。杨素引兵四万，沿途招降。晋、绛、吕三州，俱向军前投诚。谅遣部将赵子开，拥众十万，栅断径路，屯踞高壁，列营延五十里。素令诸将攻栅，自引奇兵潜入霍山，攀藤援葛，穿出前谷，得绕至赵子开军后面，击鼓纵火，直捣子开各营。子开不知所为，麾众亟遁，自相蹂踏，杀伤至数万人。

　　谅得子开败报，很是惊惶，搜括部下兵士，尚有十万人，乃悉众出城，往堵嵩泽。会秋雨连绵，不便行军，谅欲引军退还，谘议参军王颎道："杨素悬军深入，士马疲敝，王率锐骑往击，定可得胜。今未战先怯，挠动众心，待素军长驱到来，何人再为王效力呢？"谅不能用，竟退保清源。*既不从裴文安，又不从王颎，怎得不败？*王颎为梁朝王僧辩子，颇有智略，因见谅不肯依议，退回诫子道："汉王必败，汝宜随我，免为所擒。"遂密整行装，伺机潜遁。还有陈氏旧将萧摩诃，亦随谅麾下，年已七十有三，谅倚若长城，及素军进逼，摩诃率众出战，将士俱无斗志，单靠一个老摩诃，有何用处？反被素军擒去。谅弃了清源，走保晋阳。他本来仗着王颎、萧摩诃两人，偏偏一遁一擒，害得两臂俱失，不由得焦灼异常。素军又乘胜攻城，围得铁桶相似，眼见得朝不保暮，只得登城请降。素允他免死，谅即开城迎素，素系谅送长安，再分兵搜捕余党，或降或诛，悉数荡平。王颎欲出奔突厥，路梗道绝，自知不免，因即自刎；唯嘱子勿往故人家。颎子就石窟中，瘗埋父尸，自在山谷内躲避数日，无从得食，不得已违了父训，出访故人。果然被故人擒献军前，并因此获得颎尸，一并在晋阳枭首。萧摩诃亦即伏诛,妻子籍没。**不知他继妻容色,又仍依旧否?** 并州吏民,坐谅死徙,共二十余万家。谅虽得免刑,终废为庶人,幽锢别室,竟致瘐死。隋文五子,除炀帝广外,已死三人,唯蜀王秀废锢如初,尚未遭害,俟后再表。

且说炀帝既得平并州,又好恣意淫乐,坐享太平。唯宣华、容华两夫人,究不便明目张胆,收为嫔御,只好令之出居别宫,有时私往续欢,却被萧妃瞧透机关,冷讥热讽,说得天良发现,也觉怀惭。自思闷坐深宫,太无兴味,因欲出外巡游,可巧术士章仇太翼,伺旨希宠,上言:“雍州地居酉位,酉是属金,与陛下木命相冲,不宜久居。且谶文有云:‘修治洛阳还晋家。’陛下何不营洛应谶?”炀帝大喜,即留长子晋王昭居守长安,自率妃嫔王公等,往幸洛阳,一面发丁夫数十万,掘堑为防,自龙门直达上洛,择要置关,借资守御。又改洛阳为东京,营建宫阙。当时尚有与奢宁俭的敕文,欺人耳目,一班曲意逢迎的官吏,奉命监工,昼夜赶筑,先创造了几座大厦,作为行宫,以便驻跸。炀帝就此居住,过了残冬。

次年元旦,便在行宫受朝,改元大业,大赦天下,立萧妃为皇后,并使侍臣赍敕至长安,立晋王昭为皇太子,授宇文述为左卫大将军,郭衍为左武卫大将军,于仲文为右卫大将军,改豫州为溱州,洛州为豫州,废诸州总管府。过了两三旬,杨素自并州还朝,进谒行在,因敕有司大陈金宝器玩,锦彩车马,引素及从军有功诸将士,班列殿前,令奇章公牛弘宣诏,进素为尚书令,特给上赏。诸将依次进秩,赏赉有差。才阅片时,已将所陈各物,分给无遗,大众统叩首谢恩,欢呼万岁。炀帝亦欣然大悦,乃命素为东京总监工,盛造宫室,四处召募工役,多至二百万人,百堵皆兴,众擎易举,约阅月余,便已造成许多屋宇,统是规模闳敞,制度奢皇。炀帝因东京人少,未免萧条,乃徙洛州郭内居民,及诸州富商大贾,凡数万户,尽至宫旁居住,蔚成一个繁华胜地,富庶名区。又嫌杨素所筑宫室,虽然宽展,未尽美丽,复命将大匠宇文恺,与内史舍人封德彝,另造离宫,再求精美。恺与德彝,是隋朝著名的佞臣,一奉命令,便至洛水南滨,相度形势,辟地数十里,迤南直至皂涧,造起地盘,大兴土木;一面差人分往东南,选办奇材异石,陆路用夫,水路用舟,所有江岭以南,水陆输运,络绎不绝。还要觅取奇花佳木,珍禽异兽,不论海内海外,但教寡二少双,总要采选来作为点缀。看官!试想为了一座离宫,须费财力多少,不要说几十围的大木,三五丈的大石,搬运艰难,就是一草一木,一禽一兽,也不知糜费若干钱粮,累死若干性命，方才得到洛阳。宇文恺、封德彝两人，只顾炀帝快意，不管那民间死活，府藏空虚，好容易造就一座宫室，上表告竣，请御驾亲幸落成。炀帝即日往阅，由恺与德彝迎入，东眺西瞩，端的是金辉玉映，翠绕珠围，当下笑语二人道："从前江南的临春结绮，哪有这般富丽！似此华厦，方惬朕心。二卿功劳，诚不小了。"恺与德彝，忙即拜谢。炀帝留宫数日，一一游赏，无不合意，遂定名为显仁宫，且命皇后妃嫔等，概行迁入，索性就此安居。

萧后本后梁主萧岿女儿，才色兼优，也是个宫闱翘楚，士女班头，平时与炀帝很是恩爱，从未反目。此外有几个妃嫔，统生得绰约多姿，炀帝得了这般妻妾，也好算是人生艳福。他忽然记起宣华夫人，不觉易喜为愁，整日里眉头不展，好似有一桩绝大心事，挂在面上。萧后素来婉顺，多方迎合，总未得炀帝欢心，至再三研诘，方由炀帝吐出实情。萧后微笑道："妾还道是什么大事，原来为此。陛下既不忍割舍，妾若再来阻挠，便变一个妒妇了。好在此处不是长安，请遣使密召入宫，聊慰圣怀。"炀帝大喜称谢，即着内使飞马入都，往迎宣华。宣华正居仙都宫，虽觉寂寞寡欢，却还清闲自在，偏由内使到来，促她应召，她只得重加妆饰，出乘轻舆，兼程至洛阳显仁宫。炀帝正与萧后晚宴，得闻宣华到来，当即起座相见，不待宣华拜下，早已将她搀住，握手慰问。宣华见萧后在旁，便用目示意，请炀帝放手，然后至萧后面前，屈膝谒贺。亏地厚脸。萧后虽不惬意，但既许炀帝宣召，不如卖个人情，起身还了半礼，并令侍女扶起宣华，一同侍饮。席间有谈有笑，顿令炀帝心花怒开，宽饮了好几觥，连宣华也灌个半酣。萧后乐得做美，待至酒阑席撤，便令宫女掌灯，将炀帝、宣华两人，送入别宫。久旱逢甘，乐不胜言。自是今日赏花，明日玩月，饮酒赋诗，备极愉快。

唯显仁宫中的花木，多半从江南采来，炀帝是个贪得无厌的主子，有了这种，还想那种，自思江南山水，比洛阳还要秀丽，况且六朝金粉，传播一时。从前平陈时候，还想做些名誉，不便留恋江南，此时贵为天子，动作任情，何妨借名巡狩，一游江淮？但要去巡幸，也须铺排一番局面，方显得皇帝威风。当下传出诏旨，谓将巡历淮海，观风问俗。此诏一下，那宇文恺、封德彝等便争来献言，或说是如何通道，或说是如何登程。独有尚书右丞皇甫议谓："陆行不便，须由水路南下，方可沿途观览，不致劳苦。唯江河俱向东流，欲要南北通道，必须开通济渠，引谷洛水达河，再引河水入汴，引汴入泗，才得与淮水相通。"看官！你想如议所言，这样的开凿工程，所需几何？炀帝也不管财力，但教有水可通，便即照办。皇甫议当然监工，发丁百万，依照自己的条陈，逐段开掘；还要沟通江淮，发民十万，疏凿邗沟，直达江都，沟广四十步，旁筑御道，遍植杨柳；且自长安至江都，每隔百里，筑一行宫，总计得四十余所。更由黄门侍郎王弘等，奉遣南下，特往江南督造龙舟，及杂船数十艘。郡县当差，人民执役，已是痛苦得很；再加这般巨工，须限日告竣，朝夜督促，不得少延，可怜这班工役，不胜劳苦，往往僵毙道旁，做了许多无告冤魂。小子有诗叹道：

> 衰朝政令半烦苛，不似隋家役更多。
> 筑室开渠成惯事，可怜民血已成河！

炀帝如此劳民，却有一位老年宰相，不甚赞成，意欲入宫谏阻，可巧炀帝召他入宴，未知能否直言，且至下回再详。

汉王谅起兵晋阳，不讨杨广，独讨杨素，始谋已误。或者谓谅未识弑逆情事，不能无端罪广，似矣，然敕书不符，其由于杨之矫擅，已可概见。况太子被废，蜀王遭黜，祸皆起自杨广一人，欲加之罪，岂犹患无辞乎？裴文安劝谅直捣京师，名已不正，已非胜算，至王頍之请为孤注，更不足道，无怪其一败涂地也。炀帝未曾改元，便即幸洛，命以洛阳为东京。夫成周定鼎，曾设陪都，由后追前，非不足法，但迹若相同，心则大异，炀帝为淫侈计，岂有宅中而治之思？筑宫不足，又复开渠，极天下之财力民力，以供一人之耳目，试思民殚财尽，尚能独享繁华耶？故后世之论杨广者，或詈其狡，或病其淫，或斥其奢，而吾则蔽以一言曰："愚而已矣。"

第二十六回

蹙蛾眉宣华归地府

驾龙舟炀帝赴江都

　　却说杨素奉召入显仁宫，见过炀帝，满肚中怀着谏议，但一时未便开口，只好入座侍宴，才经数觥，即停住不饮。炀帝一再劝酒，素起座答道："老臣闻得酒荒色荒，有一必亡，不但臣宜节饮，就是陛下亦不宜耽情酒色。"炀帝听了，不免拂意，便道："卿言虽是有理，但目今天下太平，朝廷无事，把酒消遣，亦没有什么大害。况我朝勋旧，似公能有几人？今得一堂共乐，尽可畅饮数杯。"素见话不投机，便又说道："天下事都起自细微，渐成放荡，从前圣帝明王，慎微谨小，亦是为此。"杨素前营仁寿宫，继复为炀帝监造东京宫室，职为厉阶，奈何不思？炀帝默然不答。适宫人上前斟酒，素恐他再来加斟，用袖一拂，宫人不及防备，竟将手中所执的酒壶，斜倾在素身上，浇湿蟒袍。素正在恼怅，无从发泄，至此便迁怒宫人，勃然变色道："这般蠢才，如此无礼！怎敢在天子前，戏弄大臣？要朝廷法度何用？请陛下加重惩责！"炀帝仍然无语。素竟叱左右，迫令牵出宫人，且厉声道："国家政令，全被汝等妇女小人弄坏，怎得不惩？"左右见炀帝无言，又见素怒不可遏，只得把宫人拿了下去，敲责了一二十下。素方向炀帝道："不是老臣无状，但由今日惩治，使这班宦官宫妾，晓得陛下虽然仁爱，还有老臣执法相绳，当不敢如此放肆了。"炀帝已十分不悦，但自思夺嫡密谋，全仗他一人做成，就是万分难耐，也只好含忍过去，当下强颜

194

为笑道："公为朕执法无私，整肃宫廷，真好算是功臣了。"素即起座告辞。炀帝也不挽留，由他自去，一面退入后宫，另与后妃等调情解闷，不消细说。

素悻悻归第，顾语家人道："偌大郎君，由我一力提起，使作大家，现在酒色昏迷，不知他如何了得哩？"谁叫你提他起来？看官阅此，应知"郎君"二字，便是指着隋炀帝。素自恃功高，有时对着炀帝，亦直呼为郎君。炀帝终未曾驳斥，无非为了前时私约，不敢辜负的意思。还算能践前言。一日，素复入宫白事，炀帝正在池中钓鱼，待素将国事说明，便邀素坐下同钓。素也不管君臣上下，即令左右移过金交椅，与炀帝并坐垂纶。时方初夏，日光渐热，炀帝命取过御盖，罩住上面。御盖颇大，巧巧蔽住两人。素毫不避让，从容钓鱼。炀帝钓了数尾，偏素不得一鱼，炀帝顾素道："公文武兼全，也有一长未擅，如何钓了许久，尚是无着？"素本来好胜，怎禁得炀帝奚落，便应口道："陛下只得小鱼，老臣却要钓一大鱼，岂不闻大器晚成么？"炀帝闻言，不由得忿恚交乘，又见素在赭伞下，风神秀异，相貌堂堂，数绺长髯，飘动如银，恍然有帝王气象，因此愈加生忌，遂投下钓竿，托词如厕，竟向后宫进去。当由萧后接着，见炀帝面带怒容，便即问为何事？炀帝道："杨素老贼，骄肆得很，朕意拟嘱遣内侍，杀死此贼。"萧后不待说毕，忙阻住道："使不得！使不得！杨素系先朝老臣，又有功陛下，今日诱杀了他，外官如何肯服？况素又是猛将，亦非几个内侍可以制服，一被漏脱，出外弄兵，陛下将如何对待呢？"炀帝半晌才道："投鼠原是忌器，且从缓议罢了。"乃长叹数声，仍复出外。适杨素钓了一尾金色鲤鱼，即向炀帝夸说道："有志竟成，老臣已得一鱼。"炀帝强笑不答。素已略窥炀帝微意，也即辞出。

炀帝当然退入，蹙往宣华夫人住室。甫至室门，即由宫人迎驾，报称宣华有病在身，未能起迎。炀帝大惊，抢步入室，揭起床帏探视，但见双蛾敛翠，两鬓堆青，病态恹恹，似睡非睡。炀帝轻轻地问道："夫人今日为何不快？"宣华闻声，方睁眼瞧着，见炀帝亲来问疾，意欲勉强起坐，无如挣扎不住，稍稍抬头，已是晕痛难支，禁不住有娇吁模样。炀帝知情识意，忙用言温存道："夫人切勿拘礼，仍应安睡。"说至此，用手按宣华额上，很觉有些烫热，便道："夫人如此病重，奈何不速召御医？"宣华答道："妾病非药可治，看来要与陛下长辞了。"说着，腮边已流下泪来。胡不遄死？炀帝大加不忍，几乎也要泪下，徐徐说道："偶尔违和，医治即愈，奈何说此惊人语？"宣华且泣且语道："妾……妾负大罪，无所逃命，别人病原可治，妾病实不可为。"炀帝听她话中有因，便道："夫人有何罪过，速即明告，朕可代为设法消愆。"宣华欲言不言，如是数四。经炀帝催问数次，方从帐外四瞧。炀帝会意，即令宫人退去，始由宣华泣答道："妾近日屡觉头痛，不过忽痛忽止，尚可支持，昨更饮食无味，夜间睡着，很是不安，恍惚入梦，头被猛击，痛得不可名状，醒来仍然不解，所以妾自知不久了。"炀帝惊讶道："谁敢擅击夫人？"宣华道："陛下定要问妾，妾只好实告。妾梦中实见先帝，责妾不贞，亲执沉香如意，击妾头上，且云死罪难饶，妾辩无可辩，已拼一死，但愿陛下慎自珍重，勿再念妾了！"说毕，哽咽不止。炀帝也不觉大骇，勉强支吾道："梦幻事不足凭信，夫人不必胡思，但教安心调养，自可无虞。"宣华不再答言，唯有涕泣。炀帝又劝慰了数语，且语宣华道："我即去宣召御医，夫人万勿过虑为是。"宣华只答了一个"是"字。炀帝匆匆退出，传旨召医官诊治宣华，医官不敢迟挨，当即入诊。未几有复奏呈入，说是"病入膏肓，不可救药"等语，急得炀帝心如辘轳，正在没法摆布，忽有宫人入报道："宣华夫人危急了。"炀帝三脚两步，驰往宣华寝宫。宣华气已上逆，见了炀帝，还错疑是文帝，硬挣着娇喉道："罢罢！事由太子，妾甘认罪，愿随陛下同去罢！"说毕，两眼一番，呜呼哀哉！迟死一年，贻臭千载。年才二十九岁。炀帝不禁大恸。比父死时何如？可巧萧后亦来视疾，入见宣华已逝，也洒了数点珠泪。这是假哭。随即劝慰炀帝，挽出寝室，一面命有司厚办衣殓，择吉安葬。

只炀帝悲念宣华，连日不已，甚至好几天不能视朝。王公大臣，统入宫问安，杨素亦当然进去，甫至殿门，忽遇着一阵阴风，扑面吹来，不由得毛发森竖。定睛一瞧，见有一人首戴冕旒，身穿衮服，手中拿着一把金钺斧，下殿出来，这位威灵显赫的大皇帝，并不是炀帝杨广，乃是文帝杨坚。素不禁着忙，转身急走，耳边只听得厉声道："此贼休走！我欲立勇，汝不从我言，反与逆子广同来谋我，我死得不明不白，今日特来杀汝。"素越觉惶骇，脚下好似有物绊住，欲前反却，后面已像被他追着，扑的一声，头脑上着了一下，痛不可耐，便即晕倒，口吐鲜血不止。殿上本有卫士，一见杨素跌倒，忙来搀扶，素尚不省人事，当由卫士舁入卧舆，送归私第。家人忙即延医，用药灌治，半晌才得醒来，开目顾视家人，凄声叹息道："我不得久活了，汝等可备办后事罢。"贼胆心虚。家人虽然应命，总还望他再生，四处访请名医，朝夕诊治。炀帝也遣御医往视，及御医返报，素一时虽不至死，但也不过苟延时日，难望痊愈。炀帝却很是喜欢，唯忆及宣华，总不免短叹长吁。萧后尝在旁劝慰道："人死不能复生，何必过悲？"炀帝道："佳人难再得，教朕如何忘怀？"萧后微笑道："天下甚大，难道除宣华外，就没有佳丽么？"这一语提醒炀帝，便命内监许廷辅等，出外采选，无论官宦士庶各家，视有绝色女子，速即选取入宫。

廷辅等奉差四出，格外巴结，不到月余，已各缮册入报，多约数十名，少约十余名，统共有好几十处，由炀帝通盘筹算，不下一二千人，便自忖道："天下难道有许多美女么？大约连嫫母、无盐，都采取了来。"继又转念道："既已选集许多女子，总有几个可合朕意，且宫中充备洒扫，愈多愈妙，只显仁宫虽然浩大，究竟是个宫殿体裁，须要另辟一所大花园，方好安插许多女子。"计划已定，便召入一班佞臣，与他商议，就中有个内史侍郎虞世基，所议条陈，最为称旨，当即命他督造苑囿。世基就在洛阳西偏，辟地二百里，内为海，外为湖，湖分五处，暗寓天下五湖的意思。每湖周围十里，四面砌成长堤，尽种奇花异草，且百步一亭，五十步一榭，亭榭两旁，无非栽植红桃绿柳，湖内有青雀舫，翠凤舸，并有龙舟一艘，准备御驾乘坐。这五湖流水，均与内海相通，海周四十里，中筑三座大山，一名蓬莱，一名方丈，一名瀛洲，好似海外三神山一般。山上添造楼台殿阁，备极工巧，山顶高出百丈，西可回眺长安，南可远望江淮。湖海交界，造了一所正殿，轮奂崇闳，自不消说。海北一带，委委曲曲，筑成一道长渠，引接海中活水，纡回潆带，傍渠胜处，便置一院。院计十有六处，可以安顿宫人，在内供奉。天下无难事，总教现银子，世基监工才及数月，已是规模粗具，楚楚可观。适许廷辅等送入选女，炀帝便令往新苑中，候旨定夺，自挈萧后及妃嫔，乘舆至新苑游幸。虞世基当然接驾，由炀帝命为前导，逐段看来，无非钩心斗角，竞巧争新；更兼那海水澄青，湖光漾碧，三神山葱茏佳气，十六院点缀风流，桃成蹊，李列径，芙蕖满沼，松竹盈途，白鹤成行，锦鸡作对，金猿共啸，仙鹿交游，仿佛是缥缈云天，婵嬛福地。炀帝非常愉快，便问世基道："五湖十六苑，可曾有名？"世基道："臣怎敢自专？还乞陛下圣裁！"炀帝道："这苑造在西偏，就可取名西苑。"世基才答一"是"字。炀帝又道："苑中万汇毕呈，无香不备，亦可称为芳华苑。"_{实可名为腥血苑。}世基极口称扬，炀帝徐徐地行入正殿，下舆小憩，用过茶点，便令世基取过纸笔，酌取五湖十六苑名号。炀帝本是个风流皇帝，颇有才思，世基又是个风流狎客，凤长文笔。一君一臣，你倡我和，费了两三小时，已将各名号裁定，由世基一一录出。小子亦照述如下：

五湖名称：东湖名为翠光湖，西湖名为金光湖，南湖名为迎阳湖，北湖名为洁水湖，中湖名为广明湖。

十六院名称：（一）景明院；（二）迎晖院；（三）牺鸾院；（四）晨光院；（五）明霞院；（六）翠华院；（七）文安院；（八）积珍院；（九）影纹院；（十）仪凤院；（十一）仁智院；（十二）清修院；（十三）宝林院；（十四）和明院；（十五）绮阴院；（十六）降阳院。

名称既定，已近昏黄，四面八方，悬灯爇烛，几似万点明光，绕成霞彩。炀帝格外动兴，乐不忘疲，便命内侍整办御筵，自与萧后等退入后殿。不消半时，酒肴等已依次陈上，炀帝就座取饮，后妃等列坐相陪，酒过数巡，炀帝顾语萧后道："十六院已将造就，只不过少缺装潢。虞内侍煞是能干，眼见得指日告成，朕意各院中不可无主，须选择佳丽谨厚的淑媛，作为每院的主持，卿以为何如？"萧后乐得凑机，便含笑答道："妾闻许廷辅等，已选入若干美人，何不就此挑选，充作十六院的夫人？"炀帝大喜道："似卿雅量宽洪，周后妃不能专美了。"*不妒却是如人好处，然亦有坏处，试看萧后便知*。当下乘着酒兴，宣召许廷辅入苑，命将所选采女，一起起地带引进来。廷辅等便即领命，逐名点入。炀帝且饮且瞧，真是柳媚花娇，目不胜接；况且灯光半焰，醉眼微蒙，急切里也辨不出什么妍媸，但只见得一簇娇娃，眩人心目。还是萧后替他品评，这一个是肉不胜骨，那一个是骨不胜肉；这一个是瑜不掩瑕，那一个是瑕不掩瑜。好容易选定了十六人，好算得姿容窈窕，体态幽娴。炀帝便亲自面谕，各封四品夫人，分管十六院事。又命虞世基监制玉印，上面镌着院名及某夫人姓氏，制就后便即分给。又选得三百二十名，充作美人，每院分二十名，叫她们学习吹弹歌舞，以备侍宴。此外或十名，或二十名，分拨各处楼台亭榭，充当职役。千余名选女，拜谢皇恩，陆续散去，又好似风卷残云，浪逐桃花，俱去得无影无踪了。*忽聚忽散，此中已可悟幻景*。时已更阑，酒兴亦衰，炀帝方命撤席，与萧后还入显仁宫。

越日，命太监马忠为西苑令，专管出入启闭，且命虞世基逐处加饰，并诏天下境内，所有嘉木异卉，珍禽奇兽，一古脑儿运至西苑，点缀胜景。于是二百里的灵囿灵沼，倏变作锦绣河山，繁华世界。就是十六院中的四品夫人，都打扮得齐齐整整，袅袅婷婷，一心思想，盼望君王宠幸。那炀帝往来无时，或至这院，或至那院。运气的得博一欢，晦气的未邀一盼。

炀帝尚嫌不足，还想南下赏花，凑巧皇甫议等奏请河渠已通，龙舟亦成，喜得炀帝游兴勃发，便下了一道诏书，安排仪卫，出幸江都。宫廷内外，接读这道诏书，都要筹备起来，且知炀帝素来性急，一经出口，便要照行，势不能少许延挨，接连备办了十余日，忙碌得什么相似，方才有点眉目，上表请期，好几日不见批答。看官道是何因？原来滕王瓒暴死栗园，**见前文**。嗣王纶曾拜邵州刺史，镇王爽亦已去世，嗣王集留居京师，未闻外调。纶与集俱系炀帝从弟，历见炀帝摧残骨肉，未免加忧。炀帝也只恐同族为变，虽是留恋洛阳，作宫作苑，但暗中却密遣心腹，伺察诸王。此次又要南幸，更宜格外加防。纶、集二人，常虑得罪，时呼术士入室，访问吉凶，并使巫祝章醮求福，有了这种动作，便被侦探得了隙头，立即报闻。炀帝趁这机会，想除二人，便将两人怨望咒诅的罪名，令公卿议定谳案。公卿统是希旨承颜，复称两人厌蛊恶逆，罪在不赦。炀帝假作慈悲，只说是："谊关宗族，不忍加诛，特减罪宥死，除名为民，坐徙边郡。"两王已经迁谪，炀帝方安然无忌，始将南行的日期，批定仲秋出发，令左武卫大将军郭衍为前军统领，右武卫大将军李景为后军统领，扈驾南巡。文武官五品以上，赐坐楼船，九品以上，赐坐黄篾，并令黄门侍郎王弘，监督龙舟，奉迎车驾。

转眼间已是届期，炀帝与萧后龙章凤藻，打扮得非常华丽，并坐着一乘金围玉盖的逍遥辇，率领显仁宫、芳华苑内三千粉黛，出发东京，前后左右，统是宝马香车，簇拥徐行。扈从人员，又都穿服蟒衣玉带，跨马随着，前导的是左卫大将军郭衍，后护的是右卫大将军李景，各带着千军万马，迤逦至通济渠。王弘早拢舟伺候，这通济渠虽经开凿，还嫌浅狭，非龙舟所能出入，只好另用小航，渡出洛口，方得驾御龙舟。炀帝乃与萧后下辇，共入小朱航，此外男女人等，统有便舟乘载，鱼贯而下。一出洛口，方见有巨舟二艘，泊住中流。最大一艘，便是龙舟，内容分四重，高四十五尺，长二百尺。上重有正殿内殿东西朝堂，中二重有百二十号房间，俱用金玉饰成，下重体制较铩，乃是内侍所居。这舟为炀帝所乘，不消细说。比龙舟稍小的一艘，叫

游幸江都

作翔螭舟，制度略卑，装饰无异，系是萧后坐船。另外有浮景九艘，中隔三重，充作水殿，又有漾彩、朱鸟、苍螭、白虎、玄武、飞翔、青凫、陵江、楼船、板舱、黄篾等数千艘，分坐诸王百官、妃嫔公主，及载内外百司供奉物品。最奇怪的是有五楼、道场、玄坛等数十艘，为僧尼、道士、蕃客所乘，统共用挽船士八万余人，内有九千余名，系挽龙舟翔螭舟，各用锦彩为袍。卫兵所乘，又分平乘、青龙、艨艟、艚艒、八棹、艇舸等数千艘，挽船不用人夫，须由兵士自引。龙旗舞彩，画舫联镳，相接至二百余里。岸上又有骑兵数队，夹河卫行，所过州县五百里内，概令献食，往往一州供至数百车，穷极水陆珍馐。炀帝、萧后，及后宫诸妃嫔，反视同草具，饮食有余，辄抛置河中。自来帝王巡幸天下，哪里有这般奢侈，这般骄淫？小子有诗叹道：

帝王多半好风流，欲比隋炀问孰俦？
南北舆图方混一，可怜只博两番游。

欲知炀帝南巡后事，下回再行表明。

写宣华夫人之死，及杨素之遇鬼，似属冤仇相报，跃然纸上，虽未必实有其事，而疑心生鬼，亦人情所常有。且以见人生之不可亏心，心苟一亏，魂魄不摇而自悸，有不至死地不止者，此作者警世之苦心也。炀帝穷奢极欲，为古今所罕闻，极力摹写，愈见其铄，蹧蹋妇女，荼毒生灵，天下宁有若是淫昏之主，而能长享太平，任所欲为耶？况事本韩偓《海山记》，并非无稽，而江都之游，又为大业元年间事，此系炀帝南巡第一次，趁年仍返东京，俗小说中却谓其一去不回，竟似炀帝十年外事。夫炀帝固尝死于江都，然事在后起，并非一次即了，隋史中自有年月可证，得此编以序明之，而史事乃有条不紊，非杂乱无章之俗小说，所得同日语也。

第二十七回

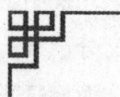

巡塞北厚抚启民汗
幸河西穷讨吐谷浑

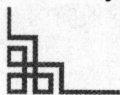

　　却说炀帝南幸江都，在途约历数旬，所有四十余所的杂宫，统是赶紧筑造，大致粗就，炀帝到一处，留一二日，尚嫌它未尽完善，所以不愿稽延，便扬帆直下，竟达江都。江都为南中胜地，山水文秀，扬名海内，炀帝与后妃人等，朝赏夕宴，不暇细表，好容易又阅残年，便是大业二年元旦。炀帝在江都升殿，受文武百官朝贺，越日，得东京将作大匠宇文恺奏报，内称洛阳宫苑，一体告成，当即进授文恺为开府仪同三司。过了正月，又诏吏部尚书牛弘、内史侍郎虞世基等，议定舆服仪卫，始备辇路，及五时副车，命开府仪同三司何稠为太府少卿，使他监造车服，由东京送达江都。稠智思精巧，参酌古今，衮冕统绣日月星辰，皮弁用漆纱制成，又作黄麾三万六千人仪仗，此外如皇后卤簿，及百官仪服，无非极意求华，仰称上意。尝责州县官采办羽毛，州县官使民弋捕大鸟，四处网罗，几无遗类。乌程有一大树，高逾百尺，上有鹤巢，卵育已久，百姓奉令取求，因高不可攀，特用刀刈根，为倒树计。鹤似解人意，恐雏为所杀，亟自拔氅毛，抛掷地上，时人反称为瑞兆，彼此谣传道："天子造羽仪，鸟自献毛羽。"州县官乐得谀媚，遂将民间歌谣，充作贺表中文料，炀帝格外欣慰，待羽仪汇集，四面翼卫，每出游幸，卫士各执麾羽，填街塞路，绵亘约二十余里。不愧为大畜类。

再过了两月有余，江南春暮，桃柳将残，炀帝方欲返东京，下诏北归。月杪自江都出发，一切仪制，比南下时更加华丽。四月下浣，行抵伊阙，陈列法驾，备具千乘万骑，驰入东京。炀帝自御端门，颁达赦书，豁免本年全国租赋，凡五品以上文官得乘车，在朝弁服佩玉，武官得跨马加珂，戴帻服袴褶，衣冠文物，盛极一时。太子昭本留守长安，闻炀帝已回东京，乃上表请觐，有旨准奏。昭即至洛阳，父子相见，免不得有一番恩谊。但炀帝是酒色迷心，把父子有亲的古训，当然忘记。既已无父，何知有子？昭入见时，不过淡淡地问了数语，便令退出，嗣是不复召见。昭一住数旬，再请入省，炀帝虽未曾拒绝，唯面谕他速回长安。昭叩请少留，以便定省，反被炀帝叱责出去，惹得懊怅成疾；更兼形体素肥，天又盛暑，内外交迫，竟致绝命。炀帝闻耗，只哭了数声，便即止哀，草草丧葬，予谥元德。昭有三子，长名倓，次名侗，又次名侑，总算俱封王爵。倓为燕王，侗为越王，侑为代王，又立秦孝王俊子浩为秦王。俊为炀帝弟，见前文。可巧楚公杨素，亦同时病死。素本受封越公，太史尝言隋分野当有大丧，炀帝南幸时，特徙封素为楚公，因隋与楚，同一分野，意欲移祸与素。素老病居家，未尝从游，至将死时，弟约尚觅名医调治。素张目道："我岂尚想求活么？"炀帝得素死信，喜语左右道："使素不死，当灭他九族。"但表面上不好不敷衍过去，追赠素光禄大夫太尉公，赐谥景武，特给辒车班剑四十人，前后部羽葆鼓吹，粟麦五千石，赙帛五千段，命鸿胪卿监护丧事，也好算是生荣死哀，福寿全归了。句中有刺。

先是废太子勇生有十男，长男名俨，为云昭训所出，曾受封长宁郡王。勇被废后，俨亦坐斥。俨弟平原王裕，安城王筠，安平王嶷，襄城王恪，高阳王该，建安王韶，颍川王瓘，均褫爵削籍。云昭训父云定兴，因纵勇为非，坐罪夺官，与妻子俱没为官奴。炀帝嗣位，闻定兴具有巧思，召至东京，襄办营造。定兴见宇文述得宠，曲意谀媚，特购集珍珠，络成宝帐，奉献与述。述喜出望外，兄事定兴，荐使督造兵器，且与语道："兄所作器仗，悉合上意。唯始终不得好官，无非为长宁兄弟，尚未处死哩。"定兴愤然道："此等俱无用物，何不劝上一体就诛。"忍哉定兴！述遂奏请处置俨等，炀帝当即依议，命鸩杀故长宁王俨，并将俨弟七人，充戍极边。襄城王恪妃柳氏，姿容端丽，四德俱全，恪前被废黜，柳氏毫无怨言，事夫益谨。及恪奉诏徙边，与妻诀别，柳氏泣语道："君若不讳，妾誓不独生。"恪亦呜咽不能成词，彼此大哭一场，怆颜别去。行至中途，复有诏使到来，勒令自尽。恪与兄弟七人，同时骈死。至恪柩发还，柳氏语朝使道："妾誓与杨氏同穴，若身死后，得免别埋，就是朝廷的恩惠了。"说罢，抚棺一恸，自缢身亡，里人均为下泪。**特叙入以彰女贞。**勇十男已去其八，只幼子孝实、孝范，后来也不见史传，想是贬为庶人，终身不得出头，小子也只好搁过不提。

且说突厥启民可汗，自徙居碛口，尽有达头遗众，尝感隋室旧恩，岁遣朝贡。大业二年冬季，复上表自请入朝。炀帝欲张皇威德，夸示番俗，因命太常少卿裴蕴，征集天下前世乐家子弟，充作乐户，就是庶民百姓，能谱音乐，俱令入肄太常，于是四方散乐，大集东京。不但八音六律，吹拍成腔，并演习各种鱼龙山车等杂戏，务为淫巧，悦人耳目。俟演习成熟，便在西苑中精翠池侧，依次奏技。炀帝亲挈后妃诸人往阅，但见有一舍利兽，先来跳跃，激水满衢，继而鼋鼍鱼鳖，俱从水中浮出，丛集两岸，又有鲸鱼喷雾翳日，倏忽化成黄龙，长七八尺。未几复见二人戴笠，笠上各登一人，体轻善舞，欻然腾过，左右易处。最可怪的是神鳌负山，幻人喷火，千变万化，备极神妙。炀帝非常称赏，饬京兆、河南两尹，为伎人赶制锦衣，两京彩缎，搜括一空。甚且御制艳篇，令乐正白明达凑造新声，按曲度腔，声极哀艳。一面特建进士科，视有诗歌纤冶，即令入选。

故相高颎闲居有年，不知炀帝寓着何意，偏召令为太常卿。**想是颎命中应该研头。**颎独不赞成散乐，奏言："弃本逐末，有碍盛治。"炀帝哪里肯依？反把从前的积恨，记忆起来。**并见前文。**颎又私语太常丞李懿道："从前周天元好乐致亡，殷鉴不远，怎可效尤？"**汝奈何不记母言？**这数语又被炀帝闻知，越加生嫌，唯一时未便发作，姑从缓图。大业三年，启民可汗，来贺元日，炀帝命大陈文物，内外鼓吹。启民入朝拜谒，由炀帝赐他旁坐。启民东张西望，颇艳羡汉官威仪，急切未敢陈请。至退入客馆，方修表请袭冠带。炀帝初尚未许，及表文再上，乃准令易服。且语尚书牛弘道："目今衣冠大备，使单于亦为解辫，岂不是古今盛治么？"弘极口称贺。炀帝又道："这也未始非卿等功劳。"说至此，令侍臣出帛百匹，赐与牛弘。弘谢恩而退。启民可汗一住数日，宴赐甚厚。辞行时请车驾北巡，正合炀帝意旨，便即俞允，启民乃去。待至初夏，天气清和，炀帝借安抚河北为名，下诏首途，发河北十余郡丁男，凿穿太行山，北达并州，使通驰道，一面启行至赤岸泽。启民遣兄子毗黎伽特勒，入朝行在，且附表请入塞迎驾。炀帝不允，遣归毗黎伽特勒，令启民在帐守候。又过二月有余，山路始通，方再从赤岸泽出发，北至榆林郡，意欲出塞耀兵，道出突厥部落，进指涿郡，恐启民不免惊惶，特先遣武卫将军长孙晟，往谕帝意。启民奉旨，召集属部各酋长，约数十人，与晟相见。晟见牙帐中芜秽拉杂，欲令启民亲自芟薙，为诸部倡，乃佯指帐前青草道："此草留植帐前，大约根必甚香。"启民未悟，拔草嗅鼻，毫无香气，遂答言不香。晟微哂道："天子巡幸，诸侯王宜躬自扫除，表明敬意。今牙内芜秽，我还道是留种香草，哪知却是寻常植物呢。"启民至此，始知晟有意嘲讽，慌忙谢罪道："这是奴不经意的过失。奴辈骨肉，皆天子所赐，得效筋力，岂敢惮劳？不过因僻居塞外，未知大法，今幸将军教奴，使奴得达诚驾前，受惠正不少哩。"说着，即拔佩刀自芟庭草。帐下贵人达官，及诸部酋长，亦相率仿效，才阅数刻，已将庭草除尽。他如帐外杂草，亦遣番役随处扫除，长孙晟辞回榆林，报明炀帝。晟用伪言，说动启民，亦非待人以诚之道。炀帝便发榆林北境，东达蓟州。沿途建筑御道，长三千里，广且百步。启民可汗带同义成公主，来朝行宫，还有吐谷浑、高昌两国，亦遣使入贡。炀帝大悦，盛宴启民夫妇，与两国使臣，越宿复亲御北楼，望河观渔，并赐百僚会宴。启民可汗又献名马至三千匹，炀帝赐帛至一万三千匹，启民复上表道：

窃念圣人先帝怜臣，赐臣安义公主，种种无乏，臣兄弟嫉妒，共欲杀臣，臣当是时，走无所适，仰视唯天，俯视唯地，奉身委命，依归先帝。先帝怜臣且死，养而生之，以臣为大可汗，还抚突厥之民，至尊今御天下，仍如先帝养生，臣及突厥之民，种种无乏。臣荷戴圣恩，言不能尽，臣今非昔日之突厥可汗，乃是至尊臣民，愿率部落，变改衣服，一如华夏，仰乞天慈，不违所请，谨此上闻！

炀帝览表，未以为然，因令群臣集议，群臣多请依启民言。炀帝始终不从，乃下诏答启民道：

先王建国，夷夏殊风，君子教民，不求变俗，断发文身，咸安其性，雓装卉服，各尚所宜。因而利之，其道弘矣，何必拘拘削衽，縻以长缨，岂遂性之至理，非包含之远度。衣服不同，既辨要荒之叙，庶类区别，弥见天地之情。况碛北未静，犹须征战，峨冠博带，更属非宜，但使好心恭顺，固无庸变服为也。特此复谕！

　　这谕既下，又令宇文恺特设大帐，帐中可容数千人。炀帝亲御大帐，南向高坐，两旁备设仪卫，下作散乐。启民率酋长三千五百人，入帐朝谒，由炀帝尽赐盛宴，笙醴杂陈。诸胡骇悦，争献牛羊驼马数千万蹄。炀帝亦命发帛二十万段，作为答赐，并赏启民辂车乘马，鼓吹幡旗，赞拜不名，位在诸侯王上。寻又发丁男百余万人增筑长城，西距榆林，东至紫河。尚书左仆射苏威，力谏不听，太常卿高颎，礼部尚书宇文弨，*音注见前*光禄大夫贺若弼，互有私议，大略谓："待遇启民，未免过厚。"偏有媚臣诪子，奏劾三人怨谤，炀帝最恨直言，既有所闻，也不暇辨明是非，况与高颎本有宿怨，贺若弼又为颎所荐引，宇文弨也与颎友善，索性一律加罪，并置死刑。诏敕一颁，可怜三大臣俱无辜遭戮，骈首行辕。苏威亦连坐罢官。还有内史令萧琮，系是萧皇后兄弟，素邀恩眷，受爵莒国公，他与贺若弼往来莫逆，弼既被杀，复有童谣云："萧萧亦复起。"炀帝因疑及萧琮，亦令罢官还家。嗣又出巡云中，溯金河而上，甲士前呼后拥，共达五十余万，旌旗辎重，千里不绝。令宇文恺等造观风行殿，内容数百人，可离可合，下施轮轴，倏忽推移，并筑置行城，周二千步，用布为干，上蔽以布。涂饰丹青，楼橹悉备，胡人俱惊为神奇。每在御营十里外，屈膝稽颡，无敢乘马。启民还至牙帐，饰庐清道，恭候乘舆。越旬余始见驾至，由启民跪迎入帐，奉上寿。王侯以下，均袒割帐前，莫或仰视。炀帝万分快活，即事赋诗道：

　　鹿塞鸿旗驻，龙庭翠辇回。毡帷望风举，穹庐向日开。呼韩顿颡至，屠耆接踵来。*呼韩、屠耆皆汉时单于名。*索辫擎膻肉，韦韝献酒杯。何如汉天子，空上单于台。

　　启民奉鞍既毕，面奏有高丽使臣来聘，不敢隐讳。炀帝即传高丽使臣入见，使臣惶恐顿首，乃使牛弘宣旨，谕高丽使臣道："朕因启民诚心奉国，所以亲至彼帐，明年当诣涿郡，汝可还语汝王，宜早来朝，勿生疑惧。朕一视同仁，待遇亦如启民，若敢违朕命，必与启民同巡汝土，休得后悔！"*为后文东征张本。*高丽使唯唯而去。炀帝留宿启民牙帐，约有数日，萧后亦幸义成公主帐中。炀帝赐启民夫妇，金瓮各一，他如衣服、被褥、锦彩等，不可胜计。番酋以下，各赏赉有差。时已仲秋，启羹南归，使启民扈从入塞，行至定襄，乃令归藩。车驾返至太原，更营晋阳宫，**为李渊据宫伏案**。遂上太行山，开直道九十里，南通济源。幸御史大夫张衡宅中，留宴三日，才回东京。会西域诸胡，多至张掖交市，有诏使史部侍郎裴矩，掌管市易事宜。矩访诸商胡，得悉西域山川风俗，特撰《西域图记》三卷，入朝奏闻。且别绘道里，分为三路。北路入伊吾，中路入高昌，南路入鄯善，总汇处在敦煌。略言"国家威德及远，欲西度昆仑，易如反掌，只因突厥、吐谷浑，分领羌胡，遏绝道途，所以未通朝贡。今得商胡密送诚款，愿为臣妾，但使一介行人，往抚诸番，自然帖服，无烦兵革"云云。炀帝大喜，赐帛五百匹，每日引矩至御座前，问西域事。矩复盛称胡地多产珍宝，吐谷浑容易吞灭，惹得炀帝野心勃勃，也想似秦皇、汉武一般，侥功外域。于是任矩为黄门侍郎，使至张掖，引致诸胡。胡人本无意服隋，由矩用利相啖，诱令入朝。西域诸国，贪利东来，络绎不绝，所经郡县，动需送迎，糜费以亿万计，这也是中国疲敝的一大原因。

炀帝意尚未餍，至大业四年春季，复发河北诸军百余万众，穿永济渠引沁水南达黄河，北通涿郡，丁壮不敷差遣，竟至役及妇女。一面再筑长城，自榆谷东迤，又数百里，劳民伤财，不问可知。炀帝复游幸五原，顺道巡阅长城，仪卫繁盛，不亚前时。更有一种极大坏处，为炀帝杀身亡国的祸根，他生平喜新厌故，无论子女玉帛，宫室苑囿，一经享受，便觉生厌，暇时辄搜罗各处舆图，一一亲览，遇有胜地名区，常令建设行宫，所以晋阳宫尚未告竣，汾阳宫又复兴工，视民命如草芥，看金钱如粪土。又遣谒者崔君肃，赍诏往谕西突厥，征使朝贡。

自大逻便据突厥西境，号阿波可汗，突厥遂分东西二部，阿波旋为处罗侯所执，**事见前文**。国人另拥立泥利可汗。泥利传子达漫，称泥撅处罗可汗。处罗可汗母向氏，本中国人，因泥利病死，不耐寡居，转嫁泥利弟婆实特勒。开皇末年，向氏夫妇入朝，适值达头为乱，不敢西归，乃留居长安。及达头逃亡，西路少通。处罗可汗颇忆念生母，遣使入塞，访母所在。可巧裴矩出屯敦煌，得知此信，遂奏请招抚处罗。崔君肃奉诏西行，驰入西突厥牙帐，处罗踞坐胡床，不肯起迎，君肃正色与语道："突厥中分为二，每岁交兵，经数十年，莫能相灭。今启民举部内附，借兵天朝，共灭可汗，天子已经俯允，师出有期，只因可汗母向夫人，留住京师，日夕守阙，吁请停兵，愿嘱可汗内属。天子格外加怜，故遣我到此，传达谕旨。今可汗乃如此倨慢，是向夫人有欺君大罪，必将伏尸都市，传首虏庭。且发大隋将士，合东国部众，左提右挈，来击可汗，试问可汗能自保否？奈何争小节，昧大局，违君弃母，自取灭亡？"说到"亡"字，那处罗已蘧然起座，流涕再拜，跪受诏书。君肃又说处罗道："启民内属，受赐甚厚，所以国富兵强。今可汗后附，欲与启民争宠，必须深结天子，方得如愿。"处罗闻言，忙向君肃问计。君肃道："吐谷浑为启民妇家，今天子以义成公主嫁启民，启民畏天子威灵，与吐谷浑断绝亲交，吐谷浑亦因此怀恨，不修职贡，可汗若请讨吐谷浑，会同上国兵马，出境夹攻，定可破虏，然后躬自入朝，既邀主眷，复谒母颜，岂非一举两得么？"娓娓动听，才辩颇类长孙晟。处罗大喜，厚待君肃，寻即遣使随行，贡汗血马。并表请会讨吐谷浑。炀帝面谕来使，以隔岁为期，来使奉命去讫。

　　流光如驶，一瞬经年，已是大业五年。春光明媚，冰泮雪融。炀帝乃整顿行装，出巡河右，时裴矩已诱令铁勒部，袭破吐谷浑，吐谷浑可汗伏允，夸吕次子。东走西平境，遣人入塞，乞请援师。炀帝正欲击吐谷浑，乘机发兵，即遣安德王杨雄出浇河。许公宇文述出西平，托词迎允，实嘱使袭取虏帐。伏允却也狡猾，探知隋兵势盛，不敢迎降，复率众奔雪山。宇文述引兵追住，连拔曼头、赤水二城，斩首三千余级，获王公以下二百人，虏男女四千口而还。所有吐谷浑故地，东西亘四千里，南北阔二千里，皆为隋有。分置郡县镇守，徙天下轻罪实边。炀帝又欲亲自耀威，出临平关，越黄河，入西平，陈兵阅武，将穷讨吐谷浑，特命内史元寿南逼金山，兵部尚书段文振北逼雪山，太仆卿杨义臣东屯琵琶峡，将军张寿西屯泥岭，四面围聚，为掩取伏允计。伏允率数十骑潜遁，嘱部酋诈为伏允，保守车我真山。隋右屯卫大将军张定和，恃勇无谋，自请往捕，身不被甲，即入山搜寻，不料山谷里面，伏兵四布，任你如何能耐，终是双手不敌四拳，白白地丧失性命。只有裨将柳武建，步步为营，得免险难，且斩俘吐谷浑兵数百人。左光禄大夫梁默等，追讨伏允，也被伏允诱斩。卫尉卿刘权出伊吾道，总算虏得千余口，回来报功。炀帝亲至燕支山，高昌王曲伯雅，伊吾吐屯没，官名，系突厥之监守伊吾者。及西域二十七国使臣，俱伏谒道旁。炀帝预嘱河西士女，盛饰纵观，夸耀富有，如有车服未鲜，令郡县督率改制，因此骑乘炫目，绵亘通衢。吐屯没请献地数千里，炀帝当然喜慰，分置西海、河源、鄯善、且末等郡，令刘权居守河源，大开屯田，篆御吐谷浑，通道西域。并因裴矩绥远有功，进授银青光禄大夫。小子有诗叹道：

> 有道明王守四夷，何劳玉帛示羁縻？
> 凿空博望犹遭议，况复隋臣好尚欺。

欲知炀帝西巡余事，待至下回再详。

本回述炀帝之好大喜功，北巡西讨，可谓隋朝极盛时代。突厥内附，启民可汗恭顺无违，炀帝亲幸庐帐，索酪擘肉，韦剧献酒，何其盛也？及西巡河右，出临平关，穷追吐谷浑，虽张定和、梁默等，均陷没敌中，然观燕支山之受谒诸羌，道旁罗拜，亦曷尝不足夸人？奢淫如炀帝，有此幸遇，岂非意外尊荣？然炎炎者灭，隆隆者绝，以炀帝之无功无德，乃有此羌胡之归命，是正所谓天夺之鉴而益其疾也。况外人并非心悦诚服，无非贪利而来，我之利有穷时，彼之贪无穷境，利尽而彼即掉头去矣，彼去而我益困。外患未来，内讧先起，瓦解土崩，有必然者，此裴矩之所以难辞祸首也。

第二十八回

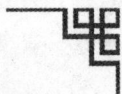

端门街陈戏示番夷

观澜亭献诗逢鬼魅

却说高昌王曲伯雅，及伊吾吐屯没等来朝行在，由炀帝特设观风行殿，召入赐宴；此外如蛮夷使臣，陪列阶庭，差不多有一二千人。炀帝命奏九部乐，并及鱼龙杂戏，备极喧阗。宴罢散席，复搬出许多绢帛，遍赐夷人，不过博得几声万岁的欢呼，又耗去若干资财。至车驾东还时，行过大斗拔谷，山路仄狭，仅容一人一骑，鱼贯而行；又值天气寒冷，风雪晦冥，前后不能相顾，累得断断续续，劳乏不堪；驴马十死八九，吏卒亦多致僵毙，后宫妃主，或狼狈相失，与军士杂宿山间，徒落得男女无别，一塌糊涂。跟畜生同行，还要辨什么雌雄？

炀帝顺便入西京，住了两三个月，因长安无可游玩，很不耐烦，仍转赴东京。时已改称东京为东都，视为乐国，不愿再入长安。从此朝朝暮暮，酒地花天，再加四面八方，按时进贡，有献明珠异宝，有献虎豹犀象，有献名马，有献美女，一古脑儿收入西苑，留供宸赏。独道州献入一个矮民，姓王名义，生得眉浓目秀，舌巧心灵。炀帝召入，见他身材短小，举止玲珑，也觉奇异得很，却故意地诘问道："汝有什么技能，敢来自献？"王义从容答道："陛下怀柔远人，不弃刍荛，所以南楚小民，也来观化。虽无奇能绝技，却有一片愚忱，仰乞圣恩收录！"炀帝笑道："朕有无数文臣猛将，没一个不竭诚事朕，要汝何用？"义又道："圣恩宽大，惠及困穷，小臣系远方废民，无处求生，只好自投阙下，冀沐生成。"炀帝最喜谀言，听得王义数语，如漆投胶，不熔自化，便命他留侍左右，就便驱策。好在王义知情识意，一经差遣，俱能曲体上心，无孔不入，因此炀帝逐渐宠爱，几乎顷刻不能相离。

一日辍朝入宫，回头见王义随着，不禁皱眉道："汝事朕多时，深合朕意，可惜非宫中物，不能随入宫中。"说着，又叹了几声，竟自入宫。义不好随入，但在宫门外痴然立着。凑巧有个老太监张成，自宫中出来，瞧着王义情状，问为何事踌躇？义便将炀帝谕言，重述一遍，且欲张成设法，为入宫计。张成微哂道："如欲入宫，除非净身不可。"义尚未知"净身"二字的意义。及张成再与说明，义竟不管死活，托张成替他买药，忍心自宫，接连病了数日。炀帝不免问及，经张成代为报明，益使炀帝感动，叹为忠义。及王义疮痕既愈，便令出入宫寝，有时使睡御榻下面，视作宫女一般。**割势以媚君，殊非人情。**

至大业六年正月，有盗数十人，素冠练衣，焚香持花，自称弥勒佛，竟潜入建国门，劫夺卫士甲仗，共谋作乱。亏得炀帝次子齐王暕，率兵出御，得将群盗诛死。暕有此功绩，并因元德太子早世，位次当立，但暕生平渔色，尝私纳柳氏女为妾，并与妃姊韦氏相奸。韦氏已为元氏妇，无端为齐王所占，当然不服，虽未敢上书诉讼，怨谤已传达都中。暕毫不顾忌，反召相士，遍视后庭。相士谓韦氏当为皇后，暕益自喜，且恐炀帝册立嫡孙，阴嘱巫觋为厌蛊术，事皆被泄。府僚如长史柳謇之以下，多半得罪，韦氏亦坐是赐死。**大约是阎罗王请去为后了。**暕爵位未削，已失宠爱，故始终不得立储。唯都中有盗，也是一种骇闻，炀帝不以为意，仍然照常行乐。

会值诸番入朝，酋长毕集东都，炀帝又要夸张富丽，暗暗传旨，不论城内城外，所有酒馆饭肆，如遇番人饮食，俱要将上等酒肴款待，不得索钱；再命有司在端门街上，搭设许多锦栅，排列许多绣帐，就是丛林杂树中，也都缠着缯帛；一面传集乐户，或歌或舞，有几处放烟火，有几处打秋千，有几处耍长竿，有几处蹴圆球，百戏杂陈，哗闹得不可名状。即如吹箫品竹的伶工，且多至万八千人。自昏达旦，连日不休，外人看了，相率惊异道："中国如此繁华，真不愧为天朝哩。"于是成群结队，纷纷游赏，或到酒肆中饮酒，或到饭店中吃饭，壶中无非佳酿，盘中悉是珍馐；及醉饱以后，取钱给值，偏肆主俱摇手道："不要不要，我中国富饶得很，区区酒肴，算什么钱哩！"外人越觉称奇，便来来往往，饮过了酒，又去重饮，吃过了饭，又去重吃，乐得屠门大嚼，快我朵颐。有几个狡黠的胡奴，穿街逐巷，偶见穷民褴褛得很，体无完褐，不禁笑问市人道："中国亦有贫家，何不将树上缯帛，给与了他，免得悬鹑百结哩？"市人惭不能答。炀帝哪里得知？一任外人游宴兼旬，方才遣归。且盛称裴矩才能，顾语群臣道："裴矩大识朕意，凡所奏陈，统是朕欲行未行，倘非奉国尽心，怎能得此？"群臣无敢异议，也不过随声附和罢了。

是时炀帝幸臣，除裴矩外，尚有大将军宇文述，内史侍郎虞世基，御史大夫裴蕴，光禄大夫郭衍，工部尚书宇文恺等，皆以谄媚得宠。衍尝劝炀帝五日一视朝，炀帝嗫嚅道："恐违先例。"衍又说道："陛下御宇，与高祖不同，高祖手定天下，应该宵衣旰食；今四海承平，府库充实，何必效法先人，自取勤苦呢？"炀帝乃心喜道："郭衍与朕同心，才不愧是忠臣。"以佞为忠，怎能长治？独司隶大夫薛道衡，上高祖颂，炀帝怅然道："这乃是《鱼藻》的寓意哩。"看官听着！《鱼藻》是《小雅》篇名，诗序谓刺周幽王。炀帝以道衡隐寓讥刺，将加罪遣，会议行新令，历久未决。道衡语人道："向使高颎不死，裁决已多时了。"裴蕴与道衡未协，因劾道衡负才怨望，目无君上。炀帝即收系道衡，处以绞罪，妻子俱流徙且末，天下称冤。御史大夫张衡已出为榆林太守，寻复调督江都宫役。衡恃有旧功，颇自骄贵，唯闻薛道衡被戮，也为不平。适礼部尚书杨玄感，即杨素子。奉使至江都，与衡相见。衡他无所言，但说薛道衡枉死，至再至三。玄感即据言上报，又有江都丞王世充，奏称衡克减顿具，两人共劾一衡，不由炀帝不信，立发缇骑械衡，即欲加诛；转思大宝殿事，全出衡力，不得不暂从宽典，免官贷死，放归田里。吏部尚书牛弘，学博量宏，素安沉默，得进位上大将军，改授右光禄大夫，至是病死，赙赠甚厚，追封文安侯，赐谥曰宪。隋朝文武官吏，唯弘富贵终身，不遭侮吝。史称他事上尽礼，待下尽仁，所以无好无恶，安然没世。弘弟名弼，好酒使性，尝射杀弘驾车牛，弘自公退食，妻迎语道："叔射杀牛。"弘怡然道："便可作脯。"至弘既坐定，妻又与语道："叔忽射杀牛，大是异事。"弘但言已知，仍然无言。宽和如此，故终得免难。看官以为如弘行止，究竟可取不可取？想列位自有定评，无庸小子哓哓了。同流合污，为德之贼。

且说炀帝安处东都，与萧后及十六院夫人，整日行乐。显仁宫及芳华苑，两处交通，中为复道，夹植长松高柳，御驾往来无常时，侍卫多夹道值宿。后庭佳丽，日多一日，今夕到这院留宿，明日到那院盘桓，或私自勾挑，或暗中牵合，不但十六院夫人，多被宠幸，就是三百二十名美女，有时凑着机缘，也得幸沾雨露。最邀宠的有几个芳名，什么朱贵儿，什么袁宝儿，什么韩俊娥，还有雅娘、杳娘、妥娘等美人，几不辨什么姓氏，但教容貌生得俊媚，身材生得袅娜，都蒙皇恩下逮，命抱衾裯。甚至僧尼道士，亦召入同游，叫作四道场。或在苑中盛陈酒馔，不分男女，随派入座。从前高祖嫔御，往往令与皇孙燕王倓，梁公萧巨，千牛*官名*。左右宇文晶，同列一席；僧尼道士，令与女官同列一席；自与后妃宠姬，同列一席。履舃交错，巾钗厮混，简直是不拘形迹，杂乱无章。甚至杨氏妇女，擅有姿色，亦公然留傍。就是妃嫔公主，亦免不得与幸臣交欢。女官尼觇，勾通僧道。炀帝也置诸不问，算是盛世宏恩。*诙谐得妙。*又尝泛舟五湖，御制《望江南》八阕，分咏湖上八景，小子叙录如下：

（一）湖上月，偏照列仙家。水浸寒光铺枕簟，浪摇晴影走金蛇，偏欲泛灵槎。光景好，轻彩望中斜。清露冷侵银兔影，西风吹落桂枝花，开宴思无涯。

（二）湖上柳，烟里不胜摧。宿雾洗开明媚眼，东风摇动好腰肢，烟雨更相宜。环曲岸，阴伏画桥低。线佛行人春晚后，絮飞晴雪暖风时，幽意更依依。

（三）湖上雪，风急堕还多。轻片有时敲竹户，素华无韵入澄波，望外玉相磨。湖水远，天地色相和。仰面莫思梁苑赋，朝来且听玉人歌，不醉拟如何？

（四）湖上草，碧翠浪通津。修带不为歌舞缓，浓铺堪作醉人茵，无意衬香衾。晴霁后，颜色一般新。游子不归生满地，佳人远意寄青春，留咏卒难伸。

（五）湖上花，天水浸灵芽。浅蕊水边勾玉粉，浓苞天外剪明霞，只在列仙家。开烂漫，插鬓若相遮。水殿春寒幽冷艳，玉轩晴照暖添华，清赏思何赊？

（六）湖上女，精选正轻盈。犹恨乍离金殿侣，相将尽是采莲人，清唱漫频频。轩内好，嬉戏下龙津。玉管朱弦闻尽夜，踏青斗草事青春，玉辇从群真。

（七）湖上酒，终日助清欢。檀板轻声银甲缓，醅浮香米玉蛆寒，醉眼暗相看。春殿晚，仙艳奉杯盘。湖上风光真可爱，醉乡天地就中宽，帝主正清安。

（八）湖上水，流绕禁园中。斜日缓摇清翠动，落花香暖众纹红，祢末起清风。闲纵目，鱼跃小莲东。泛泛轻摇兰棹稳，沈沈寒影上仙宫，远意更重重。

这八阕词句，令宫女演习歌唱，每当月夜泛湖，歌声四起，一派脆生生的娇喉，真个似黄莺百啭，悦耳动人。就中有几个通文侍女，更将原阕分成波折，抑扬顿挫，愈觉旖旎风光，足动炀帝游兴。

一夕，炀帝泛舟北海，与内侍十数人同登海山，忽月光被薄云遮住，夜色迷鹰，当然是不便上登，就在海旁观澜亭中小憩。炀帝正带着三分酒意，醉眼模糊，凭栏四望，恍惚有一扁舟过来，舟中似有数人，还疑是十六院中的美人儿，前来迎驾。霎时间驶在亭前，有一人首先登岸，报称陈后主谒驾。炀帝忘他已死，且前与陈后主时常会晤，颇觉气味相投，至此即令传见。才阅片时，果见陈后主款段前来，所着服饰，仿佛似做长城公形状。炀帝忙起身相迎，陈后主屈身再拜。炀帝忙用手搀住道："朕与卿本是故交，何必拘此大礼。"说着，便令他旁坐。彼此已经坐定，陈后主开口道："忆昔与陛下交游，情爱与骨肉相同，今日陛下贵为天子，富有四海，尚记得陈叔宝否？"炀帝惊问道："卿别来已久，今在何处？"陈后主道："亡国主子，何处寄身？无非往来飘泊，做一个异乡孤客罢了。"炀帝又道："卿如何知朕在此，前来一会？"陈后主道："闻陛下得登大宝，安享承平，心甚钦服，但初意总道陛下勤政爱民，得臻至治，哪知陛下亦纵乐忘返，取快目前，无甚美政。今又凿通洪渠，东游维扬，自觉一时技痒，特来献诗数章。"说罢，便从怀中取出一纸，捧呈炀帝。炀帝闻陈后主言，已是不悦，勉强接阅诗词，巧值月色渐明，乃凝神细视，但见纸上写着：

隋室开兹水，初心谋大赊。一千里力役，百万民吁嗟。水殿不复返，龙舟成小瑕。溢流随陡岸，浊浪喷黄沙。两人迎客至，三月柳飞花。日脚沉云外，榆梢噪冥鸦。如今游子俗，异日便天家。且乐人间景，休寻海上槎。人喧舟番岸，风细锦帆斜。莫言无后利，千古壮京华。

炀帝阅罢，似解非解，但诗意总带着讥讽，不由得愤怒起来，便携衣起坐道："死生有命，兴亡有数，尔怎知我开河通渠，徒利后人？"陈后主亦起身道："看汝豪气，能得几日，恐将来结果，还不及我哩。"一面说，一面走。炀帝亦从后追逐，又听陈后主揶揄道："且去且去！后日吴公台下，少不得与汝相见。"炀帝也不辨语意，尚用力追去。那陈后主已是下舟，舟中有一绝世美人，花容玉貌，倾国倾城，可惜月光半明半灭，急切里看不清楚。正思回呼左右，拘留此舟，不料海面上卷起一阵阴风，吹得毛骨森竖，待至风过浪平，连扁舟俱已不见，还有什么丽姝？**观此可以悟道**。炀帝到了此时，方猛然惊悟，自思叔宝早死，舟中美人，大约便是张丽华，两人都是鬼魂，如何与我相见？当下吓了一身冷汗，便把双眼睁开，仔细一望，仍然坐在亭中，便问左右道："你等曾看见什么？"左右道："不曾看见什么，但见万岁爷默然无言，恍似假寐，所以不敢惊动。"炀帝越加惊疑，忙出乘原舟，返入西苑，就近至迎晖院来。院妃王夫人接着，炀帝便与谈及陈后主相见事，王夫人也觉称奇，独朱贵儿入传道："日有所思，夜有所梦，莫非陛下回忆张丽华，所以幻出这般奇梦。且怎知非花月精魂，晓得万岁在海中寂寞，故来与陛下相戏？此等幻梦，何足介意！"**实是被鬼揶揄**。炀帝听了，方才释疑。是夕便在迎晖院留宿，不劳絮叙。

　　既而夏气暄烦，苑中草木虽多，遮不住天空炎日，昼间未便冶游，到了日沉月上，清风拂暑，院落迎凉，炀帝但带着矮民王义，悄悄地入栖鸾院，院妃李庆儿方仰卧帘下，沉睡未醒，可巧月光映面，炀帝见她柳眉半蹙，檀口微张，杏靥上现出一种慌张情态，好似欲言难言，炀帝指语王义道："她莫非梦魇不成，快与我叫她醒来！"义走到榻前，连叫数声李娘娘。庆儿方得醒寤，已挣得满身珠汗，弱不胜娇。炀帝亲自将她扶起，坐了半晌，方才明白，起身下拜道："妾适在梦寐，未知驾临，有失迎候！"炀帝道："且住！卿梦中有何急事，露出这般慌张？"庆儿道："妾正在梦魇，亏得陛下着人唤醒，但梦中情节支离，是吉是凶，妾不敢直说。"炀帝道："但说何妨？"庆儿道："妾梦见陛下如平时一般，携了妾臂，往游各院，到了第十院中，李花盛开，陛下入院高坐，开宴赏花，妾仍侍侧。哪知一阵风起，花光变作火光，烈腾腾地烧将过来。妾避火急奔，回视陛下尚在烈焰中，急忙呼人救驾，偏偏四面无人，妾正急杀，却得陛下唤醒。这梦不知主何吉凶？"炀帝沉吟半晌，方强解道："梦兆往往相反，梦死正是得生，火势威烈，朕坐火中，正是得威得势，有何不吉？"庆儿乃喜。炀帝复令摆酒压惊，饮到夜静更阑，方共做阳台好梦。

　　晓起已迟，出过明霞院，正与院妃杨夫人相值。杨夫人且笑且语道："陛下来得正好，妾正要前来报喜。"炀帝问有什么喜事？杨夫人道："酸枣县所献玉李，竟尔暴兴，荫达数亩。"炀帝淡淡地答道："玉李何故忽盛？"杨夫人道："昨夕院中各人，闻空中有人聚语道：'李木当茂。'今晓往视，果然茂盛无比。"炀帝正因庆儿梦见李花，今又闻玉李忽盛，料知不是吉兆，便顾语王义道："你去传语院役，还将玉李伐去。"义答道："木德来助，正是瑞应，即使不祥，亦望陛下修德禳灾，伐树何益？"语颇有理。炀帝乃止，就在明霞院中勾留一日。越宿，往幸晨光院，院妃周夫人迎报道："院中杨梅，今已繁盛。"炀帝喜问道："杨梅茂盛，能如玉李否？"旁有宫女答道："尚不及玉李的浓荫。"炀帝不答，掉头径去。后来梅李同时结实，院妃采实进献。炀帝问二果孰佳？院妃道："杨梅虽好，味带清酸，终不若玉李甘美。"炀帝叹道："恶梅好李，岂是人情，莫非此中寓有天意么？"小子叙述至此，因作诗评驳道：

> 汤孙修德蹶祥桑，玉李何能为国殃？
> 怪底昏君终不悟，徒将气运诿穹苍。

　　未几夏尽秋来，草木皆凋，炀帝又欲往幸江都，后妃等多不愿行，设法阻止。究竟能否阻住炀帝，且至下回续叙。

　　陈百戏于端门，全是一种张皇气象。不知外夷之向背，非在中国之富贵。且糜费愈甚，财力益椉，国赋所出，全在民力，民力已尽，试问将何以御外人？甚矣哉炀帝之愚也！且外人谓中国亦有贫民，何不将树上缯帛与之？其于中国之情势，已了如指掌。德不足怀，威不足畏，徒为外人所嘲讽，果奚补乎？海山见陈后主一节，正史不详，唯韩偓《海山记》，却有此说。运衰遇鬼，炀帝之气焰，已将尽矣。后文如庆儿之梦魇，玉李之忽茂，俱自韩偓记中采取而来。近如坊间之《隋唐演义》《隋炀艳史》，亦尝采入，但彼多附会，此从简明，终非穿凿者所得比也。

第二十九回

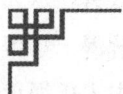

征高丽劳兵动众

溃萨水折将丧师

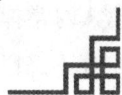

却说大业六年，炀帝又欲南幸江都，因为洛阳宫苑，草木俱凋，无可留玩，偶然忆及江都富丽，且有琼花一株，非常鲜艳，前次曾经看过，此时不知如何景色，所以更欲一观。唯萧后以下，不耐跋涉，好好地婉言劝阻，偏炀帝执意不从，且对后妃等说道："卿等俱到过江都，应亦领略风景，与此处不同，不要说山川秀美，就是一花一木，也比此地格外鲜妍。并有琼花一株，是绝无仅有的珍品，今虽草木零落，当不似此间寂寞，所以朕更欲一游，聊抒愁闷。"说至此，有一美人接入道："陛下要不致寂寞，亦没有难事，限妾三日，管教这芳华苑中，百花开放。"炀帝瞧着，乃是清修院内的秦夫人，不禁冷笑道："卿有什么神术，能使万象回春？"秦夫人嫣然道："妾怎敢在天子前，谬作诳言？待三日后，自见分晓。"炀帝将信将疑，好容易过了三日，便至苑中探验真伪，一入苑门，果然花木盛开，芳菲斗艳，就是池沼中荷芰菱茨等类，亦皆翠叶纷披，澄鲜可爱。当下惊喜得很，极口称奇。那十六院夫人，已带了许多宫女，出来迎驾。秦夫人先笑问道："苑中花木，比江都何如？"炀帝迟疑道："朕且问卿这般幻术，从何处学来？否则现在天气，哪里有这样繁盛？"众夫人听了此语，不禁哑然失笑，惹得炀帝越觉动疑。再三穷诘，方由大众奏明，乃是翦彩为花，制锦作叶，费了三日三夜的工夫，才布置得簇簇新新。炀帝仔细审视，方能辨明赝鼎，确是一个糊涂虫。又向秦夫人说道："似卿这么慧想，也好算巧夺天工了。"遂与众夫人到处游玩，但见红一团，绿一簇，仿佛与春间无二。待至游兴已阑，便往清修院中，小作勾留。秦夫人早已备好看馔，请炀帝上坐，自与众夫人递相劝酬，把炀帝灌得烂醉，便在院中倦卧。到了酒销醉醒，已是昏黄，众夫人俱已散去，但有秦夫人侍坐榻前，瞧见炀帝醒来，当然递过香茗，畀他解渴。炀帝见秦夫人晚妆如画，别饶丰韵，不由得引起欲火，索性叫她卸衣侍寝。秦夫人乐得承恩，先替炀帝脱去龙袍，然后自己亦解衣入帏，云雨巫山，销魂真个，这也是数见不鲜，不容描摹了。

且说秦夫人翦彩为花，制锦作叶，又把炀帝留住游赏，安居一二旬，但假花假叶，色易黯敝，虽经宫人时常掉换，终究是鱼目混珠，艳而不芳。炀帝复觉生厌，仍决计往江都一行。后妃等不好拦阻，听他启銮，唯萧后未曾随往，十六院夫人，也不过去了一小半。外如宫娥彩女，随意拣选数百名，随着炀帝，仍坐龙舟南驶。沿途自有卫士拥护，不过比第一次南下时，已觉得轻车减从，许多简便，途中观山览水，随意消遣，不多日已抵江都。江都宫监王世充，已将宫室赶筑，大致告成，并选得若干美女，入宫执役，一闻驾到，便出郊迎谒，导引炀帝入城。炀帝至宫中巡视，凡一切布置，尽皆合意，又见诸宫女统来叩谒，无一非仪容俊雅，眉目轻盈。炀帝顾着世充，很是嘉奖。世充口才，本来便佞，又经炀帝奖赏，更觉极口献谀，炀帝便将所携金帛，赏给若干，世充当然拜谢。且知炀帝嗜好，唯酒与色，便即呈上美酒盛馔，并令在宫女役，各携乐器，弹唱歌舞。那吴女一副歌喉，乃是天生成的娇脆，不比那北里胭脂，细中带粗，炀帝听了，只觉得靡靡动人，沁及心脾。唯所歌的多是本乡小调，不甚合宜，乃命世充录述《清夜游》曲，指导宫女。这《清夜游》曲系炀帝自撰，东都宫女，都能口诵，经世充录示诸女，到底吴中丽质，聪慧过人，有一半粗通文墨，用心默记，便能一一背诵，随口成腔。于是一半儿唱歌，一半儿鼓乐，炀帝且饮且听，但闻清声摇曳，歌云：

洛阳城里清夜矣，见碧云散尽，凉天如水，须臾山川生色，河汉无声，一轮金镜飞起，照琼楼玉宇，银殿瑶台，清虚澄澈真无比。良夜情不已，数千万乘骑，纵游西苑，天街御道平如砥，马上乐竹媚丝姣，舆中宴金甘玉旨。试凭三吊五，能几人不愧圣德穷华靡，须记取隋家潇洒王妃，风流天子。这是补录《清夜游》曲，故借此叙入，看

野蔌熊花

剪彩为花

官莫被瞒过!

炀帝见吴女绣口锦心，乐不可支，等到酒阑歌罢，便就吴女中拣选数名，留之旁侍。世充已知炀帝微意，即请炀帝安寝，拜辞出宫。炀帝挈领数名侍女，退入寝室，大约是轮流供御，从心所欲便了。但琼花已是凋谢，须待明春再开，炀帝就羁留江都，且思东游会稽，便命凿通江南河，自京口直达余杭，共计八百余里，使得通行龙舟。怎奈一时不能告成，只好耐心待着。

会接虎贲郎将陈棱捷报，乃是发兵航海，袭破琉球，击毙国王遏刺兜，虏归男女数千人，因此报功。原来琉球为东海岛国，风俗略似倭人。倭人即日本国，比琉球为大，大业四年，倭王阿每多利思北孤，**日史称推古帝。**曾贻隋书，有云："日出处天子致书日没处天子无恙。"炀帝览书不悦，传旨鸿胪卿，谓蛮夷书如或无礼，勿再上闻。越年，乃遣文林郎裴清使倭国，倭王却优礼相待，并遣使人随贡方物。炀帝面问倭使，方知倭国东南，尚有琉球，因遣羽骑尉朱宽入海，赍诏宣抚。偏琉球国王不肯奉诏，宽当即还报，始令陈棱袭击。棱既得破灭琉球，炀帝更欲从事高丽，征高丽王高元入朝。看官阅过上文，应知炀帝在突厥时，已谕令高丽使臣，饬令朝贡。此时已越两年，高丽王并未应命，再行遣使征召，仍然不至。炀帝不禁动怒，拟即发兵亲征，课令天下富民，买马给役，每匹贵至十万钱，并饬成官镇将，简阅器仗，务求精新，如或滥恶，立诛无贷。为这一役，又不免骚动中原。**天下本无事，庸人自扰之。**

到了大业七年的仲春，炀帝自江都出发，带了许多宫女，仍驾龙舟，经过永济渠，北向涿郡，途次颁诏四方，不论远近将士，概令会齐涿郡，东讨高丽。又敕幽州总管元弘嗣，速往东莱海口，造船三百艘。弘嗣不敢违慢，带同属吏，昼夜督造，工役日立水中，未尝少休，自腰以下，均皆生蛆，几乎十死三四。炀帝轻视民命，又发江、淮以南水手万人，弩手三万人，岭南排镩手三万人，并饬河南、淮南、江南三处，造戎车五万乘，送至高阳，供载衣甲幔幕，令兵士自挽赴军，再调两河民夫，供给军需。嗣又拨派江、淮民船，输运黎阳及洛口诸仓米，并至涿郡。舳舻千里，往返常数十万人，日夕不停，死亡相继。炀帝行抵涿郡，驻驾临朔宫，所有文武从官，俱令给宅安居，自在宫中迷恋酒色，不减平时。唯朝征粮，暮征兵，三令五申，不管兵民死活。可奈道途多阻，转运维艰，一时不能会集，没奈何挨延过去。自大业七年初夏开始，直至次年孟春，天下兵民，方趋集涿郡。

炀帝召入合水令庾质，当面询问道："高丽兵民，不能当我一郡，今朕悉众往讨，卿以为必克否？"庾质答道："以众临寡，何患不克？但不愿陛下亲行。"炀帝变色道："朕统兵至此，怎可未战先退，自挫锐气？"质又说道："胜负乃兵家常事，战若未克，反损威灵，不如车驾留此，但命猛将劲卒，指授方略，倍道兼行，出敌不意，方可必克。兵贵神速，迂缓便恐无功了。"炀帝不从，反叱责道："汝既惮行，尽可留此。"遂诏分全军为左右两翼，左十二军出镂方、乐浪等道，右十二军出粘蝉、襄平等道，络绎登程，总集平壤，共得一百十三万三千八百人，号称二百万，馈运饷糈，人数加倍。炀帝祃纛启行，亲授节度，每军置大将、亚将各一人，骑兵四十队，队各百人，十队为团，步兵八十队，分作四团，团各有偏将一人，铠胄、缨拂、旗旛，每团异色，辎重散兵等，亦为四团。令步兵夹进，进止立营，各有次序。前军先行，后军继进，相距约四十里。御营六军，最后出发。历四十日，方才尽出涿城，首尾衔接，鼓角相闻，旌旗绵亘九百六十里，直是近古以来，少见少闻的军仪。不是行军，实同儿戏。途次，复令段文振为左候卫大将军，出南苏道，文振在道中婴疾，上表行在，略云：

窃见辽东小丑，未服严刑，远降六师，亲劳万乘。但夷狄多诈，须随时加防，即日陈降款，亦不宜遭受。唯虑水潦方降，毋或淹迟，伏愿严勒诸军，星驰速发，水陆俱前，出其不意，则平壤孤城，势可拔也。若倾其本根，余城自克。如不及早裁定，待遇秋霖，必多艰阻，兵粮既竭，强敌在前，靺鞨出后，迟疑不决，非上策也。臣不幸遘疾，命在须臾，恐不能效力戎行，为国杀贼，自知罪戾，有辜圣恩。所望陛下扫除小丑，指日凯旋，则臣虽死，亦瞑目矣。谨此上闻！

炀帝览表，尚未以为然，未几，即接到文振死耗。炀帝虽然痛惜，但如文振表中所言，仍是疑信参半，好几日始至辽水，众军总会，临水为阵。高丽兵阻水拒守，隋军不得前济。右屯卫大将军麦铁杖语人道："丈夫性命，自有定数，怎能卧死儿女子手中呢？"乃自请为前锋，并语三子道："我受国厚恩，今当死战。我若战死，汝等得长保富贵了。"为儿孙做马牛，亦属何苦？会工部尚书宇文恺，奉敕造浮桥三道，赍夜告成，引桥架辽水上面，自西至东，桥短丈余，不能相通，高丽兵大至，隋兵赴水接战，溺死甚众。麦铁杖一跃登岸，闯入高丽阵内，虎贲郎将钱世雄、孟义，亦跃过中流，与麦铁杖先后杀入，十荡十决，差不多与猛虎一般，高丽兵亦被杀无数。怎奈后队不能跃上，徒令三人奋身死斗，毕竟势孤力竭，相继捐躯。隋军不得已敛兵引桥，复就西岸。

炀帝闻铁杖战死，追赠为宿郡公，使长子孟才袭爵，次子仲才、季才，并拜正议大夫。更命少府监何稠，督工接桥，二日乃成，再架水上。诸军依次奋进，得渡辽水，大战东岸，杀得高丽兵七零八落，死了万人，余众都遁入辽东城。隋军乘势进攻，把辽东城团团围住。炀帝亦渡辽东进，命尚书卫文升招抚辽左人民，免役十年，且下诏戒谕诸将道："朕此次东征，吊民伐罪，并非为功名起见，诸将或不识朕意，轻兵袭击，孤军独斗，徒思为己立功，冀邀爵赏，实非大军行法本旨。卿等进军，但当分为三道，有所攻击，必须三道相知，毋得轻进，猝致丧亡。并且军事进止，概宣预先奏闻，静待复报，如有专擅，就使有功，亦必加罪。"*还想沽名，比宋襄犹且不如。*诸将接到这道谕旨，莫敢先动。

高丽兵守御辽东城，日久未下。炀帝又觉焦急，亲阅城池形势，但见城不甚高，濠亦不甚广，偏如此旷日无功，想是将士疲玩所致，因复召诸将诘责道："尔等竟视朕为木偶么？朕欲东征，尔等多不愿朕来，今朕既到此，正欲观尔等所为，果然尔等畏死，不肯尽力，难道朕不能加刑，乃敢这般玩法么？"说至此，声色俱厉。*自相矛盾，叫人如何措手？*诸将相率惊惶，并皆谢罪。于是右翊卫大将军来护儿，决计进攻平壤，自率江、淮水军，浮海先进，渡入浿水，去平壤约六十里，与高丽兵遇，乘锐邀击，大破敌兵，便麾兵进攻平壤城。副总管周法尚，从旁谏阻，谓宜俟各军偕至，然后进攻。护儿不听，即简精甲四万，直逼城下。高丽兵出来搦战，护儿督兵交锋，未及数合，高丽兵便即退回。护儿驱军入城，城门却也未闭，一任隋军掩入。*明是诈计。*隋军一入城闉，就分头四掠，无复步伍，哪知城闉左右的空寺中，都有高丽兵伏着，一声胡哨，两旁杀出，好似斫瓜切菜一般。护儿见不是路，忙鸣金收军，军士半在城内，半在城外，内外不复相顾，死的死，逃的逃。护儿狼狈逃回，高丽兵在后追逐，还亏周法尚整军接战，方将高丽兵击退。护儿收拾残众，还屯海浦，不敢再进。*其进锐者其退速。*

左翊卫大将军宇文述，出扶余道；右翊卫大将军于仲文，出乐浪道；左骁卫大将军荆元恒，出辽东道；右翊卫将军薛世雄，出沃沮道；右屯卫将军辛世雄，出玄菟道；右御卫将军张瑾，出襄平道；右武候将军赵孝才，出碣石道；涿郡太守左武卫将军崔弘升，出遂城道；右御卫虎贲郎将卫文升，出增地道。这九军同时出发，约至鸭绿水西岸会齐。人马皆赍百日粮，又给排甲枪槊，并衣资、戎具、营帐等类，每人须负重三石，力不能胜。宇文述下令军中，如有遗弃粮仗，立斩无赦。士卒不堪负担，悄悄地掘了坑堑，埋窖粟米，才至中道，粮已将尽。高丽遣大臣乙支文德，诣营诈降。于仲文拟拘住文德，偏尚书右丞刘士龙为慰抚使，谓不应遽执来使，失外人心。仲文乃遣归文德，嗣复自悔，遣人往追，但说是尚有余议，诱令复来。那文德掉头不顾，渡江自去。仲文既失文德，甚是懊怅，及与宇文述相会，述因粮尽欲归，仲文还说是亟追文德，可以报功，述不愿再行。仲文悻然道："将军统十万众，不能击破小丑，何面目回见主上？且仲文此行，早知无功，试想将多士众，人不一心，如何胜敌？"述不得已与诸将渡过鸭绿水，力追文德。

高丽将士见隋军已有饥色，料知不能久持，佯用羸兵诱敌，每战辄走。自朝至暮，述七战七捷，恃胜骄骤，遂东渡萨水，距平壤城三十里，因山为营。文德复遣人诈降，向述传语道："公若旋师，当奉高元来朝行在。"述见士卒疲敝，不可复战，又见平壤城险固难下，权时允许，引军西还。令部众结一方阵，防备不虞。果然高丽兵四面抄击，没奈何且战且行。及回渡萨水，各军半济，高丽兵从后掩击，隋将军辛世雄阵亡。隋军已无斗志，又见世雄战死，顿时惊溃，不可禁止。一日一夜，奔还鸭绿水，行至四百五十里。来护儿闻述等败归，亦自海浦奔回，唯卫文升一军独全。

先是九军渡辽，共三十万五千人，及返至辽东城，止二千七百人，资储器械，丧失殆尽。炀帝大怒，锁系宇文述等，收军驰还，留民部尚书樊子盖，居守涿郡，自驾龙舟还东都。宇文述素得上宠，子士及又尚帝女南阳公主，故炀帝不忍加诛，独斩刘士龙以谢天下，夺于仲文等官爵，进卫文升为金紫光禄大夫。诸将皆委罪仲文，所以诸将得释，唯仲文不赦。仲文忧恚成疾，方得出狱，但已是病重身危，未几即死。*得保首领，还是幸事。*前御史大夫张衡，已经放黜，炀帝恐他怨谤，尝令人伺察，至从辽东还驾，忽由衡妾上书告变，讦衡怨望谤讪。*衡不知有君，无怪衡妾不知有衡。*有诏赐令自尽，遣使监视。衡临死大言道："我为人作何等事，还敢望久活么？"监刑官自塞两耳，促令缢毙。

未几，又是大业九年，炀帝复欲再征高丽，征集天下兵至涿郡，且募民为骁果，因命代王侑留守西京，授卫文升为刑部尚书，使辅代王。越王侗留守东都，民部尚书樊子盖为辅，再议东击高丽。并诏复宇文述官爵，谓前时兵粮不继，致丧王师，这是由军吏供应不周，并非述罪，可仍令以原官统军，寻又加开府仪同三司。孟夏四月，复启跸东征，遣宇文述为前驱，与上大将军杨义臣，同趋平壤。左光禄大夫王仁恭，出扶余道，仁恭进军至新城，高丽兵数万拒战，仁恭率劲骑千人，首先突阵，击破高丽兵。高丽兵入城固守，炀帝自统大军攻辽东城，守兵随机守御，兼旬不拔，炀帝遍征攻具，四面扑城，仰攻用楼梯，俯攻用镈凿，终不见效。乃又饬造布囊百余万件，满贮土石，堆积城下，高与城齐，令战士上登横击。又制八轮楼车，高出城墙，车上乘了弩手数百人，弯弓竞射。城中防不胜防，危蹙万状，正要一鼓攻入，不料内讧迭起，警报频来，遂令这位荒淫骄纵的隋炀帝，只好引军折回。小子有诗叹道：

　　无端劳动四方兵，功未成时祸已成。
　　试看黎阳生巨变，乱阶毕竟始东征。

欲知内乱详情，请看官续阅下回。

***

炀帝之征高丽，聚天下兵顿于一城，彼不过夸耀兵威而已，安知兵法？夫曹操赤壁，苻坚淝水，皆以兵多致败，岂有劳师万里，水陆淹留，尚可痴望成功耶？庾质、段文振，相继进谏，言皆可行，乃听之藐藐，反戒诸军轻进，坐误因循，及辽东城相持不下，乃责诸军疲玩，以致来护儿、宇文述等，躁进丧师。至于督兵再举，不惩前辙，是即无内讧之猝起，恐亦不败不止耳。王者耀德不观兵，德无可言，徒欲以兵力屈人，试鉴诸隋炀而已然矣。

第三十回

杨玄感兵败死穷途
斛斯政拘回遭惨戮

却说高丽事起，征兵索粮，骚动天下，百姓不堪供亿，铤而走险，相聚为盗。邹平民王薄，据长白山，<u>此系山东之长白山。</u>自称知世郎。平原民刘霸道，据豆子航，号为阿舅贼。蓚人高士达，聚众清河；鄃人张金称，聚众河曲，还有漳南人窦建德，也与同县孙安祖，戕官起事，攻陷高鸡泊，做起草头大王来了。既而济阴孟海公，齐郡孟让，北海郭方预，平原郝孝德，河间格谦，渤海孙宣雅，接踵为乱。暴客饥民，相率趋集，多或至十余万人，少亦数万，所在剽掠，村邑为墟。是时承平日久，人不习兵，地方官吏，与贼接战，往往败却。唯齐郡丞张须陀，骁勇果决，连败王薄、郭方预等。须陀部下有罗士信，年方十四，持槊当先，贼不敢进，每次交锋，必与须陀并进，贼众无不辟易，所以战无不克。但群盗如毛，山东糜烂，单靠张须陀一军，也只能保护一方，不能四面兼顾，坐是彼出此没，无术荡平。炀帝虽有所闻，尚说是幺麽小贼，不足为虑，所以再出东征。偏有一个勋臣后裔，也乘势揭竿，起兵黎阳，遂令炀帝心中惶急，不得不搁起外事，还戢内忧。

看官道黎阳起事，究是何人？原来就是楚国公杨素子玄感。<u>本回以玄感为主，故上文群盗，只用简笔略过。</u>玄感体貌雄伟，膂力强盛，善骑射，好宾客。蒲山郡公李密，世为北周将领，父宽为隋初柱国，密得袭父爵，官左亲侍，与玄感为刎颈交。密有智

225

术，尝语玄感道："临阵决胜，密不如公；居内运筹，公不如密。"玄感深服密言，故往来莫逆。会玄感迁任礼部尚书，奉炀帝诏敕，至黎阳督运，因闻山东盗起，乱事已发，料知天下从此多事，且乃父死时，炀帝尝谓素若不死，终当族灭，因此引以为忧。虎贲郎将王仲伯，汲郡赞治赵怀义，并为玄感腹心。玄感密与计议，欲令东征各军，乏粮致变，特使粮船故意逗留，可以伺隙起兵。玄感弟武贲郎将玄纵，及鹰扬郎将万硕，均从征辽东，由玄感密书招还。又令人至京师召出李密，令与季弟玄挺，同抵黎阳。适将军来护儿，调集舟师，从东莱入海，将趋平壤。玄感即欲发难，暗遣家奴绕道东方，伪充驿使入城，托言护儿愆期谋反，煽惑人心，遂径入黎阳城，人索男夫。并移书旁郡，以讨护儿为名，令各发兵，会集仓所。既欲发难，何妨声明昏主过恶？乃徒诬及来护儿，欺诱军吏，是与汉王谅起兵时同一谬误。即用赵怀义为卫州刺史，东光县尉元务本为黎州刺史，河内主簿唐祎为怀州刺史。唐祎不肯受令，暗地逃回。

　　御史游元，与玄感共同督运，亦有违言。玄感与语道："独夫肆虐，陷身绝域，正是天使灭亡，我今大举义师，往诛无道，君意以为何如？"元正色道："尊公荷国宠荣，近古无比，公门皆拖青纡紫，正应竭诚尽节，上答鸿恩，奈何坟土未干，即图反噬？仆但知以死报君，不敢闻命。"玄感怒起，把他囚住，元始终不屈，竟为玄感所杀。乃就运夫中选集丁壮，得五千余人，舟子三千余人，刑牲誓众，当面宣谕道："主上无道，不念民生，天下骚扰，从征辽东的兵民，死了无数，今与君等起兵，往救百姓，岂不甚善？"大众踊跃听命。玄感大喜，遂勒兵分部。可巧李密与玄挺偕来，玄感倒屣迎入，向密问计。密答说道："天子远在辽东，公能出其不意，长驱入蓟，扼住咽喉，高丽闻有内变，必从后蹑击。不出旬日，征东各军，资粮皆尽，就使不降，亦必溃散，这乃是今日的上计。"玄感道："中策若何？"密又道："关中为都城所在，今若率众西行，经城勿攻，直取长安，天子虽还，根本已失。公据险临敌，进可战，退可守，尚不失为中计。"玄感又道："此外便为下策吗？"密复道："公若随近逐便，直向东都，一鼓突入，亦足号令四方，但恐唐祎往告，先已固守，引兵攻战，必延岁月。百日不克，天下兵四面兜聚，大势一去，恐无能为了。"李密三策，剀切详明。玄感笑道："今百官家口，俱在东都，我若得取，先声夺人，从征官吏，不寒而栗，如公下计，实是上策。若冒险入蓟，恐成孤注，改图关中，又嫌迂远。且经城勿攻，如何示威？我却不愿出此哩。"遂不从密言，竟引众向洛阳，遣弟玄挺率骁勇千人，充作前锋，先取河内。唐祎已入城拒守，一面飞报东都留守越王侗。侗急与樊子盖等，勒兵为备，修武县兵民，亦相率守临清关。玄感不能度，乃至汲郡南渡河，亡命诸徒，相从如市。不到数日，有众数万，乃使弟积善，率兵三千，自偃师南沿洛水，向西进取；玄挺自白司马坡逾邙山，向南进行；玄感自领三千余人，从后接应。

东都留守越王侗，遣河南令达奚善意，统兵五千人，出拒积善，将作监河南赞治裴弘策，统兵八千人，出拒玄挺。善意至洛南，立营汉王寺，及积善兵到，未战即溃，铠仗皆为积善所取。弘策行至白司马坡，一战败走，退三四里，复收集散兵，列阵待着。玄挺徐至，连战至四五次，弘策皆败，奔还东都，玄挺直抵大阳门，玄感亦从后继至，屯上春门，尝对众宣誓道：“我身为上柱国，家累巨万金，还要求什么富贵？今起兵来此，不顾灭族，无非欲解百姓倒悬，不得不尔，请大众原谅！”众闻言皆悦，父老争献牛酒，子弟亦诣军门自效，每日不下千数。内史舍人韦福嗣，出敌玄感，兵败被擒。玄感优礼相待，使掌文翰，令贻樊子盖书，直数炀帝罪恶，谓欲废昏立明，请勿拘小礼，自贻伊戚。子盖不答，复使裴弘策出战，弘策失利而还。子盖部署败军，再使弘策出击，弘策不肯行，被子盖叱出斩首，由是将吏震肃，令行禁止。玄感尽锐攻城，子盖随方拒守，一守一攻，杀伤相当。

西京留守代王侑，闻东都被围，忙遣副守卫文升督兵往援。文升至华阴，掘杨素冢，暴骨扬灰。遂鼓行出崤渑，直趋东都，率二万骑挑战。玄感用赢兵诱敌，精兵后伏，引卫文升兵追来，一声鼓号，四面伏发，杀死文升兵无数。文升慌忙逃回，前驱已经尽毙，无一得生。越三日再行交兵，两军初合，玄感诈使人大呼道：“官军已获得玄感了。”文升兵莫名其妙，东张西望，心不一致，那玄感却带领精骑数千，突入文升阵内。文升麾下，统被吓退，就是文升亦似入梦中，只好随众并走。玄感趁势斩获，一场蹂躏，把文升部曲三四万人，杀死了一大半，单剩了八千人，保护文升，狼狈退去。玄感却是能兵，可惜初计不善。玄感兵威大震，趋附益众，多至十万人。

右武候大将军李子雄，曾坐事除名，诏令从来护儿东征，图功赎罪。自玄感变起，炀帝防他潜应玄感，令锁子雄达行在，子雄竟杀死诏使，逃奔洛阳，投入玄感军中，劝玄感速称尊号。玄感转问李密，密答道：“秦陈胜自欲称王，张耳进谏被斥，魏武帝将求九锡，荀彧劝阻见诛。今密欲正言相规，还恐追踪二子；若阿谀顺意，又与密本意相违。试想公自黎阳起兵，虽得战胜数次，究竟未定一郡，未服一县，至若东都守御，坚固难拔，天下救兵，指日将至，公不速挺身力战，早定关中，乃急欲自尊，未免示人不广，请公三思！"玄感狞笑无言，暂将称尊事缓议，但心中不免芥蒂，渐与密疏，专任元福嗣为心膂。福嗣每与画策，首鼠两端，密复谏玄感道："福嗣本非同盟，实怀观望，明公初起大事，乃令奸人在侧，为所摇惑，他日必误军机，不如先诛为是。"玄感摇首道："君所言太过，福嗣亦何至如此？"密退语所亲道："杨公不信忠言，反毗匪类，恐我辈将一同为虏了。"何不速去？

已而炀帝返至涿郡，发兵四逼，使武贲郎将陈棱攻黎阳，武卫将军屈突通诣河阳，左翊卫大将军宇文述继进，右骁卫大将军来护儿，又从东莱还援，就是两战两败的卫文升，亦收拾余烬，进屯邙山南面，来决死战，与玄感一日数斗。玄感弟玄挺，伤重而死，余众少却。玄感方才知惧，又闻屈突通引兵将到，忙与李子雄商量对敌。子雄道："屈突通晓习兵事，一得渡河，胜负难料，宜速分兵往拒，休使越河前来。"玄感依议，便欲遣兵拒通，偏樊子盖瞧破机关，屡出兵来扰玄感军营。玄感无暇分兵，眼见得屈突通军，长驱直至，于是东有屈突通，西有卫文升，更兼樊子盖自出夹攻，三路动手，任尔杨玄感如何骁勇，也是招架不住，三战三北，无法支持。玄感再向李子雄请计，子雄道："东都援军四集，我师屡败，怎可久留？不如直入关中，据有府库，东向争天下，尚不失为霸王事业哩。"迟了。玄感乃释洛阳围，引众西行，至弘农宫。父老遮说玄感道："宫城空虚，又多积粟，何不急攻？"玄感遂留兵攻扑，李密以为未可，促令急行，玄感仍然不从。督攻三日，终不能拔。还贪近利，不亡何时？那屈突通、宇文述等，陆续追至，玄感又不得不走，与追军且战且行。路过董杜原，为追军所困，玄感大败，仅率十余骑溃围出走，窜林木间，辗转至葭芦戍，饥渴交迫。玄感自知不免，返顾后面，只弟积善随着，乃泣叹道："一败至此，尚有何言？我不能受人戮辱，汝可杀我。"积善情尚未忍，忽见后面尘头大起，料有官军追来，因抽刀斫死玄感，继即自刺，手颤刀落，已有追兵驰至，拘住积善，并玄感首俱送行在。积善伏诛，玄感首悬示行宫，并命将遗尸磔陈东都市。越三日，脔割付火，尽成灰烬。玄感弟玄纵、万硕，自辽东潜逃。万硕至高阳，为监军许华所执，送斩涿郡。玄纵至黎阳，探得玄感败亡，微服私奔，不知下落。尚有义阳太守玄奖，朝请大夫仁行，皆玄感弟，一在义阳受诛，一在长安被磔，余党悉平，独李密逃去。为后文伏案。

炀帝尚欲穷治党羽，命大理卿郑善果至东都，从严推勘。善果奋然道："玄感一呼，相从至十万人，可见天下不欲人多，多即为盗，不尽加诛，如何惩后？"遂派兵四捕，不分首从，一概枭首，所杀至三万余人。兵部侍郎斛斯政从驾东征，曾与玄感暗地通谋，至是恐株连坐罪，亡入高丽。政与弘化留守元弘嗣有婚媾谊，炀帝因政逃亡，遂疑及弘嗣，立遣卫尉少卿李渊，驰至弘化，把弘嗣拘入狱中，即令渊为留守。看官听说！这卫尉少卿李渊，系陇西郡成纪人，表字叔德，生得仪表雄伟，日角龙庭。若要追溯李氏世系，就是西凉武昭王嵩七世孙，祖名虎，佐周代魏，赐姓大野氏。虎殁时得加封唐公，子昞袭爵。渊即昞子，复袭荣封，官拜卫尉少卿。至是留守弘化，便是唐朝发轫的初基。唐室始祖，应该详叙。炀帝怎能预料？总道他事君不贰，简放出去。那时李渊也确是效忠，依诏奉行。

炀帝自涿郡西还，安安稳稳地到了长安，但各处盗贼，仍所在蜂起。余杭人刘元进，手长尺余，臂垂过膝，自谓相表非常，阴蓄异志，当玄感起兵时，亦招集徒党，臂应玄感。玄感败死，元进气焰未衰，反得众数万人。吴郡人朱燮，晋陵人管崇，且纠合亡命，攻破吴郡，迎入刘元进，奉为天子。燮与崇为左右尚书仆射，署置百官。毗陵、会稽、建安诸郡民，多半响应。炀帝闻报，亟遣将军吐万绪，光禄大夫鱼俱罗，率兵南讨，击斩管崇。元进与燮结栅拒绪，屡败屡战，终不少怠。绪因士卒疲敝，奏称天气骤寒，请待来春进讨。俱罗亦上言贼难骤平，且因诸子在洛，潜遣家仆往迎，偏为炀帝所闻，敕诛俱罗，召绪还京，另遣江都丞王世充讨元进，绪在道忧死。世充调兵渡江，连战皆捷，毙朱燮，枭刘元进，余贼四散。世充佯为下令，投降免死。散贼多闻风来降，共约三万余人，被世充引至黄亭涧，悉数坑死。尚有未降诸贼，自知不能逃生，索性再聚为盗，出没江淮。章邱杜伏威，年仅十六，勇冠贼中，共推为主。临济辅公祏，下邳苗海潮，亦勾通伏威，横行淮南。就是山东诸盗，亦迭起不已。唯唐县出了一个妖人宋子贤，自称弥勒佛出世，不到数月，总算伏法。哪知东边的弥勒佛，方才扑灭，西方的弥勒佛，又复出现。扶风僧徒向海明，也自号弥勒佛，哄动愚夫愚妇，居然造反，旋且僭称皇帝，改元白乌。还是隋廷用了太仆卿杨义臣，出讨海明，才得将这位弥勒皇帝，赶往西方。弥勒佛想做皇帝，无怪他不能济事。偏又贼帅唐弼，拥立李弘芝为主，有众十万，号称唐主。东反西乱，此仆彼兴，已闹得不可开交。独炀帝念念不忘高丽，反以为刁民作乱，不足计较，仍征天下兵东征，群臣莫敢进谏。

大业十年仲春，炀帝复往涿郡，士卒在途，逃亡相继，好容易到了怀远镇，已是夏尽秋来。将军来护儿为前锋，引兵至卑沙城，高丽发兵迎战，阵亡甚众，败奔平壤。护儿当然追逼，途中接得高丽来使，奉书乞降，且愿送还斛斯政。护儿飞报行在，炀帝大喜，命执斛斯政班师。护儿奉诏，报知高丽。高丽即将斛斯政交出，令护儿带归行在。炀帝命将士奏凯入关，即将高丽使臣，与罪犯斛斯政，献告太庙。出什么风头？大将军宇文述进奏道："斛斯政有大罪，天地不容，人神同忿，若徒照国法处死，怎得惩戒乱贼？请变例处置！"炀帝允议，乃把政牵出金光门，缚诸柱上，令公卿百僚，更番迭射，以政为的。至矢集如猬，再将政尸肢解，用镬烹炙，分食百官。百官多暗地抛去，唯几个佞臣媚吏，执肉大嚼，食至果腹，方才罢休。肉味如何？高丽使臣，赦免不诛，令他归语高元，速即入朝。高丽使去了多日，高元终不就征。炀帝再敕将帅整顿兵马，更图后举，但也是有名无实，行不顾言罢了。

未几，又有离石胡刘苗王造反，自称天子。汲郡人王德仁，亦起兵据林虑山。炀帝仍不以为意，又从西京出幸东都。太史令庾质谏阻道："近年三次伐辽，民实劳敝，陛下宜镇抚关内，使百姓尽力农桑，阅三五年，四海人民，稍得丰实，然后出巡东都，方为合宜。"炀帝不悦，决计东幸。质辞疾不从，竟至激怒炀帝，系质下狱，质旋即瘐死。炀帝径往东都，犹幸宫苑依然，后妃无恙，彼此重谈旧事，叙及东都被围情状，统是唏嘘泣下。炀帝在石榴裙下，最能体心着意，好好地温存一番，能使人破涕为笑，于是红灯绿酒，檀板金樽，重复陈设，三千粉黛，又各使出狐媚手段，挑逗炀帝。炀帝恣情拥抱，挨次交欢，又不知有撩乱事。

温柔乡里，再过一年，是大业十一年。外面有军书报到，王世充大破齐郡贼孟让，还有余贼左孝文，也由齐郡丞张须陀讨平。炀帝很是喜慰，进世充为江都通守，须陀为河南讨捕大使。会涿郡人卢明月作乱，有众十余万，驻扎祝阿。须陀发兵邀击，相持十余日，粮尽将退，顾语将士道："贼见我退，必悉众来追，若率千人掩袭贼营，定可大捷，但不知何人敢往？"大众统面面相觑，不敢应令。独罗士信上前道："小将愿往。"言未已，又有一神将应声道："琼亦愿往！"须陀大悦，便命两人悄悄出马，带着精兵千名，从旁道趋去。看官道琼是何人？原来就是历城人秦琼，表字叔宝，后来佐唐受命，绘像凌烟阁上，正是一位著名的健将。为了此人，方不略须陁之战。须陁弃营伪遁，果然贼渠卢明月，驱众力追，那罗、秦两将，探得贼众大出，便衔枚疾进，趋至贼栅。栅门已闭，两将猱升而入，杀死守贼数人，大开栅门，纳入外兵，随即放起一把无名火来，把贼寨三十余栅，一齐毁去。明月正追赶须陁，偶然回顾，遥见有一片火光，冲起霄汉，已是心惊，忽又来了一个贼目，报称营寨被焚，不得不还救根本，当下收众退回。须陁得趁势返击，大破贼众，明月只率数百骑遁去，后来转掠河南，为王世充所杀。当时谓须陁破贼，实是秦、罗二将，力破贼栅，因得立功。小子有诗叹道：

捣巢杀贼姓名标，列栅全归一炬烧。

可惜隋家王气尽，要图立绩在新朝。

须陁虽得破明月，但余贼四出，始终未能肃清，反且日甚一日。欲知后事，试看下回说明。

杨玄感发难黎阳，乘炀帝东征高丽，突然起兵，不可谓非良好之机会。但李密三策，以上策为最善。自来枭雄起事，非冒险不易成功。若中策则难得关中，安见隋军之不能四集？转斗于蜗角之中，坐自困敝，吾知其难也。或谓李渊得关中，终足兴唐，但彼一时，此一时，时势不同，安得相比？至下策则更不足道矣。玄感急进图功，至中策且不能用，兵败族夷，亦何足怪？但乃父杨素，实为弑君之首贼，首贼后嗣，苟能建功立业，天道何存？迫之反而绝其后，乃正所以见天道之昭昭也。斛斯政阴通玄感，亡入高丽，寻被高丽执送行在，惨死长安，政固自取其戚。而炀帝之酷虐不仁，亦可概见。况用兵三次，仅得一逃犯而归。乃尚告诸太庙，置诸极刑，彼以为刑一儆百，足以威民，讵知民不畏死，奈何以死惧之？此盗贼之所以迭兴，而隋之所以终亡也。

第三十一回

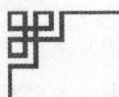

犯乘舆围攻紫寨
造迷楼望断红颜

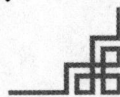

　　却说涿郡贼卢明月，虽然败死，上谷贼王须拔，复自称漫天王，据地称燕国，更有贼渠魏刀儿，自称历山飞，彼此各拥众十万，北连突厥，南掠燕赵。炀帝闻盗贼蜂起，户口逃亡，乃诏百姓各徙入城，就近给田。郡县驿亭村坞，概令增筑城垒，随时加防。适有方士安伽陀，上言李氏当为天子，劝炀帝尽诛李姓。炀帝正怀隐忌，又记起乃父在日，尝梦洪水淹没都城，因迁都大兴。此时有郕公李浑，为隋初太师李穆第十子，世受崇封，宗族强盛。且既是李姓，浑字右旁又是从水，并浑从子将作监李敏，小名洪儿，有此种种疑案，不能不先发制人，因召李敏入内，说他小名不佳，适应谶语。敏愿即改名，哪知炀帝是叫他自杀，免受明刑，唯一时不便出口。敏惶惧得很，及退归后，便告知从叔李浑，两下里设法求生，免不得日夕私议密图良策。偏有人传将出去，竟被宇文述闻知，这宇文述正是李浑冤家，前此李穆病殁，嫡孙筠应该袭爵，浑将筠谋死，且向述乞援，愿将采邑所出，一半酬劳，述因代为吹嘘，使浑得袭父封。后来浑竟背了前约，毫不酬述，述大生愤恨，日思报怨，可巧炀帝有疑浑意，遂暗嘱郎将裴仁基等，劾浑与敏背人私议，潜图不轨。述固贪狠，浑亦自取。炀帝遂收浑叔侄，饬问刑官从严鞫治，始终不得确证。述恐案狱平反，又使人诈诱浑妻，教她急速自首，免累家族。浑妻但求活命，竟依述言。述代为作表，诬供浑久蓄反意，前曾因车驾征辽，谋立敏为天子，事虽不果，心终未忘。这道表文，迫浑妻签名上呈，眼见是将无作有，浑与敏死有余辜了。*浑欲袭封而图任，其妻欲活命而诬夫，天道好还，安得不畏？* 当下颁敕诛浑，并及侄敏。浑妻总道得生，偏又被述遣人鸩死。就是李浑宗族，也一古脑儿坐罪遭刑，一班冤死鬼，共入冥府，这真叫作死不瞑目呢。都人统为浑、敏呼冤，偏亲卫校尉高德儒，奏称鸾集朝堂，显符瑞应。炀帝召问百官，是否属实？百官明知德儒捣鬼，只好说是也曾目睹，俯伏称贺。炀帝色喜，擢德儒为朝散大夫，赐帛百端。及百僚退班，互问真伪，有几个说是孔雀二头，由西苑飞集朝中，转睛间即已翔去，大家始付诸一笑，散归私第去了。*这与指鹿为马，相去不远。*

　　是时突厥启民可汗已死，子咄吉世嗣立，亦受隋廷册封，赐号始毕可汗。始毕因义成公主，尚在盛年，未免暗中生羡，即欲据为己妻，好在公主随缘乐助，也肯降尊就卑，竟与始毕成为夫妇。始毕遂援着胡俗，表请尚主，炀帝推己及人，并不加驳，反说是从俗从宜，应该准奏。始毕喜出望外，亲至东都朝谒，炀帝照章优待，慰劳有加，好几日方才辞去。始毕颇有勇略，招兵养马，部落渐盛，隋黄门侍郎裴矩，因始毕日强，恐为后患，奏请封始毕弟咄吉设为南面可汗，分减突厥势力。炀帝却也依议，便遣使册封咄吉设，怎奈咄吉设素性懦弱，不敢受诏，隋使徒劳跋涉，捧诏还朝。始毕闻报，明知隋廷是有意播弄，暗生怨怼。裴矩因初计不成，复探得突厥达官史蜀胡，为始毕谋主，遂用甘言厚币，诱他入边，暗中却设着埋伏，把史蜀胡杀死。始毕失了谋臣，越觉怀恨，从此与隋有仇。*无故开衅，裴矩可杀。*

　　会因汾阳宫告成，炀帝挈领妃嫔多名，并第三子赵王杲往幸汾阳，且恐途中遇盗，特调李渊为山西、河东抚慰大使，先往清道。*渊亦姓李，名旁从水。奈何屡次重任，岂真王者不死耶？* 果然有贼目母端儿，及敬盘陀等，往来龙门左右。渊发河东兵剿捕，击破母端儿，收降敬盘陀，道途肃清。炀帝乃得安抵汾阳宫，宫由新建，当然华丽异常，但为地所限，不甚闳敞。百官士卒，不能入居宫城，没奈何布散山谷，结草为营，暂时栖止。时为大业十一年初夏，天气渐暖，炀帝欲在宫中避暑，竟留住了百余日，待至秋高气爽，本好启跸南归，偏他欲顺道北巡，复从汾阳出发，竟往塞外。既出长城，忽由突厥来了密使，乃是奉义成公主差遣，前来上书。炀帝取书披览，略瞧数行，便失色道："不好了！不好了！始毕欲来袭我了！"说着，即命将来使留住，一面即饬扈从人等，速即回马，驰入雁门。大众闻有急变，仓猝回头，才将车驾拥返长城，把雁门关闭住。蓦闻胡哨声、号炮声、人马声，杂沓前来，当下登城北望，遥见胡骑漫山遍野，一齐驱至，前队统是弓弩手，未到关下，已是弯弓搭矢，似雨点般射来，飕的一声，把炀帝御盖穿通。炀帝把头一摸，侥幸脑上未被射着，那五尺有余的一支硬箭，从炀帝袍袖下拂落。炀帝吓得一身冷汗，忙趋还城下，与赵王杲相持涕泣，哭得双目皆肿，悔不可追。将士等前来请旨，报称始毕兵马，约有数十万人，倘若开关搦战，恐众寡不敌，不如拒守为是。炀帝踌躇多时，强勉镇定心神，令将士出外听宣，自己上马亲巡，传谕大众道："可恨始毕，无端掩袭，尔等当努力拒贼，苟能保全，无患不富贵，向有官职，依次进阶，向无官职，便除六品。"将士等闻言踊跃，齐呼万岁，就是寻常兵民，也想乘此邀功，无一不摩拳擦掌，据关拒战。始毕麾众猛扑，守卒亦抵死不退，足足坚持了一二旬。

炀帝又诏令天下募兵，邻近守吏，各来勤王。屯卫将军云定兴，亦募集壮丁，遣令赴急，就中有一个少年豪杰，前来应募。定兴见他器宇非凡，便召问籍贯，那人答称姓李，名叫世民，乃是现任抚慰大使李渊次子。**唐太宗出现。**定兴喜道："将门生将，古语不虚，但看汝尚属青年，恐未能为国效力。"世民朗声道："世民年已十六，怎见得不能效劳？况将在谋不在勇，岂必临阵杀敌，方可为将么？"定兴不禁称奇，延令旁坐，问及救驾计策。世民道："始毕骤举大兵，来围天子，必谓我仓猝不能赴援，故敢如此猖獗。此处兵少，应募诸徒，又皆乌合，不堪临敌，计唯有虚张声势，作为疑兵，日间引动旌旗，绵布数十里，夜间钲鼓相应，喧声四达，虏谓我救兵大至，不得逞志，自然望风遁去了。"**一鸣惊人。**定兴鼓掌称善，依计施行。始毕果然疑惧，不敢急攻雁门关。

炀帝又特遣密使，令突厥来使为导，相偕出关，从间道绕至突厥牙帐，请义成公主设法解围。义成公主乃致书始毕，伪称北方有急，促始毕还军。始毕不能前进，更致后顾，只得撤兵解围，嗒然引去。炀帝因始毕退还，又放大了胆，遣骑兵追蹑。始毕已经去远，只后面剩着老弱残兵，约有一二千人，被官军掳掠归来，复命报功。炀帝多命枭首，悬示关门，**终不脱虚愦故智。**然后启程南返。行次太原，宇文述等请仍还东都，忽有一老臣进谏道："近来盗贼不息，士马疲敝，愿陛下亟还西京，深根固本，为社稷计。"炀帝瞧着，乃是光禄大夫苏威，便怃然道："卿言甚是，朕当依卿。"威乃趋出。原来苏威自阻筑长城，忤旨被黜，未几复起任纳言，寻且进位光禄大夫，加封房公，此次亦从幸雁门，因有此请。炀帝见威已退出，复召宇文述入议。述答道："从官妻子多在东都，就使欲还西京，亦何妨先到洛阳，勾留数日，再从潼关入京，也不为迟。"炀帝本意，原欲赴洛，述希旨承颜，巧为迎合，当然语语投机，无不中听，遂不往关中，竟自太原南下，直达东都。炀帝顾视街衢，面语侍臣道："尚大有人在，不可不防。"侍臣多未明语意，唯唯而罢。嗣经慧黠诸徒，从旁窥测，才知炀帝此言，还以为前平玄感，杀人未多，余党或混迹都中，故不能无虑。其实是人民反侧，全仗君相善为慰抚，岂是一味嗜杀，所能治平？并且炀帝喜杀靳赏，性多刻薄，从前平玄感时，赏不副功，此番将士固守雁门，共计万七千人，事后录勋，只千五百人得进官阶，与在雁门时所颁谕旨，全不相符。将士以王言似戏，互有怨言，樊子盖为众上请，亦谓不宜失信。炀帝变色道："公欲收揽人心么？"子盖碰了一个钉子，哪里还敢复言？自是将士解体，各启贰心。

那炀帝益流连忘返，始终不愿入关中，整日里沉迷酒色，喝黄汤，偎红颜，尤雨殢云，不顾性命。一日，顾语近侍道："人主享天下富贵，应该竭天下欢乐，今宫苑建筑有年，虽是壮丽闳敞，足示尊荣，但可惜没有曲房小室，幽轩短槛，悄悄地寻乐追欢，若使今日有此良工，为朕造一精巧室宇，朕生平愿足，决计从此终老了。"得了大厦，还想小屋，真是欲望无穷。言未已，有近侍高昌奏陈道："臣有一友，姓项名升，系浙江人氏，尝自言能造精巧宫室，请陛下召他入问，定能别出心裁，曲中圣意。"炀帝道："既有此人，汝快去与我召来！"高昌领旨，飞马往召项升，才阅旬余，已将项升引至，入见炀帝。炀帝道："高昌荐汝能造宫室，朕嫌此处宫殿，统是阔大，没有透迤曲折的妙趣，所以令汝另造。"升答道："小臣虽粗谙制造，只恐未当圣意，容先绘就图样，进候圣裁，然后开工。"炀帝道："汝说得甚是，但不可延捱。"升应旨出去，赶紧画图，费了好几日工夫，方将图样画就，面呈进去。炀帝展开细看，见上面绘一大楼，却有无数房间，无数门户，左一转，右一折，离离奇奇，竟看不明白。经项升在旁指示，方觉得有些头绪，便怡然道："图中有这般曲折，造将起来，当然精巧玲珑，得遂朕意。"说着，即令内侍取出彩帛百端，赏给项升，并面命即日兴工，升拜谢而出。炀帝复连下二诏，一是饬四方输运材木，一是催各郡征纳钱粮，并令舍人封德彝监督催办，如有迟延，指名参劾，不得徇私。于是募工调匠，陆续趋集，就在芳华苑东偏，拣了一块幽雅地方，依图赶筑。看官试想！天下能有多少财力，怎禁得穷奢极欲的隋炀帝，今日造宫，明日辟苑？东京才成，西苑又作，长城未了，河工又兴。还要南巡北狩，东征西略，把金钱浪掷虚化，一些儿不知节俭。就是隋文帝二十多年的积蓄，千辛万苦，省下来的民脂民膏，也被这位无道嗣君，挥霍垂尽。古人谓大俭以后，必生奢男，想是隋文帝俭啬太甚，所以有此果报呢。**好大议论。**

且说项升奉命筑楼，日夕构造，端的是人多事举，巧夺天工，才阅半年有余，已是十成八九，但教随处装潢，便可竣工。炀帝眼巴巴地专望楼成，一闻工将告竣，便亲往游幸，令项升引导进去。先从外面远望，楼阁参差，轩窗掩映，或斜露出几曲朱栏，或微窥见一带绣幕，珠光玉色，与日影相斗生辉，已觉得光怪陆离，异样精采。及趋入门内，逐层游览，当中一座正殿，画栋雕甍，不胜靡丽，还是不在话下。到了楼上，只见幽房密室，错杂相间，令人接应不暇，好在万折千回，前遮后映，步步引入胜境，处处匪夷所思。玉栏朱镶，互相连属，重门复户，巧合回环，明明是在前轩，几个转弯，竟在后院；明明是在外廊，约略环绕，已在内房。这边是金虬绕栋，那边是玉兽卫门；这里是锁窗衔月，哪里是珠牖迎风。炀帝东探西望，左顾右盼，累得目眩神迷，几不知身在何处，因向项升说道："汝有这般巧思，真是难得。朕虽未到过神仙洞府，想亦不过如是了。"升笑答道："还有幽秘房室，陛下尚未曾遍游。"炀帝又令项升导入，左一穿，右一折，果有许多幽奇去处。至行到绝底，已是水穷山尽，不知怎么一曲，露出一条狭路，从狭路走将过去，豁然开朗，又有好几间琼室瑶阶，仿佛是别有洞天，不可思议。炀帝大喜道："此楼曲折迷离，不但世人到此，沉冥不知，就使真仙来游，亦为所迷，今可特赐嘉名，叫作迷楼。"**愈迷愈昏，至死不悟。**随即面授项升五品官阶。升俯伏谢恩。炀帝不愿再还西苑，却叫中使许廷辅，速至宫苑中，选召若干美人，俱至迷楼。一面搬运细软物件，到楼使用，就便腾出上等绸缎千匹，赏与项升。一面加选良家童女三千名，入迷楼充作宫女。又在楼上四阁中，铺设大帐四处，逐帐赐名，第一帐叫作散春愁，第二帐叫作醉忘归，第三帐叫作夜酣香，第四帐叫作延秋月。每帐中约容数十宫女，更番轮值。炀帝除游宴外，没一日不在四帐中，干那风流勾当，所以军国大事，撇置脑后；甚至经旬匝月，不览奏牍，一任那三五幸臣，舞文弄法，搅乱朝纲。

少府监何稠又费尽巧思，造出一乘御女车，献与炀帝。什么叫作御女车呢？原来车制窄小，只容一人，唯车下备有各种机关，随意上下，可使男女交欢，不劳费力，自能控送。更有一种妙处，无论什么女子，一经上车，手足俱被钩住，不能动弹，只好躺着身子，供人摆弄。炀帝好幸童女，每嫌她娇怯推避，不能任意宣淫，既得此车，便挑选一个体态轻盈的处女，叫她上车仰卧。那处女怎知就里？即奉命登车，甫经睡倒，机关一动，立被钩住四肢，正要用力挣扎，不意龙体已压在身上，褫衣强合，无从躲闪，霎时间落红殷裤，痛痒交并，既不敢啼，又不敢骂，并且不能自主，磬控纵送，欲罢不能，没奈何咬定牙关，任他所为。炀帝此时，是快活极了，好容易过了一二时，云收雨散，方才下车。又将那女解脱身体，听她自去。破题儿第一遭，一个是半嗔半喜，一个是似醉似痴，彼此各要休养半天，毋容细叙。越日，赏赐何稠千金，稠入内叩谢，退与同僚谈及，自夸巧制。旁有一人冷笑道：“一车只容一人，尚不能算作佳器，况天子日居迷楼，正嫌楼中不能乘辇，到处须要步行，君何不续造一车，既便御女，又便登高，才算是心灵手敏呢。”稠被他一说，默然归家，日夜构思，又制了一乘转关车，几经拆造，始得告成。天下无难事，总教有心人，这乘车儿，下面架着双轮，左右暗藏枢纽，可上可下，登楼入阁，如行平地，尤妙在车中御女，仍与前车相似，自能摇动，曲尽所欢。稠既造成此车，复献将进去。炀帝当即面试，一经推动，果然是转弯抹角，上下如飞。炀帝喜不自禁，便向稠说道：“朕正苦足力难胜，今得此车，可快意逍遥，卿功甚大，但未知此车何名？”稠答道：“臣任意造成，未有定名，还求御赐名号。”炀帝道：“卿任意成车，朕任意行乐，就名为任意车罢。”一面说，一面又命取金帛，作为赏赐，且加稠为金紫光禄大夫。稠再拜而退。

嗣是炀帝在迷楼中，逐日乘着任意车，往来取乐，又命画工精绘春意图数十幅，分挂阁中，引动宫女情欲，使她人人望幸，可以竭尽欢娱。凑巧有外官卸职来朝，献入乌铜屏数十面，高五尺，阔三尺，系是磨铜为镜，光可照人。炀帝即命取入寝宫，环列榻前，每夕御女，各种情态，俱映入铜镜中，丝毫毕露。炀帝大喜道：“绘画统是虚像，唯此方得真容，胜过绘像倍了。”*魑魅魍魉，莫能遁形。*遂厚赏外官，调赴美缺。只是一人的精力有限，哪能把数千美女一一召幸？就中进御的原是不少，不得进御的也是甚多。一日，由内侍呈上锦囊，内贮诗笺，不可胜计。炀帝随意抽阅数首，书法原是秀丽，诗意又极哀感，便轻轻地吟诵起来。第一纸为《自感》三首，诗云：

庭绝玉辇迹，芳草渐成窠。隐隐闻萧鼓，君恩何处多？

欲泣不成泪，悲来强自歌。庭花方烂漫，无计奈春何？

春阴正无际，独步意如何？不及闲花草，翻承雨露多。

炀帝读罢，不禁大惊道："这明明是怨及朕躬，但既有此诗才，必具美貌，如何朕竟失记？"再阅第二纸，乃是《看梅》二首，诗云：

砌雪无消日，卷帘时自颦。庭梅对我有怜意，先露枝头一点春。

香清寒艳好，谁惜是天真？玉梅谢后和阳至，散与群芳自在春。

再阅第三纸，有《妆成》一首，《自伤》一首，更依次看下。《妆成》诗云：

妆成多自惜，梦好却成悲。不及杨花意，春来到处飞。

《自伤》诗云：

初入承明殿，深深报未央。长门七八载，无复见君王。春寒侵入骨，独卧愁空房。飒履步庭下，幽怀空感伤。平日新爱惜，自待聊非常。色美反成弃，命薄何可量？君恩实疏远，妾意待彷徨。家岂无骨肉？偏亲老北堂。此方无双翼，何计出高墙？性命诚所重，弃割良可伤。悬帛朱梁上，肝肠如沸汤。引颈又自惜，有若丝牵肠。毅然就死地，从此归冥乡。

炀帝看到此首，越觉失惊道："阿哟！敢是已死了么？"随即问内侍道："此囊究是何人所遗？"内侍答道："是宫女侯氏遗下的，现在她已缢死了。"炀帝泫然泪下，手中正取过第四纸，上有《遗意》一首云：

秘洞扃仙卉，幽窗锁玉人。毛君真可戮，不肯写昭君。

炀帝阅到此诗，转悲为怒道："原来是这厮误事。左右快与我拿来！"左右问是何人？炀帝说是许廷辅。待左右去讫，复问内侍道："侯女死在何处？"内侍答在显仁宫。炀帝忙驾着任意车，驰往宫中。内侍引入侯氏寝室，但见侯女已经小殓，尚是颦眉瞑目，含着愁容，两腮上的红晕，好似一朵带露娇花，未曾敛艳。炀帝顿足道："此已死颜色，犹美如桃花，可痛！可惜！"小子叙述至此，也不禁恻然，随笔写下一诗道：

> 深宫寂寞有谁怜，拼死宁将丽质捐。
> 我为佳人犹一慰，尚完贞体返重泉。

炀帝见侯女死状，也不顾什么秽恶，便抚尸泣语，异常悲切。欲知他如何说法，下回自当表明。

雁门之围，为炀帝一大打击，若为中知以上之君，当痛加猛省，乐不可极，欲不可穷，诚使脱围返都，改过不吝，励精图治，天下事尚可为也。乃不从苏威之言，仍至东都淫乐，项升作迷楼，何稠献御女车及任意车，竭天下之财力，供一人之荒淫，虽欲不亡，讵可得乎？唯迷楼一事，未见正史，而韩偓撰《迷楼记》，当必有所本，至若侯夫人缢死，亦在《迷楼记》中叙及。本编所采，皆出自文献所遗，非徒录坊间小说者，所得借口也。

第三十二回

御苑赏花巧演古剧
隋堤种柳快意南游

却说炀帝抚侯女遗骸，且泣且语道："朕本爱才好色，不意宫帏里面，有卿才貌，偏不相逢，朕虽未免负卿，但卿亦命薄，朕又缘悭，此去泉台，幸勿怨朕。"说罢又哭，哭罢又说，絮絮叨叨，好似潘岳悼亡，感念不休。忽有侍卫入报道："许廷辅拿到了。"炀帝乃出宫御殿，见了廷辅，恨不得将他一脚踢死，当下厉声诘责，问他选召宫人，何故失却侯女？就中定有隐情，速即供明。廷辅极口抵赖，炀帝即把他叱出，付与刑官严讯。及刑官承旨拷问，方知侯女不得入选，实是廷辅索赂不遂，把她埋没。刑官当即复陈，炀帝怒不可遏，立将廷辅赐死，一面自制祭文，令内侍备好香果，至侯女柩前，亲奠三樽，并朗诵祭文道：

呜呼妃子！痛哉苍天！天生妃子，貌丽色妍，奈何无禄，不享以年。十五入宫，二十归泉。长门掩采，冷月寒烟。既不遇朕，谁为妃怜？呜呼痛哉！一旦自捐，览诗追悼，已无及焉。岂无雨露？痛不妃沾，虽妃之命，实朕之愆。悲抚残生，犹似花鲜。不知色笑，何如嫣然？泪下几行，心伤如煎。纵有美酒，食不下咽。非无丝竹，耳若充填。妃不遇朕，长夜孤眠；朕不遇妃，遗恨九原。朕伤死后，妃苦生前。死生虽隔，情则不迁。千秋万岁，愿化双鸳。念妃香洁，酬妃兰荃。妃其有灵，来享兹楚。呜呼哀哉，痛不可言！

读罢，复泪下如丝，呜咽不止。经内侍在旁劝解，方才收泪，命照夫人礼厚葬，又敕郡县官厚恤侯夫人父母。侯氏虽生前不得受用，死后倒也备极荣华。**侯女之死，还算值得。**唯炀帝犹怀伤感，无从排遣，没情没趣地乘着原车，回到迷楼。众美人都已得报，联翩前来，替炀帝设法解闷，就是萧皇后也登楼劝慰，炀帝终有几分不快。凡家人到死过以后，往往令人追忆，把从前歹事撇去，专记起他的好处。况侯夫人入宫多年，并未与炀帝相会，此番见她如许清才，如许美色，怎得不悲悔交乘？**体会入微。**钟情深处，容易成痴，几视迷楼中许多佳丽，没一个得及侯夫人，因此闲居索兴，游玩无心。芳草尽成无意绿，夕阳都作可怜红，正是炀帝当日情景。

萧后本逢场作戏，顺风敲锣，目睹炀帝如此凄切，便乘间进言道："侯女既死，想她何益？况天下甚大，岂无第二个侯夫人？但教留意采选，包管有绝色到来。"炀帝听了，不觉又触起往事，又想到那江都风景，便对萧后道："朕前观壁上广陵图，忆及江东春色，贤卿劝我一游，果得饱尝风味。那年再往游览，为了东征高丽，不得久留，今日欲选择美女，除非是六朝金粉，或有遗留，若长在关洛，恐今生不能相遇了。"**从炀帝口中，追叙观图一事，是为补笔。**萧后自觉失言，忙转机道："陛下何必多劳跋涉？只简放官吏数人，令往江东物色，便易办到。"炀帝道："俗语说得好：'眼见是真。'朕看内外官吏，多半是靠不住的，倘都是许廷辅一流人物，岂不是一误再误么？"说着，即命左右往整龙舟，克日南巡。萧后知不可阻，只好听他自由。炀帝又令妃嫔侍御等整顿行装，满望即日就道，偏经内使返报："龙舟遭劫，统被杨玄感乱党，焚毁无遗，现在只好另造了。"炀帝闻报，立即颁敕，命江都再造龙舟。江都通守王世充，素来是奉君为恶，一经奉旨，便即督工赶造，但终非咄嗟可办，总须经过若干时日，方能有成。炀帝虽然性急，也只好勉强忍耐。

那四面八方的盗贼，又复竞起。东海出了剧盗李子通，与章邱杜伏威相合，嗣复分作两路，自据海陵。城父县内的朱粲，本是一个县佐，亡命为盗，自称迦楼逻王，众至十余万。淮北贼左才相，又复四出骚扰，残忍好杀，可怜人民涂炭，家室化离，炀帝但在迷楼中，终日沉湎，不闻世事。至大业十二年元旦，御殿受朝，有二十余郡的守吏，未尝遣使表贺，才知寇盗未靖，道梗不通，乃分遣朝使赴十二道，发兵讨捕盗贼，一面诏毗陵通守路道德，在郡东南筑造宫苑，候驾巡幸。转眼间又是上巳，天和日暖，草绿花红，西苑中湖海风光，格外明媚。炀帝召集群臣，至西苑水上会宴，命学士杜宝撰水师图经，采古水事七十二种，使朝散大夫黄衮，督率伎士，演剧水中，作傀儡戏。人物俱能自动，击鼓敲钟，不烦人力，能成节奏。又遣妓航酒船，往来穿梭，画桨齐飞，绿波似织，端的是赏心悦耳，游目骋怀。待至夕阳西下，灯火齐明，才命停罢，尽兴而归。

又越一月，西苑忽然失火，炀帝正在苑中，疑是有盗入苑，急忙避匿草间，亏得苑中人多，七手八脚，环绕拢来，你挑水，我扑火，方将祝融氏驱回。炀帝经此一吓，遂成了心悸病，每夕在睡梦中，辄呼有贼，必由数妇人在旁摇抚，乃得少眠。未几又是夏天，腐草为萤，纷飞不绝。炀帝想入非非，令宫苑内侍，齐捉萤火，收贮纱囊，得数百斛。遂乘着五月朔日，夜游海山，把纱囊中的萤火，一齐放出，光遍岩谷。都人远远望见，还道苑中又复失火，哪晓得是一片萤光呢。总算会寻快乐。

炀帝喜极归寝，酣睡一宵，越宿接到急报，乃是魏刀儿部贼甄翟儿，率众十万寇太原，将军潘长文战死。炀帝因太原要地，有此贼焰，也觉心惊，亟调山西、河东慰抚大使李渊，往讨甄翟儿。嗣是连得军警，左翊卫大将军宇文述，恐炀帝不乐，往往匿不上陈。炀帝稍有所闻，一日临朝，顾问群臣道："近来盗贼如何？"宇文述出班奏道："近已渐少。"光禄大夫苏威，独引身隐柱。炀帝召威过问，威答道："臣未主军旅，不知盗贼多少，但虑盗贼渐近。"炀帝问为何因？威说道："前日贼据长白山，今近在汜水，且往日租赋丁役，今皆无着，岂不是尽化为盗么？"炀帝道："区区小贼，尚不足虑。唯高丽王高元，至今未见来朝，实属可恨！"威复答道："高丽在外，盗贼在内，臣谓外不足恨，内实可忧。况陛下在雁门时，许罢东征，今复欲征发，民不聊生，怎能不相率为盗呢？"炀帝勃然变色，拂袖退朝。到了端午节，百僚竞献珍玩，威独献入《尚书》一部，有人从旁谮威道："《尚书》有五子之歌，威欲借此谤上。"炀帝正未明威意，听到此言，当然愈怒。既而复议伐高丽，廷臣莫敢进谏，独威入内奏请道："欲讨高丽，何必发兵？但赦免各处盗贼，便可得数百万人，饬令东征，必能立功赎罪，高丽不难平服了。"炀帝不答，面有愠色，威当即趋出。御史大夫裴蕴进奏道："威大不逊，天下何处有许多盗贼？"炀帝恨恨道："老革犹言多兵。多奸，虚张贼势，意欲胁朕，朕拟令人批颊，因念他是多年耆旧，所以忍耐一二。"蕴亦辞退，另唆人上章劾威，说他前时典选，滥授人官。炀帝即夺去威官，除名为民。过了月余，又有人讦威私通突厥。裴蕴奏诏推按，证成威罪，请即处死。还是炀帝不忍加诛，许贷一死，唯并威子孙三世除名。

时光易过，又是秋来，江都新造龙舟，报称完工，制度比前日宏丽。炀帝甚喜，即拟南幸，江都留越王侗居守。右候卫大将军赵才进谏道："今百姓疲劳，府藏空竭，盗贼宸起，禁令不行，愿陛下亟还西京，安抚兆庶，奈何反欲南巡呢？"炀帝大怒，命将才拘系狱中。建节尉任宗，奉信郎崔民象及王爱仁，先后谏阻，均为所杀。他人乃莫敢进言。这番南巡，自后妃以下，尽行带去，外如仪仗一切，比第一次还要繁盛。甫出西苑，见有一人俯伏在地，口称小臣送驾，语带呜咽。炀帝从辇中俯视，乃是西苑令马守忠，便道："汝在此看守西苑，不劳送行。"守忠道："銮舆已经出发，料难挽回，只望陛下早日还驾，小臣愿整顿西苑，敬候乘舆。"说罢，泪如雨下。炀帝亦不觉怅然，半晌又说道："朕偶然游幸，自当早回，何必这般过悲？"守忠道："陛下造这西苑，不知费了多少财力，始得有此五湖四海三神山十六院的风景，陛下岂不爱恋？乃舍此远游，致小臣对景伤心，故不禁下泪。"炀帝黯然道："朕难道永离此苑？但教汝好生看守，毋使园林零落，殿宇萧条。"说至此，因口占一诗道："我慕江都好，征辽亦偶然。但存颜色在，离别只今年。"吟罢，命从吏录出，递与守忠，留别宫人。守忠乃起，让过銮驾。左右见守忠奏请，炀帝答言，均寓悲感，统有些诧异起来，死机已兆。但也只好隐忍过去，拥了御驾，行至河滨。炀帝下辇登舟，望见新造船只，多半有云龙装饰，灿烂夺目，当然欣慰，便与萧后分坐最大的龙舟。十六院夫人，亦各坐龙舟一艘，规模略小。此外美人，也都一一分派，各有坐船。文武百官，或在船中居住，或在岸上夹护，鱼贯前进，连绵不绝。非奉停泊号令，就是夜间，亦要进行。起程这一夕，秋高气爽，水面上的凉飔阵阵，拂除那日间余暑。炀帝却不能安睡，起开舰窗，眺望夜景，但听得一片歌声，顺风刮来。歌云：

我兄征辽东，饿死青山下；今我挽龙舟，又困隋堤道。方今天下饥，路粮无些小，前去千万里，此身安可保？暴骨枕荒沙，幽魂泣烟草；悲损门内妻，望断吾家老。安得义男儿？焚此无主尸；引其孤魂回，负其白骨归。

炀帝听罢，禁不住心中气愤，便令左右缉捕歌夫。左右奉命往捕，闹了半夜，并无踪迹，炀帝亦傍徨不寐，等到天晓，经左右复报，但说是没人唱歌，所以无从缉捕。炀帝虽然惊疑，却也只好略过一边，仍命启行。越日，天气忽然暴热，竟致秋行夏令，好似盛暑一般。龙舟虽然宽敞，尚觉得天气困人。岸上牵缆诸役夫，统是挥汗如雨，不胜劳惫。炀帝亦为怜悯，用翰林学士虞世基言，令就汴渠两堤，移裁柳枝。且诏谕地方人民，献柳一株，即赏一缣。是时柳尚未凋，百姓都掘柳来献，炀帝从舟中登岸，自种一株，作为首倡，百官亦各种一株，然后令百姓分种，照柳给赏。百姓非常踊跃，越种越多，且随口编出几句歌谣道："栽柳树，大家来，好遮阴又好当柴。天子自栽，然后百姓栽。"炀帝听着，满心欢喜，又取钱散给百姓，并亲书金牌，悬挂最高的柳树上，赐柳姓杨，因此后人呼柳为杨柳。说本韩偓《开河记》，但古时杨柳并称，训诂家谓杨枝上挺，柳枝下垂，今混称杨柳，是否起于隋时，待考。

嗣是柳荫满堤，迷天一碧，自大梁迤逦南下，到处都种柳树，顿时化热为凉，无风亦韵。江都通守王世充，又献上吴越女子五百名，在半途供应役使。炀帝也不暇细阅，但使彼充作殿脚女，在岸上同牵船缆。每船用殿脚女十人，嫩羊十口，相间而行。于是蛾眉成队，粉黛分行，彩袖飐空，一路上绮罗荡漾，香风蹴地，两岸边兰麝氤氲。炀帝看了，喜不自胜，蓦见一个女子，生得非常俊俏，也夹在殿脚女中，好似鹤立鸡群，不同凡艳。炀帝不觉失声道："如此妙女，怎得使充贱役？"遂令左右宣召进来。既到面前，果然是明眸皓齿，玉貌花肤，更有两道黛眉，状如新月，格外动怜。炀帝笑孜孜地问道："汝是何处人？姓甚名谁？"那女子跪答道："贱婢乃姑苏人氏，姓吴名绛仙。"炀帝赞叹道："好一个绛仙眉黛，可留此侍朕，不劳牵缆。"当下传将出去，着派他女另补，就叫绛仙在旁侍酒。到了夜间，便挽绛仙入帏，演了一出水上鸳鸯，不消细说。又是一好女儿晦气。绛仙既得宠幸，便珠膏玉沐，愈觉鲜妍，那黛眉更画得精工，就是文君再世，亦恐要输她一筹，又妙在知书识字，颇善诗歌。炀帝似遇洛妃，如逢神女，覆雨翻云，一些儿不嫌寂寞。

及行过雍邱，渐达宁陵地界，忽由虎贲郎将护缆使鲜于俱入奏道："前面水势湍急，阻碍龙舟，急切里驶不上去。"炀帝道："朕尝两幸江都，并没有什么搁浅，为何今日有此阻碍？"说着，便召宇文述等同入御舟，问个明白。宇文述道："从前占天监耿纯臣上言，睢阳有王气环绕，此处地近睢阳，想是地脉灵长，所以浅深忽变。"炀帝道："就是地脉变迁,也没有这般迅速。"当下检查当日凿河人员,所有宁陵至睢阳一路,乃是总管麻叔谋监工,可巧麻叔谋亦扈驾同行,一召便至。炀帝当即盘问,叔谋道："臣前时监工凿河,测量甚准,并没有什么浅深。今日忽然淤浅,连臣也不知何因。"炀帝道："想是开河工役,偷工躲懒,不曾挖得妥当,遂致今日搁浅,这却如何区处?"叔谋道："容臣再去开挖,将功赎罪。"炀帝道："若只一处搁浅,还易为力,只怕前途还有浅处,须要探视才是。"护缆使鲜于俱道："臣看水势湍急,人不能下去,篙又打不到底,怎能探试明白?"翰林学士虞世基接入道:"这却不难,请为铁脚木鹅,长一丈二尺,上流放下,如木鹅拦住,便是浅处。"炀帝依议,亟令右翊卫将军刘岑,制造木鹅,往验浅深。及刘岑返报,自雍邱至灌口,共有一百二十九处淤浅。炀帝大怒道:"这明明是从前工役,不肯尽心开掘,致误国家大事,若非严法处死,如何震压天下?"遂令刘岑往淤浅处,查究役夫姓名,悉行捕住,把他倒埋岸下,教他生作开河夫,死作抱沙鬼。可怜这一百二十九处地方,共捕得五万余人,照敕处置,活埋了事。令人发指。

麻叔谋见坑杀了许多丁夫,也觉寒心,连夜催督兵民,掘通淤道,请龙舟逐段过去。炀帝得了吴绛仙,日日纵欢,也不十分催促。每日或行三十里,或行二十里,或行十里,并未计较,因此麻叔谋得有工夫,逐节疏通,得至睢阳。炀帝猛记得宇文述语,睢阳留有王气,应该掘断龙脉,方可免患。当即召入麻叔谋,正色问道:"睢阳地方,曾掘去多少坊市?"叔谋道:"睢阳地灵,不好触犯,臣所以未敢开掘。"炀帝勃然道:"朕为天子,百灵均当效命,有什么不好触犯?显见汝挟有隐情。"叔谋无可回答,只得饰词答辩道:"陛下以爱民为心,臣见坊市复杂,好罢手便即罢手,况改道开河,相去不远,何必定就道睢阳?"炀帝听说,尚属有理,即命刘岑查探河道,究竟有无远近。哪知刘岑却是叔谋的对头,一经查勘,迂远至二十里左右,便据实报明。炀帝遂将叔谋拿下,囚系狱中。

究竟叔谋何故剩出睢阳,小子查阅稗史,却是别有原因。叔谋本是个贪暴人物,从前奉旨开河,管什么民居多少?当督工开掘时,在上源驿旁,发得一口绝大棺木,叔谋疑棺内必有宝藏,揭盖启视,一尸容貌如生,发从前覆,长过胸腹,此外别无珍宝,只搜得一石铭,上有古篆,多不能识。只有一下邳人能读,篆文中云:"我是大金仙,死来一千年;数满一千年,背下有流泉。得逢麻叔谋,葬我在高原,发长至泥丸；更候一千年，方登兜率天。"叔谋听着，乃自备棺椁，安葬城北隅。偷鸡勿着蚀把米。及掘至陈留，可巧有朝使到来，用少牢礼，并白璧一双，祭留侯张良庙中，向神假道。祭毕风起，失去白璧，后来有一中牟丁夫，在途中遇一贵人，峨冠博带，跨马前来。前后有人呵护，召夫至前，取白璧相授道："与我报尔十二郎，还尔白璧一双，尔当宾诸天。"中牟夫莫明其妙，跪拜受讫，不见贵人，当时非常惊愕，料知此璧，定有来历，不敢隐匿，即奉献叔谋，并述神语。叔谋细忖一番，也想不出语中寓意，但见白璧很是莹洁，便充入私囊，且杀死中牟夫，为灭口计。天下事若要不知，除非莫为，当然有人传说。后来炀帝缢死江都，在位虽有十三年，扣足只有十二年，才知"十二郎"三字，便是指着炀帝。叔谋贪匿白璧，复监工至雍邱，适有一祠宇当道，叔谋问为何祠？村人答道："古老相传，内有隐士墓，甚有灵兆。"叔谋道："何物隐士？敢当此冲？"遂命丁夫入祠掘墓，才经数尺，忽听得一声怪响，下露一洞，里面灯火荧荧，无人敢入。独有武平郎将狄去邪，愿往一窥，叔谋喜道："狄郎将胆量过人，真好算荆轲。聂政。一流哩。"去邪扎束停当，用绳系腰，命役夫执住绳端，缒将下去。小子有诗咏道：

> 奋身下穴入幽城，聂政荆卿足并名。
> 若使逡巡甘却步，何来仙引得长生？

毕竟狄去邪所见何物，且待下回再表。

纲目于大业十二年三月，大书特书曰："宴群臣于西苑。"夫自西苑告成以后，宁独此次召宴群臣？其所以大书特书者，志其末也。盖是年七月，炀帝幸江都，自是不得复返，而西苑之设宴演剧，为东都淫乐之结局，越月而西苑遂火，天之儆炀帝也，亦可谓至矣。昏主不悟，犹决意南游，除苏威名，连杀谏官任宗、崔民象、王爱仁，言莫予违，写尽昏淫气象。至隋堤种柳，令种柳一株，赏帛一缣，虽有利民生，而无故费财，要不得谓仁恩之下逮。及宁陵搁浅，枉杀丁役至五万人，彼岂尚有爱民之心欤？正史中于麻叔谋一事，未曾叙及，而韩偓《开河记》言之甚详，是与上回迷楼相类，想不至全出虚诬也。

第三十三回

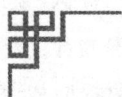

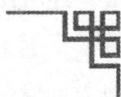

麻叔谋罪发受金刀
李玄邃谋成建帅府

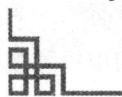

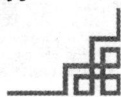

却说狄去邪缒入深穴，约数十丈，脚方及地。去邪见有路可通，竟将腰中绳索解去，鼓勇前进，约行百余步，入一石室，东北各有四石柱，铁索二条，系一巨兽，形状似牛，仔细一瞧，乃是一个人间罕有的巨鼠，不由得骇了一惊。蓦闻石室西面，砉然一声，慌忙回顾，门已洞开，有一道童模样，出问去邪道："汝非狄去邪么？"去邪答声称："是。"道童道："皇甫君待汝已久，汝可速入。"去邪乃随他进去，见里面有一大堂，颇也宽敞，堂上坐着一位方面长髯的神君，服朱衣，戴云冠，也不知为何神，只好倒身下拜。那神君端坐不动，亦不发言，旁立一绿衣吏，待去邪拜讫，令他起身，引出西阶上立着。约过片时，里面有声传出道："快取阿㸤来！"阶下即有人应声而去。须臾，即见武夫数人，牵入一物，就是柱上系着的大鼠。去邪本知炀帝小字，叫作阿㸤，此时也无从访问，只得屏气待着，但听堂上神责鼠道："我遣尔暂脱皮毛，为中国主，如何虐民害物，不遵天道？"大鼠本不能言，但点头摇尾，作冥顽状。堂上神益怒，命武士挝击鼠脑，鼠即大吼，声似雷鸣。武士再拟击下，俄一童子捧天符下来，堂上神起座降陛，俯伏听旨。童子宣言道："阿㸤数本一纪，今尚未满，俟限期既届，当用练巾系颈而死，今尚不必动刑。"说罢自去，堂上神仍然复位，令将巨鼠仍系原处，并召语去邪道："为我告麻叔谋，谢他掘我茔域，来年当赠他二金刀，勿嫌我轻酬哩。"说罢，即令绿衣吏引了去邪，自他门趋出，经过一林，径回路仄，蹑石扳藤，方得过去。回顾已失绿衣吏，去邪只好踽踽独行。又约三里许，见有茅舍，一老叟坐土塌上，去邪上前问讯，老叟道："此地为嵩阳少室山下，汝从何处来此？"去邪具述所由。老叟道："汝已亲见各状，想亦能悟通玄机，汝能辞官，便能脱身虎口了。"想是去邪人品循良，故得种种指引。去邪称谢而行。回视茅屋，又无影迹，自知身入仙境，已蒙指迷，唯不能不复报麻叔谋。乃趋往宁阳，得与叔谋相见，约略叙明。先是去邪入墓，墓忽崩陷。叔谋谓去邪已死，今日却来，目为狂人。去邪将错便错，即佯狂自去，隐居终南山。闻炀帝正患脑痛，月余不愈，益信冥中挝击，果然不虚。嗣是修道辟谷，竟得无疾而终。此身原是有道骨。

那叔谋既至宁陵，适患风逆，起坐不安。医生谓用羊羔蒸熟，糁药同食，方可疗治。叔谋如法炮制，果得全愈。嗣是蒸食羊羔，习以为常。宁陵人陶榔儿，家中巨富，性甚凶悖，恐先茔逼近河道，或为所掘，乃盗他人婴儿，割去头足，蒸献叔谋。叔谋咀嚼甚美，远胜羊羔，因召榔儿穷诘。榔儿初尚讳言，叔谋使人劝酒，把他灌醉，才得榔儿实告。叔谋不以为忍，反赏金十两，令工役保护榔儿先茔，一面专窃他人婴孩，宰割供食。宁陵、睢阳境内，失去婴孩数百，哀声四达。左屯卫将军令狐达，曾为开渠副使，上书弹劾，被中门使段达遏住，不使上闻。段达尝受叔谋巨贿，所以代为蒙蔽。叔谋法外逍遥，凿河至睢阳城。睢阳坊市豪民，都恐宅墓被掘，酿金三千两，将献叔谋，尚苦无人介绍。适叔谋监掘古冢，穿通石室，室中漆灯棺木等，遇风化灰，唯得一石铭云："睢阳土地高，竹木可为壕；若也不回避，奉赠二金刀。"叔谋不解，转问土人。答言故老传闻，谓是宋司马华元墓。叔谋奋然道："小国陪臣，怕他什么？"

到了夜睡蒙眬，忽有一人宣召，即随与同行，约经里许，恍惚见有宫殿，由来使导入，上面坐着一王，着绛绡衣，戴进贤冠。叔谋向他再拜，王亦起座答拜，且与语道："寡人便是宋襄公，奉上帝命，镇守此地，将二千年，今将军来此掘河，幸回护此城，勿使人民失所。"叔谋不答。王又说道："此地五百年后，当有兴王崛起，上帝命寡人保护，岂可为了暴主逸游，掘伤王气？"暗指宋太祖事。叔谋仍然不答。忽殿外有人入报道："大司马华元来了。"未几，即有一紫衣官趋入，拜觐王前，王与言保护睢阳事，未得叔谋允许，紫衣官怒视叔谋道："上帝有命，保护此城，何物顽奴，既毁我墓，又欲把此城毁掘？"便向王进议道："顽奴倔强，应用严刑。"*是极*。王说道："何刑最酷？"紫衣官道："熔铜灌口，烂腐肠胃，此为最酷。"王点首称善。紫衣官叱令左右，把叔谋曳至铁柱前，褫去衣冠，缚诸柱上，复有一人持过铜汁，盂中犹沸，欲灌入叔谋口中。叔谋吓得魂不附体，连声大呼道："愿依尊命，回护此城。"*读至此，我为一快*。当由殿中传令解缚，给还衣冠，入殿拜谢。紫衣官微笑道："上帝赐叔谋金三千两，令取诸民间。"说毕，挥手令人引出叔谋。叔谋闻有金可赐，因私问冥使道："上帝如何赐金？"冥使道："阴注阳受，自有睢阳百姓献汝，汝放心去罢。"一面说，一面推仆叔谋。叔谋出一大惊，便即醒寤，方知乃是一梦。越日，果有家奴持入黄金三千两，说是睢阳坊市所献，请免掘城市。叔谋回忆梦中情状，老实收受，令役夫绕道西偏，委屈东回，竟将睢阳城腾出。

掘至彭城，路经大林，中有徐偃王墓，令人开掘，掘至数尺，里面坚不可发，乃是生铁熔成，旁竖石门，键镭甚严。叔谋用鄹人杨民计议，用巨石撞开墓门，叔谋自往探望，有二童子在门内迎接，且语叔谋道："我王久望将军，请速进来！"叔谋亦不知不觉，随他进去。内有宫殿，差不多与前梦相似。殿上亦坐着一王，冠服雍容，叔谋下拜，王起身答礼，和颜与语道："寡人茔域，适当河道，今请将军保护，愿奉玉宝为酬。"言讫，取出玉印，给与叔谋。叔谋瞧着，乃是历代帝王受命符玺，不觉又惊又喜，但闻王又续说道："将军须保重此宝，这是刀刀的预兆哩。"叔谋茫乎若迷，谢别出墓，传令役夫将墓盖好，仍复原状。时炀帝正失去国宝，四处搜觅，并无下落，只好秘密不宣。那叔谋得了国宝，还道是神灵相助，将来可身登九五，非常快乐，就把国宝好好藏着，不令外人知道。

至拘入睢阳狱中，正在惶急得很，偏经令狐达再上弹章，历述"叔谋盗食人子，义贼陶榔儿，私受睢阳民金三千两，擅易河道"等情。炀帝问他何不早奏，令狐达谓："臣早经奏报，想被段达扼定，不得进呈。"炀帝即命查抄叔谋私产，得黄金若干，尚辨不出是睢阳贿赂。这留侯所还白璧，及一颗受命符宝，搜将出来，却是字纹明显，一见便知。炀帝大惊道："金与璧尚是微物，不必说起，只朕的国宝，如何被他取来？"便召令狐达入问。令狐达道："闻叔谋尝令陶榔儿窃取人子，莫非国宝亦被盗不成？"炀帝失色道："叔谋今日盗我宝，明日将盗我头，这还了得！"*你的首级，却是不甚牢固*。便令法司严鞫叔谋，且捕得陶榔儿，一并审问。叔谋据实招供，问官尚说是凭空捏造，便指榔儿为巨窃。榔儿只供称窃儿是实，不敢窃宝。问官如何肯信？再四拷逼，竟将榔儿毙诸杖下，且定了谳案，请置叔谋极刑。炀帝道："叔谋原有大罪，姑念他开河有功，赦免子孙，但将叔谋腰斩结案。"先一夕，叔谋在狱，梦一童子从天降语道："宋襄公与大司马华元，特遣我来，感念将军护城厚意，因将去年所许二金刀，命我奉赠。"叔谋尚不知金刀为何物，向他索取。童子厉声道："死且不悟，明晨自见分晓了。"叔谋惊觉，细思梦境，才悟不祥，喟然叹道："我腰领恐难保了。"还想食婴孩否？越日辰牌，已有敕文传至，将叔谋如法捆绑，驱至河滨，斩为三段，家产籍没。中门使段达，助守东都，未曾扈驾，由炀帝遥传诏敕，加恩贷死，贬为洛阳监门令。睢阳、宁陵一带的百姓，闻叔谋被诛，相率称快，男男女女，都到河边来看叔谋死尸，你一砖，我一石，掷成肉酱，方才散去，这且不必细表。

　　且说炀帝小住睢阳，约过数天，复启程南下，沿途无甚阻碍，唯大将军许公宇文述，在道病亡，述子化及、智及，统皆无赖，前次尝从幸榆林，两人干犯禁令，与突厥互市。炀帝本欲骈诛，因念述有旧勋，特从宽免。述死，厚加赙恤，予谥曰恭。且授化及为右屯卫将军，智及为将作少监，仍令从行。智及弟士及，尚炀帝长女南阳公主，还称循谨，一对青年夫妇，亦随幸江都，后文自有表见。

　　唯一方面銮驾畅游，一方面寇盗益炽，前此在逃未获的李密，往投王薄、郝孝德，皆不见礼，乃走匿淮阳村舍，变姓名为刘智远，聚徒教授，郡县长官，颇以为疑，遣吏往捕，又被遁去。适东都法曹翟让，坐事当斩，狱吏黄君汉，惜他骁勇，破械出狱，令自逃生。让拜谢而去，潜往瓦岗寨为盗。同郡人单雄信，善用马槊，雄长乡里，也纠合少年，入寨助让。还有离狐人徐世勣，年少多才，亦至让处献议道："东郡于公，与世勣谊属同乡，人多相识，不宜侵掠。荥阳、梁郡，系是汴水通流，商旅不绝，若剽掠商舟，便足自给了。"世勣即徐懋功，初次献议，即导让剽掠商舟，无怪子孙被夷。让即依议，令徒党入二郡间，掠夺商舟财货，充作用费。当时人心思乱，辗转引附，不多时便至万余人。此外有外黄盗王当仁，济阳盗王伯当，韦城盗周文举，雍邱盗李公逸，与翟让各据一方，不相通问。

　　李密既得漏网，往来诸贼帅间，劝他乘乱崛兴，规取中原。各贼帅初尚未信，经密说得天花乱坠，也觉动心，推为谋主。密互为联络，差不多如苏秦约纵一般，大家互相告语道："今人皆云杨氏当灭，李氏将兴，此人得一再脱险，莫非就是古人所言，王者不死么？"因相率敬密。会王伯当与翟让交通，互相往来，密即由伯当介绍，往见翟让，为让画策，并替他说降诸小盗。让遂与亲爱，尝同计事。密因说让道："刘、项皆起自布衣，得为帝王。今主德日昏，民生日困，大乱已起，正是刘、项奋起的机会。如足下雄才大略，拥众万余，若席卷二京，诛除暴虐，怎见得不如刘、项呢？"让谢不敢当。会东都有李玄英亡命，径访李密，倾心相事，他人问为何因？玄英道："近来民间歌谣，有桃李章云：'桃李子，皇后绕扬州，宛转花园里，勿浪语，谁道许？'这数语隐寓预谶。'桃李子'，谓李子逃亡；'皇后宛转扬州'是天子将在扬州毕命；'勿浪语，谁道许'，是隐隐藏一'密'字。他日身为真主，所以特来投诚。"既而宋城尉房彦藻等，亦来依密，共处瓦岗寨中。密又与瓦岗军师于雄结交，令说让出图中原。雄因说让道："公若自立，恐未必成事，若立蒲山公，事无不济。"蒲山公见前。让笑道："蒲山公果得为王，何必依我？"雄答道："将军姓翟，翟义为泽，蒲非泽不生，所以来依将军。"亏他附会。让信为真言，遂依密前议，发兵攻取荥阳诸县。

荥阳通守郇王庆，懦弱无能，急向行在求援。炀帝特调张须陀为荥阳通守，使讨翟让。须陀系百战骁将，到了荥阳，屡破让众。让勒兵欲遁，密坦然道："须陀有勇无谋，兵又骤胜，既骄且狠，再战必败，公且列阵待着，密自有计破他，万勿加忧。"让不得已麾众再战。须陀已经轻让，直前搏击，让众已似惊弓之鸟，哪里支撑得住？纷纷却退。须陀驱兵追赶，约十余里，过一大林，林内一声号炮，杀出两支生力军，左为王伯当，右为徐世勣，合裹拢来，围住须陀。须陀冲突出围，见左右不能尽出，再跃马突入，欲救余众，李密在高阜望见，急命弓弩手四面注射，箭如飞蝗，可怜一员隋朝勇将，竟堕入李密狡计，中箭身亡。部兵除被杀外，狼狈遁去，号泣不止。河南郡县，统皆丧气。有诏令光禄大夫裴仁基，为河南道讨捕大使，徙镇虎牢。

翟让经此大胜，喜出望外，乃分兵与密，别建一营，号为蒲山营。让获得辎重甲仗，便欲还向瓦岗。实无大志。密苦劝不从，竟与密别去。密独率麾下西行，沿路招降诸城，大获资储。让闻报甚悔，因复引众从密。密遂拟进击东都，忽闻太仆杨义臣，击毙张金称、高士达，逐走窦建德，兵势甚盛。密恐他还援东都，未敢骤进。后来又探得义臣罢归，窦建德复取饶阳，乃再议进行。这位隋太仆杨义臣，本是一个庸中佼佼的好官，自出兵河北，迭破群盗，辄列状上闻。内史虞世基，专事诣谀，谓义臣虚张贼势，居心叵测，不如撤归为是。炀帝深信世基，竟追还义臣，且遣散他麾下士卒，于是贼势复张。鄱阳复出一个剧盗，姓林名士弘，有众数万，攻杀隋御史刘子翊，居然自称楚帝，建元太平，据有九江、临川、南康、宜春等郡，猖獗南方。涿郡虎贲郎将罗艺，亦称兵造反，自称幽州总管，骚扰北境。唯伪燕王格谦，总算由王世充击死，但谦党高开道，收集败众，又复出掠燕地，气焰复张。光禄大夫陈棱，往讨杜伏威，又为所败，再加鲁郡起了徐圆朗，马邑起了刘武周，朔方起了梁师都，真是一波未平，一波又起，直使四方官吏，无可措手，只好得过且过，任盗所为。随笔插叙，省却无数笔墨。

李密闻天下大乱，亟欲进取东都，据有腹地，号召四方，乃屡语翟让道："今东都空虚，越王年幼，留守诸官，皆非将军敌手，若将军能用仆计，天下可指麾即定哩。"让犹怀疑惧，因遣党人裴叔方，往觇东都虚实。留守诸官，方才察觉，缮城为备，且驰表告急行在。时已为大业十三年，翟让得叔方还报，谓东都有备，又生疑阻。密语让道："事已如此，不得不发。密闻洛口仓储粟甚多，若引众袭取，赈给贫乏，远近孰不趋附？百万众亦可立集。然后檄召四方，引贤豪，选骁悍，智勇俱备，得天下如反掌了。"让答道："这是英雄计略，非仆所能，但任君指麾，尽力从事，请君先发，仆为后殿。"密乃选三千人为前驱，让率四千人继进，出阳城，北逾方山，直抵洛口仓。仓中守卒，寥寥无几，顿时骇散。密攻破仓门，让亦踵至，开仓发粟，任民恣取，穷民大悦。前朝议大夫时德叡，举尉氏县应密，故宿城令祖君彦，亦自昌平来附。君彦素有才名，密引为记室，令掌书牍。

东都留守越王侗，遣虎贲郎将刘长恭，光禄少卿房崱，率步骑万五千人，来援洛口，又使河南讨捕使裴仁基，自氾水西进，从后夹攻。密已探知信息，分部众为十队，四队伏横岭下，截住仁基，六队列阵石子河，静待长恭等军。长恭鼓锐前来，势甚汹涌。让出当敌冲，接战不利，且战且走。长恭未曾朝食，忍饥追逐。中途被李密率兵冲出，截为两橛，军士已皆枵腹，不耐久战。更因遇伏心慌，统吓得弃甲曳兵，仓皇逃散。长恭见不可支，也解衣潜窜，遁归东都。隋兵十死五六，资械荡尽无余。密与让威名大振，让乃推密为主，号为魏公，自称元年。密登坛置吏，拜让为上柱国，兼司徒东郡公。单雄信、徐世勣，为左右大将军，此外各封拜有差。凡赵魏以北，江淮以南，许多贼帅，多闻风响应，愿受节制。密悉给官爵，仍使统领原部，自就洛口城扩地为垣，周围四十里，作为根据地，特设行军元帅府，分兵四出，迭取河南郡县，并授齐郡盗孟让为总管，使他夤夜往袭东都。让至洛阳城下，城上不及防备，竟被让众扒入，焚掠外郭，还亏内城急忙抵御，才得保全。让手下只二千人，恐一经天晓，内城发兵来攻，不能抵挡，乃鼓啸而去。

河南讨捕使裴仁基，遇事迁延，洛口一战，愆期不至，又恐得罪朝廷，进退维谷。李密知他狼狈，使人诱降。仁基竟举虎牢降密，密封他为上柱国，使与翟让同袭回洛东仓，应手而下，遂烧天津桥，纵兵大掠。适东都出兵堵击，仁基等与战败绩，相率退还。李密督众自往回洛仓，大修营垒，进逼东都。还有秦叔宝、罗士信等，本在张须陀部下，须陀战死，秦、罗失了主帅，无处可依，也来投密。更有程咬金、赵仁基诸人，亦率众归密，密皆署为总管，分统部卒，遂令记室祖君彦，草就檄文，堂堂正正地声讨炀帝，数他十罪，恰是有理。略云：

宛公大元帅李密，谨以大义布告天下！隋帝以诈谋入承大统，罪恶滔天，不可胜数。素乱天伦，谋夺太子，罪之一也；弑父自立，罪之二也；伪诏杀弟，罪之三也；迫奸父妃，罪之四也；诛戮先朝大臣，罪之五也；听信奸佞，罪之六也；开市扰民，征辽黩武，罪之七也；大兴宫室，开掘河道，土木之工遍天下，虐民无已，罪之八也；荒淫无度，巡游忘返，不理政事，罪之九也；政烦赋重，民不聊生，毫不知恤，罪之十也。有此十罪，何以君临天下？可谓罄南山之竹，书罪无穷，决东海之波，流恶难尽。密今不敢自专，愿择有德以为天下君，仗义讨贼，望兴仁义之师，共安天下，拯救生灵之苦。檄文到日，速为奉行！

檄语煌煌，钲鼓渊渊，乱世枭雄李玄邃，是密表字。得机得势，风靡海内，似乎兴王盛业，要属此人，哪知后来的真命天子，不是此李，却是别有一李。小子有诗咏道：

历代兴亡几变迁，半由人事半由天。

刘歆应谶翻遭戮，谁识玄机在事先？

究竟李密以外，尚有何处李姓，得成帝业，容待下回叙明。

麻叔谋腰斩一事，亦见韩偓《开河记》，正史中略而不详，意者以事同微渺，不可尽信欤？然既有文献之足征，不得谓竟无其事。况韩偓作记，年月并详，当非寓言可比。本编依记演述，存其真也。瓦岗寨始于翟让，而李密因之，密之自号魏公，已在洛口城中，并不在瓦岗寨，且秦叔宝、罗士信、程咬金等之依附，均在密称魏公之后，所与翟让共起寨中者，第单雄信、徐世勣二人已耳。《隋唐演义》，混叙不明，且以瓦岗寨为绝大根据地，此于正史杂记中，向无所见，故绝不混述，可采者从之，不可采者舍之，下笔时固自有斟酌也。

第三十四回

迫起兵李氏入关中

嘱献书矮奴死阙下

却说李密传檄四方，余盗响应，总道是唾手中原，可以应谶，偏偏天命所归，不属李密，却付诸太原留守李渊。渊奉炀帝敕旨，调兵击破甄翟儿，遂在太原镇守。会晋阳令刘文静，与李密素有婚谊，坐罪除名，囚系狱中。渊子世民，已随父至太原，与文静素来友善，屡往探视，且代为叹惜。文静怅然道："近来天下大乱，性命原轻似鸿毛，除非汉高祖、光武帝复生，或能重见天日。"世民道："君怎知今世无人？我来相省，正欲与君共议大事，难道效儿女子哭泣么？"文静乃与世民密谈，想出一种下手方法，请世民父子掩取关中。世民颇费踌躇，再经文静附耳授计，始喜跃而去。

原来晋阳宫监裴寂，为渊旧友，文静知世民不便劝父，特嘱他结好裴寂，作为导线。寂尝使酒好博，世民投寂所好，尝引与宴昵，且故意输钱。寂遂日夕过从，彼此甚是欢洽。世民因举密谋相告，寂徐徐答道："恐尊公不从奈何？"世民一再相恳，寂想了片时，方道："有了有了，他日报命。"过了一两天，寂引渊入晋阳宫，盛宴相待，饮至半醉，却走出两个美人儿，前来侑觞。渊已酒醉糊涂，也不问明底细，还道是歌伎一流，乐得借色陶情，畅饮遣怀，不多时颓倒玉山，沉沉欲睡。酒色两字，最足迷人，古来多少英雄，往往逃不过此关。两美人扶他入寝，伴宿一宵。及天已黎明，渊才醒来，开眼一瞧，竟有两美人侍着，不禁咄咄称奇，连忙问及来历，乃是晋阳宫中的尹、张二妃。渊大惊而起，慌忙趋出，召问裴寂。寂答称不妨。渊失色道："这宫是天子的行宫，尹、张二美人，是天子留住行宫的嫔御，如何叫她侍寝？若被天子闻知，我还想保全性命吗？"谁叫你着了道儿？寂笑道："唐公！为何这般胆小？不要说起几个宫人，就是隋室江山，也可唾手取来。"渊只是顿足，连呼："误我！"忽有一人走报，突厥兵进寇马邑。渊只好匆匆出宫，亟遣副留守高君雅，率兵出援。

　　君雅去了数日，即有败报到来，渊很是不安。世民乘间进言，请渊速图大事。渊叱他妄言，嘱令缄口。越日，世民再向渊密陈利害，渊始觉心动，喟然叹道："今日破家亡躯，由汝一人，化家为国，亦由汝一人了。"话虽如此，但因眷属尚在河东，一时不敢发难，忽由江都传到消息，乃是炀帝疑忌李渊，说他不能御寇，将遣使执诣江都，渊益加惊惧。世民复约同裴寂，共劝渊及早定计。渊为保身起见，也只好依他所议，勒兵待发。会江都又传到赦诏，仍令渊照旧供职，渊稍稍放心，暂且按兵不动。那世民却急不暇待，已暗地差遣心腹，赴河东去接家眷，一俟眷属至太原，便拟兴师。看官听着！这李渊的妻室，便是北周上柱国窦毅的女儿。毅曾尚周武帝姊襄阳公主，隋受周禅，窦女曾自恨我非男子，不能救舅家，毅已目为奇女。后来画屏射雀，因渊得中目，招为女夫。生子四，女一，长名建成，次即世民，又次名玄霸、元吉，一女适临汾人柴绍。是时窦氏已殁，*可惜不得见隋灭唐兴。*玄霸亦早世，建成、元吉，接到世民密书，便邀同柴绍，同赴太原。那刘文静已与世民密谋起事，怂恿裴寂速即劝渊。寂正恐宫人侍寝，事泄被罪，屡次催渊起兵。渊乃释出文静，令他诈为敕书，发太原、西河、雁门、马邑人民，使讨高丽。百姓怎知诈谋？急得魂梦不安，日夕思乱。

　　偏马邑乱首刘武周，闯入汾阳宫，掠得宫中妇女，往献突厥，请他为助。突厥竟立武周为定杨可汗，僭号称元。又有流人郭子和起兵榆林，金城校尉薛举，起兵陇西，西北一带，几无宁宇。武周又逼近太原，闹得李渊无法图存，不得已冒险起事。可巧高君雅回城乞援，渊佯与议事，还有副留守王威，也在座中。刘文静引入司马刘政会，讦告威与君雅，潜召突厥入寇。两人怎肯诬认？正在辩论，世民已引兵趋入，立将两人拿下，送入狱中。才阅两日，突厥兵数万人，果入寇晋阳，*即太原。*渊命裴寂等埋伏城闉，竟将城门洞开。突厥兵不敢驰入，回头径去。渊遂诬称威与君雅，实召外寇，斩首以徇。兵民信为实事，哪个为两人呼冤！

　　建成、元吉，与柴绍同至太原，渊因家眷已至，便好安心发兵。刘文静恐突厥牵制，劝渊自作手书，通好突厥，啖以厚利。突厥始毕可汗，唯利是图，当然应允。且云唐公当自为天子，方出兵马相助。渊不敢骤然称尊，用裴寂计，尊隋帝为太上皇，立代王侑为帝，移檄郡县，改易旗帜，阳示突厥有更新意；并与突厥订约，共定京师，有"土地归唐公，子女玉帛归突厥"等语。突厥遂馈马千匹，作为军资。渊即遣建成、世民，往攻西河郡，一鼓即下，擒住郡丞高德儒。世民面责德儒道："汝指野鸟为鸾，欺惑人主，我故特兴义师，前来诛汝。"说至此，即令将德儒推出斩首，此外不戮一人，令百姓各安旧业，远近称颂。建成、世民，引还晋阳，往返只越九日。渊大喜过望，遂自称大将军，开府置官，发仓赈民。裴寂为大将军府长史，遂将晋阳宫中子女玉帛，俱移送将军府中。于是尹、张二妃，由渊老实受用，左拥右抱，趣味可知。**已开后世宫闱之祸。**

　　待至新秋，渊自督兵西行，留季子元吉居守晋阳，传檄示众，无非说是发兵入关，拥立代王。代王侑却遣郎将宋老生屯霍邑，大将军屈突通屯河东，两路拒渊。渊途中遇雨，不能急进。会接李密来书，自恃兵强，欲为盟主。渊姑与周旋，复书推密，令他塞住河洛，牵缀隋兵。好几日才得天晴，用建成、元吉为前驱，进攻霍邑，阵斩宋老生，乘胜下临汾、绛郡，招降韩城。刘文静出使突厥，也引突厥兵五百人，马二千匹，前来相会。关中积盗孙华，望风投顺，愿为向导，遂引渊渡河。另在河东留住偏师，围攻屈突通。关中士民，陆续趋附。冯翊太守萧造，亦输款投诚。渊再命建成、刘文静等屯永丰仓，守住潼关，控制河东。世民、刘弘基等，往略渭北，自寓长春宫，居中调度。忽来了一队娘子军，为首的女英雄，就是李渊女儿，柴绍妻室。她本熟谙武略，因与从叔神通，募集丁壮，起应父兄，夫妻相聚，骨肉重逢，自有一番欢愉气象。世民进屯泾阳，收降关中群盗，有众九万人。柴绍夫妇，各置幕府，亦随世民同进。代王侑急命将军阴世师，郡丞骨仪，保守关中，登城备御。那世民复自泾阳出发，一路秋毫无犯，经过延安、上郡、雕阴诸境，无不叩马迎降，因向长春宫报捷，请渊督兵会攻。渊乃启节西行，往会世民。世民已先抵长安城下，至渊来会师，合兵二十余万，先遣使传谕守吏，愿拥立代王。守将阴世师不服，叱回去使。渊乃下令攻城，并约将士入城后，不得犯隋七庙，及代王宗室。将士奉令攻扑，前仆后继，连日不退。军头雷永吉，首先登城，余众随上，杀散城头守卒，逾城开门，迎纳渊军。阴世师、骨仪，战败被擒。代王侑年只十三，有什么能力？逃匿东宫，抖做一团。渊率军搜寻，得见代王，当下将他拥出，徙居大兴殿后厅，自寓长乐宫，与民约法十二条，悉除从前苛禁，杀阴世师、骨仪等十数人，余皆不问。越日即拥立代王侑为皇帝，遥尊炀帝为太上皇，改元义宁。此举毋乃多事。渊自为大丞相，都督内外军事，晋封唐王。命建成为世子，世民为秦公，元吉为齐公。

嗣接刘文静军报，已擒住屈突通，械送长安。原来河东各隋军，闻长安失守，家属被虏，当然恟惧。屈突通留部将桑显和，镇守潼关，自率众趋洛阳。显和举关降刘文静，并与文静偏将窦琮，合兵追通。两下相见，显和大呼道：“今京城已陷，汝等皆关中人，去将何往？”通众闻言，即释仗愿降，且将通执住，送至文静营中。文静乃转解长安。渊见了屈突通，忙令释缚，好言劝慰。通无法反抗，只得唯命是从。渊命通为兵部尚书，兼封蒋公，遣往河东城下，招谕通守尧君素。君素却是一个硬头子，但知为隋效死，不肯屈节，且举正言责通，说得通羞惭满面，还报李渊。渊暂将河东搁置，专探听东都消息。

自李密进逼东都，越王侗一再遣使，向江都告急，虞世基尚谓越王少不更事，太属慌张，炀帝也以为然。至警报迭来，始命将军庞玉等，往援东都。越王侗亦使段达出兵，夜会庞玉，夹攻李密。密将柴孝和，劝密速袭长安，密不肯从，但在东都城下搏战。偏被庞、段两军掩击，竟致大败。密身中流矢，奔回洛口。既而复部署散卒，再向东都，杀败隋军，又遣徐世勣袭取黎阳仓。泰山道士徐洪客，向密上书，谓：“宜沿流东指，直向江都，执取独夫，号令天下。”此计最佳，比柴孝和之策，尤见优胜。密也为称善，作书招致洪客，竟不知去向。适王世充等奉炀帝命，带领江淮劲卒，来击李密。密不能东行，只好与世充对垒。又值军中有变，正要设法除患，遂令徐洪客一条好计，徒作虚言。

先是密为翟让所推，得为主帅，让却虚心乐戴，偏让兄翟弘，心下不服，尝语让道：“汝不欲为天子，尽可与我，何必与人？”让司马王儒信，亦劝让自为冢宰，让置诸不答。偏密得此信息，不免怀疑。左司马郑颋，更劝密除让，密因与颋等计议，竟诱让入宴，把他杀死，并捕戮翟弘、王儒信。部众以密忍心负友，多半不平，经密历加慰抚，方才少定。王世充私料李、翟二人，必不相容，拟乘他自乱，乘间进击。

及闻让死，顿觉失望；且与密数次交锋，败多胜少，徘徊洛水，不得进救东都。这消息传入长安，李渊特命建成为抚宁大将军，世民为副，渡河南下，声言为东都援应，实是牵制李密，与他争鹿中原。

忽由江都传到急报，炀帝被弑，宇文化及另立秦王浩为帝，渊不禁恸哭道："我北面事人，不能救主，怎得不哀恸呢？"恐是喜极成泪。看官听说！自炀帝到了江都，荒淫益甚，宫中设百余房舍，各盛供张，每房居一美人，轮流做东道主。炀帝自作上客，东游西宴，天天的酒色昏迷。时炀帝年将半百，怎能禁此朝朝红友，夜夜新郎？更兼平时屡服春药，为纵欢计，当时原是百战不疲，一夕能御数女，后来力尽精枯，诸病杂起，并因天下危乱，也觉不安，尝戴幅巾，着短衣，策杖步游，遍历宫院，汲汲顾影；或夜与后妃至高台中，一面饮酒，一面观星，顾着萧后，效为吴语道："外间大有人图侬，侬虽失天下，当不失为长城公，卿亦不失为沈后，且暂管眼前行乐罢！"萧后素来柔顺，但知随声附和，因循过去。妇人过柔，亦有坏处。又越数日，晨起揽镜，复语萧后道："好头颅谁当斫我？"也自知不得为长城公么？萧后惊问何因？炀帝道："贵贱苦乐，循环相寻，有什么可惊哩！"已而江都粮尽，扈驾兵多关中人，久客思归，炀帝见中原已乱，无志北还，且欲徙都丹阳，士卒多半不愿。郎将窦贤，竟不别而行，率部西去。炀帝急遣卫士追杀窦贤，无如人不畏死，仍然悄悄逃走。虎贲郎将司马德戡，与直阁将军裴虔通等，也密议西归，辗转勾引。有一宫人闻知，报知萧后道："外间已人人欲反了。"萧后道："汝可奏达上闻。"宫人因申奏炀帝，炀帝怒道："汝晓得什么国事，乃来妄言？"随叱令左右牵出宫人，把她处死。自是无人敢言。

虎牙郎将赵元枢，已由司马德戡、裴虔通等，串同一气，约期西遁。他本与将作少监宇文智及，为莫逆交，因将密谋转告。智及微哂道："主上虽然淫虐，威令尚行，君等亡去，亦恐蹈窦贤覆辙，自取死亡了。"元枢蹙眉道："如此奈何？"智及道："今天已丧隋，英雄并起，同心谋叛，眼前且不下数万人，若因此举事，小为王，大且为帝呢。"元枢半晌才答道："欲行大事，必推主帅，看来唯公兄弟，足当此任。"智及道："这却须与我兄熟商。"元枢乃出，告知同党，德戡等亦皆赞成。又复约同智及，相偕至化及居处，推他为帅。化及胆怯，蓦闻此谋，不由得大惊失色。嗣经党人怂恿，再由智及力劝，方勉强允诺。德戡出召骁果军吏，晓示密谋，大众齐声道："唯将军命！"于是摩厉以须，戒期行事。炀帝未尝不防，并因微识星象，往往夜起观天，望见天象不佳，即召问太史令袁充。充伏地垂涕道："星文大恶，贼星逼帝座甚急，恐祸生旦夕，非修德无以禳灾。"炀帝愀然不乐，起入便殿，俯首唏嘘。回顾见王义在侧，乃与语道："汝知天下将乱么？汝何故不言？"义泣对道："天下大乱，由来已久，小臣服役深宫，不敢预政，如或越俎早言，恐臣骨已早朽了。"炀帝泫然道："卿今为我直陈，令我知晓。"迟了迟了。义答道："待小子具牍奏明。"说毕趋退。越宿即面呈一书，究竟是否出自义手，亦不得而知。但书中指陈前弊，却是深切著明，书云：

臣本南楚卑薄之民，逢圣明为治之时，不爱此身，愿从入贡，出入左右。积有岁华，浓被恩私，皆逾素望。臣虽至鄙，颇好穷经，略知善恶之本源，少识兴亡之所以，深蒙顾问，方敢敷陈。自陛下嗣守元符，体临大器，圣神独断，谏议莫从。独发睿谋，不容人献。大兴西苑，两至辽东，龙舟逾于万艘，宫阙遍于天下，兵甲常役百万，士民穷乎山谷。征辽者百不存十，没葬者十未有一。帑藏全虚，谷粟涌贵，乘舆竟往，行幸无时，遂令四方失望，天下为墟。方今有家之村，存者可数，子弟死兵役，老弱困蓬蒿，饿莩盈郊，尸骸如岳，膏血草野，狐犬尽肥。阴风无人之墟，鬼哭寒草之下。目断平野，千里无烟，万民剥落，莫保朝昏。父遗幼子，妻号故夫，孤若何多？饥荒尤甚，乱离方始，生死孰知？人主爱人，一何如此？陛下恒性毅然，孰敢上谏，或有鲠言，又令赐死。臣下相顾，钳结自全。龙逢复生，安敢议奏？左右近臣，阿谀顺旨，迎合帝意，造作拒谏，皆出此途，乃蒙富贵。陛下过恶，从何得闻？方今又败辽师，再幸东土，社稷危于春雪，干戈遍于四方，生民已入涂炭，官吏犹未敢言。陛下自维，若何为计？陛下欲幸永嘉，坐延岁月，神武威严，一何销铄？陛下欲兴师，则兵吏不顺，欲行幸则侍卫莫从，适当此时，如何自处？陛下虽欲发愤修德，加意爱民，然大势已去，时不再来。巨厦之倾，一木不能支；洪河已决，掬壤不能救。臣本远人，不知忌讳，事已至此，安敢不言？臣今不死，后必死兵。敢献此书，延颈待尽，窃不胜惶切待命之至。

炀帝看罢，不禁太息道："从古以来，哪有不亡的国家，不死的主子？"义跪伏涕泣道："陛下到了今日，尚自饰己过。臣闻陛下尝言，朕当跨三皇，超五帝，俯视商周，为万世不可及的圣主。今日时势至此，连乘舆都不能回京，岂非大悖前言么？"炀帝也不能自辩，只泣下沾襟道："汝真忠臣，朕悔已无及了。"义又泣道："臣昔不言，尚是贪生，今既具奏，愿一死报谢圣恩，请陛下自爱！"说至此，即叩头辞去。炀帝方再阅义书，有一人入报道："王义自刎了。"却也难得，可惜徒死无益，未当国殇。炀帝惊叹道："有这等事吗？可悲可痛！"遂命有司具礼厚葬。是日又接到几处警报，武威司马李轨，占据河西，自称凉王。罗川令萧铣，占据巴陵，自称梁王。还有金城乱首薛举，前僭号西秦霸王，今且移据天水，居然自称秦帝了。两路新发，一路已见上文。炀帝急得没法，只有自嗟自叹。好容易又阅数宵，正与后妃等饮酒排遣，忽见东南角上，火光冲天，且有一片喧噪声，慌忙召入直阁将军，问为何因？那直阁将军不是别人，正是密谋作乱的裴虔通。虔通入对炀帝道："不过草坊中失火，外面兵民扑救，所以有此哗声，愿陛下勿虑！"炀帝遂放了心，但令虔通出外严守，自己酣饮至醉，挈了萧后、朱贵儿，安然同寝去了。只有此宵。

　　未几，鸡声报晓，天色微明，那叛兵已拥入玄武门，大刀阔斧，杀入宫来。玄武门前，本有宫奴数百人，统皆强壮，由炀帝特别简选，给他重饷，常令把守，是夕由司宫魏氏，得了叛党的贿嘱，矫诏放出，令得休息。司马德勘先驱进宫，如入无人之境，再加裴虔通作为内应，将宫门一律闭住，只开了东门，驱出宿卫，容纳叛党。唯右屯卫将军独孤盛，与千牛备身独孤开远，尚未与叛党勾通，眼见得情势不佳，即出来诘问虔通。虔通道："事已至此，与将军无干，将军不必动手，同保富贵。"独孤盛怒骂道："老贼说出什么话来？"遂拔刀与虔通奋斗，战约数合，司马德戡已率叛众直入，来助虔通。独孤盛手下，只有数人，哪能敌得住许多的叛党？霎时间盛被刺死，左右逃散，独孤开远忙驰叩阁门，请炀帝亲自督战。途中集卫兵数百名，至阁门外大呼大叫，并没有一人答应，叛党已经驰到。开远回马接战，也是寡不敌众，被他刺中马首，掀落地上，为乱兵牵扯去了。阁内无人守住，由叛党斩门突入，趋至寝殿，来寻炀帝。小子有诗叹道：

　　　　群雄逐鹿几经秋，锦绣河山已半休。

　　　　到此昏君犹不悟，萧墙怎得免戈矛？

欲知炀帝曾否起床，且看后文结末的一回。

李渊之起兵，实不及李密之光明。狎宫妃，事突厥，铤而走险，不过为身家计。初无吊民伐罪之心，其所由得入关中者，全仗世民一人。世民才智，远过乃父，而李密无此佳儿，此其所以终落人后也。且李密曾劝杨玄感入关，及其自为元帅，反顿兵东都，利令智昏，不败不止，徒恃一祖君彦之文笔，究何益乎？炀帝至濒亡之际，戎虏伏于帷墙，尚自荒淫不悟。王义一书，痛快淋漓，读之令人酸鼻，而正史不录其事，岂因义为宫掖小人，本不足道，且一死谢君，固不过如匹夫匹妇之为谅乎？韩偓《海山记》，独表而出之，故本编亦不肯苟略云。

第三十五回

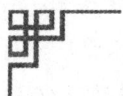

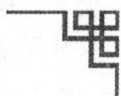

弑昏君隋家数尽
鸩少主杨氏凶终

却说裴虔通、司马德戡等入寻炀帝，趋至正寝，空帏寂寂，不见一人，当即退出，另向各处搜寻。行至永巷，撞着了一个宫人，挟了细软物件，拟往别处逃生。适被裴虔通一把拿住，便问主上现在何处？宫人尚推说不知。虔通举刀相逼，只得手指西阁，向他明示。虔通乃放去宫人，领着乱党，闯入西阁，校尉令狐行达，拔刀先进。炀帝正与萧后、朱贵儿，闻变急起，自正寝逃匿西阁，猛闻阁下人声喧杂，亟开窗俯瞩，正值行达耀武扬威，恶狠狠地持刀过来，便惊问道："汝欲来杀我么？"行达道："臣不敢为逆，但欲奉陛下西还哩。"说着，即突入阁门，登楼逼下炀帝。虔通亦入，炀帝与语道："汝非我故人么？何为叛我？"虔通道："臣不敢反，只因将士思归，即奉陛下还京。"炀帝道："朕非不思归，正为上江米船未至，是以迟迟，今便与汝等同归罢！"虔通乃出，但令行达等把守阁门，不准外人出入。一面遣同党孟秉，往迎化及。化及驰入朝堂，由司马德戡迎谒。化及犹俯首据鞍，自称罪过。实是无用。德戡等扶他下马，拥入殿中，推为丞相，宣召百僚。

裴虔通复入语炀帝道："百官统在朝堂，俟陛下亲出慰谕。"炀帝尚不欲出阁，由虔通迫令上马，挟出宫门。萧后、朱贵儿俱未及晓妆，蓬头披发，随在马后，将欲出殿，被化及瞧着，忙向虔通摇手道："何用持此物来！"虔通乃引炀帝至寝殿，自与德戡持刃夹侍。炀帝问世基何在？下面立着叛党马文举，厉声答应道："已枭首了。"炀帝叹道："我何罪至此？"文举道："陛下违弃宗庙，巡游不息，外勤征讨，内极奢淫，丁壮毙锋刃，老弱转沟壑，四民丧业，专任佞谀，拒谏饰非，怎得说是无罪？"炀帝道："朕负百姓，不负汝等。汝等荣禄兼至，奈何负朕？今日事孰为戎首？"德戡应声道："普天同怨，何止一人？"言未已，忽有一女子振着娇喉，挺身出骂道："何等狂奴，胆大妄言！试想天子至尊，就使小有过失，亦望汝等好生辅导，怎得无礼至此？况三日以前，曾有诏令宫人各制絮袍，分赐汝等，天子方很加体恤，奈何汝等负恩，反敢迫胁乘舆？"德戡怒目注视，乃是炀帝幸姬朱贵儿，便反唇道："天子不德，都是汝等淫婢，巧为蛊惑，以致如此。今日反来多言吗？"朱贵儿尚大骂逆贼不止，惹得德戡性起，顺手一刀，把贵儿砍死，一道芳魂，已先入鬼门关，静候炀帝去了。《海山记》载及此事，故特录及以表节烈。德戡复语炀帝道："臣等原负陛下，但今天下俱乱，两京已为贼据，陛下欲归无路，臣等亦求生无门，且自思已亏臣节，不能中止，愿借陛下首以谢天下。"炀帝听了，吓得魂飞天外，哑口无言。蓦见舍人封德彝趋入，还道他是心腹忠臣，必来救护，哪知德彝亦满口胡言，历数炀帝罪恶，促令自裁。炀帝不禁动怒道："武夫不知名分，还可说得，汝乃士人，读书明礼，也来助贼欺君。汝且自想，该不该呢？"德彝也不觉自惭，赧颜退出。可为佞倖者做一榜样。赵王杲系炀帝幼子，年仅十二，见炀帝如此被逼，竟上牵父衣，号啕大哭。虔通听得讨厌，索性也赠他一刀，杲当然倒毙，血溅御袍，便欲顺手行弑。炀帝道："天子死自有法，怎得横加锋刃？快去取鸩酒来。"叛党不许。令狐行达复上前逼帝自决，炀帝乃自解练巾，授与行达。行达便将巾套帝颈上，用力一绞，一个淫昏无道的主子，气决归天。总计炀帝在位十三年，享年五十。

叛党既弑了炀帝，便出报宇文化及。化及语众道："昏主已死，宜立新帝，前蜀王秀尚被囚禁，近亦随至东都，不如迎立为主罢。"大众喧嚷道："斩草须要除根，奈何再立蜀王？"遂不待化及命令，分头搜戮，杀死蜀王秀，齐王暕，燕王倓，并及杨氏宗戚，无论少长，一律斩首。唯皇侄秦王浩，系炀帝弟秦王俊子，炀帝曾令他袭封，平素与智及往来，智及一力保护，幸得免死。又杀内史侍郎虞世基，御史大夫裴蕴，左翊卫大将军来护儿，太史令袁充，右翊卫将军宇文协，千牛宇文皛，梁公萧钜等十数大臣。黄门侍郎裴矩，向来是炀帝幸臣，因他扈驾东都，曾替将士献议，搜括寡妇处女，分配将士，颇得众欢；且当化及入宫时，迎拜马首，所以得免。前光禄大夫苏威，亦往贺化及，化及优礼相待，推为耆硕。百官闻威亦入贺，相率趋集。<u>实是怕死。</u>独给事郎许善心不至，化及恨他反对，即遣骑士就善心家，把他擒至朝堂，问他何故不贺？善心道："公为隋臣，善心亦食隋禄，难道天子被戕，尚有心称贺么？"化及无言可驳，乃令释缚。善心拂衣趋出，绝不道谢。化及又不禁动怒道："此人负气太甚，决不可留！"因复遣党人擒回，把他斩首，发尸还葬。善心母范氏，已九十二岁，抚枢不哭，但向尸叹息道："能死国难，不愧我子。"说着，扶杖还卧，绝粒数日而终。<u>母子同心，足愧佞臣。</u>

化及自称大丞相，总掌百揆，令弟智及为左仆射，士及为内史令，裴矩为右仆射，司马德戡、裴虔通等，各有封赏。时已天暮，乱党统喜跃而归。化及闲着，便带着亲丁数名，入视宫寝，行至正宫，但见一班妇女，围住萧皇后，在哪里啼哭。化及朗声道："汝等在此哭什么？"萧后前见朱贵儿被杀，吓得魂胆飞扬，逃入后宫，抖个不住，此时听得化及一声，又道他前来加刃，不由得起身离座，向后躲避。化及见她玉容乱颤，翠袖斜敧，已觉可怜得很，再从左右顾盼，无一非钗鬌半軃，眉目含韏，当下且怜且语道："主上无道，故遭横祸，与汝等本无干涉，不必过慌。"一班美人儿，你觑我，我觑你，莫敢发言。还是萧后接着道："将军请坐，我等命在须臾，幸乞将军保全！"<u>叫你献出禁商，自然保全。</u>化及再注视萧后，更暗暗称奇。原来萧后虽已四十许人，望去却与盛年无二，依然是丰容盛鬋，秀色可餐，便趱近一步道："皇后不必过悲，倘不见嫌，愿共保富贵。"说着，复回顾亲丁道："快到御厨中往取酒肴，与后妃等压惊。"亲丁奉令自去。化及复顾语萧后道："十六院夫人，俱在此处否？"萧后道："多半在此。"化及道："快去召齐，到此饮酒。"萧后乃遣宫女分头往召，不一时俱已到来。好在酒肴亦俱搬入，化及分定宾主，自坐客席。萧后以下，列坐主席。起初尚觉有些羞耻，及饮了几杯，彼此忘怀，居然有说有笑，好似化及是个炀帝转身，一些儿不分同异。唯萧后婉语道："将军既有此义举，何不立杨氏后人，自明无私？"化及道："我亦做这般想。现唯秦王浩尚存，明日立他为帝便了。"萧后称谢。到了酒酣饭罢，席撤更阑，化及醉意醺醺，令众美人散归本室，自己搂住萧皇后，同入欢帏。萧后贪生怕死，也顾不得什么名义，屈节受污。嗣是化及占据六宫，把十六院夫人，挨次淫乱，就是吴绛仙、袁宝儿一班美人，也难幸免。一班畜生。看官听着！这隋炀帝烝淫无忌，纵欲无度，已受了白练套头的惨报，凡从前所有的预兆，一一应验，并且子孙被人诛，妻妾被人淫，好一座锦绣江山，平空断送，可见得衣冠禽兽，总要遭殃，就是贵为天子，也难逃此重谴哩。如闻响钟。

且说宇文化及占住后妃，方依萧后所请，托奉皇后命令，立秦王浩为帝，草草把炀帝棺殓，殡诸西院流珠堂。此外被杀各人，俱命藁葬。秦王浩唯一坐正殿，朝见百官，嗣后迁居尚书省，用卫士十余人监守，差不多与罪犯一般。国家大事，均归化及兄弟专断，但遣令史至尚书省，迫浩画敕。百官亦不得见浩。化及自奉，一如炀帝生前，纵恣月余，始从众议，欲还长安，命左武卫将军陈棱，为江都太守，领留后事。

当下出令戒行，皇后六宫，仍依旧式为御营，营前立帐。化及居中视事，仪卫队伍，概拟乘舆。凡少帝浩以下，并令登程，夺江都人民舟楫，取道彭城水路，向西进行。到了显福宫，虎贲郎将麦孟才，虎牙郎钱杰，与折冲郎将沈光，拟乘夜袭杀化及，为炀帝报仇，不幸事泄，被司马德戡引兵围住，一律斗死。及行抵彭城，水路不通，夺得民间牛车二千辆，并载宫人珍宝。此外器仗，悉令兵士背负，道远力疲，俱有怨言，就是司马德戡、赵行枢等，亦皆生悔意，谋杀化及。偏又为化及所闻，遣士及诱他入谒，一并擒斩，该死的坏党。复带领部众，向巩洛进发。途次为李密所阻，不得西进，乃暂入东郡，借图休息，再与李密交兵。

唐王李渊，本欲掩取东都，才拟称帝，适建成、世民，自东都引归，劝渊称尊，号召天下，渊乃自为相国，职总百揆。过了数日，群僚再三劝进，因迫隋帝侑禅位，唐王渊公然称帝，即位受朝，改义宁二年为武德元年，废帝侑为酅国公，追谥太上皇为炀帝，但选录杨氏宗室，量才授职，总算与前朝篡国的主子，稍稍异趋，若要正名立论，恐终难免一"篡"字呢。月旦公评。李氏自起兵至即位，俱用简文，详见《唐史演义》。

那东都留守各官，既闻炀帝凶耗，又接关中警信，遂推越王侗嗣皇帝位，改元皇泰，进用段达、王世充为纳言，元文都为内史令，共掌朝政。会闻宇文化及率众西来，东都人民，相率恟惧。有士人盖琮上书，请招谕李密，合拒化及，元文都等颇以为然，即授琮为通直散骑常侍，赍敕赐密。密与东都，相持多日，又恐世充、化及，左右夹攻，也乐得将计就计，复书乞降，愿讨化及以赎罪。皇泰主册拜密为太尉，兼魏国公，令先平化及，然后入朝辅政。密乃与世充息争，专拒化及。世充引众入东都，正值元文都等，张饮上东门，设乐侑觞。世充忿然道："汝等谓李密可恃么？密恐陷入围中，假意求降，宁有真心？况朝廷官爵，轻授贼人，试问诸君意欲何为？乃反置酒作乐，自鸣得意么？"文都虽不与多辩，心下很是不平，遂与世充有隙。嗣接李密连番捷报，已将化及杀退。东都官僚，互相称贺，独世充扬言道："文都等皆刀笔吏，未知贼情，将来必为李密所擒。况我军屡与密战，杀伤不可胜计，密若入都辅政，必图报复，我等将无噍类了。"这一席话，明明是挑动部曲，反抗朝议。文都情急，忙与段达密议，欲乘世充入朝，伏甲除患。偏段达转告世充，世充遂勒兵夜袭含嘉门，斩关直入。文都闻变，亟奉皇泰主御乾阳殿，派兵出拒世充。世充逐节杀入，无人敢当，进攻紫微宫门，皇泰主使人登紫微观，问世充何故兴兵？世充下马谢过，且言："文都私通外寇，请先杀文都，然后杀臣。"皇泰主得报，迟疑未决。可巧段达趋进，顾视将军黄桃树，把文都拿下。文都语皇泰主道："臣今朝死，恐陛下也不能保暮了。"说虽甚是，但也失之过激。皇泰主无法调停，只得垂泪相送，一经文都出门，便被世充麾下，乱刀砑死。世充趋入殿门，谒见皇泰主，皇泰主愀然道："未曾闻奏，擅相诛戮，臣道岂应如此？公自逞强力，莫非又欲及我么？"世充拜伏流涕道："文都包藏祸心，欲召李密，共危社稷，臣不得已称兵加诛。臣受先帝殊恩，誓不敢负陛下，若有异心，天日在上，使臣族灭无遗。"仿佛猪八戒罚咒。皇泰主信为真言，乃引令升殿，命世充为左仆射，总督内外诸军事。世充又收杀文都党羽，令兄弟典兵，独揽大权，势倾内外，皇泰主但拱手画诺罢了。

李密追击宇文化及，直至魏县，乃引兵趋还东都。到了温县，闻东都有变，始还屯金墉城。适东都大饥，流民出都觅食，密开洛口仓赈济难民，收降甚众。王世充伪与密和，愿以布易米。密军多米乏衣，许与交易，东都得食，遂无人往降。密方知堕世充狡计，绝不与交。哪知世充已挑选精锐，前来攻密。密留王伯当守金墉，邴元真守洛口，自引众出偃师北境，抵御世充。世充夜遣轻骑，潜入北山，伏溪谷中。更命军士秣马蓐食，待晓即发，掩击密军。密藐视世充，不设壁垒，被世充麾兵杀入，行伍大乱。再由北山伏兵，乘高驰下，锐不可当。密众大溃，遁回洛口。邴元真已愿降世充，闭门不纳。密东奔虎牢，王伯当亦弃金墉城，来与密会议行止。诸将多半解体。密乃决计入关，往降唐朝。当时随密同行，只一王伯当，他将多投入世充。唐授密为光禄卿，赐爵邢国公，密意尚未足，后来又与王伯当叛唐，终为唐行军总管盛彦卿所杀。王伯当亦死。唯徐世勣曾为密所遣，居守黎阳，寻即受唐招谕，赐姓李氏。

李渊因河东未下，尝遣刺史韦义节往攻，不利，再命华州刺史赵慈景，与工部尚书独孤怀恩，率兵往攻。怀恩行至蒲坂，未曾设备，被河东守将尧君素发兵掩袭，怀恩败走，赵慈景挺身断后，力屈被擒，枭首城外。慈景曾尚李渊女桂阳公主，听得女夫战死，当然悲悼，桂阳公主，更哭得似泪人儿一般，力请为夫复仇。渊劝她返家守丧，更促怀恩进攻，且查得君素妻室，尚在长安，特遣人执住，送至河东城下，使招君素。君素怒道："天卜名义，岂妇女所能知晓？"说至此，即弯弓发矢，将妻射倒。又复誓众死守，决计不降。后来粮食告罄，守兵惶急，君素部下薛宗，竟刺杀君素，持首出降。偏别将王行本，又登陴拒守，趁着怀恩无备，鼓众出击，杀退怀恩，复得向别处运粮，接济城中士卒。唐廷责备怀恩，怀恩心怀怨望，反与行本联络，谋附刘武周。嗣经唐廷察觉，方将怀恩调回治罪，另遣将军秦武通往代，方得攻下河东，擒斩行本，但已是二年有余了。

这二年内，四方扰攘，迭起不已，吴兴太守沈法兴，独树一帜，据有江表十余郡，自称江南道大总管。东南亦不能安枕，就是前时剧盗，称帝称王，亦屡有所闻。此外小盗，忽起忽灭，不可胜数。那宇文化及退至魏县，兵势日衰，因怨智及无故发难，徒负弑君恶名。智及不服，彼此交哄，众益离叛。化及叹道："人生总有一死，但得能一日为帝，死也甘心。"*皇帝滋味，果如是甘美么？*遂鸩杀秦王浩，僭称许帝。才阅半年，为唐淮南王李神通所破，逃往聊城。可巧窦建德驱众杀来，化及等不能抵挡，生生被他擒住。唯建德对着萧后，却拱手称臣，不敢亵慢。*恐淫妇未必见情。*复立炀帝神位，素服发哀，把宇文智及等，枭斩致祭。独化及尚囚住槛车，载归乐寿，斩首示众。建德素不好色，因将隋家妃妾，悉数遣归，只萧后无从安顿，令她安居别室。嗣经突厥可敦义成公主，遣使来迎，方送她出塞。还有炀帝幼孙杨政道，系齐王暕遗腹子，未曾遭害，也随萧后同赴突厥。突厥立政道为隋主，令与萧后同居定襄，萧后方安心住下了。*姑作一束，详见《唐史演义》。*

东都既归王世充掌握，渐渐地骄恣不法，俄而自封太尉尚书令，俄而自称郑王加九锡，又俄而背了前言，竟将皇泰主废去，自做皇帝，国号郑。皇泰主降为潞公，不到一月，遣人致鸩皇泰主。皇泰主布席礼佛道："愿自今以后，不复生帝王家。"乃取鸩饮下，一时尚未绝气，竟被来使用帛勒死。尤可怪的是东死一侗，西死一侑，两兄弟不约而同，好似冥冥中注有定数，要他一年间同见阎王。于是杨家称帝的子孙，覆亡净尽。唐谥侑为恭帝，王世充亦谥侗为恭帝，两恭帝在位，又同是二年。《隋书》帝纪，但录恭帝侑，不及恭帝侗，这是唐臣书法，不免徇私，其实是侑已被废，侗才嗣立，就隋论隋，未始非一线所存，应该称为隋朝皇帝。总计隋自文帝篡周，共历四主，凡三十七年。隋史自此告终，南北史也即收场，欲要问及群雄的结果，请看小子所编的《唐史通俗演义》，本书恕不缕述了。划然而止，余音绕梁。看官不要遽尔掉头，尚有俚句二首，作为全书的锻尾声。

南北纷争二百年，隋家崛起始安全。
如何骤出淫昏主，破碎江山又荡然。

六朝金粉尽成空，殿血模糊尚带红。
漫道帝王真个贵，谁家全始得全终？

炀帝恶贯满盈，到头应有此劫。三千粉黛，殉主只一朱贵儿，而正史不载，非《海山记》之特为表彰，几何不同流合污，泯没无闻耶？化及立秦王浩，浩不能讨贼，且仍为贼所弑，原不足道。代王侑为李氏所立，越王侗为东都所立，虽其后同归废死，然李渊、王世充等，究与化及有间，侑废而唐兴，侗死而隋乃亡，稽古者固不得徒据《隋书》，存侑而略侗也。观隋家之如此收场，益见主德之不可不明，过眼繁华，皆泡影耳。人能悟此，庶乎近道矣。

269